BEI
HOU

背后

王方晨◎著

时代出版传媒股份有限公司
安 徽 文 艺 出 版 社

王方晨，山东金乡人。山东省作协副主席。

著有长篇小说《老大》《公敌》《芬芳录》《老实街》，作品集《王树的大叫》《祭奠清水》《北京鸡叫》等，共计800余万字。作品多次入选各种文学选本及文学选刊，并被译介到国外。

曾获《小说选刊》年度大奖、第十六届百花文学奖、《中国作家》优秀短篇小说奖、年度军旅优秀文学作品奖、齐鲁文学奖、泰山文艺奖等，先后入选全国最新文学作品排行榜、中国小说学会全国短篇小说排行榜。

B E I H O U

背后

王方晨◎著

时代出版传媒股份有限公司
安徽文艺出版社

图书在版编目（CIP）数据

背后/王方晨著. —合肥：安徽文艺出版社，2019. 4
ISBN 978-7-5396-6522-1

Ⅰ. ①背… Ⅱ. ①王… Ⅲ. ①长篇小说—中国—当代
Ⅳ. ①I247. 5

中国版本图书馆 CIP 数据核字(2018)第 270081 号

出 版 人：朱寒冬
责任编辑：张妍妍　刘　畅　　装帧设计：张诚鑫

出版发行：时代出版传媒股份有限公司　www.press-mart.com
　　　　　安徽文艺出版社　www.awpub.com
地　　址：合肥市翡翠路 1118 号　邮政编码：230071
营 销 部：(0551)63533889
印　　制：安徽联众印刷有限公司　(0551)65661327

开本：700×1000　1/16　印张：24.25　字数：350 千字
版次：2019 年 4 月第 1 版　2019 年 4 月第 1 次印刷
定价：55.00 元

自序:长篇小说创作的背后

进入2018年,关于现实主义创作的讨论忽然热闹起来了。它给人一种假象,现实主义的创作传统似乎遗失已久。

我不知道会不会有人附和,我认为至少从白话文运动开始,我国的文学创作一直走在现实主义的道路上。说得严重一些,几乎所有的文学创作都是现实主义的,从来就不存在不指向现实、不指向生活的文学创作。不论是所谓的现实主义,还是其他,更值得讨论的是它们究竟需要解决什么。也就是说,当前我们的文学创作需要解决什么。这才是一个核心问题。

作为文学创作类型中的"重器",长篇小说的力量是其他体裁的文学作品所不具备的,因此,探讨长篇小说的创作手法,更有示范作用。

莫言先生在他的《捍卫长篇小说的尊严》中说得很清楚,"把长篇写长,并不是事件和字数的累加,而是一种胸中的大气象,一种艺术的大营造"。长篇小说之长,并不是篇幅之长。同样,把长篇写长,也并不是看你写了多少现实生活场景、人物、器物,而是看你借助这些寻常的或者不寻常的场景、人物、器物，开天辟地一般所构建出的广阔空间。长篇小说通过现实实现一种其他体裁所未有的艺术创造，建立起作家与现实、与过去、与未来，以及与宇宙，甚至与某种神秘力量的共生关系，这也是作家写作的终极目的。文学创作亟须解决的，也正是文学与现实的关系问题。

我们常常提到文学对生活的介入，长篇小说创作对生活的介入之深、之广尤为突出。但想要由此形成一种理想的正常的联系，恐怕没那么简单。生活的真相从来就不是浮在表面的那一部分。发现、辨识生活的真相，是对作家智慧、能力的考验。作家面对生活，其实就是面对高山一样巨大的困难、铜墙铁壁一样的阻碍。写作的功夫，看起来是文字的功夫，而当你真正走到现实生活面前，它又变成了思想的功夫。你笨重无比，却要身轻如燕。你肉体凡胎，头圆脚大，却要像响镞利刃一样锐不可当。所有的功夫都是为了突破那有形无形的限制和阻挡，来到生活的中心地带。

忽然发现，我讲这些实际上也是在讲长篇小说创作背后的艰难，不禁想起2015年我为《文艺报》写的一篇文章《长篇小说创作的三种准备》：

> 迄今为止，我已出版长篇小说6部，包括《老大》《公敌》《芬芳录》《水洼》等等。这些小说创作的时间跨度都很长，有的几乎经过了十多年，比如《老大》。
>
> 起笔《老大》早在1987年年尾。过了近十年，也就是1997年，我才将它一气呵成地完成。当时，我有过拼把劲儿评上副高职称后尽快改行的打算，就努力将此书付梓出版，不料，我在中短

篇方面的创作随之取得较大突破,接连几篇作品在文坛产生影响,评职称已足够。随着文坛对我的中短篇创作的关注度提高,我也就渐渐把这本书忘在了脑后。

2011年,经一台湾作家介绍,《老大》的繁体版由台湾秀威资讯收入"认识大陆作家"系列出版。此为我首次在台湾地区出书,那种竖排的繁体版式令人爱不释手。一直到今年年初,这本书才算正式由山东文艺出版社出版发行。至此,已过去整28年矣。28年,什么概念?当年出生的小孩都已长大成人再生小孩了。让我感到欣慰的是,作品虽然是现在再版,但语言、主旨还很新,我不说出来,恐怕无人知道创作时间。

在《水洼》《芬芳录》分头进行的过程中,约在2004年,我又计划创作一部新的长篇,同年完成构思,主要想写一个女人的复仇。奄奄一息的女人被丢弃在野外,经一老人治愈后返回城镇,一步步将施虐者推向死亡。由于电脑硬盘损坏,写作计划丢失,重起炉灶后,已是另一副样子,但只写了前面数章即难以为继。直到2010年12月,所有的创作资料都已完备,遂决定不再拖延,在济南一间窄小的出租屋里,开始了平生最为艰苦、最心无杂念的写作。这部长篇,就是《公敌》。作品完成,我也几乎累垮。一再修订,颇费周折后,去年12月才由湖南文艺出版社出版。

长篇小说创作不可能立马而就,即便耗费时日完成创作,作者的创作成果也不一定马上就会被读者接受和认识,所以我认为,进行长篇小说创作,首先要做好可能遭受冷遇的准备。我就是例子。初写《老大》,我年方二十,意气风发。皓首穷经的这些年里,心灵受到了多少煎熬,这是形容不出来的。所幸到了目前这个岁数，心中倒还残存着不少青春意绪。

同时，与中短篇小说创作相比，长篇小说创作显然依赖作者更多的才华，所以，长篇小说创作需要足够的才华准备。我在创作时就常掂量，自己的才华到底够不够？究竟撑得起怎样一部长篇。再者，我的才华究竟能够让我成为一个什么样的作家？写部砖头一样厚的长河小说，我一时做不到，那么写部《蝇王》《呼啸山庄》，可及？如果欠缺，如何补足？这叫心中有数，而才华的积累实在非一日之功。

另外，真正看到长篇小说创作的难度，心存敬畏，这也应该是进行长篇小说创作的一种必要准备。文坛上有种陈腐观念，认为短篇小说无法掩藏创作的硬伤，而长篇小说似乎更能遮掩某种不足。我很不赞成这种贬低长篇小说写作的态度。我认为既然是好的长篇小说，就同样不能具有瑕疵。作家创作长篇小说，如同构筑一座宏伟而美妙的殿堂，即使一块砖石的松动，也可能会埋下整体坍塌的隐患。

早年我初次看到国画大师张大千的《长江万里图》，不得不叹其妙，妙在截取任何一隅，都可独立成章，立轴找得到，扇面册页也找得到。优秀的长篇小说，同此。

我写《公敌》，对作品结构细部都有过精心设计。总的来说，小说奇数章基本以倒叙为主，层层剥茧，写至结尾，一直追溯到主人公韩佃义人生悲剧的初始，水落石出：他的爱情挫折。挚爱金枝儿的刚烈离世，直接造成韩佃义急流勇退，选择与金枝儿的骨灰相守，从而揭示出韩佃义独居坟园的秘密。也就是说，韩佃义最终从权力、欲望回归了感情，回归了爱。小说的偶数章则基本保持线性顺叙，主写另一主人公佟志承，推动其弟佟黑子的命运发展，同时又是对奇数章的补充。两种叙事方式相互交叉缠绕，一个向前一个向后，共同构成一个整体，开阖之间完成一个庞大的对乡土社会的历史书写，并寄寓其历史走向。

这样的结构自然增加了文本丰富性，在阅读上却制造了一定的阻挡。事实上，阻挡的存在，对一部严肃的文学作品来说，十分必要。这就像我曾经认为的那样，任何优秀的文艺作品，不论是绘画、音乐，还是文学，必有险处。关键在于我们的阅读是遇险而进，还是遇险而退。

为《公敌》做这种设计，让我颇费心力，这与我为之耗费的十年岁月一起，足以证明长久以来我对长篇小说这种文体所保有的深厚的敬意。

从那时起到现在，我又出版了长篇小说《老实街》，还有这部《背后》，可以说，对长篇小说创作又增加了一些体会。长篇小说创作，并不因为时间的流逝而变得容易起来。实际上，不管我们是讨论长篇小说创作的难度，还是讨论具体“怎么写”，都是在探讨那些躲避在创作背后的力量，是什么支撑我们去完成对生活的再认识，以及我们究竟要去认识现实世界的什么东西。

关于《老实街》，我已经讲了很多，那是我在现代语境下对中国传统文化的一种思索，试图发现我们的文化传统所可能包含的现代元素。它很容易被误认为通常的怀旧，但它的确面向未来，作品的意义也正在于此。相对于《老实街》的文化色彩，《背后》这部作品则更多地体现了我对即时生活的关切。人物、故事、场景，都有更多的现实生活的即视感，但是，如果让我就此止步，肯定有违我一贯坚持的创作观。作家所要说的，不能仅仅是这些表面的东西，生活的真相常常隐藏在生活背后。优秀的作家应该能够赋予文字一种神通，可以看到人所未能看之物，抵达人所未能达之地。

现实生活令人眼花缭乱，而我独钟情于世界背后远离喧嚣的那方秘境。在那里，生活的真义仿佛一块沉睡的美玉，静静散射温润的幽光。从某种意义上讲，所有的写作都是在写现实生活的背后，都是一种对生活、社会、生存秘境的探索。

阅读《背后》的文字，我不是没有想到莫言先生的《酒国》。但这是“宇宙星”，它也一样是我们的特色生活。我在这里杜绝给人物一副雌雄魔兽的外貌，不管生末净旦丑，都有一颗心，那就是对他们各自所爱的人的爱。而这也正是《背后》的背后。因为爱，人们在一起。因为爱，人们需要承担这一切，欢乐或者痛苦。

生活背后的秘境，言之不尽。说到底，作家作为一个生活的寻玉人，在思考写作的同时，与现实的关系已经建立起来了。唱红脸儿，唱花脸儿，唱白脸儿，唱黑脸儿，或许有人就想扮个鬼脸儿。长篇小说创作的背后，其实也就是作家与这个世界产生的各种各样的联系。欲待如何，面对现实给出自己的答案，正是一个作家需要解决的问题所在。

王方晨

2019 年 3 月 8 日记于济南盖子山下

第一章

1

每逢周末，女人都要去看爹爹。

时间长了，女人感到爹爹是在另一个世界。

幽深的密林后面，再没有一条正儿八经的车道。乱石之间，牛羊等兽类的脚印，混杂在一起。能找得到的，只是一条狭窄弯曲的小路。这样的小路，好像专门供山民、牧童使用，而且，常常在一块嶙峋大石跟前，就决然断掉了。顺山势往上看，从那处山坳里冒出的一连片蓝灰色屋顶，也就常常会让人不当真。而那的确是一片不大的宅院。上溯七八十年，一位叱咤风云的军阀住在这里，也就是当地人所说的"穆氏庄园"。

目光穿透四周环绕的绿树，或者继续走近，就会发现，这座与世隔绝的建筑，与其说是庄园，还不如说是一座年代久远的小小的城堡。风雨和青苔的侵蚀，使这座坚固的建筑，很像有些年岁了。城堡的位置——只要登上它那高达七米、宽约十尺的院墙，就可以俯瞰十公里开外马嘶湖波光粼粼的水面。但实际上，不单人们从山下走过时，很难发现它的存在，即使走到庄园的大门前，你也很难看到山下最近的村庄——羊蹄角。城堡跟周围浓密的树木一起，完全凹进了山体，仿佛一个巨大幽深的洞穴。爹爹就住在这样的洞穴里，像一头冬眠的熊。

很少有人知道爹爹住在这里。妈妈去世后，爹爹忽然就从人们视野中消失了。女人也就从此开始了自己的探望，雷打不动。

女人去看爹爹了，人们也都知道。一到周末，女人就感到不能不来。熊爹爹住在这里嘛。但也不能不说这跟她童年的记忆有关系。

那年，她七岁，跟随年轻的爹爹，从山下经过。

“一座城堡！”她指着山上说。

爹爹让吉普车停下。她冲出车门。她一直走在前面，蹦蹦跳跳，好像一只惯于攀登的羚羊。

在那座城堡里，她流连忘返。每个房间，每面石墙，每级台阶，都让她感到有趣。

“我长大了，就要住在这里！”她对爹爹说。

三十年过去，爹爹先她入住她的城堡。——从一个城市，到另一个城市，女人仿佛候鸟，不停迁徙。很多人都知道，周末，女人要去看望熊爹爹。

女人徒步上山。暮色苍茫，女人的身影，就像是慢慢飘上去的。到达城堡，需要十五分钟。逐渐加深的暮色，在她走进城堡之前，就已吞没了她。

住过一宿，或者只在上面停留一两个钟头，女人独自下山。女人感到自己就像是从另一个世界走了出来。

驱车在茫茫原野上，眼望前方的漫长大道，女人会更清楚地感到自己是来自别处的。这里如同处在蛮荒时代，山林无主，禽兽俱寂。她会不时看到一个踽踽独行的影子，踩着山石间的空地，从一个方向，到另一个方向，一步步向前走去，偶尔会倒身在郁郁葱葱的、矮小的灌木丛中，枕着手臂休息。一个影子消失，另一个影子接着出现。这样，她的车所碾着的大道，就如同是被这些影子踩出来的了。

女人沿着这样的大道，来自别处，又去往别处。愈觉天大、地大，道路愈细，往前看，果真迷失在了天地交接的地方。路上的车小，人愈小，山石有山石相伴，草木有草木相伴，唯女人，只将方向盘握得更紧，好像要与车子融为一体，以抵抗阵阵袭来的孤单和凄凉。

不知不觉地，车速加快了。

2

女人抛开原野，进入省城，直奔位于燕子山下的仁合园小区。

泊了车，女人急匆匆往楼上赶。

到了四楼的一扇房门前，女人马上就要开门。她已将钥匙拿在了手中。但她停住了，无声地将钥匙放回包里。

她镇定地按响了门铃。

房门很快从里面打开。

一个男人，站在门后。

男人体态修长，身穿洁白的丝质睡衣、睡裤。确切地说，这还是一个非常年轻的男人。男人伸手把她拉了进去，关上门就是一阵狂吻。

几个小时后，女人从床上起来，神态慵懒地斜靠在沙发上，好像还没醒过神。

女人就那么孤单地坐着。她的样子，有些恍恍惚惚，甚至无助。

房间里悄无声息。

男人轻轻走过来。

“我没看电视。”男人说。

女人一愣，发现自己刚才是在直直地盯着电视机，忙把视线移开。

“小海，你可以看电视的。你也可以，你怎么都……”

“我讨厌新闻。”年轻人张口打断她，用力将手一甩，补充一句，“所有的新闻！”

“大可不必。你该明白，我对你没有别的要求。”

“现在不是说这个的时候。”年轻人说。

在女人面前，年轻人玉树临风。年轻人弯下身子，把手伸向女人的腰部。

“宝贝儿，你肯定饿了。洗把脸，吃饭吧。”

女人哦了一声，像是轻轻的叹息。在年轻人的搀扶下，女人无力地站了起来。

他们一同走进盥洗间。

“别动。”年轻人温柔地命令。

女人就不动，脸孔微仰，眼睛微闭。

年轻人蘸湿了毛巾，拧一拧。

他一下一下地、细细地给女人擦脸。

“小海，”女人突然看住了年轻人，“我是不是很老？”

女人的目光，没有躲闪。倒是年轻人，向一旁转了一下头。

他马上转了回来，脸上带着迷人的笑容。

“你一点儿不老。”年轻人蛮欣赏似的看着她，刚刚擦洗过的面孔，有着一种特殊的滋润和娇嫩。“你怎么会想到自己老了？——来。”

他放下毛巾，又给女人洗手。女人的手被完全包在他的手里。女人乖顺得像个孩子。

在女人睡着的工夫，年轻人已经做好了饭。

他们一同坐在餐桌旁。

“小海，”女人郑重地说，“你可以叫我熊姐，没关系的。或者……”

年轻人用目光止住了她。一双勾魂摄魄的眼里，确实含进了深深埋怨的意思。

“我爱你，你知道的。”年轻人说着，竟把头一低。

“是的，我知道我知道。”熊旎忽然感到自己有些喘不过气来，“是的……我也……”声音小小的。

“从第一天起，从第一天见到你……”

“我知道，是的。”熊旎没能止住自己微微发颤的声音，“是的，从第一天。可是，我也知道，这对你是不公平的，你怎么都可以……”

年轻人抬起温柔的眼睛，轻轻嘘了一声：“吃吧。”

女人停了一会儿，才点点头，顺从地拿起面前锃亮的刀叉。

3

女人又要去往别处了。S省新兴工业城市无诡，就在这条道路的尽头。

从省城出来，有一百二十五公里的高速公路。畅通无阻的行驶，仿佛一首悠扬的歌曲。轮胎和路面的轻轻的摩擦声，她也听得到……仿佛音箱里微弱的电流声。

驶下梓川县城高速路口，路况依然良好。

女人神情专注，嘴角却不时地露出一丝微笑。

黄昏时分，女人熊旎到达无诡。

太阳橘黄色的光芒，笼罩着整个城市，仿佛给城市穿上了一条又漂亮又通透的衣裙。

熊旎多年前就来过这里。在今年的五月份，熊旎还来过这里参加宇宙星集团北京总部在无诡市举行的现代化管理经验交流会。当时，无诡分部总裁谌令辉可谓出尽风头。

但这一次跟以往不同。

熊旋边走边瞧，对这些年无诡市市政建设发生的变化感叹不止。街面宽阔。一座座散发着现代气息的高楼大厦，在街道两旁拔地而起。每条街上，都车水马龙，但都井然有序。最为繁华的街道，当属府前街。

一辆辆车子，渐渐停了下来。

车在街上越聚越多。

熊旋往前看，十字路口的信号灯，红红绿绿的一阵闪动，神经错乱了似的。

在如此宽敞的大街上出现拥塞，真是不可思议，但车子的确走不动了，就连轻便的自行车也无法通过。人群仿佛一股股潮水，涌过来，涌过去。

熊旋耐心等了一阵儿，再要掉头，已不可能。往后看去，堵塞的车辆，挤挤挨挨，排了好远。熊旋先是有些着急，却又马上镇定下来。她倒要看看，交警部门处理这样规模的交通堵塞需要多长时间。

一分钟，两分钟，三分钟……街上挤成了铁疙瘩。

车子走不动，但人还走得动。很多人继续挤上前去。不少司机也从车里走下来，好像要去看什么热闹。

熊旋还是有些着急。这时候，就发现一个模样规规矩矩的中年男人，在车辆之间拐来绕去，向自己这里走了过来。

熊旋摇下车窗玻璃。

那男人低下头，神色谦恭地朝她叫了一声：

“熊总。”

熊旋微微一惊。

“我是分部办公室的小屈。”中年男人自我介绍道，“去仁城接您的人扑了空。”

“前面怎么回事?”

“嗯……一只白虎,听说街上跑来一只白虎。”

熊旎不由得皱一下眉。

“都是瞎扯。无诡市怎么会有老虎?”小屈说着,又像因传播了谣言而感到愧疚。“请熊总跟我来。王佳良书记、任志韬副总在宇宙星宾馆等候多时了。”

熊旎没说什么。她下了车,发现还有一个小伙子站在小屈的背后。小伙子钻进车里,熊旎就跟小屈绕过车辆,朝街旁走去。终于走出了车辆的层层围困,小屈就有意识地放慢了脚步,保持在不前不后的位置上。他悄无声息,但又的确走在熊旎的一旁。熊旎忽然下意识地回过头。她分明看到了那样一只白虎,像是银子做的,全身上下无一根杂毛。白虎威风凛凛,步履从容,在大街上如入无人之境。她感到自己被狠狠地震了一下,忙收回目光。

……眼前只是被车辆和人流挤得水泄不通的街道。转过头,就看到南北向的古黄街旁,停着一辆油黑发亮的奥迪。司机已经早早站在了车门前。

4

“熊爹爹身体好吗?”

在宇宙星宾馆,无诡分部副总任志韬见面就问。这句话让熊旎心里疑惑了半天。看来,自己的“情况”已被一些人掌握了不少。

俭朴但不失隆重的接风酒宴,一个小时后就结束了。

一行人离开宾馆,除两三位有事的副总和处长外,其他人一起把熊旎送到住处。大伙儿多数住在分部大楼后面的宇宙星苑,紧靠市政府的鞠园(原名“公仆园”,后更此名;百姓风习难改,仍以“公仆园”称之)。因考虑熊旎旅途劳顿,只有王佳良书记、任志韬副总和小屈跟熊旎走进了宇宙星苑二十六号楼,而且也没在里面耽搁,就告辞出来了。

分部办公室已事先替她找了个小保姆。

那小保姆名唤柳眉,果真慈眉善目,一看就是个本分孩子。任志韬告诉她,需要什么东西就尽管朝分部办公室打电话,她只说了一个"是"字,脸上就不由得飞红起来。听她迎客、送客的话,知道是经过培训的。这时候她看出熊旎想单独待着,就冲好咖啡,退回到自己房间去了。房门虚掩着,让人想象得到,她在里面时刻警觉地等待主人的召唤。

房间跟熊旎在仁城的房间格局相差无几,仿佛是按照同一张图纸设计建造的。

熊旎一恍惚,竟觉得自己还是在仁城。

那副非常漂亮的楼梯,好像拖在地上的孔雀尾巴,她上上下下,走过多少次了。她又走了上去。在楼上最大的房间里,已摆放好了她多年使用下来的、形形色色的健身器材。这是一间向阳的房间。她不由得想到,分部办公室的工作真是细致,也知道她喜欢在向阳的房间里锻炼。她的心里一阵温暖,同时还有一点感激落在了那位分部秘书长小屈头上。

目光一扫,就发现多了一款自己曾在仁城一家体育用品商店看中的18型功能软跑板豪华跑步机。当时也是考虑要离开仁城,就没买,并打算来无诡的头一件事,就是好好逛逛这里的体育用品商店。这个总是自称小屈的人,真能够揣摩出人的心思吗?有了这台豪华跑步机,其他的美腰机、健腹机、引体向上器、仰卧板、划船器,还有她用过的那台申江牌多功能跑步机,就都可以淘汰不用了。但熊旎不会觉得它们是多余的。它们是老朋友了。有了新朋友,不忘老朋友。从三角铁、哑铃开始,每一种健身器材,熊旎都试了一次。那台新跑步机,非常好用。熊旎绝不会放过它,该交多少钱,补交多少得了。她不会占分部的便宜。一样样试下来,她出了一身透汗。她觉得疲惫而舒适。

在她运动的当口，柳眉已悄无声息地放好了洗澡水。她走进卫生间，首先注意到的是那只宽大的浴缸。不知浴缸是不是才安上的，反正看上去非常新。她宁愿相信它是上一个户主留下来的。德国水晶釉面贝思特钢板缸，质地非同一般，少说也得两三万元。昨天，上个月，去年，又是谁在这里住过呢？还没人告诉过她。浴缸肯定是干净的，她没必要疑心。她脱了衣服，走入水中。

水中，熊旎的身子柔柔地浮起。熊旎听到自己口中发出了一声叹息似的呻吟。

熊旎是一条鱼。

此时此刻，熊旎如鱼得水。

水和鱼的亲密接触，多么美妙、惬意。

熊旎从水面上无限怜惜地凝望着这条鱼。它白白的，在水中变形了，又像一匹质地紧密的丝绸。它的健康、匀称，不能不说得益于自己经常性的体育锻炼。体育锻炼也给熊旎带来了旺盛的精力和一种优雅而不失之文弱的气质，甚至还有机智敏锐的思维。这使她在高高大大的男人堆里，一眼就能被人认出来。

……她为什么还要怀疑自己老了？她在张口向小海说出那句话时，是不是感到了自己的软弱？……但在那种时刻，又能让她说什么好？

熊旎心里暖洋洋的。她没在身上涂抹沐浴液，也没使用浴缸按摩功能。她喜欢看着清澈透明的水波，静静地漫过自己的身体。她自己也渐渐安静得像泓清水。她缓缓地闭上眼睛。

5

电话铃响起。铃声刺耳。

熊旎一激灵，身体搅动了洗澡水。水花也溅起。

她伸手摘下墙上的电话。

“喂。”声音绝对正常。

“我以一个真诚热爱您的人的身份，甘冒被人误认为可耻的告密者的嫌疑，提醒您时刻注意！”

一种平板的、像是从千年坟墓里传出的声音。

熊旎暗暗紧张起来。

“宁樵，一个以处处跟任何人作对为乐、信奉斗争主义、与人斗其乐无穷的伪君子，一个货真价实的小人。小心他！千万小心他！一万万个小心他！”

电话猝然挂断了。

熊旎半天没动静。她还把话筒拿在手里。

她慢慢放下话筒。

没等把手拿开，电话又响了。

电话里却只有沙沙的电流声。

“无聊。”熊旎小声说了一句，又把电话挂上。

她的身子向水中滑去。水漫过她的脖颈，像有一张小嘴吻着她的耳根。她感到痒痒的。

但电话铃再次响起，熊旎不打算理会了，可是铃声响个不停。

她略想一想，又把话筒摘下来。

“喂，您哪位？”她仍保持着温和的语调。

她听到低低的喘息声。

“无诡突降一只白虎！”里面的人说。

熊旎反应很快。

“小女子不信邪。别说是一只白虎来了，就是遍地豺狼虎豹，也由他！”

熊旎说着，咔嗒挂断了电话。

熊旎已经不可抑制地激动起来。因为身体的剧烈颤抖,水声哗哗作响。

过了好大一阵,熊旎才稳住呼吸。她想到五年前,她从省部经贸委主任的位置上,调任仁城分部副总。当时S省就流传着“仁城无人,无诡有鬼”的说法。她没有被吓到,而是欣然领命。她在仁城五年,无疑是浴火重生的五年。也是在仁城,她以自己的坚决果断、办事利落、敢于承担责任,而落下了一个“铁娘子”的称号。等到仁城有“人”了,各项工作都走上了正轨,她就又被调到有“鬼”的地方来了。

看来,“鬼城”不光有鬼,还有众多更为凶恶的走兽。

熊旎回想着电话里的声音。她无法断定这两个电话是不是同一个人打来的,但她蓦地想到了一个人:小屈。无诡分部办公室屈大秘书长。

无诡市谁最清楚这个电话?无诡市谁最清楚她住进了宇宙星苑二十六号?小屈。

他叫屈什么,熊旎尚不知。接风酒宴上,分部六大班子成员把他呼来唤去,也都只叫他小屈,好像根本没把他放在眼里。他在人们中间左右逢迎唯唯诺诺的模样,也的确像个很不起眼儿的小人物。按说在一个市里,作为一个巨无霸国企的分部办公室秘书长的职位也不算低了,飞扬跋扈的也不少,却没见他显示出一点点儿的男子汉骨气。当然啦,周围不是当地政府的书记、人大常委会主任、政协主席,就是总裁、副总裁,他一个办公室秘书长算得了什么?但也不至于如此嘛。熊旎当时都有些替他难受了。好几次看样子有人要拿他开玩笑,都是熊旎好心给岔开。

现在,熊旎越思越想那个业已消失的声音,就越向小屈身上靠近。

看来,宁樵在无诡分部得罪了不少人。对省部主持的这次无诡市分部领导班子调整的内幕,熊旎也了解不少。宁樵副总裁用了三年的努力,扳倒了前任总裁谌令辉,而且祸及分部书记高万操。目前高万操已调省城,出任省部政协副主席。在对宁樵的安排上,省部及北京总部领导也有考虑,最初主张将其平调至沿海的石臼分部。宁樵获知，坚不应允，出言掷地有声：

“为什么非要我走？也罢，等我做了亏心事，我就走！”

熊旎以前在省部的会议上也见过这个人，除了见他高高大大的，但并没有很深的印象。听到他的那番话，就很想再见到他。今天宁樵没来给她接风。他没来，她觉得很正常。他来了，那倒不正常了。

熊旎不怕小人，但熊旎也知道，小人不可得罪。

得罪小人想安稳可就没那么容易了。

这个可爱的犟先生，看来不可能不把小屈得罪。

熊旎想着，又一个激灵。她猛地抱住了自己的胸脯。

小屈可以给她打匿名电话，未必不会想法子窥视她的生活。她是一个女总裁，而且还是一个独身的女总裁。一个漂亮的独身女总裁的背后，会隐藏着多少秘密啊。尽管熊旎自信“小女子不信邪”“小女子不在乎”，但小女子的身体是无比高贵的。小女子绝不容许任何人用低俗卑劣的目光，窥视自己至尊至贵的身体。熊旎感到长夜里处处挤着淫邪的眼睛。她马上走出浴缸，飞快地穿上了衣服。

熊旎向自己的卧室走去。熊旎惊悚了一下。

6

客厅里的电视机开着。

又是电流声。在熊旎耳里，越来越大。

熊旎走过去。

屏幕上雪花闪闪。

小保姆影子一样跑过来，拿起茶几上的遥控器。

“别关，看有什么片子！”熊旎阻止她。

小保姆把遥控器递给熊旎。

熊旎从容坐下，选台。

……晚间新闻。药品广告。科普讲座。《玫瑰有约》。化妆品广告。戏剧大奖赛。《中国好声音》。知识问答。电视连续剧。

熊旎选定了一部电影。

一部原声老电影。

《卡萨布兰卡》。

永远的英格丽·褒曼，亨弗莱·鲍嘉。

小保姆不知什么时候退了回去。

熊旎几次不由得拿起手机，但都放了下来。

……年轻人，三十岁以下的年轻人，有谁会真心喜欢这样一部黑白的，甚至是灰暗的老片子？

在这孤寂的长夜里，这样的片子，注定是给她一个人播放的。

渐渐地，熊旎又一次被耳熟能详的剧情吸引住了。

空空荡荡的房间里，熊旎不可避免地被一部老掉牙的欧美电影感动得热泪盈眶。在她清楚听到自己一阵接一阵的抽泣声时，她感到自己是真的被感动了。

Richard, I tried to stay away. I thought I would never see you again. That you were out of my life.

（理查德，我尽量避开你。我以为我永远不会再见到你，你已经从我生命中消失。）

的确，自己泪水涟涟的模样，她已经不在乎会被人看到了。

第二章

1

从宇宙星苑二十六号这个位置，可以全览无诡市党政办公大楼雄姿。

熊旎早早起来，站在健身房里，对这座无诡市最气派、最讲究的建筑物，眺望了好大一会儿。稳重、大气，是其他诸如银行、电网、电信等行业的豪华建筑所不具备的。它虽高不过离它不远的望海大厦，但它有一种凌驾一切的威势。熊旎还没走到那里，她就能感觉得到。

跟市政大楼一样，与它呈双峰并峙之势的分部大楼，也在实行同样的规矩。熊旎虽是老总裁，但熊旎并不是愣头青，她从没想到要在自己任上破除分部大楼太过苛刻的来人登记制度。

司机老包提前来接熊旎上班。路上行人不多。车子停在分部大楼前，熊旎走上台阶。不到分部大楼下面站站，就体会不到分部大楼的威严。熊旎也是见过世面的，一踩到台阶上的花岗岩石条，就觉整个人往下一沉，而那雄伟壮丽的楼体，陡然升得更高，直直地插入了深邃的蓝天。

……熊旋的头，微微感到有些晕眩。她又走上两步，回过身来，往后看去。

新世纪广场上，红花绿草，相映成趣。

熊旋眼前豁然开朗。

无诡市的标志性雕塑，一位端庄秀丽的母亲形象，坐落在广场的音乐喷泉中央。母亲怀抱幼儿，意欲放孩子下地向前奔跑，仿佛四周就是美好的人间乐园。

熊旋浑然不觉地点点头。公正地说，这件雕塑还不算恶俗。

目光再往左右一掠，就又发现一簇一簇的人，散布在广场周围的各个角落。这样的情形，熊旋也不生疏。繁荣的背后，时时有冤情伴随。他们哪里知道，这个早早站在分部大楼门口台阶上回首观望的女人，竟是他们的老总。

2

新任领导见面会后，熊旋回到自己的办公室。在人们汇报问题的间隙，熊旋出了一会儿神。一缕奇异的墨香，在她面前轻袅。她把手放在了电话上，却又站起来，走了出去。

熊旋认为，就是这缕墨香把自己的双脚引到了宁樵办公室门前。但她并没有马上停下来。她走过去两步，才毅然转回了头。

在敲响宁樵办公室的房门之前，熊旋看到宁樵手持毛笔，从宽大的案台后面站起来。

“请进。”

她得到允许，推门走了进去。

很显然，宁樵一惊。但惊异并没有驱退他脸上孤独的神色。

熊旋目光匆匆一瞥,就看清了。房间里没有一张宣纸,没有一杆毛笔。办公桌上,只一摞文档,占着小小一角。靠墙的一排书架,摆着几本书,基本上是空着。白色的墙上,也没挂一幅字画。只一块石英钟表,嘀嗒、嘀嗒地走。

宁樵在办公桌后面欠欠身子。

"宁总,打搅了。"熊旋说。熊旋心里不禁一收。宁樵的目光,分明把自己看成了怪物。

"请坐,"宁樵轻声说,"熊总纡尊降贵。"

"宁总写得一手好字?"熊旋大大方方坐下来,说道。

"谁说的?"

熊旋笑了。

熊旋已经有主意了:"请宁总赐幅墨宝。"

"你也喜欢这个?"

"附庸风雅嘛。"

"我不会。"宁总说,可能感到语气生硬了些,又说了一句,"分部艺术馆有搞书法的,要多少都成,哪位都比我写得好。小屈就可以办。"他顿一顿,又很突兀地说,"我不务正业。"

熊旋讶然道:

"宁总什么意思?"

"我当了一回信访办主任。"

"能不能细说?"

"你应该知道的。"

小屈进来了。"对不起,对不起,"他连声对宁樵致歉。他又转向熊旋:"王书记急着找您。"

熊旋站起来:

“又有什么事?”

小屈如实说:

“不知道。”

“别忘了我要的东西。”熊旎对宁樵说。

小屈脸上流露着不安。

“没什么。”熊旎说,“你忙去吧。”

走廊里,墨香消失了。大理石地面,光滑可鉴。空气,清新宜人。四处静悄悄的,好像整个分部大楼,空无一人。

3

中午,熊旎回家吃饭。

柳眉的厨艺,很对熊旎的胃口。但熊旎不过是略把肚子填了填,就放下了饭碗。抬头看钟,十二点整。午后两点半上班。两个半钟头,逛商店充裕得很。一丝午后的乏倦,气泡一样,在她身体深处涌起,马上又被她要参观体育用品商店的兴奋逼退了。她开车出来。

阳光明亮。大街上行人稀少。熊旎慢慢地开着自己的本田雅阁,寻找体育用品商店。这车是她去年买的,花了她三十多万。有了这辆车,去看爹爹就方便多了。自己买车,也主要是为了这个目的。

4

在无诡市规模最大的真久美体育用品商店门口,熊旎停下来。进了门,见里面果然琳琅满目。空间很大,装饰也非常豪华,货物摆放的位置,有机结合,俨然一个整体。往里看,灯光和镜面合成的效果,给人一种幽深的感觉,好像越往里走，越走不到头，越往里走，就越是奇妙。美中不足的是，那些服务员一个个磕头打盹，顾客进来了，竟没一个人走上来。熊旎想，这也好，自己正好趁此机会仔细看看，多耽搁一会儿。

这里有的，家里似乎都有。熊旎等待着新的发现。

熊旎一抬头，目光就撞在了任志韬身上。熊旎忙对任志韬摇手。

任志韬马上领会了，笑笑，只说：

“你也来逛啊。”

“顺便看看。”熊旎说。

“我也有这个爱好。”任志韬说，“可哪有空闲？要不是孩子哭着闹着要买足球……”

熊旎不易觉察地瞧了瞧他那硕大无朋的肚子，问道：

“你孩子多大了？”

“不好意思，不好意思，我三十三岁才结婚，生生把‘庄稼’给耽误了。我同学的孩子上大学的都有了，可我家任洋洋，才读小学五年级。我们祖祖辈辈积德行善的老任家，白白少了一茬人儿。”

“晚婚晚育的代价，换来了事业上的成功。”熊旎笑道。

任志韬叹了口气。“你这是取笑我了。”他说，“我哪来的‘事业’，又哪来的‘成功’？只不过是混口饭吃。”

“先生再看这个。”营业员又拿下来一只足球。

“你仔细挑吧。”熊旎说，“我先走了。”

“哎！”任志韬想叫住她。她一看他，他就不说了。

熊旎也猜不出他葫芦里卖的是什么药，正想着呢，他又开口了：

“那台跑步机，是我吩咐小屈买下的，不知好用不好用。”

熊旎还没答话，那小营业员眼睛一亮，叫道：

“您是任总！”

任志韬郑重地说：

“我现在是真久美的顾客。”

那小服务员是很机灵的，口甜得要命：“真久美还要任总多关照啊。”说着，就要让人去叫经理。

熊旎忙说：“有什么话回去说吧。”就走开了。

任志韬拉住了小营业员。“不要多事了。”他说，“把球给我装好，我这就要回去了。”

“任总到上面去坐吧。”小营业员说。

“知道刚才那人是谁吗？”任志韬的表情，突然变得神秘起来。他压低了声音，一字一句地说，“她就是新来的宇宙星集团无诡分部的熊总。”

“熊总？女的？”小营业员不相信似的看着他。

“我的顶头上司。”任志韬说，“这是个女人骑在男人头上的时代，不是吗？”他开玩笑，发现自己还攥着小营业员的手，就松开了。那可爱的小手，都被他捏红了。

小营业员利利落落地把足球包好，又小心翼翼地把它放进真久美的专用购物袋里，仿佛它是天下不可多得的宝贝。任志韬要去付钱，小营业员怎么着也不肯开票。别的营业员，都从困倦中清醒过来，一起朝他们望着。任志韬有些不高兴了，小营业员见状，只好将交款票开了，而且也没忘奉承任志韬两句。

5

任志韬从真久美出来，早不见熊旎的影子了。

一阵灼人的热风，扑面而来。

任志韬听到了自己出汗的声音。不过是在太阳底下一站，他就有了马上就要被晒焦的感觉。

一辆出租车,开到近前。任志韬也没细看,就坐了上去。

陡然感到好像钻进了蒸笼里。这是一辆没装空调的破车。任志韬刚要叫声“停下”,但又把话咽了回去。他克制着自己。他让自己一点点地放松。汗水还是一个劲儿地汩汩而出,他却仍感到自己正逐渐地、不可抵挡地心平气和起来。

从眼前的明亮的空气里,他看到了自己的模样。那个人慈眉善目,神情样貌完全与一个随遇而安的老好人相符。

他与司机聊起天来,把自己的一副菩萨心肠,仿佛一堆白蜡,摊在面前,任毒辣的阳光曝晒。

这车开几年了,好不好开?每天的收入多少?家里几口人?怎么,你是最早一批下岗工人?下岗怕什么,从头再来,不要埋怨自己没本事。大哥就够自强自立的啦。你还在自学英语?佩服,佩服。大哥贵姓?姓梁?贵庚?整五十儿?比我还小两岁呢。你不觉得,小五十儿才是人生的开始吗?

“先生还没告诉我到哪里下车呢。”

“往前开。哦,鞠园路上。我指给你。”

“对不起,开过了。”

车子掉转方向。到了鞠园路,由西至东开去。

“不远了。”任志韬说。

“到了。”任志韬说。

“少收两块吧。”

“那怎么能行?”任志韬瞪大眼珠子说,“该多少是多少!”

“先生真是大方。”

“不用找了。”

“请等等……喂,先生,车票!”

“免了。”任志韬说。任志韬又弯下身子，把头探到车窗前：“祝好人一生平安。”

“谢谢。”司机愣了一下，才说。

他隐约听到司机哽咽了一声。他直起腰来，向宇宙星苑门口走去。步子稳稳的，走一步是一步。天气那么热，他头都要昏了，但他的步法一点儿也不乱。一般人哪有这样沉稳有派的步法？他走进了宇宙星苑的电动伸缩门。一棵显然移植不久的塔松，剪纸作品似的，以不多的枝叶，挡住了他的身影。

6

任志韬一回到家里，就长出一口气。他猝然倒在沙发上。

他年轻漂亮的老婆张怡琴，袅袅娜娜地走过来，手里拿着一块湿毛巾。

“何苦呢！”张怡琴十分心疼地埋怨说，“叫小刘去买，不就得啦。”

“足球买来了没有？”

儿子洋洋站到客厅门口，不客气地、理直气壮地问道。

“这孩子，没看你爹爹热得这个样儿！”张怡琴板脸呵斥。

她擦干净了任志韬脸上的汗，又擦他身上的，从脖子根儿，到胸口，又到腋下。

“儿子哎，足球在这里。”

“什么破足球！”儿子洋洋瞥一眼，噘嘴道。

“怎么是破足球？”任志韬说，“这是真久美体育商店最好的足球，营业员极力推荐的。”

“不过是 STAR－HIGHEST 高级合成革足球，还是国产的。”洋洋说，“要买就买阿迪达斯、火箭、春潮、斯伯丁——威尔顿也还凑合。”

任志韬咧嘴笑着，直摸头皮，一时不知说什么好。

“我看你不如去冲一下。”老婆张怡琴道。

“还他妈‘死它、害死它’,国产的又怎么了?”任志韬笑道,“一口气就‘阿迪达斯、威尔顿’,难为你讲得出来。”

“小刘来了。”张怡琴看看窗外道。

任志韬站起身。

“好儿子,我的好‘庄稼’,”任志韬道,“今天爹爹破例,爹爹先去送你。”

亲自把儿子送到实验小学大门口,任志韬才去分部大楼上班。几年来,任志韬第一次没像往日一样,早到二十五分钟。往日总是先大人,后孩子。任志韬决定改一改了,大人嘛,承认也好,不承认也好,也就这样了,而孩子……难以预测,不可限量。

每个孩子,都是每个大人的一切。

第三章

1

任志韬说了谎。

任志韬随口就说了谎。考上大学之前，任志韬在无边无际的庄稼地里，干惯了繁重的农活。

一踏入大学校门，任志韬的身体，就庄稼拔节一样，突突猛长。本来是干农活压出来的小矬个子，不到一年时间，竟长成了一棵细长的豆芽菜。

任志韬最不相信的理论，就是劳动最光荣。在任志韬眼里，劳动，特别是阳光普照下的劳动，阳光明媚的日子里的劳动，简直就是庄稼人的苦难，人类的苦难。任志韬把体育活动等同于干农活。他成了他们班上每天起得最迟的人，也是最不爱活动的人。看着操场上为争夺一只小小皮球而奔跑得汗流浃背的同学，他的嘴角，常常不以为然地付之一笑。累得气喘吁吁的样子，多少有些傻了。——他从而比别人多了一份与其年龄不相称的沧桑感。他的安静，也非常引人注意，就像他柔弱的细长的个子，总是从一群体形参差不齐的男女同学中间突出来。一个偏爱与众不同的女同学暗地里看上了他。

春天一个暖融融的夜晚，两人情不自禁，偷吃了禁果，而且一发不可收拾了。在绝大多数男孩子在为青春期的骚动煎熬、视性为神秘的二十世纪八十年代，任志韬，这个农家子弟，已是一个真正的成熟的男人。假期里，女同学要求，跟他回家，看望将来的公婆。在那个封闭的小山村，女大学生的到来，引起了全村一连几日的轰动。他的老实巴交的父母，着实感到儿子为他们脸上增了光。没想到毕业前夕，女同学未做任何说明，突然离他而去。那时候，任志韬没有多少被抛弃的悲哀，反倒有一种“曾经沧海难为水，除却巫山不是云”的感慨。

走出大学校门，任志韬以过去不曾有过的一股“再别康桥”的潇洒，挥一挥手，不带走一片美丽的云彩。

就是靠着这股洒脱劲儿，任志韬在社会上摸爬滚打，一步步走向成功（他对熊旎讲，自己没“事业”，何谈“成功”？的确是自谦之词。那种话他张口就来）。人总该有知足的时候，他有野心，但也不至于不自量力。

美女，一切美女身上应有的，张怡琴身上都有。脸庞身材，都是按动人的标准生长的。——注意！是按动人的标准，而不是按美女的标准。谁能说出美女有什么标准？不为人知的，还有张怡琴身上的雪白。

任志韬常常不过是一想，就感到自己把持不住了，自己非要飞到那片雪白的肌肤旁不可，自己完了，自己软了，自己化了。非得坐下来。若旁边有些像小屈那样的人，更可笑了。大家都一脸敬重地说，任总工作太疲劳了。他们虽是下级，但他也会予以配合，就像自己果真日理万机似的。张怡琴这样的女人，让他爱不够，让他绝了对其他女人的念想。张怡琴是孩子的妈，一年一年地过去，任志韬看不出她有什么变化。跟他的年岁相比，张怡琴越来越年轻了。两口子站在一起，越来越像老夫少妻了。特别是那种时候，差距清楚地显示出来。像只被宰的肥猪似的时候多了,乘船划水的时候少了。下边的时候多了,上边的时候少了。跪着的时候多了,趴着的时候少了。躺下来时,他常能看到自己肥大的肚子,圆鼓鼓的,颤巍巍的,仿佛一座寸草不生的小山。这肚子里积聚了太多的油腻,已经成了他行动时的累赘。但他还是不喜欢任何体育活动,即使想喜欢,也大不容易了。

任志韬喜欢逛的,是监狱和看守所。

每两个星期,任志韬至少有一次到监狱或看守所转一转。这个,在无诡分部上层,已是不成秘密的秘密。张怡琴是后来才知道,试图阻止他:

“去那种地方,你不怕霉气!”

任志韬不怕霉气。运势上升时,就没有霉气。运势衰颓,霉气来了,想挡也挡不住。常到监狱、看守所走走,或许还能起到警戒作用——在不少人看来是这样。所以,任志韬的这个怪癖,甚至得到了很多人的赞赏。上届分部书记高万操,就是其一。但也有险恶的冷言冷语:任志韬这是在为自己的将来蹚蹚路子。——很不好听。任志韬不以为意。

蹚蹚路子,又有什么不好呢?万一霉气来,谁也说不定跟监狱和看守所无缘。在那里,他爱看那些犯人。他几乎认识了所有的狱侦员和公安干警。无诡监狱的指导员雷志立,还成了他的要好朋友。通过雷志立,任志韬还认识了省监狱的某位领导。也别小看这层关系,去年,就凭借这个,任志韬还办过一些大事。

任志韬感到自己充分具备政治敏锐性。

熊旎不是一般的女人,但又不能用“我行我素”来概括。她可不是简单的我行我素。

熊旎在仁城的情况,任志韬早有耳闻。毕竟省内女老总较少,容易引人注意。自从前老总谌令辉出了事,任志韬就非常关心无诡分部的领导班子问题。他觊觎老总的职位,但自知阅历较浅。从省部一个熟人那里,他事先得知了省部要将熊旎调来无诡的内幕。通过各种途径,他详细了解了熊旎在仁城的情况,包括她每周一次的探望熊爹爹。

熊旎初到仁城,就遇到了当地顽固势力气势汹汹的围攻,还有不少险情,足以致熊旎于死地。但谁也没想到,熊旎走的是亲民路线,常以四两拨千斤的方式,一次次化险为夷。老子有云:江海之所以能为百谷王者,以其善下之,故能为百谷王。是以圣人欲上民,必以言下之。欲先民,必以身后之。是以圣人处上而民不重,处前而民不害。是以天下乐推而不厌,以其不争,故天下莫能与之争。是也?——极是也。搞到最后,让那些对她发起进攻的人自己都会感到十分无趣。熊旎是个女人,一个女流之辈,跟她的女人本性相比,所有的阴谋诡计,都变得极为幼稚和可笑。

任志韬不由得想到老子的另一句话:上善若水。

但不仅如此。

堪笑兰台公子,
未解庄生天籁,
刚道有雌雄。
一点浩然气,
千里快哉风。

这几句豪爽苏词,便是熊旎的最爱。

据在熊旎身边工作的人讲,熊旎一个人时,对这几句词,常自吟哦。

任志韬去了熊旎的家,见墙上已经挂上了这样一幅字。任志韬心里一动。……不知那位铮铮傲骨的宁樵同志是否了解熊旎的爱好。宁樵同志在分部分管宣传、文体、教育,在搞字画方面,倒也便利嘛。听说分部工会有个叫来春光的书法家,年年都有书法作品在省内外书法大赛上获奖。嗯,嗯,随他去吧。

——若熊旎身上缺少那份刚强,也不会被人叫作"铁娘子""铁女人"。

……还有一个不怎么好听的叫法,任志韬也让人打听到了。那些心地不大光明的人,又暗地送了她一个歹毒的"铁处女"的诨号。

"铁娘子"也好,"铁处女"也罢,但没听人叫她"木娘子""水处女"啊。凭着自己多年对女人的观察,任志韬不大相信熊旎还保持着处女之身。若她……总归会有一点儿风声的,但在这方面,对她不利的信息一点也没听说。

单靠一个柔弱女子,在宇宙星集团男人堆里孤军奋战,不但保持不败,而且仕途前景依然看好,任志韬并不是小看女人,但心里仍有些怀疑。

果然,仁城就有一种传言。

熊旎每周要去看熊爹爹嘛。

熊爹爹何等人?S省的三朝元老。经风历雨了一辈子,给女儿支个着儿,不过是小菜一碟。听说就连省里的一些领导同志,也常去找熊爹爹求教呢。只是熊爹爹待人冷淡,不然,即使他隐居山林,也会门庭若市。自然,一般人无从引见。

2

秘书李童耀,已在办公室门口等他了。

上行下效,由于他历来上班早到,分部办公室的上班时间实际上整整提前了二十分钟。这里还没听李童耀把工作汇报完,小屈就走了进来。中午,小屈陪省部科学院的领导吃饭,自然也要向任志韬汇报。省部科学院来人还要考察无诡湿地生态区,一名副总已经陪他们去了。按计划,他们还要在无诡待上两天。任志韬还有陪他们吃饭的机会。新老总乍到,班子还没经过磨合。任志韬已经决定,以静制动。小屈人虽规矩,但并不是榆木疙瘩。小屈在分部办公室察言观色，可有的一说。任志韬一个轻轻的眼神，一个小小的手势，说话时一个短暂的停顿，小屈都能领会深意。

——小屈走掉了。

任志韬忽然像经过了一场长达百年的磨难。他走到办公室宽大的窗前。

任志韬蓦然一惊。

这才是七楼，他怎么像是在天上呢？

他站得有多高啊！

不远处的报社、广电大楼、望海大厦、华堂写字楼，还有再远些的人行大楼、电信大楼、电力中心、清风湖公园，都像被他踩在了脚下。那个新世纪广场，俨然一个深深的锅底。

他不由得打开了窗户。他感到自己就要飞出去了。

微风吹来。怎么一点儿炎热也没有了？那么温暖的风，也是那么清新的风。风儿好像天上的使者，要接他去长空遨游。

他伸展着手臂。那是飞翔的姿势。他向窗外探出了身子……探着，继续探着。

但他停了下来。

分部大楼门口，聚积了很多人。不少人或行或停地往门口望。一个女人，被赶开了。但女人踏着台阶，又走回来。她喊叫着什么。看样子她使了很大的力，但任志韬一点也听不清，仿佛那是另一个世界。那是别处。那里的一切，似乎与他无关。那里的声音，只能在那里传播。他从上面看去，所有的人都很短，果真更像是另一个世界了。他们推来搡去。一堆头皮，在推来搡去。手臂有时从头皮下面伸出来。东一下，西一下。这有种说不出的滑稽。任志韬马上就要哈哈笑出声来了，但他坚决地收了声。他沉下脸来，然后返回办公桌后面，拿起了电话。

“去看看是什么人？”

不大一会儿,李童耀跑了来。

“还是那个疯婆子。”李童耀气喘着说,“疯婆子又来擅闯分部大楼!”

任志韬眉头一皱。

李童耀钻进了他的心里。李童耀马上郑重起来。

“还是分部医院的那个护士。”李童耀说,“肯定又是来反映她丈夫的问题。”

“把她叫上来。”任志韬说。

不大一会儿,李童耀带那女人上来了。

“任总!”女人神情迫切地叫道。女人匆忙地打开随身带来的文件包,仿佛很怕任志韬会被人叫走。“又快到评职称的时候了……”

“你还认识我?”任志韬说。

“怎么不认识你?”女人说,她已把一摞文件从包里拿了出来,摊在任志韬的办公桌上。她激动得脸色红红的。“这是我爱人的获奖证书,这是他过去发表的文章。这些全是。这是美国著名科学杂志 *H. & G.* 。能在 *H. & G.* 上发表论文的,全省也不过两三个。任总,我请您仔细看看……”

“别急。”任志韬说,“你喝水。”

李童耀原要退出去的,又返身回来,给女人倒了一杯水。

“你把材料放在这儿,该评的一定得评。”任志韬表示。

“这绝对没假。我爱人……”

“请坐。”

女人不知不觉地坐了下来。

“他现在又搞什么了?”任志韬又温和地询问她。

女人显然迟疑了一下。

“您知道的,科研所的情况……”女人说,“我爱人从没放弃过学习。任总,已经过去了三年。他们应该理解从事科学研究的难度。这绝对不像是……”

有人敲门。

“任总，”女人显然按捺不住地着急起来，“我知道您很忙。您工作太多了，可我们实在……”

任志韬招手让李童耀打开门。“我记住了，”任志韬对女人说，“我这就给你表态。对，我表态，你爱人的事，只要符合条件，我一定责成人事部门给你办！”

“那就谢谢您了。”

“这些材料你还是拿去吧。我知道了。”任志韬说，“请你相信我。”

女人满怀感激地站起身子，可她又半信半疑起来，她期待地望着任志韬。“任总……”她翕动着嘴唇。

“请回吧。”李童耀对她说，“任总还有事。”

“您还认识我？”女人说，“已经三年……任总，我叫迟俐红。我在分部医院工作，但现在我有两年没上班了。我不信……是的，那就甭信邪了！我不信一切都由他们说了算！”女人眼里露出坚定的目光。

任志韬重重地朝她点点头。“小迟，请你耐心等待。”任志韬说。

女人嘴里嘀咕着“那我走了”。李童耀帮她收拾好了东西。她接在手里，向门口走去。任志韬向她说“再见”，她也像根本没有听到。她的发白的嘴唇，一直在快速翕动。

“李秘书送送小迟。”任志韬说。

李童耀要去送她，但她健步如飞，一眨眼就从门里走了出去。李童耀站在走廊里，想说再见，估计说了也白说，就闭着嘴，只是在她背后看着。他还从没见过一个普通女人，会像迟俐红那样走得飞快，简直就是一名优秀的竞走运动员。

第四章

1

“疯婆子”迟俐红忽然就在街上了。

“那就甭信邪了！那就甭信邪了!”迟俐红听到了自己的声音。她的嘴里,反复地说着。

回首一望,分部大楼就在她的头上。

它是那样高。她从来没想到它会那样高。它像一个怪物,高耸入云。在它身上,有着无数的眼睛。每扇窗子,都如一只眼睛,睁得那样大,却又那么无神。它们漠然地朝四下望着,好像又不知望着什么。所有的事物——有生命的物体,无生命的物体,以及无形的思想、意识,都在它们的目光之下,又好像跟它们没有任何关系。而她就是从那里出来的。

她在过去相当长的时间里,试图走到那里去,但都没有成功。那些强壮的保卫人员认识了她。他们对她基本上是客气的。她无法说出自己走进分部大楼是要求见哪个人。她耍过很多花招,都没有躲过武警战士年轻而明亮的眼睛。她一次次地被挡了回来。

可是这一次,她被请了进去。

……她努力回想着。

……她的确是被人请进去的。他们对她那么客气。这跟过去截然不同。三年前,她就来找过任总。

……任总身边,围着那么多人。她没说三句话,任总就要出去了。她根本不相信任总在听。一个叫小屈的人,将她半推半送,但她的眼一直盯着任总。

“任总,任总。”她一声声地叫。

“走吧,任总很忙。”小屈对她说,“虽然很忙,任总也会把你的事情记住的。”

她尽量向后别着头,但任总仍然从她眼前走开了。那时候,她一点儿也不觉得气馁。她感到了羞辱,但也感到了愤怒。羞愤交加,反而成了她源源不断的动力。她非要把自己的事情反映上去不可。她不信天底下没有公道。

——她不信邪!

她不信邪!

可是,尽管她做了那么大的努力,她还是没能再次见到任总。电视上、报纸上,处处都会看到任总的影子,但他就像消失了。别人能见得到,唯她见不到。

一辆辆豪华的小轿车,里面坐着的也都是任志韬,但她一个任志韬也拦不住。她不死心。

她一次次地来分部大楼,要么不被通报,要么被赶开。

那么多人认识了她。有一次,她听到分部大楼的人把她叫作“疯婆子”,她差点儿就哭了。但她告诉自己,不能哭。

绝对不能哭。

她更镇静,把头昂得更高。

她混在了那些上访的下岗工人中间。

公元××××年的,7 月 5 日,她记得这个日子。

为了拦住某领导,她早早起床,五点钟就来到了分部大楼门前。她被保安人员赶到了广场上。时间还早,她跟一伙下岗工人席地而卧。谁也没想到,天气说变就变。本该天亮了,却又暗下来。一阵冷风吹过,就下起了瓢泼大雨。

一时间,大伙儿都愣了。忽然就开始四下逃散。

广场虽大,但哪儿都不是躲雨的地方。他们跑来跑去,又聚在了一起。下意识地,你抱着我,我抱着你。他们抱在一起。

雨水像鞭子一样,抽打着他们的后背。

从来没经历过这样冷的雨水,仿佛来自地狱,也仿佛一支支利箭,锐利地、寒冷地穿过他们的身体。

……雨过天晴,太阳红彤彤地跃出地平线,渐渐升到城市的上空。

他们望着被雨水冲刷一新的分部大楼,谁也没有动。

他们自己走散了。

迟俐红大病了一场。

迟俐红终于再次见到了任志韬。人还是那个人,跟迟俐红那年所见一个样儿。可是,迟俐红不由得怀疑起来,自己真的走了进去?刚才在任志韬办公室的那一幕,难说不是她的想象。既然她走了进去,她在里面做了什么,说了什么,她是不是说清楚了事情的来龙去脉?她的表达,有什么不得当吗?

……那一幕,又多么短暂!

她只不过往那里一站,就一股风似的跑了出来。

她非常有必要再走进去。

迟俐红回望着分部大楼。它熠熠闪亮。它是一个巨人。迟俐红在它的脚下。她须仰视——她仰视也不能望到它的顶端。

她的脖子陡然酸了。

她又一转身,朝前跑去。

在公共汽车站牌下,她站住了。她觉得自己的眼睛不管用了。她的脑子也乱乱的。

一辆公共汽车开过来,她第一个冲上去。

车上有很多座位,她却只是紧紧扶着一根扶杆。她跟扶杆连在了一起,随着车子的摇动而摇动,但她不会摔倒。

座位很快被人坐满了。

乘车到了她家附近的车站,她走了下来。她还是走得飞快。

2

走进家门,迟俐红清晰地听到了自己沉痛的哭声。

她倒在沙发上,越哭越伤心。

她觉得泪水就要把自己漂起来了,可是她还不想停住。她哭啊,哭啊……哭声仿佛一条江河,势不可挡地奔涌而下。

迟俐红不能不哭。

想想过去,她的生活多么令人羡慕。她在分部医院有安定的工作,她的丈夫是个年轻有为的科学家。丈夫爱她,她也爱自己的丈夫。那样的丈夫,是每个女人做梦都渴望得到的。她跟丈夫琴瑟和谐。他们结婚后,就没打算要孩子。他们沉浸在幸福的二人世界里,相亲相爱,从没吵过一次嘴,从没红过一次脸。他们幻想着永远这样下去,一直到老。

可是,一场噩梦,破坏了他们的生活。

3

……那真是一场噩梦啊!

迟俐红宁愿死去,也不愿再回头想一想。

可是,她又不能不想。每想一次,痛苦就无情地吞噬一次她的心。

在过去的两年间,她失去了自己的工作。她没有放弃。她争取一切机会,试图赢得公正(事实上已演变为试图赢得自尊)。但一切努力无果,就连丈夫也曾多次劝她算了。丈夫一有空就去钓鱼。他仿佛看淡了一切荣辱。他不再把世上的浮名薄利放在心上。但她觉得,自己比他看得更远。

“那就甭信邪了!”她一次次地对自己说。

但不信邪又能怎样呢?

她感到自己已经到了走投无路的地步了。每一次拖着疲惫的身子,从外面赶回来,她都会想,自己还有没有再走出去一次的力气?可是一旦看到丈夫坐在电视机前,神情寡淡地看着那些无聊的电视节目,她都会感到一阵阵扎心的疼。

结果,迟俐红又走出去了。

迟俐红慢慢相信了,这是她一生中最为重大的一件事。

她可能需要一生的时间才能把这件事解决。

很多时候,迟俐红觉得自己心力交瘁。

迟俐红就要累死了。

这个,她倒不怕。她很怕自己疯掉。

当她头一次亲耳听到自己被人叫作“疯婆子”时,她切切实实地吓了一跳。她不断自问:“我疯了吗?我是不是疯了?”……她暗暗告诫自己,为了丈夫,自己不能疯。

无论如何都不能疯。

可是，连她自己也承认，在这两年间，特别是近一两个月，自己的神经时刻处在癫狂状态。她不知道还能再撑多久。

她开始骂人了。

曾经是大家闺秀似的女人迟俐红，也开始张口骂人了。

在分部大楼门口，她被阻挡急了，就骂骂咧咧。

有一次，她伸手抓破了一个年轻的武警战士的脸。那时她才知道，自己的指甲长了足有半寸长。这种情况，也是过去所没有过的。

那个爱清洁的，甚至有些洁癖的女人，也从人间消失了。她几乎成了一个邋邋遢遢、疯疯癫癫的老女人了。

4

迟俐红又一下子从沙发上跳了起来。

文件包在哪里？沙发上，沙发下，她细细地找了找。

没有。

再找一找，还是没有。

她紧张了起来。

她走到门口，模拟自己刚才走进来的情景。她确定自己进来时没有拿着文件包。她慌忙打开房门。

房门口的地上，除了几张被风吹落的广告纸，什么也没有。她跑出门去，就要下楼，但她停下了。

她想到自己把文件包放在任志韬办公桌上了。

她再想一遍，使劲地想一遍。

她重重地点点头。

她的嘴角,露出了满意的笑容。

她觉得自己做得很对。她把文件包拿回来,万一任志韬忘记了,她岂不是又白去了?走进分部大楼一次,容易吗?临出门,她机智地把文件包放在任总桌上,他只要得闲,就有可能看到。而再过一段时间,她就有充足的理由去求见任总。那些都是丈夫的重要数据,她可不能弄丢。她还得要回来。

迟俐红做得对。迟俐红只有一点放心不下。那份 ***H. &G.*** 是原件。其他的复印件,弄丢了倒还不甚可惜,那份 ***H. &G.*** 丢了,可不是闹着玩儿的。她是为了让人感受到某种真实性,才把这份刊物带来带去的。目前的情况下,要弄到第二份 ***H. &G.*** ,简直是不可能的。

……有那个档案包在任总那里,她再去分部大楼,就又有了一条借口。但不知任总是不是会把她的事儿放在心上。他是不是在打发她,像三年前一样。管他呢!他哄她又怎么样!她再去找别人。她也是找过别人的呀。她还可以再找。听说又来了新书记、新老总,她总有一天会见到他们。

迟俐红的心情,又一点点地轻松了起来。她看看天色。……丈夫快回来了吧。丈夫又去钓鱼了。丈夫在单位也没什么事可做。她想,丈夫去钓鱼也好,总比在家闲着强。她觉得自己心情很好。她走进厨房,打开冰箱看看,里面空空如也。

迟俐红又下了楼,去了一趟医院附近的小超市。她买回了很多熟食和蔬菜。

5

丈夫回来,一看桌上摆满了色、香、味俱佳的菜肴,就很吃惊。

“别问为什么。”她赶忙说。她接过丈夫手里的鱼桶,里面蜷缩着一条黑黝黝的大鱼正扑棱棱地甩动尾巴:“这么大的鱼!”

她提着鱼桶，走进厨房，把鱼倒进水盆里。

那条大鱼在水盆里伸展开了身子，就游动起来，还有很多小鱼。它们一起躲闪着它。它很快平静下来，不动了，像一个人躺在了自己的床上。

“这鱼少说得有三斤重。”她说，“它是它们的爹爹。”

她哈哈大笑起来。

丈夫洗好了脸，疑惑地看着她。

“别问为什么。”她再次叮嘱丈夫。

他们吃了饭。

“你去洗澡。”她在丈夫身上嗅了嗅，“身上尽是腥味儿。你也快成鱼爹爹啦！”她又笑了起来。

“俐红……”丈夫叫她。

“快去。”她说。她动手收拾饭桌。

丈夫去冲洗了。

“你累了，去床上躺着吧。”迟俐红说。

丈夫到卧室去了。

迟俐红也去洗了。她躺到丈夫身边。

“天太早了。”丈夫说。

她紧紧地抱着丈夫的身体。

“淼焱。”她轻声叫。

“你怎么了？”丈夫问，“你哭了？”

她闭着眼睛。“别动。”她说。她低低地哽咽了一声。“我没哭。”她没有哭。她紧紧地抱着丈夫。丈夫很顺从，一动不动。

在自己眼帘后面的黑暗里，迟俐红看到了一切。

第五章

1

……平时，丌淼焱连中央电视台的《新闻联播》都很少看，即使从邻居家传出的《新闻联播》片头曲，也会叫他听着难受。

丌淼焱早就想要上书央视，建议把这种节奏强烈的曲子换掉，可一直没能腾出空来考虑，到底怎样书写这封措辞恰当的信。

在邻居家哽、哽、哽的《新闻联播》的片头曲中，生活了许多年，渐渐开始对此习惯下来的时候，就有了那么一天。

丌淼焱就职于分部一家科研所。

你以为科研所一定会是清雅之处呀？

你要听说丌淼焱在这里总是被人称作丌水火，就知道科研所也照样充塞着无聊透顶的气息。

那一对代表矛盾的物质，集中在了他身上，仿佛他本身成了研究这种矛盾现象的生动的标本。

作为矛盾负载体的丌淼焱，自从踏入研究所的那天起，就渴望有朝一日能够出人头地。可十几年转眼就过去了。

像许多胸怀远大抱负的人一样，十几年时间弹指一挥，过得没有一点价值。

对待这种状况最好的态度，就是好像自己从来没有过远大抱负，自己从来就不想着什么出人头地。

丌淼焱不知不觉地认可了自己十几年的默默无闻，科研所历来没人听他发过怀才不遇的牢骚。这种态度的形成，简直可以说是水到渠成，天衣无缝。谁又能否认，这正体现了一种高度的生活智慧呢？丌淼焱自己也记不清从啥时起，上班只是变成了跟科研所的同事生闷气。

丌淼焱只跟一位同事生闷气。

这人名叫周卫东，比丌淼焱晚来两年。

其他同事都知道丌淼焱不喜欢别人叫他丌水火，或开水火，也都渐渐留意避讳。

可是周卫东生性爱开玩笑，却又没轻没重，是人们常说的那种嘴没把门儿的，但也没啥坏心肠的人。

两人同在一间实验室多年，倒也不是谁要挤对谁。但从丌淼焱的角度来看，周卫东却地地道道是自己的冤家。有时候，丌淼焱简直对他恨之入骨。可是周卫东至今不知觉，上班一见面仍旧会大声招呼：

“水火，来了！”

即使丌淼焱从路上带来了一肚子好心情，也会被这声招呼给败坏的。他的脸，立刻变得那样难看，脸上的器官一律向下耷拉着，像霜打的茄子。

人人都看到了，唯大冤家周卫东看不到。

“我叫丌——淼——焱！”

丌淼焱一字一字地庄严宣告。那神情，就像自己正站在联合国大会的主席台上。

“你要认不出这几个字，我可以借给你字典。”

类似这样的话，丌淼焱不知已经说过多少次了，但在周卫东的耳中，一直就像中央电视台《新闻联播》的开场白一样，听起来十分平常：

“各位观众，晚上好！”

周卫东从不反感《新闻联播》的片头曲。《新闻联播》是周卫东每晚必看的。周卫东很关心政治。社会上的很多小道消息，都是从周卫东嘴里传到实验室的。有些重大会议还没召开，他就能提前一个月，替中央把某些重要决议传达了，而结果竟比召开后从电视台和报纸上看到的还要详细。

丌淼焱觉得周卫东来科研所，真是来错了地方，但至今也没看到周卫东有准备调到党政机关的迹象。

丌淼焱拿周卫东的麻木没有办法，只好坐在办公桌前，生他的闷气。

长此以往，丌淼焱就觉得，走进实验室门槛的那一刻，是活受罪，或者干脆说，上班是一场磨难。

2

这一天，丌淼焱从家里走出来，越是接近科研所，心里也就越发地忐忑不安。在即将走进实验室的那一刹那，他的心脏怦怦乱跳，就像广告片上的大大牌泡泡糖，这边突地鼓出一大块，那边又突地鼓出一大块，眼看就要噗的一声炸成碎片了。

可是实验室里悄然无声。周卫东从桌子后面，慢慢抬头，看了他一眼——丌淼焱竟不由得打了个寒战，但周卫东像没看到他一样，又慢慢把头伏在了桌子上。

丌淼焱暗暗松了一口气。他走到自己的位置上坐下,扭头朝窗外一看。

呀,院子里是多么美!

空气澄清。植物的叶片,自由地伸展着,就像每一张叶片都拥有不可替代的重要性,都在不停地嘁嘁喳喳,诉说着自己不可忽视的生存权利。

丌淼焱一下子就被它们感动了。他觉得自己眼里一热,就有些湿润。周卫东他们在谈论什么,他也没想到去认真听一听,目光在植物叶子上停留了好大一会儿。

等他的心情平复了,目光就透过簇簇的叶片,看到了下面灰暗简陋的自行车棚。

那是一个普普通通的自行车棚,但谁也不能说自行车棚就不美丽了,自行车棚普通就不算风景了。

整个上午,丌淼焱都在专注地看这样的风景。

整个下午,丌淼焱也在看风景。

真是一个非同寻常的日子,竟然整整一天都没人打搅他的雅兴。

周卫东竟也有立地成佛的这一天,这世道,真他妈,要有起色了!

丌淼焱下了班,像只快乐的小鸟一样,飞出了科研所。

天空真是辽阔!

城市的建筑,遮挡了天空的大部分,但并不是说那部分天空被遮住就不存在了。它就隐藏在城市的后面,丌淼焱感觉得到。增加了想象的空间,那天空不比实际上的大出一万倍才怪呢。

谁要说在城市里生活憋死了,那只能怨他缺乏想象力。

丌淼焱如同奔驰在无边无际的大草原上,灵魂像只搏击长空的雄鹰,越飞越高!

于是,丌淼焱在家里咔嚓打开了电视机。

“哽,哽,哽!”

中央电视台《新闻联播》的片头曲，几乎是头一次，在他家里气势磅礴地、吓人地响了起来。

看完了中央台的《新闻联播》，又看当地的。

看完了当地的，又看分部的总裁电视讲话。

当地的《新闻联播》结束后，丌淼焱本来把频道换了，但有个画面一闪，引起了他本能的注意。他敏锐地想到，自己将会获得一个极为重要的信息，便又拨了回来。

电视屏幕，像一块吸力极强的磁铁，把丌淼焱目光牢牢吸附住了。

当时的胡加木副总裁，在电视讲话后，还专门接受了当地媒体的采访，而此时丌淼焱已经兴奋得难以自禁。

“这下好了！”他扭头对妻子迟俐红说。

他今天突然看起电视来，不免引起了迟俐红的种种猜疑。刚才她在厨房里收拾，现在站在他的身边，手上还沾着水珠，心里仍想着，到底在他身上发生了啥事。

“你说什么好了。”她问他。

“叫你来看你不看，”他说，“胡总发表了一篇关于分部‘516’工程具体实施办法的电视讲话，工程中有一项‘核能量’计划，分部已经从人事处抽出人员，专门组成了‘核能量’工程实施办公室。”

“这跟你有什么关系？”

“嗨！”丌淼焱对迟俐红不满地说，“你怎么这么迟钝呢？我早就要搞一个研究项目，每次上报，都让孔日有所长给压下来，我也懒得再提。这一回，我就要绕过他，直接去找‘核能量’工程实施办公室，亲自申请专用资金，看他还有什么话说！”

迟俐红看来还是显得很迟钝。她歪着头，像是使劲在琢磨他的话。她是了解他所从事的专业的，听上去这“核能量”，跟他的大气研究，好像风马牛不相及。

“分部这么重视科研，我再不抓住机会，还要等到什么时候！”丌淼焱又说了一句，她才隐约想到“核能量”工程是怎么一回事。

这颗沉睡多年的雄心，一经唤醒，丌淼焱就不像以前那样好过了。

首先是他睡不着，熬了大半夜，仍然是精神抖擞，几乎把房间翻了个底朝天。

他积存多年的资料，得以重见天日，全被摊在书房的地上，那情景让迟俐红看来，就像唐玄奘在晾经。好在他的准备工作并不复杂，拂晓前还是眯瞪了一会儿。

3

一吃完早饭，丌淼焱就推起自行车，第一次不是向科研所进发，而是去了军转办。

你以为他方向错了吧。才不呢。

军转办，是一所综合办公楼的代称。无诡分部的很多临时部门，都曾设在那里，临时意义完成后就统统撤掉了，但军转办一直没动地方。时间长了，人们一提“军转办”，就都知道是指这座办公楼。

丌淼焱很快到了那里，边打听边上了四楼，最后在一间厕所旁，找到了无诡分部“核能量科技工程实施管理办公室”的牌子。

丌淼焱调整了一下自己的情绪，就抬起手来，谨慎地在门上敲了敲。

“进来！”

从里面传来一个像是什么东西被压扁的声音。

丌淼焱推门进去了。当他还没有来得及看清房内的情景时，他就预感到这里的格局，是与他的办公室一样的。有那么一瞬，他都要觉得自己又来到了科研所，周卫东的那一声“水火，来了”也即将响起。

这该不是做了场梦吧。

丌淼焱暗暗稳定一下心神，才看清，除了一张办公桌前的那个陌生人，这里的一切，跟他的办公室没什么不同，都是几张桌子靠墙放着，桌子的空隙间养着几盆仙人掌科的花草，办公室里还有一个紧闭着的套间，让人凭空感到，空气里总是飘散着一种搞阴谋的气氛。

不过，今天延续着昨天的好天气，丌淼焱也正延续着昨天的好心情。如果不是在核能量科技工程实施办公室，丌淼焱倒要对这样格局的房间大叫一声“我爱你，办公室”了。

办公室里只有那一个人，其他的几张办公桌都空着，就像还没被使用过。

“你找谁？”他问丌淼焱，连身子都没有动一动，声音仍然扁平、呆板，不带任何感情。

听着这样的声音，丌淼焱都觉得自己也被什么挤扁了，像是成了一种从刨床上冲压出来的工业产品。

“这是核能量科技工程实施办公室吧……”丌淼焱振作一下，询问道。但那人马上打断了他：“是科工办！”

丌淼焱就觉出了自己的啰唆。

“我是分部科研所的，”丌淼焱直截了当地说着，把包里的材料拿到那人的跟前，“我要上报一个项目，这个项目对改善我市的大气环境有——”

“嘻！”那人在他递过去的材料上，只看了一眼，就笑了，语调也丰富了，“开水火，这是你的名字吧？”

“我叫丌淼焱。”丌淼焱不动声色地更正道。他心里当然是有些恼怒的。

“王主任——”那人朝里间叫了一声，“分部科研所来上报项目了！”随手又把材料丢到丌淼焱的手里，然后就转头看着窗外。

清爽的风儿，吹进办公室，但是房间里，却没有一点被风吹拂的迹象。办公桌空隙间的那几株仙人掌科植物,纹丝不动,一副麻木不仁的模样。

丌淼焱正迟疑着,那人又转过脸来,面无表情地对他说:

“你自己送过去。”

丌淼焱这才走向里间办公室的门。为了避免再次误会,就先做自我介绍。

“我是分部科研所的丌淼焱。”他说,甚至眼睛还没看到那位科工办主任。

但很显然,他的自我介绍对科工办主任是多余的。

“放下吧。”科工办主任淡淡地说。

丌淼焱局促起来。

“王主任。”他轻轻叫了一声。

那位科工办主任的神情,看上去就像对他还没离开感到很奇怪,但科工办主任把脸一转向他,他就马上接着说:

“我对这个项目酝酿多年了,就因为资金问题给耽搁了。我希望能早一天把它落实下来,也好让我及早投入研究。”

科工办主任眼睛朝材料上扫了一下。

“你是搞大气的吧?”他说。

“但并不单纯……”

“我这还是头一次听说大气也要花钱买呢。”

“并不单纯——”

“好了好了,”科工办主任打断他,“我会自己看的。”

“并不单纯——”

科工办主任扑哧笑了起来。他站起身,把材料推到桌子边上,一手摁响了电话的免提键,目光还停在丌淼焱身上,那目光仿佛有了硬度,竟把他一步步地顶到了门口。

电话通了。

“喂,”科工办主任笑容可掬地对着话筒说,“我是王光乐呀。别提了,给了我一个半人,两间办公室,倒有七八张办公桌,每天接见的都是些现代类人猿。这里可不如你那摊‘航母企业’工程,那些大款谁不想着巴结你们?胡老总嘛,他也不过是在电视上说说,我可不敢多想……算了吧,你!”

王光乐又坐了下来,并不时发出一阵阵爽朗的、极具感染力的笑声。

第六章

1

现在，丌淼焱到了科研所。周卫东等人一看见他，就吃了一惊，因为他的那个样子，实在很像是刚从凶杀现场逃离来的。

“你大半个上午去哪儿了？”他们问他。

他竭力镇定一下，嘟哝一句。他们虽没听清，但没再追问。他在自己座位上坐下，才发现今天办公室的这几个人，是很兴奋的。

“科研所不会上报我们实验室的项目的，”周卫东说，“不信你们等着瞧。”他转向丌淼焱，“水火，哦，抱歉！淼焱，昨晚的总裁讲话，你看了吗？大家都觉得你真该看一看。”

丌淼焱正出神。周卫东声音这么大，他都像没听见。

同事们继续讨论着，很快开始埋怨实验室主任遇事不主动，从不为实验室利益着想，只会听所领导吩咐。

看来主任不在实验室,大家越说越激动,最后竟把本单位多年不出成果归咎为主任无能。

“他以为自己是什么东西呀!”丌淼焱猛地嚷了一声。大家不由得向他转过头,可他又沉默下来,眼盯着手中的一张报纸,目光却分明呈散射状态。

尽管如此,大家仍然感到丌淼焱说了心里话。

“对,老兄!”周卫东走过来,拍一拍他的肩膀,“咱不服这口气!”

周卫东怎会看到丌淼焱的心里去?但他的话仍对丌淼焱的心情起到了一种安抚作用。他渐渐觉得好受一些,呼吸也均匀多了。他准备不再去想今天在科工办的遭遇。他要忘却。即使不能真的忘却,也要有一种忘却的假象。

他在科工办消耗的心神太大了。他亟须给自己的心神补充一下营养,然后才能不再心慌意乱地想到它,或偶尔想到它。

到此为止,丌淼焱的所作所为,很容易给人造成一种误解,把他当成那种在每个单位都会有的、常被人拿来取笑的“活宝”。其实,丌淼焱从来都是受人尊重的。

丌淼焱拥有高学历,更重要的还一表人才。他那张标准的长瓜脸儿,刚踏进科研所时,不知让多少人自惭形秽呢。即使现在,跟那些年轻的美男子相比,也毫不逊色。他的外表美,却没有一般美男子的轻飘浮躁。

生性沉静,就使得这美有了内容。

丌淼焱,整个一个上帝的杰作!

对这样的人,本应是连一丁点儿不恭的念头,都会让人觉得是对生命的亵渎。他的出现本身,都应该是对生命的赞美。可明知他不喜欢把他的名字叫白,还偏要去叫,往小处说是没心没肺,往大处说是没有灵魂。

实际上,实验室里很多人都认为,周卫东是一个没心没肺的人。相处久了,大家对他并不讨厌,那只是大家对他的没心没肺习惯了,不以为意罢了。

而仪表堂堂的丌淼焱，一口气就在狭窄、灰暗、死气沉沉的实验室里，碌碌无为地生活了十几年，且仍然看不出时来运转的迹象。那惊人的美质，终将如花凋谢，被委弃于泥淖。

丌淼焱那颗静息已久的心，只不过刚刚蠢蠢欲动了一下子，就使他遭受到了一场深深的羞辱。

在科工办，几乎没有人正眼瞧他！

他们三言两语、鼻子不是鼻子、脸不是脸地打发出来的，是一个真正的美男子。

他们蔑视的，是上帝的杰作，生命的楷模！

再退一步说，他们给予无情冷遇的，是在十几年前就被人认为前途无量的年轻科学家。

丌淼焱清楚地感到，自己受到了严重的伤害，同时，也初次感到自己竟有些招架不住。丌淼焱由困惑到无奈，最后变得怒火中烧了。

"他以为自己是谁！"丌淼焱再一次嚷了出来，并把报纸紧紧地攥在了手里。

这时，实验室主任进来了。

"淼焱，"他说，"孔所长叫你去一趟。"

丌淼焱情绪激愤，对主任的话一时间竟没有反应。

主任又说了一句，他才慢慢松开手。

报纸复原时，发出沙沙的响声。

他离开了实验室，心想不知孔日有叫他何干。他隐约感到，可能与他去科工办有些联系，但他又尽量排除这种猜测。

忽然，他有了一种不可告人的心思。

他不想让任何人知道，自己去过科工办这件事。

他已经准备放弃自己上报的科研项目了。

归根结底，这场羞辱，不正是自己的不安分之举给招来的吗？他要是老老实实地待在科研所，肯定什么事也不会发生。他记得昨天自己的心情，是那样明朗。如果他根本不关心“核能量”工程，他也就可以像昨天一样，坐在自己的办公桌前，心平气和地欣赏窗外的美景了。

可是现在，一切变得多么灰暗，甚至恐怖！

丌淼焱一再担心的结果，还是出现了。孔日有一见他，就埋怨他去“科工办”上报项目。

“淼焱，”孔日有说，“这真是给我出难题。王光乐在电话上直冲我发火，说你擅自跑到‘科工办’影响了他们工作。”

丌淼焱背后猛地凉了，头就下意识地轻轻一摇。“这怎么会是影响了他们工作？”他镇定一些，但仍对此感到迷惑，“难道他们接待上报，不是应该的吗？”

孔日有示意丌淼焱坐下来。

“唉，我是说过你们对这个社会了解太少，”他说，“就知道主观行事。你跟‘科工办’又没有特殊的关系，他是不会跟你个人发生直接联系的。你的那个项目，我早有考虑，组织上也会尽量争取，可你连个招呼都不打，自己跑过去，反而难度增大了。”

“我不明白。”丌淼焱说，“如果确实是一个好项目，为什么我一跑就不好办了？”

孔日有叹了口气。“让我怎么说你呢？社会上的事情，既然这样就这样，你无法刨根求源的。搞科研的态度，在社会上行不通。”停了一下，“我只讲王光乐这个人吧。他以前是分部‘职改办’主任，我跟他打过几次交道。就为你们那批副高职称，科研所领导差点儿把腿跑断。他不过是一个行政官员，可似乎行行都懂，说道起来，别人根本插不上嘴。你要说重点儿，他就讲你，世上别人都闲着，就你干工作啦！炮筒子一样，一句一炸，句句能把人噎死。科研所的人,也就我能在他说话时坐得住。你们谁也受不了他那口唾沫星子。在他眼里我们不过是些‘三孙’,可你拿他没办法,只好听他说什么就是什么。你看看,这回咱又落在他手里了!我劝你也别太认真,别再去自己找了,科研所能给你办到什么地步就办到什么地步。”

丌淼焱默然无语。他的脸色苍白。

“你先回去吧,”孔日有说,“我还有别的事。”

丌淼焱机械地站起身,慢慢朝门口走。孔日有无来由地一阵难过,就又叹了口气。可是丌淼焱突然在门后转过身来,喘息着,声音不高,却很重地说了一句:

“我不信!”

孔日有一愣,刚要再说什么,就见丌淼焱又一转身,在门口消失了。

2

丌淼焱的生活,从此不再平静。丌淼焱返回实验室,就跟周卫东干上了。

同事们已经从实验室主任口中得知,丌淼焱曾去过分部“科工办”。丌淼焱一回来,周卫东就笑着对他说:

“淼焱,你的动作可够快的。”

不论周卫东的本意和他的语气,都没有打趣的意思,但丌淼焱仍然被惹恼了。周卫东还没反应过来,胸口就挨了一拳。他疼得一咬牙。

丌淼焱出手打他,是周卫东压根儿想不到的事。周卫东的疑惑是那样重,竟连点本能的反抗都没有表示。可丌淼焱还不罢休,又抓住他的胳膊,给扭到了背后。

关节咔嚓一阵乱响,周卫东的泪,都快迸出来了。

“你疯了,淼焱!”周卫东龇牙咧嘴地叫道。他开始挣扎了,丌淼焱却扭得更狠。

丌淼焱人高马大，力气不使罢了，一使出来一般人都会招架不住。

旁人见状，都走过去劝架。

“算了算了，为一句话不值当的。”他们说。

丌淼焱血液里的那股狂暴劲儿，已被激发出来，使他尝到了一种以强凌弱的快感。他忽然觉得，自己又变得像毛头小伙子一样张狂、敏捷，易于冲动，渴望展示自己。他的力度，继续增强，周卫东就叫得没有人腔，双脚在下面扑腾地乱踢。

“×你妈的！”周卫东挣脱无效，脏话脱口而出。

“你再骂！”丌淼焱威胁道，又把周卫东的头猛地往下一压。

“哎哟！”周卫东疼痛地愤怒地朝他扭过脸来，“水火，×你妈的水火！”

“你再骂！”

“哎哟！”周卫东眼里喷出火苗，痛苦中夹杂着绝望。

“放手！”主任闻声从里间跑出来，对丌淼焱喝道。丌淼焱不听，主任上前就推了一把。

别看丌淼焱在对付周卫东时，显得强壮有力，别人拉也拉不开，但在主任的手下，却像棉花一样轻飘。主任没使劲，就把他推开了。

“我让他口中无德。”丌淼焱嘀咕一句，一边乜斜着不停呻吟的周卫东，一边活动着两只手腕。

“有话好说嘛，怎么能这样呢？”主任颇为气愤地责怪他，“怎么能这样呢？”

同事们也都觉得丌淼焱有点过分，但丌淼焱什么也没说，拿起桌上的文件包，扬长去了。

3

丌淼焱离开科研所，在自行车上，一路紧蹬慢蹬，一口气儿赶到家里，关上家门，鞋子也没脱，就蒙头大睡，而他居然睡着了。

迟俐红下班回来，因为他往常都是留在实验室吃午饭，也没想到他在家，简简单单做了些吃的。正吃着，就听到卧室里有动静。她被吓了一跳，还以为外人闯了进来，跑过去看见是他，才定下神。可是她紧接着，又被吓了一跳，因为丌淼焱拥着被子坐在床上的样子，太可怕了，简直可以说是万分狰狞。他基本上是属于那种所谓"增一分则长，减一分则短"的人物，现在脸皮浮肿，器官轮廓，都像是比平常时大了许多，自然改变了他原来的形象，那么苍老，又比同样处在惺忪状态的一般人更显丑陋。整个人，像一个庞然大物似的，在床上盘踞着。

迟俐红咬着自己的手，愣了好大一会儿。她听到床上的怪物还在嘟嘟囔囔地说什么，便强装笑脸问他：

"淼焱，你怎么回来了？"

丌淼焱没有回答，还在嘟囔着。

迟俐红觉得他的目光黑幽幽的。不过，迟俐红又马上为自己胆怯的表现感到可笑了。

床上坐着的，是她性情温驯的丈夫。她实在不应该让他吓成那个样子，于是，迟俐红就恢复了常态。

"快起来吃饭吧，"她笑着说，"今天科里很忙，我下午还要早些去。"走过去拉他，可他一甩胳膊，把她的手打在了一边。

他又嘟囔了一句。

"你在骂谁呢？"迟俐红问他。

“我在骂我自己!”他大声说,“我骂自己是王八蛋!是他妈的废物!我骂自己白活了三十七年!”

迟俐红不由得从床前退后两步。丌淼焱气势汹汹的样子,是她以前从没见过的。脑子中一闪念,就想到了昨晚他忙着要申报科研项目的事,但她不敢肯定是不是事情不顺利,使他大发脾气。在她眼里,似乎没有什么事情能让他变成眼前这副样子。

她试探性地问他:

“你说说怎么回事?”

“没什么事!”他又嚷一句,倒下去,重新把头蒙住。

迟俐红忧心忡忡地上班去了,丌淼焱又接着睡了一个下午。等迟俐红傍晚回来,他看上去就正常多了,只不过显得稍微有些无精打采。当晚的《新闻联播》,他仍然没有看,可也没到书房看书。

4

第二天是星期六,迟俐红是护士嘛,医院实行的是轮休制,这个星期六照常上班。她昨天没问丌淼焱到科工办的事,怕的是万一由此再引发他的烦恼。

今天丌淼焱睡眠充足,脸色就红里透亮,好看得很。这样的男人,她真想一刻也不离开,可她不能够。

迟俐红从来就不期望自己的丈夫苦苦争斗。她只是缺乏能力。一旦她的能力达到,她一定要把自己的男人好好地养起来,给他万般呵护,以免让他受到任何侵害和煎熬。

迟俐红一走,丌淼焱随后也离开了家。

星期六的街道上,人来人往,丌淼焱是那样地渴望自己陡然消失在这样的人流中。往常丌淼焱过的是庸常的日子,但他心里从来就没有承认过这种庸常,或者是从没有认真考虑过,自己正像世上所有的庸常之辈一样,过着自己的一生。

现在,他觉醒到,自己是庸常地走过来的,同时也发现了一直隐藏在心底的那份不甘庸常。只有等他消除掉了这份不甘,他才能真正体会到芸芸众生的快乐。

实际上,丌淼焱此时渴望的,也正是这样一份作为庸常之辈的感觉。

丌淼焱没有放过遇上的任何一家商店,即使在街旁兜售洗衣粉的小地摊,也会让他看上半天。

他似乎头一次发现,这座城市对他来说是那样陌生。他跟那些聚集在电视机柜台前、观看电视节目的农民工没有什么区别。但正是这个,造成了他试图融合进城市人流的难度。不管他走到哪里,他都会显得与众不同。这倒不是因为他的身材太出众,而是他脸上的那股神气。那是一股决心要一试沉沦的神气。

就这样,丌淼焱一逛就是大半天。在他觉得有些疲劳时,他就发现了人群中的周卫东。

周卫东一家三口人,说说笑笑地从过街天桥上走下来,那情景也着实让丌淼焱羡慕。他不记得自己也有过这样的时候。

周卫东额角上,贴着一块创可贴。离丌淼焱很远,他竟也看到了。丌淼焱不能断定自己曾打在他的额上,愧意使他忙向一旁扭过脸,但是周卫东在大声招呼他了。

"淼焱!"周卫东抛开家人,快步向他走来。

"对不起,卫东,我下手太重了。"丌淼焱红着脸,诚恳地向他道了歉。

"你这家伙!"周卫东没有丝毫成见地在他背上拍了一下,"都怪我没眼色,我知道你心里不好受。"

“我有什么不好受?”丌淼焱还不想承认。

“哎,你别瞒我了,你瞒得了我吗?”周卫东笑着说,“我这人注定没出息了,什么也不在乎。可你不一样,你水平比我高。我满心希望你能出成果。要不是孔日有不重视你的专业,你也早就扬名四海了。我看你可不能轻易放弃。就那点儿小事,要成了孔日有拿下你的项目的借口,那就真让他耍了。”

丌淼焱就说:

“我已经不想……”

“你不想什么!”周卫东像嚷嚷似的,把行人的目光都吸引了过来,“认准干的事就干!就像你打我,要打就打了。说实话,我当时真不敢相信你会对我动手呢。咱实验室支持你。他们不支持你我也支持!这个项目非你莫属,谁也抢不去。”

“我只是没想到……”

周卫东又不让他说下去了。

“没想到就对了,”他说,“我可是想到了。我想到科学是属于全人类,可这全人类里并不都是些好人吧。”他拉拉丌淼焱的手,“你瞧,那家大酒店聘请了什么高级名厨,可他料理出的美味佳肴,被端到了谁的饭桌上?那些昂贵的商品,也只不过是让大街上的这些人过过眼瘾罢了。你搞大气研究,改善了大气环境,那些贪官污吏,正好借此添些精神儿,继续暴殄天物。水火,我这可不是打击你的积极性。人各有志,我的话不足为训。”

丌淼焱呆呆地听着,周卫东停住话头,可他就像没有发觉似的。不远处的周卫东妻子向他点头,他也没有回应。

“我走了,水火,”周卫东说,并邀请他,“有空带俐红到家来玩。”

丌淼焱回过神来,听周卫东这样叫他,他只是微微一笑。

周卫东一家,很快在人流中消失了,丌淼焱仍在那里站着。忽然,他拔腿就向天桥走去。

靠着天桥的栏杆，丌淼焱感到浑身上下透着一股轻松。

极目远望，川流不息的街道，最后戛然中止在一片浓黑的树荫里。

第七章

1

星期一，丌淼焱打扮得齐齐整整，让迟俐红爱得抱住他非要狠狠地亲一口才放他出门。他闲闲散散地在路上耽搁了很长时间，赶到科研所时都快九点半了。

同事们一见他的样子，就都愣住了，大有些“惊艳”的意思。周卫东天生对美的感悟力差，没容丌淼焱在人前站稳脚，就把他拉到一个角落。

“你可来了，”周卫东急不可待似的说，“果然不出我所料，孔日有已经决定拿掉你！”

丌淼焱脸上淡淡的。

“拿掉就拿掉呗。”他说，“上谁的不是上？再说我需要的资金也有限。别的项目批下来，还可以余出一部分资金，科研所的日子也好过些。”

周卫东就愣住了。

“你是信我那天胡说了吧?”他问。

丌淼焱躲开他。“不用你说,我也觉出了我的幼稚。”说着,就朝自己的办公桌走。

周卫东脸沉沉的,忽然,他低低地说了一句:“丌淼焱,你不为自己负责任。”

丌淼焱听到了,却不理他。

“他妈的,看你那熊样儿,就知道你是半男半女!”他把声音放大了,“你这样的男人,在旧社会就适合当宦官。你去相公堂子当男妓得了!”

丌淼焱站住了。他慢慢向后转动着身子。可是周卫东扭头跑了出去。

不久,楼道里传来了周卫东跟孔日有激烈的争吵声。

同事们侧耳倾听着,脸上的表情复杂。争吵声终于平息下来。周卫东赶回实验室,坐在桌子后面,一句话也不说。

同事们各自低着头。丌淼焱像在沉思什么,眼睛注视着窗外。过了好大一会儿,他听到周卫东走到了自己的身后。

“淼焱,”周卫东慢慢说,“‘科工办’有令,所有项目的申报,都要按正常手续进行。孔所长同意给你报,但要你自己去‘科工办’把材料拿回来。”

丌淼焱掩藏住了自己的心理活动,没有表情地看着周卫东。那张创可贴还在周卫东额上贴着,已经失去了原先的颜色,倒与他黑红的面孔极为适合。

“我去。”

丌淼焱轻声说着,就要离开实验室,但他分明像打了一个寒战。

周卫东却又叫住他。

“我想过了,”周卫东说,“我想过这回我要帮你。”他低了一下头,“‘科工办’是他妈的王八蛋,孔日有也是王八蛋!‘科工办’放个屁,他都拿着当圣旨。申报数量又没限额,他凭什么断定你的就会批不下来?怕影响别的项目审批,哼,他是把‘科工办’当成哪路神仙了!可我们非不去‘科工办’拿材料，这回你听我的。”

看来周卫东的情绪也尚未平息。他又低了一下头，还用手指按着额上那块创可贴。当他再次抬起头时，丌淼焱已经从实验室出去了。

2

军转办的四楼，飘散着一股臭气。

这回，丌淼焱老远就闻到了。

他似乎这才发现，这座办公楼的卫生很差。楼梯扶手、窗台上，落着厚厚的一层尘埃。每间办公室的门旁，几乎都放着一摊垃圾。其实出现这种状况，一点也不奇怪。临时单位多，分工不明，责任心自然也就差些。

丌淼焱一眼看到“科工办”旁边的厕所，就忍不住会意一笑，但他马上又放庄重了。尽管如此，他还是清晰地感受到，自己的心情跟初次来到“科工办”时的不同。

那时候，他是多么慎重而又畏怯，既怀藏勃勃的雄心，又要加以有意识的抑制。

而现在——丌淼焱沉静地、一派轻松地走了进去。“科工办”主任顿时从他身上感受到了一种挑衅的意味。是的，这种意味不单是从他脸上、从他眼睛里流露出来的，而且是从他整个的身上。

“我要撤回我的上报。”丌淼焱不动声色地说。

他站着，“科工办”主任王光乐也站着。他要比王光乐高出一个头。他很轻易就获得了一种居高临下的感觉。

丌淼焱是个美男子。

对一个美男子来说，面对普通人，从不显示自己的优越感，是他具有谦逊质朴的美德，而将这种优越感显示出来，似乎正是他的本分。

丌淼焱有意无意地眯缝着双眼。他看到王光乐从他跟前退了一步，并要找椅子坐下。刚才他是准备出门的，跟在外间的那位办事员交代着什么，就见丌淼焱进来了。

外间办公室，没有多余的椅子。办事员见状，正要站起来把自己的椅子让给他，他反而不想坐了。他重新站直了，挺挺腰，咳了一下，眼里发着冷冷的光，却仿佛冬天呼出的白气一样，刚呼出去就在空气中不见了。

“你以为这是哪儿？”王光乐严厉了起来，“你想报就报，想撤就撤，你是不是觉得这里很好玩呢？你想让我们陪你玩是不是？让你们所长来！这是全分部推出的重点工程，我看你是存心捣乱。快出去，我这里是单位对单位。对个人，‘科工办’概不接待！”

丌淼焱竟出奇地沉着，这大概连他自己也是想不到的。

办公室里的空气，由于长时间禁闭而显得十分污浊，稠得简直像一摊糨糊。丌淼焱刚才开门时，把楼道里的不雅气味也给带了进来，就使办公室里更显得憋闷了。

可丌淼焱仍旧呼吸通畅，好像他生有一个庞大的胸腔，对一丝半缕的怪味根本觉不出什么。

他的脸色红润，透着年轻人的光泽，只有他自己知道，自己此刻心里是多么兴奋。

他就要哈哈地笑出声来了。但他仍旧只是神情沉静地看着那位“科工办”主任。

“你要接待谁我可以转告。”丌淼焱不慌不忙地说。

“你转告？”王光乐像没有领会似的打量着他，停了半天，才狠狠地吐出一句，“你以为你是谁！”

丌淼焱简直抑制不住喉咙里的笑声了。他微微地摇晃起来。这给“科工办”主任造成了一种错觉，他以为丌淼焱马上就要受不住了。

“小刘，”他转头命令“科工办”的那位办事员，“你给孔日有打个电话，让他一定严肃处理这件事！无理取闹！好啊，造反了！一天不打，上房揭瓦。秀才造反了！”

那位办事员应声就往里间办公室走。

“再告诉他，”“科工办”主任王光乐又补充一句，“他什么项目也不用报了。”

办事员却站住了，回头看着。他看出“科工办”主任真的生气了。他想一想，就走到丌淼焱跟前，说：“你出去吧，这里没你的事了。”

丌淼焱不紧不慢地说：

“我当然要出去，因为我的目的达到了。”

“啧，你的目的达到了？”办事员不解地瞪大眼睛。

“是的，”丌淼焱稍稍提高了一些声音，“我达到了。”

“科工办”主任王光乐走来走去，嘴里嚷着：“他当然达到了！他就是来捣乱的！”又停下来，对那位办事员挥舞着手臂，“打电话！打电话！”

丌淼焱一刻也不耽搁，他从容地走出“科工办”，很快来到大街上。

3

大街上是多么美啊！

那些商店装饰得多么漂亮！

树木婆娑，多么美观！

街道上空，就像他在那天发现的一样，多么高远！

处处都是美，都是风景。所有的物体，似乎都具有了灵性。一株最为普通的国槐树，一堵毫不惹眼的围墙，甚至墙头上反射着细碎反光的玻璃碴子，都在淋漓尽致地体现着某种自由自在、生机勃勃的精神。

这还是不是丌淼焱原先生活的那个城市？那份灰暗，那份污浊，那份压抑，那份麻木，那份了无生趣，都到哪里去了？

他相信，自己跟整个世界拥有了同样的心情。那是一份行进在澄澈无边的太空里的心情，是自虚无轻飘而又沉重窒息的大气中，挣脱出来的心情，像歌曲一样悠扬，纤尘不染，一无拘束。

丌淼焱呼吸到了一种世间无有、美妙滋润的新的元素。体内的每一条血脉和神经，也全都随之尽情地舒展开了。

4

几天后的一个上午，迟俐红轮休在家。

周卫东突然闯了进来，一边摇头晃脑地乱瞅，一边问她："淼焱在不在？"闹得迟俐红满腹疑惑。

"你乱瞧什么？"她掩饰着内心的不快，告诉周卫东，"我家里这时候没别人。"

"没别人？"周卫东说着，就不相信似的，朝卧室里探头一望，"他到哪儿去了？"

迟俐红就认为他明知故问。

"今天一早就去上班了。"她说。

周卫东皱着眉。

"不会吧。"他说。他的样子不让迟俐红认为他有非分之想才怪呢。

"你从哪儿来？"迟俐红不动声色地问他。

"我，"周卫东欲言又止，"我只是路过。"说了一句，就要离开，又笑了笑，"你看我糊涂了。"他拍拍脑瓜，也不管迟俐红怎么疑心，转身出了房门。

周卫东后来是在人民公园找到丌淼焱的。丌淼焱怪模怪样地独自坐在一块太湖石背阴处的地上,身旁放着一只小玻璃瓶。周卫东远远地叫了他一声,他只不过朝周卫东转了一下脸,就继续他的沉思。

“淼焱,”周卫东快步走过来,说,“你这几天干什么了?”

丌淼焱的神情,就像根本没别人在场。

“嘘,”他自言自语似的小声说,“我要把空气全装在这个瓶子里。”

周卫东惊异地看着他。

“淼焱,”半晌,周卫东才结结巴巴地说,“你、你、你怎么了?”

丌淼焱不说话,仿佛身处在另一种时间里,让周卫东止不住往最坏的地方猜想起来。

他再次试探地说:“我去你家找你了,俐红竟不知道你这几天没上班。看你搞得!咱们走吧,有些事儿咱边走边说。”

丌淼焱仍像没听见,周卫东心里就猛地一沉,完了!这丌淼焱该不会脑子出毛病了吧?

正不知怎么办好,丌淼焱忽然身子一软,蜷缩在了地上。

“太可怕了!”他瑟瑟地抖了起来,脸色苍白,连声说着,“太可怕了!”

周卫东忙去搂住他的肩膀。他抖得是那样厉害,把周卫东的手臂都给震动了。

“这没什么。”周卫东劝慰着他,心里很不是个滋味的。

“我没想到自己会这样,我没想到,”丌淼焱把手指插到头发里,还在不停地说着,“我不应该去的。我这是看不起自己。我什么也不需要,给我一只小瓶子就够了,我能把整个地球的大气全装进去。你看看,我会装满的。这瓶大气里包含着阴阳清浊一二三四,我只要这一瓶就够了。你信不信,卫东?我也会把自己装进去。”

“别胡说了!”周卫东止住他,“你想把自己搞疯是不是?我看你疯得够厉害的了。”

丌淼焱稍微安静了一些。“我已经在这样的小瓶子里活了多少年了，”他嘟囔着，“我是活在一只小瓶子里。”

“再胡说！”周卫东猛地摇晃了他一下，“再胡说我这就叫车，叫车把你送精神病院。”

丌淼焱鼓了鼓胸膛，陡然长长地响亮地吐了口气。

“太可怕了。”他又小声地无力地嘀咕了一句。

周卫东放开他。

“没什么大不了的！”周卫东说，“我有个要好的高中同学，在胡总裁身边当秘书，我已经把你的事向他说了。他同意给你向胡总引见。快回家，别让俐红担心。”

丌淼焱已完全安静下来，身上一点儿声息也没有了，好像一个幽深的、贮藏寂静的洞穴，正源源不断地把这种东西向整个世界播散开来。

周卫东自己先走开了，远远地回头看看，那块嶙峋的山石投下的一片阴影，浓浓地将他罩着，已俨然一体了。

5

在一次重要会议的间隙，胡加木副总接见了分部年轻的科学家丌淼焱。跟在丌淼焱一旁的周卫东，机敏地察言观色。

“会上太憋闷了，”胡总裁大幅度地做着扩胸动作，以便及早消除开会带来的疲劳，“吸不到一口新鲜空气。”

“丌教授进行了多年的大气研究，”周卫东不失时机地说道，“丌教授带来了一些材料，想请胡总过目——”一边暗暗朝丌淼焱使眼色。

“那好啊，”胡总裁欣喜地说，“我支持你们。这样吧，材料我不看了，你们可以直接去找‘科工办’。”

周卫东微微一怔。他的同学走来了。

“胡总裁还要开会。”他的同学说。

他和丌淼焱就跟他的同学出来了。

“你怎么不吭声?”周卫东悄悄责怪丌淼焱。

6

大气研究的专项资金,很快落实下来。丌淼焱工作投入,竟不知道周卫东已经调入分部某机关。

有一天,周卫东惦记老同事,便专程赶到科研所。丌淼焱却只对他冷淡地点了点头,就钻进科研所特批给他的一间实验室,不出来了。周卫东隐隐感到有些失望,但人生的得意,又马上使他忘掉了这一点点的不快。

“‘科工办’在‘516’工程实施中成绩突出,王光乐要升任分部人事处副处长了。”周卫东说,“瞧他妈的!”

这是不是小道消息,老同事们可说不准。可能不是吧。

周卫东向老同事们传达这个消息意图何在?可能也没什么意图。

周卫东在科研所闲聊了一阵,就离开了。

可在路上,周卫东又忽然觉得意犹未尽。他要再对丌淼焱叫声“水火”,会不会惹他恼恨呢?他想可能不会。

街景如此美丽,让周卫东也开始动心了。

周卫东继续走下去。丌淼焱则继续留在他的大气实验室里。

第八章

1

几年过去了，丌淼焱也从“大气”里走了出来。

丌淼焱从大气实验室里走出来时，无诡分部“516”工程的成果展示会，已经举办完毕。

鉴于胡加木副总在无诡分部的突出政绩，他已调任J省蒲泽市分部老总。与周卫东的传言有出入，王光乐同志没当上分部人事处副处长，而是调往人事处下属一个并没多大实权的单位。人事处接到了无数对王光乐工作不满的群众来信。

从大气实验室里走出来的丌淼焱，忽然发现自己熬到了晋升高级职称的年限。科研所支持申报。丌淼焱心上的伤疤，渐渐好了。丌淼焱差不多也该把那年的不痛快淡忘了，科研所领导也几乎忘记了，但人事处没忘，人事处记得清清楚楚。

人事处毫不客气，把丌淼焱从申报名单上一举拿下：

丌淼焱，“开水火”，不就是科研所的那个疯子吗？

人事处一个姓鲁的副处长，四川籍的小矮个子，在酒席上，敲着科研所高高大大的邱所长（孔所长已退休）的脑壳，笑着说：

“科研所真的没人了，你们就报上来一个疯子。哈哈哈哈！哈哈哈哈！哈哈哈哈！哈哈哈哈！”

第二天，邱所长颓丧地告诉丌淼焱：

“就这么着吧，淼焱。你实际上得罪的不是一个人，而是整个部门，你跟人事处叫板……”

丌淼焱轻声说：

“邱所长，我很不明白，我怎么跟人事处叫板了？王光乐是个什么样的人，他们同单位的，自己应该早就清楚。作为宇宙星集团的一个行政职能部门，他们不能这样偏信一面之词。事隔多年，我不忘，他们也该忘了，可他们还在耿耿于怀，这是他们自己有失风度，亵渎了自己，也亵渎了人事处神圣的职权。”

邱所长说：“唉，淼焱，我知道你是好同志。但他们不信他们自己的职工，还会信任你吗？我们再寻找机会吧。”

丌淼焱默然无语。当时，他的确不知道自己还要对邱所长说什么。他相信邱所长对他是真心的。

可是往事一经搅动，谣言即四处传播。迟俐红也听到了。有好几天，丌淼焱又不去上班了。

丌淼焱从渔具商店，买回了一杆崭新的钓竿。鱼护、鱼饵、小板凳、水壶、遮阳帽，钓鱼所需用具，一应俱全。常常一早就出去了，单位也没人来问，他对迟俐红什么也不说。迟俐红当然疑心了。

迟俐红一听到消息，的确替丌淼焱难过，本想劝丌淼焱不要放在心上，却又觉得还是什么都不说的好。迟俐红打算托人打听一下，就托了周卫东。周卫东在行政机关也不得意，混了几年，只混了个副科级。在无诡分部机关上班的人，最小也是副科级了。光他们科，副科级就有四个。不过，即使这样，周卫东觉得也比在科研所强多了。副科级干部是小，但也算掌握了一定的权力。他满足。他原地踏步，仕途不顺，他也满足。逢人只说三分话，未可全抛一片心，周卫东在当这个副科级小干部期间，算是领教过了。

周卫东对那件事知道得更详细些。早在丌淼焱惹着"科工办"的当天，谣言就开始传播了。小人得志的土著王光乐，在多种场合大放厥词：整个无诡分部，还没有敢跟我王光乐拍桌子的！科研所那个疯子跑过来，又是踢我门，又是跟我拍桌子，他也不瞧瞧自己几斤几两！问他有没有三头六臂？不过是个外地来的，还整不了他了？

迟俐红头一次听说这种话，气得胸脯一鼓一鼓的，半天才说：

"欺人太甚了！他一个正式的国企干部，怎么能这样无中生有、信口开河？就算我家淼焱跟他拍桌子，又怎么了？为什么就不能跟他拍桌子了？如果他的工作方式有问题，我看无诡分部每个人都该跟他拍桌子。谁给了他高高在上的权力？他还只是个小干部，他要当上更大的官儿，又怎么得了?!"

"嫂子，"周卫东说，"我看淼焱的事，暂时有难度……"

"难道一个人就完了吗?"迟俐红自问似的说。

"得罪了人事处，"周卫东如实说，"一般人也就真的完了。除非……"

迟俐红紧紧盯着周卫东。"我知道你要说什么。"她说，"你还不如说除非我家淼焱拿个诺贝尔奖，受过党中央领导接见。但在我看来，那是屁话！"

她的脸腾一下红起来。

很显然，她感到很不好意思。她急忙地站起身，向周卫东告辞。

回来后，迟俐红细细翻看了职称评定的有关规定。迟俐红倒要试试，她不信邪。她连夜整理丌淼焱评定职称所需要的材料。丌淼焱劝她：

“算了,别操心了,不就是一个破职称?我不要又怎样?真就活不下去了吗?大丈夫不为五斗米折腰,一个破职称就让我求爷爷告奶奶,我不乐意。”

她没告诉丌淼焱自己要干什么。

2

早晨,丌淼焱又要去钓鱼。一等丌淼焱走远,迟俐红就出了门。迟俐红清楚地感到,自己走上了一条漫长的不归路。

过去两三个月,丌淼焱才知道,迟俐红在为自己的事情奔波。他坚决地阻止她。

“我并不突出。”丌淼焱坦言,“我工作这么多年,几乎一事无成,还有一份工资领着也就不错了。”

“你虽然不十分突出,但与其他要评高级、副高级职称的人相比,你的成绩足够。你的大部分科研文章都是正式发表的,而他们拿出来的,很多都是白皮的内部交流数据。”

丌淼焱觉得自己无言以对。

“你别管。哼,我让他们买柿子专拣软的捏!”迟俐红咬牙说,“甭信邪了!”

丌淼焱直直地对迟俐红望了半天,才说:

“俐红,你为什么要这样?”

迟俐红也望他。

“因为,”迟俐红无比坚定地说,“因为你是我的爱人!”

……这是一场噩梦。但迟俐红从不言悔。有时却恨自己,恨自己只是医院里的一名普通护士,恨自己不生在权贵之家,恨自己年轻时不选择仕途。她恨自己手中没有权力,哪怕她是一个小小的医院院长,局面也会很不同。

但她又庆幸，庆幸自己的毅力。她觉得自己拥有充足的女人的毅力。

实际上，她在进行一次女人的毅力跟权力的角斗。

3

此时，她的身子贴着男人的身子，她感到在过去的一天里所损耗掉的毅力，又一点点地回复了。

……事情也终归有了些转机。她暂时还不想告诉丌淼焱。不知不觉地，她感到全身松弛下来。她松开男人，仰面一躺，沉沉地睡了过去。

电话铃声将她惊醒。她一激灵爬起来。

天大亮了。丌淼焱不在床上。

她抓起电话。

“淼焱！”她听了出来，是邱所长兴奋的声音。

她浑身颤抖，脸色煞白，话筒都几乎抓不住了。

“是小迟吗？”邱所长沙沙啦啦地说，“喂，小迟，你快叫淼焱来所里一趟。”

话筒从迟俐红手里掉落下去。

迟俐红一屁股坐在了地上。

话筒里还有邱所长沙沙啦啦的声音。后来，声音消失。房间里一片寂静。阳光射进来，明亮得仿佛刀子，把房间里的一切物体——墙壁、家具，照成了一张干燥的纸，剔除了它们所有隐含的分量。

迟俐红轻飘飘地站了起来，东一倒，西一歪。

灿烂的阳光照射下，她只是一个虚幻的影子。她即使摔下去，也无妨。她还会再飘起来。

……她飘来飘去。

最后，她的目光落在餐桌上。

……那是丈夫留给她的简单的早餐。一袋牛奶，温在热水碗里。两片面包，放在微波炉专用的玻璃器皿里。它们静静地反射着微光。

迟俐红一转头，就看见了墙上的钟表。

指针已经停下，指示着两点一刻。

不知是半夜，还是午后。

第九章

1

任总洪亮的嗓音，响彻了整个分部大楼。

“你们无规则地对待别人，那就别指望他人会有规则地对待你们！”任总是对着电话筒说出这句话的。任总斩钉截铁。“这件事要办，而且马上要办！我说的就这个意思。”任总又嘀咕道，“哼，都他妈什么玩意儿。”

话筒刚放下，分部人事处的小鲁，就屁颠儿屁颠儿地跑了来。

“任总，任总，任总。”小鲁满脸堆笑，连连点头，一迭声儿地叫。

小鲁就是那个四川籍的副处长，全名鲁志涛。

“你他妈都快六十岁了吧？老杂毛，半截子入土了，眼看就要退休了，积点儿阴德好不好！却偏要当个胡说八道的老杂毛！”任总激动得够呛，对这么老的同志竟然一点客气都不讲。

“是是，”小鲁笑说，“任总说得极是。可是……”

“你还有什么好说的?!”任总瞪他一眼。

“没什么好说的,没什么好说的。”

“你坐吧。”任总缓和下来。

“谢谢任总。”

“老鲁啊,”任总语重心长,“咱们应该多想想,手中的权力是谁给的？这是人家需要你了。人家不需要你,你,你算个屎啊！啊？你说你算个屎？不要认为自己有了那么一丁点儿权力,就忘乎所以,就开始恣意妄为。谁跟你有深仇大恨？啊？你以为你很了不起了,你什么都懂,你既懂科学,又懂艺术！教育、医学、文学,在你那里都不当一回事儿。可我让你替我马上演算一个公式,证明一个定理,你给我写下两句半没有一点儿毛病的话,你给我唱一句不走调儿的歌儿,也算你能！你能吗？你不是内行,同志,我的好同志。你确确实实在很多领域只是一个外行！别他妈动不动就说,离了谁地球照样转！离了你地球还转不转？既然地球离了谁都照样转,你说的那叫屁话！你没本事却压了人家一辈子,你不觉得有愧吗？你讲人家疯子,你到底了解人家多少？你敢肯定你鲁志涛就一点儿不疯？我看你们那些人都够疯的,没一个正常人！信口开河,胡说八道,颠倒黑白,混淆是非,对得起自己的良心吗？坏了良心,是要遭报应的,过大年时是要被人送花圈的。再回头想想,你果真就能压人家一辈子吗？老鲁啊,亲爱的老鲁同志,特别是在某种位置上的人,一个国企干部,一个共产党员,一个有了点年纪的人,不可不慎,不可不慎啊。当然,我说话有不讲究方式的地方,也请你原谅。我这也不是势大压人,我们是平等的,我只是提醒你,你评职称有没有规则？啊？既然有规则,就该按规则办。不按规则,那还制定规则干什么？你去瞧瞧,那个科学家的情况,跟规则符不符合？志涛,话说重了,你也别往心里去,我这是没把你当外人,才这样说你。”

那小鲁忙着点头,都好像要把头点昏了。其实心里一点儿不乱,嘴上的话儿,也都能跟任总说的对上号儿:“叫小鲁就可……人民给的……怎么会呢? ……谁也不是百事通……我色盲,我五音不全……在各类专业面前,我绝对是外行……有愧啊! ……我才是疯子,我昏了头……不了解,不了解……哎呀! 哎呀! 哎呀,老杂毛! 断子绝孙! 嗯,是要慎重……七咕隆咚八咕隆咚,七咕隆咚八咕隆咚锵……说哪儿去了? 谢谢,谢谢……是得按规则办事……规则嘛,有规则,七咕隆咚,八咕隆咚锵……符合! 符合! 绝对符合! 绝对符合! ……不敢,不敢,不敢!”

任总听他连说“不敢”,扑哧就笑了。

“任总说得对。”

“咱俩的名字是同音不同字,我叫你你尽管答应着。”任总态度和蔼地说。

“冒犯了任总名讳。”

“不要这么说。”

“我要跟任总同音同字,这辈子也会有点儿出息。叫我小鲁就可,叫我老鲁就高看我了。要是再……”

“总之还是有些缘分的。”任总说,“忙去吧。”

小鲁腾一下站了起来。

“有什么事情,就来找我。我还有个活动。以后抽个时间,再跟你聊。”任总说,“李秘书,送送鲁处长。”

李秘书早走进来,抿着嘴儿在那儿笑呢。

“鲁处长慢走。”李秘书说。

“不送,不送。”小鲁说,仿佛投降似的高举着两手,向李童耀做着谢绝送客的手势。

“任总,过去吧。”李童耀对任志韬说。

任志韬就要出门,却回过头来。

“小李，你说说，这样安排好不好？”任志韬问道。

李童耀沉思了一下。“也没什么不好，”李童耀说，“有屈秘书长在那里说话嘛。我跟屈秘书长打过招呼了。任总也是按规程办事嘛。”

任志韬点点头。他俩一前一后走出办公室。

2

分部电视台的龙台长，已在分部大楼下面等他们了。龙台长见任志韬下来，就钻出车子。任志韬向他摆摆手，他领会了，就又钻进车里。任志韬的车在前，行了十数米，龙台长的车和电视台采访车才慢慢跟上来。

行在大街上，龙台长的车一直跟任志韬的车保持着数十米的距离。非常准确，任志韬的车行，龙台长的车则行，任志韬的车慢，龙台长的车则慢，就像不是龙台长的司机在驾驶，而是任志韬的司机小刘的分身在龙台长的车上。

车子向北，出了无诡市区，眼前就是大片开阔的绿色郊野。龙台长在车上接到了李童耀打来的电话：

“请龙台长到任总车上来。”

龙台长往前一看，任志韬的车占据着超车道，并没有减速的迹象。

“超过去。”龙台长命令司机。

车子匀加速上前，在接近任志韬车子的时候，车头微微一掉，就通过快车道，开到了前面。在车子往右一倾的那一刻，龙台长分明感到，这简直就是艺术的行驶。车子没有停下，而是继续前行。一直向前开了足有二百米，才停在了路旁。龙台长下了车，迎候在公路上。

任志韬的车，黑黝黝的，像一尾肥大的鲶鱼似的，从后面慢慢靠过来。车门开了，龙台长弯腰钻了进去。

龙台长未语先笑。他已经暗暗地兴奋起来，脸膛发亮，像只粉红色的灯笼。

“初中生理卫生课上，老师为讲解生殖系统，挂出一幅形象的男性身体结构图，所有女同学都哇的一声，低下了头……”龙台长说。

龙台长随即住了口。他的脑子里，拥挤着许许多多的鱼，万头攒动。那是一个个精彩绝伦的黄段子，每一个都十分流行。他是大家公认的讲黄段子的好手。但他把嘴闭上了，像把很多的鱼咬在了嘴里。

任志韬笔直地坐着，目光平视。

“龙台长，”李童耀说，“你带来的手下是最好的吧？”

“绝对是一流的。”龙台长说。

“很好。”李童耀说。

“给你介绍过去的小常，最近工作怎样？”

“小伙子挺机灵，业务上进步得很快，办事挺靠谱的。”

李童耀不知想起什么，哧地一笑。

龙台长也轻轻一笑。

接着，他们就都不说话了。

3

临近县城的时候，李童耀征求任志韬意见，要不要去泰达纸业集团。任志韬决定直接去现场。趄下公路，就是简陋的乡村沙土路。路面狭窄，坎坷不平，人和车都像掉进了绿色的汪洋里。任志韬和龙台长都抓住了车门的把手，但仍然止不住左右摇晃。龙台长跟任志韬的身体碰在一起，开始还尽量躲闪，碰撞几次后，就索性不躲闪了。你碰我，我碰你，两人的身子都又大又沉，也都热乎乎的，碰来碰去的很是有趣。因为都不去有意保持平衡，很多次几乎倒在了对方的怀里。谁躺在了对方的怀里，谁就有些做了一次小孩子的感受。任志韬突然开口大笑起来。龙台长也笑。李童耀、小刘,都跟着笑。

“简直……比坐轿子……都……舒服。”李童耀说。

“坐轿子……哪有这舒服?”龙台长说。

“小刘,你开车注意点儿。”李童耀说。

“李秘书,你别管他。”龙台长伸手拍拍小刘的肩膀,“小刘,还有多长的路?”

“过了北大洼,还有十里。”

“熊总这是早去了。”龙台长说。

“小屈说,熊总七点多钟在办公室里坐了坐,就走了。是她自己要来的。她在仁城抓过多年的分部工业,当然还是对工业感兴趣。你说呢,任总?”李童耀说着,哎哟叫了一声,他的头撞着了车顶。“不要紧。——她自己也会驾车,到哪里去都方便得很。”

“任总你受得了吗?”龙台长转脸问道。

“熊总受得了,我有什么受不了?”任志韬说,“这是新媳妇在坐颠轿,我也算头一回享受了这种特殊待遇。”

“很是,很是。”龙台长连连笑道。

4

北大洼是个荒滩,四处芦苇丛生,他们差点儿在里面迷了路。终于走了出来,在一条小路上,找到了一些新留下的车辙。往东看,却是更大面积的荒滩。更远处,则是一片片晃动的水光,映着半个天空。不用说,那里就是大海了。

……草丛里走动着一群人。他们从车里看着。

“老龙,”任志韬突然郑重地对龙台长说,“希望你能见机行事。实话告诉你,本来我是不想来的,有朱总、屈秘书长陪着,我也没多少来的必要。但是……”

“我明白,我明白。”龙台长连忙说,“任总全是支持我的工作。熊总上任两三天了,电视台也没掌握她一点儿的影像资料,是我的失职。”

任志韬脸上微微露出满意的神色。

那群人里的泰达纸业集团老总,首先向任志韬他们走过来。这人的一双大手,紧紧握住任志韬的手,连声说着“谢谢,谢谢”。跟在他后面的几位长河县里的领导,也轮番上来跟任志韬和龙台长握手。

任志韬跟熊旎见了面。龙台长的手下也随后赶来了,拉出架势,就要做节目。他们在离市县分部两级领导不远的地方,先由一位年轻英俊的主持人背对旷野,做了简要解说,然后又走过来。但摄像机镜头仍然只对旷野。

“请你删了!”人们忽听熊旎喝道。原来,一个混杂在人群中的《无诡分部日报》记者,偷偷用数码相机对着熊旎拍了一张照片。旷野上,人的声音一发出喉咙,就好像消失了,但数码相机微弱的动静,被熊旎听到了耳中。那记者没想到熊旎真的会冲自己发火,就只是愣着,咧着嘴干笑。

“我说过了,十日之内,我不希望在无诡分部的报纸、电台上出现我的影像。”熊旎说,“十日之后,我在无诡站不住,就乖乖走人。给我十天,也让我走得体面一些,行不行?”

众人一时没回过神来,或者说,很多人意识到自己没有上前劝解的资格,就都没动。还是任志韬委婉开口道:

“熊总,是不是有些言重了?”

龙台长同时在训斥那位记者:

“还不快删了!”

“我就是有这么个特别的想法,”熊旎镇定地说,“假若我们的领导不上电视,不上报纸,难道工作就不能做了?你们谁能回答我,工作是做在报纸上的，还是做在电视上的？分部要做一点工作，却依赖电视、报纸的宣传，只能证明我们的工作出了问题。”

那位记者诚惶诚恐地退到人后去了。

“是要改改了。”任志韬重重地点头说。

“叫他们撤回去！”熊旎命令。

记者们回到各自的车上。熊旎不再看他们，又跟泰达集团的老总交谈起来。那伙记者已经悄悄溜了。任志韬没注意到龙台长在向旷野深处走去，小屈走到任志韬的身边，小声告诉他，龙台长也走了。任志韬微微一笑，没说什么。

5

这天夜里，龙台长约任志韬去黄河娱乐城休闲。任志韬因有要事，未能脱身，陪完客人，才朝黄河娱乐城赶，远远看见灯影里的龙台长，就高声叫：

“同学们，真的没有这么大！”

龙台长一怔：“任总听过的？”

“你还以为天底下就你什么都知道？”

两人会心地笑起来。

第十章

1

其实，熊旎明白，自己在“洼东”的出现，一举一动都是一种姿态。在很多地方，都出现过这种情况，前任领导倒了，跟前任领导有关的任何事务则一律被搁置或流产。泰达集团是整个无诡分部的产业支柱，占分部财政收入的20％。而在过去的近两个月内，关系到泰达集团可持续发展的万亩苇园项目仿佛成了一个禁区，无人提及。熊旎敏锐地发现了在无诡分部开展工作的突破口，特意召集有关部门领导去了“洼东”，当场拍板。

午饭是在通往长河县水下乡驻地柏油路边一个小饭馆吃的，依长河分部领导和泰达集团老总的意思，是要赶回县城。好说歹说，熊旎也无意去那里。饭馆里逼仄，店主临时在饭馆门前的空地上支了个白布棚，大家便坐下来，边吃边聊。

四下一望，真是天苍苍，野茫茫，风吹草低——却不见牛羊。人人喝着鲜鱼汤,别有一番风味。

饭馆里原有啤酒的,细心的小屈一看,都过期好几个月了。那些县里的干部想让人去水下乡拿,又不敢,任志韬刚想站出来吩咐,熊旎就看出来了,说:

"一碗鲜鱼汤就足够了!我们没必要把自己的肚子吃成一锅大杂烩,是不是?"

大家细想想,嗯,也有道理,都说:

"就这,就这,很好,很好。"

店主见大家兴致高,抽空跑出来向大家介绍,这鱼都是现从水洼里摸的,都是一拇指头大,太大的和太小的都不要。大家齐说:

"这更好了。"

果然,鱼汤很鲜,鲜得恰到好处,让人感到即使多加一片葱叶,也会破坏它的鲜度。

鱼鲜也醉人,喝着喝着,泰达集团老总就站起来了。不由分说,他倒了一碗过期啤酒,走到熊旎跟前,却欲言又止。

大家都盼着知道他要说什么,他那眼里,突然就滚下一颗泪来。泪珠子那么大,掉在啤酒里,啪嗒有声。半天,才听他说了句:"我喝了它。"一仰脖,咕咚咕咚喝了。随后一抹嘴,又说:

"允许我亲亲您吗?"

大家还没反应过来,就听熊旎干脆利索地回答:

"当然可以。"

这家伙是个大个子,他拥住熊旎,就亲了她一下。他松开她,说:

"谢谢熊总。"

众人才要笑,熊旎就对这家伙说:"扶植纳税人,是天大的事情。"众人又忙点头,熊旎转过脸来,对所有人说,"人生一碗鲜鱼汤就足够。"

众人听了，都叫："对，对，说得对。"

熊旎已经单独跟王佳良书记通过气。过去好的，坚持下去；不好的，自然该停则停，能改则改。一朝天子一朝臣，坚决搞不得。处理一个总裁，不意味着所有工作停顿。熊旎明确提出，自己不喜欢新官上任非搞新方案，处处新宣言。上届班子，不可能就一无是处，工作还是那些工作，只是工作的方式方法问题。熊旎也不喜欢新官上任三把火的提法。三把火烧过之后，难道就万事大吉了吗？在她看来，那只是哗众取宠之举。推翻过去，全盘否定，其最终目的，不过是为了将来有利于突出自己任期的政绩。——政绩怎么来的？是脚踏实地做出来的，绝对不是用表格、用摄像机镜头突出出来的。

……分部大楼里，连最迟钝的人，也感受到了一种悄悄苏醒的信息。挺拔、坚固、漠然的分部大楼本身在苏醒。它像一个活生生的人，身上捆束着一层层的绳索，捆束久了，已将近窒息和昏厥，而现在，束缚正在一点点地解开。它缓缓地透了口气，悄悄叹息一声，血液开始流动。手脚的麻木，也慢慢缓解。

"人生一碗鲜鱼汤就足够！"没有通过报纸、广播、电视，熊旎的"洼东"之行，却在整个无诡分部四处传播，还有任志韬洪亮的声音，也从分部大楼向四下扩散，让很多沉寂多年的心灵，为之一振。

2

从秘书贾小艳那里，熊旎听到了任志韬解决科研所丌淼焱职称问题的经过。

"任总总算说了句人话儿，办了件人事儿。"贾小艳说。

熊旎看她一眼，她就不说了。

贾小艳是有事情的，把文件交给熊旎，却并不走。熊旎问她，她才说：

“我不想传这个话儿的，但还是说了吧。任总安排李童耀问我，华生公司的赖仁平总经理，要请几位市领导去花旗茶艺社吃茶。熊总八小时之外怎么过？要不要也过去，要他另开一间？茶艺社请了艺人，说大鼓书的，唱评弹的，都是吃茶后的节目，有趣得很。要么熊总在大家吃茶后去。大家都不认识的。才来无诡，千头万绪的，也不要累了自己。任总不好来问你，就问到我头上。我懒得给他说！”

熊旎就笑了。“这个任总，怎么不好意思说？真的男女有别吗？”熊旎想一想，“小艳，你告诉他，谢谢他了，我不是不想去，只是现在不去。还是回家里吃饭的好，保姆烧的菜，不比馆子里的差。我是老总嘛，以后我先请他。”

“那我就这样说了。”贾小艳说，这才要出去。

“小艳，”熊旎又叫住她，“你也跟我回家吃晚饭。其他秘书都有饭局，我也不会让你干涔。你吃过我家柳眉做的饭菜，就会喜欢的。”

“熊总，才不是呢。”贾小艳说，“我烦跟他们在一起。一顿饭吃上两个小时，吃的饭还没话多，三句话离不开脐下三寸，哪个是正经的？又有谁管你还是个姑娘家？”

“莫不是男朋友约了你？”

“没有。”贾小艳说，头却一低，脸上红起来，又抬头强调，“真的没有。”

“那我们就说定了。”熊旎说。

3

柳眉已做了三个人的晚饭。熊旎回到宇宙星苑二十六号，又拌了份水果沙拉，分盛在三只小钵子里。

贾小艳自个儿看了一回熊旎的房子，走过来说：

“熊总，家里这么静呢，跟别人家里不同呢。”

熊旋理解她的意思，笑道：

“这才好呢。看出单身女总裁的好处了吧，那些男人都不好意思找我。巴不得呢。”

贾小艳、柳眉，都扑哧笑了。

“坐下，坐下，都坐下。”熊旋招呼她俩，“柳眉知道的，都三天了，我电话没接几个。给我打电话，那些男子自己都会觉得自己是个色鬼。披着羊皮的狼，没安好心呢。唉，不敢想象原来这房子里是怎么一个情况。”

贾小艳和柳眉笑成了一团。

“以前这里住着的是分部人大的一个老主任，”贾小艳笑着说，“半年前去美国跟他儿子住了。老头子孤寂得很，最爱管闲事儿，报纸上的副刊，电视上的娱乐节目，春节联欢晚会该请哪些歌星，都要管。分部的这些人，从书记、总裁，到下面的处长、科长、主任，一个个都恨死他了。”

正说着，客厅里的电话丁零零响起来。

“我来接。”贾小艳说。

贾小艳去接了电话，却没听她吭声。

她走回来，熊旋就问她：

“什么人打来的？”

“没什么事。”她说。

才要坐下，熊旋的手机却响了。她看了一眼显示屏，就关了机。她们开始吃饭，贾小艳却只捧着小钵子，吃那些沙拉。熊旋催她吃菜，也给她搛到碗里，但她动都不动。

熊旋就说：

“你爱吃沙拉，我的这些给你。”

她却抬了头，看着熊总。

“熊总，”她说，“我可不可以问你一句？”

“我们开诚布公，问吧。”熊旎爽快地说。

“你为什么不结婚?”贾小艳问道。

熊旎哈哈一笑，神情又认真起来。

“我不是独身主义者，只是生活没有赋予我这个机会。”熊旎说，“只要有机会，我就会结婚的。我也渴望有自己的家庭，自己的宝宝。现在，我却只有一句话，随他去吧。”

贾小艳沉思着点点头。

“怎么，遇到挫折啦?”熊旎问她。

她又摇头。

“我不想结婚。”她说。

“为什么?”

“没一个好东西。”贾小艳说着，眼里的目光一点点地凝聚，又加重了语气，“男人没一个好东西!”

“这倒是一个古怪的想法啊。”熊旎说。

“我相信自己的判断。”贾小艳肯定地说，“我过年就二十九岁了，老姑娘喽。我有分辨是非的能力。每一个男人，甚至表面上还不错的——即使那种彬彬有礼的男人，只要一转过脸去，就是无耻之徒。”

熊旎和柳眉都看着她，不说话，也不吃饭。

过了半天，熊旎才郑重开口：

“小艳，你的这种想法要不得。看来我得找时间开导开导你。”

柳眉就插嘴：

“我晓得的，贾秘书是让臭男人伤过心的。”

贾小艳微微地笑着，晃着个头，吊斜着眼睛，不知看谁，也不知不看谁。

“我可以告诉任何人，我还是处女。”她说，“我还不觉得这有什么可耻。”

“不要说了，小艳，”熊旎阻止她，“我们吃饭吧。”

“熊总，你这样生活不也很好吗？”贾小艳真诚地望着熊旎，“我就羡慕你这样的‘快乐的单身汉’生活，又潇洒，又充实，又有意义。”

“这个话题不轻松。”熊旎说，“讨论到此为止。”

贾小艳这才不吭声了。

吃完了饭，贾小艳忽然变得兴奋起来，跟熊旎到了健身房，又是蹦，又是跳，本来就看不出是已经二十八九岁的女人，这时候更像一个体态轻盈的小姑娘。熊旎也乐得有个跟自己一块笑闹的女伴，房间里开着中央空调呢，却不大一会儿就玩了个大汗淋漓。贾小艳见时候不早了，要回去。熊旎欲留她洗了澡再走，但她不肯。

熊旎还从不记得曾玩得这么快乐，洗了澡之后身体放松了下来，心情却安定不下来，看看时间，已十一点多了，自觉躺下也睡不着，就出了门，开车上了街。

4

夜幕下的城市，的确呈现着迥然于白日的美丽面貌。

熊旎放下车窗玻璃，让已经变得凉爽宜人的夜风吹进来。夜风仿佛一只手，轻拂着熊旎的面颊。熊旎心旷神怡。

在街上兜来兜去，抬头发现到了分部大楼的前面。楼体上的彩灯，勾勒出了分部大楼简洁的轮廓，仿佛一座遥远的天上宫阙。轮廓中间，偶尔有一两盏灯亮着，将夜空，也将楼体，衬得更黑。熊旎略微迟疑一下，就开车过去，将车停在了泊车区。站到大楼下面，才觉出大楼此刻的沉静。这是一整块巨大无比的实心石头。

大门关着，通过门玻璃，她看到门厅里空空荡荡，灯光昏黄。

熊旎走开了，沿着墙根走到大楼后面，一看，那里还有一扇门，进去了，才知是职工的自行车棚，黑压压的还有许多自行车，但没有人。熊旎发现里面有个值班室，小窗口里的灯光映着一个人影，正打瞌睡呢。

熊旎在窗户上敲敲，那人一愣，马上清醒过来，跑出来开了门。熊旎心里还纳闷呢，这人看样子认出了自己是谁。她来无诡只三天，并没在电视、报纸等媒体上露过面，他是怎么认得自己的？

这里还有地下的一层电梯，那值班人员毕恭毕敬地把她送到电梯里。

上了七楼，熊旎竟头发根儿一乍。

四处没有一点声音，连自己的脚步声也听不见。光滑平整的石头墙壁，幽深的空间，半明半暗的灯光，周围的一切，使她感觉好像置身于神秘的千年地宫里。

她不由得把脚步放得更轻，生怕惊醒了什么似的。但她接着就从容起来。这里不是什么地宫。这里就是自己工作的地方。自己就是这里的首席执政官。她在白天看到过这里。夜晚，她还要再仔仔细细地看一看。

分部办公室，综合一科，综合二科，秘书长的办公室，任总裁的办公室，周总裁的办公室，朱总裁的办公室，宁总裁的办公室，等等，每一间办公室，她都要好好看看。她会有不同的感受。

她在宁总的办公室门前停下来。

房门虚掩着。里面有动静。

她抬起胳膊，敲敲门。

房门自己开了。

门内，宁樵慢慢收了太极拳的架势。

“宁总在啊。”熊旎含笑道。

宁樵沉默地看她一眼。何其坦荡的目光！只一眼，就让她感到自己所有的顾忌都是多余而又可笑的。她不知不觉地在沙发上坐了下来。连她自己都没能意识到，自己迟迟没有开口。

“我喜欢夜深人静的感觉。”宁樵说。

“我也是。”她随口说，声音很轻。

宁樵在办公桌后面坐下了，神情超然物外。

熊旎的样子就像在倾听着什么。她似乎全然忘记了自己内心的挣扎。她极力搜寻着合适的话题，每一个话题出现在脑子里，接着就被她否定。她用尽了力气。她还想起了贾小艳说的话。眼前的这个人，额头开阔，嘴角常常抿着，一副不俗的相貌。贾小艳绝对错了。贾小艳绝对对男人有成见。

熊旎相信，宁樵是在人前怎么样，在背后也会怎么样。不管他走到哪里，他都无意间带着他那副落落寡合的神气。那不是他的障眼法，不是做给别人看的，而是一种与生俱来的独特气质。熊旎脑子里隐约闪过这样一个念头，像宁樵这样一个洁身自好的人，怎么会出现在装模作样、尔虞我诈的官场里?

熊旎随后又觉得好笑了，宁樵不出现在这里，又该出现在哪里呢?天地之大，哪里才是他该去的地方?你让他成为一名普通工人，成为一名像丌淼焱(她记住了丌淼焱的名字)那样的科学家，或者让他去学吹拉弹唱?

但不管怎么说，熊旎心里升起的，是一股浓浓的怜惜的感情。熊旎打算找机会让贾小艳谈谈宁樵。她肯定，那孩子还是信得过的。她也很喜欢小艳。

到目前为止，熊旎对宁樵还一无所知。

君子坦荡荡，贾小艳绝不会多想什么。此时，熊旎觉得自己那么像一个女人。她还从没有像现在一样像一个女人。

意识到这个的时候，她的脸不由得红了一下。

忽然，她想到自己好大一会儿没有说话了。

“想问你一些工作上的事情，看天不早了，回去休息吧。”熊旎恢复常态，说道。她站起来。

“你先走吧。”宁樵镇静地答道。

熊旎从他办公室里走出去,再没看别的地方,直接坐电梯下去了。那个值班员还在打瞌睡,她想了想,也没惊动他。

坐进车里,熊旎感到自己的双腿猛地一软。

她听到了夜色里传来一阵一阵的滴答声。

她在座位上融化成了一摊春水。

她不否认。她像水一样,浸湿了柔软的座位。

滴答,滴答……

滴答,滴答……

她的心里,仿佛夏夜的广场,静谧,温暖,而又空旷。

第十一章

1

眼一睁,就又是一天了。

6 月 23 日,星期四。

有那么一刻,熊旎身上懒懒的,不想起床。但她还是起来了。女人的事,她要做。看着镜子里的自己,她想到,自己得抽时间做面膜了,就让贾小艳陪自己去。贾小艳年轻,更趋近时尚。在化妆方面,贾小艳的很多经验一定值得自己学习。适当的运动也使她感到精力充沛。

……九点钟,有个总裁办公会。——没到九点,分部大楼就乱成了一团。兴风作浪的,不是什么人,而是一张报纸。不是《人民日报》《J 省日报》《无诡分部日报》,而是一张普通的、很多领导桌面上没有的报纸——《国家环境保护报》。这个招灾惹祸的,还只是一篇文章,不在头版,也不在头条。它躲在三版的右下角,因题目的别致,倒也算醒目了——《神仙沟诀别神仙,无诡分部惊现“鬼村”》。

熊旎一眼就看到了作者的名字:丌淼焱。

在无诡区和长河县交界处,有一条名叫神仙沟的小河汊子,旁边有个叫二伯坎子的小村。住村北的人,从一九九七年起,有一个死一个,有两个死一双,人人都言村北闹鬼,纷纷向南搬迁。近几年来,村里的先天畸形儿也多起来。邓昌顺的媳妇生了个儿子带尾巴儿,婆母以为妖孽,疏于照料,致使新生儿受寒而死。陈老大的孙子,生来就有犄角,三岁大时,俨然小牛。至于其他豁唇的、骈拇枝指的、色盲的,屡见不鲜。皮疹、头痛等疾病,也异常盛行。咳嗽、气喘、流泪、上吐下泻,更是常事。不少人,才三十几岁就干不了重活了。这种状况虽然引起了当地政府部门的注意,但并未给予足够的重视。特别是当地镇政府,在神仙沟以南两三里处的盐碱滩上,搞了有名无实的新村建设,以壮政绩。老村遂成为名副其实的空村、死村、鬼村,望之森然。丌淼焱无意中涉足此地,从神仙沟里钓上来一只娃娃鱼。说是娃娃鱼,只是十分像娃娃,还是傻娃娃,额窄,眼小,鼻眼之间的面积占了脸孔的大部分,嘴儿倒小巧,却长在了下巴底下。开始还觉高兴,再钓上来的鱼,也都没好样子,想来想去就觉得不对头了,再看左右,明显地跟其他地方不同,仿佛“鬼剃头”,不多的几棵树,已经枯死,地下一片焦土,支支立立地长着几簇硬秆植物,说黄不黄,说绿不绿,蔫蔫地挂着数片叶子。这时才觉得四野的寂静,那是死一般的寂静。噗的一声,吹来一股干风,卷着一片黄沙,吹到他的脸上,让他感到一阵阵瘆得慌,收拾了钓具,就要离开。究竟因为疑惑,转身去了不远处的二伯坎子村。在那里,他看到了村民生活的惨状。通过两三天的调查,他认定村民的病变,跟黄河机械公司建在神仙沟旁的仓储罐有关。很多二伯坎子村的人都记得,当年黄河机械公司跟村主任达成协议,说是要在这里建造一个仓库,村主任也不晓得仓库会有什么危害,稀里糊涂就答应了,象征性地收了一点土地占用费。地面上留下半截罐状的东西(二伯坎子村的人叫它“鬼子小碉堡”),谁也说不清下面埋的是什么。丌淼焱以简陋的检测手段,找出了造成村民患病的罪魁祸首,六价铬,一种能导致癌症的重金属。紧接着,丌淼焱又从黄河机械公司的一位老工程师那里获知,一九九六年,集团决策层置《中华人民共和国固体废物污染环境防治法》“禁止中国境外的固体废物入境倾倒、堆放、处置”的明确规定于不顾,从国外进口了一批金属废料,货到后又一无用处,不敢放在厂区,遂运往偏僻的神仙沟,不料一晃几年,就把这些洋垃圾给忘记了。丌淼焱义愤之下,就写了那篇文章,于六月十三日投往《国家环境保护报》……

头一个闯进来的是任志韬。看他惊慌失措的神色,好像天塌了。鉴于他的表现,熊旎也不好露出对那篇文章的赞赏。他一连声地叫着,要马上开总裁办公会,讨论解决神仙沟畔“鬼村”曝光的事。熊旎就暗自冷笑,任志韬确实有些失态了。问题出现了,这是总裁办公会就可解决的吗?任志韬一走出去,贾小艳就有意无意地对熊旎说:

“他们以为抓了谌令辉、处理了高万操就一了百了了!”

形势的确紧张起来。王佳良书记打来电话,紧急召见。在所有的电话铃声中,王佳良书记的电话铃声最响。熊旎心里说,这也怪了。熊旎想象得到无数杂乱的声音在通过电话线传播,想象得到无数脚步在急匆匆地走来走去。熊旎夹起文件包,要去王佳良书记办公室,目光瞥见贾小艳一副幸灾乐祸的样子,心想,以后有些事情的确得问这孩子了。

推开王佳良书记的门,熊旎分明感到自己就像走进了革命历史题材的影视剧。王佳良书记思虑颇深,步履沉重地来回踱着,见熊旎进来,就说一句:

“捅大娄子了。”

熊旎心里不禁好笑,你一个新来的书记,你急什么?无诡出现问题难道是意外吗?没意外换你来干什么?好像来了就能坐享其成似的。

“我想听听你的意见。”王佳良书记说。

熊旎想都没想，从容地答道：

“我的意见，八个字，查明真相，解决问题。”

王佳良书记点点头。“省部电话不断，省城媒体也要介入，这方面我来应付，具体的事你去做，如何？”王佳良书记说。

熊旎暗想，自己对王佳良书记的要求也就这样了。这也是王佳良书记对自己的信任。两人又马上交流了一下对这件事具体的处理意见，熊旎就要去神仙沟看看。但她意想不到的是，很多人都等在了楼下，好像熊旎去吃果果，其他人生怕自己去迟了吃不上似的。熊旎的车在前，其他领导的车在后面跟了一大溜。

车流一成规模，不免引了人驻足观看，都意义不明地道：

“好家伙！”

2

熊旎等人在二伯坎子村见到的，虽惨不到丌淼焱文章上所写的程度，但也算基本属实。空村是有的，墙圮屋塌，草木焦枯，宛如浩劫刚过。不时有一两只叫不出名来的鸟，从那墙缝、屋檐下扑棱棱飞出来，嘎嘎叫着向远处飞去。二伯坎子的村支书，邀请他们去看村子，他尚不明客人来意。

在村头一家人的空屋子里坐下，大家俱不言语。地上爬着个灰头土脸的小孩儿，五六岁了，许是自知不讨人喜欢，抓着一根小木棍儿，自己玩儿，连熊旎都没想到逗一逗孩子。

那女主人忙着找碗给客人倒水，村支书说：

“不用啦，叫你男人过来，听领导作报告。”

女主人跑出去，熊旎他们就听她站在街上扯着嗓子喊：

“你个死留住儿唻——邓常宽唻——家来人啦，我✕死他个娘，来了一大屋子闲着没事干的×人！死留住儿邓常宽，你说这可咋着办咪——”像喊两个人。像在跟那两个人说话。

沉默是很不好受的，任志韬说话了。他伸手抚摸了一下小孩儿的头发，温和地说：

“小朋友，你玩的什么？嗯，一根小木棍儿？哎呀，好玩儿。可以给我瞧瞧吗？”

“你娘个×拿去看呗！”小孩子说话倒爽快，抬手把那宝贝小木棍儿给了他。

没人笑。

“很好。”任志韬端详着，“不弯。很直。”

一群人行色匆匆拥了过来。任志韬认出他们是长河县和无诡区的分部领导。他们走过来，都张张嘴，一句话也没说出来。在这些大人中间，那个小孩子就像没有了一样。熊旎向屋外走去，别人就默默地跟上。

“娘个×，连根小棍儿都要给我拿走！”

那小孩子怒吼。

任志韬忙交给他。

村长走上来，任志韬刚要拉住，那小孩子就扑通倒了。任志韬似乎觉得村长踢了那孩子一脚，但那孩子一翻身，若无其事地爬起来，抓着那根小棍儿，又自顾玩儿着了。

“看饭，看饭！”村长连声叫。

无诡分部的一个领导说：

“老邓，你不要忙，还早。”

站到了街上，任志韬用目光请示熊旎。

“回去吧。”熊旎轻轻挥挥手，第一个钻进了车里。

任志韬悄悄拍拍无诡分部医院书记的肩膀：

“你过来。”

那医院书记就跟他上了车。在车里,任志韬不说话,医院书记自然不敢擅自开口。

行进了半天,医院书记忍不住了,小心道:

“任总,你有话,尽管吩咐。”

任志韬却慢悠悠地问他:

“那位科学家的老婆,是不是很久没上班了?”

“这事我也是才听说。”医院书记答道,“都是他们科室自己干的好事,把她除了名。”

“嗯。”任志韬沉吟一声。

医院书记兀自点了一下脑袋。

“任总不消说了。那些小科长除她的名,看我不除了他们的名!”

但任志韬要说。

“我很感动。”任志韬说,又叹了口气,“能恢复就把人家的工作恢复了。都不容易嘛。”

“是是。”医院书记赞同。

“喂,”任志韬拨了熊旎的手机,“熊总放心,这件事我会妥善处理的。有规则我们按规则,找不到规则,我们凭良心。我这是请战了,有请熊总示下。”

“回去说吧。”熊旎说。

手机又响了。

“任总,熊总交代,让县区分部的领导都回去吧。”是贾小艳打来的。

“小艳,贾秘书——”任总说,顿一下,又不说了。

“任总没什么吩咐,我挂了。”

“好吧。”任志韬说。接着就给跟在后面的县区分部领导打电话,让他们回去。医院书记也下了车。

分部的这一帮人，怎么来的，又怎么回去了。

3

熊旎才在办公室坐下，宁樵就走了进来。

“贾秘书出去一下。”宁樵说。

“你去二伯坎子了？”

“去了。”宁樵坐下说。

熊旎点点头，又摇摇头。“我很难过。”她沉痛地说。

“二伯坎子村的灾难本来可以避免。”宁樵说，他看着熊旎，“良心使我不能保持沉默。对黄河机械公司外购这批金属废料，我当时也有耳闻。事实上，无诡的这批洋垃圾，就是以非正常途径进来的。在这整个过程中，我们分部的某些领导同志起了关键的作用。而曾经在机械制造行业独领风骚的黄河机械公司，折腾来折腾去，已经雄风不再，想一想都让人感到痛惜！”

熊旎听了，一时没有吭声。

电话铃响，他们同时一惊。

王佳良书记叫熊旎过去。

“有句老话，拔出萝卜带出泥。”熊旎放下电话，对宁樵说，“有人很有可能认为上段时间处理了谌总裁等人，就是盖上了一只盖子，盖子会把过去的一切盖住，我看还未必呢。谢谢你能够直言不讳。”

宁樵站起来。“我又不务正业了。”他微笑道。

王佳良书记那里已经调来了有关黄河机械公司的材料。通过研究，王佳良书记果断决定，就二伯坎子金属废料污染事件成立调查组，午饭没吃就乘车去了省城，欲就有关问题请示省部领导。熊旎一从王佳良书记办公室出来，分部的人就都知道了总裁们的研究情况。贾小艳连连表示不解：

“任总怎么能做调查组组长？”

熊旎无话可说。在绝大多数常委表示赞同时，熊旎清楚地感到了自己的孤单和无力。她相信，王佳良书记也是这样的感受。怪只怪这是突发事件，两人事先没能经过细细谋划。但她还有自己的想法，静观其变也不失为一种策略。因此，她很严肃地叮嘱了贾小艳：

“注意，有些话不能乱说！”

虽然这种情况并不是自己想要的，熊旎仍感到一些解脱出来的轻松。自己不情愿地卸下了肩上的担子，而且有人情愿承担，应该是件很好的事情吧。任志韬是男人，任志韬比自己高大，也更有力，能者多劳嘛。熊旎心里自吟：

莫听穿林打叶声，
何妨吟啸且徐行。

就觉得自己俨然一个古代的老先生了。捻着胡须，之乎者也，一步三摇。

竹杖芒鞋轻胜马，
谁怕！
一蓑烟雨任平生。

不，自己是个隐士。……大隐隐于市嘛。自己还是个了不起的隐士，古往今来的第一隐士。一举手，一投足，都与一个隐士的风貌相吻合。

料峭春风吹酒醒，
微冷，
山头斜照却相迎。

回首向来萧瑟处，
归去，
也无风雨也无晴。

4

在王佳良书记去省城的五个小时之后，贾小艳一阵风儿似的赶过来，进门就说：

“没逮着狐狸却惹着一身骚，这话说谁呢？”

“怎么回事？”熊旎忙问。

贾小艳直笑得咯咯的，熊旎也不好意思呵斥她，就只是对她翻了个白眼。

她好不容易才停了笑，说：

“逗着呢！他们派人去神仙沟看守，没想到到了那里，黄河机械公司的仓储罐不翼而飞，只剩一个大坑。跑村里问着谁都说不知道。倒是有人看见来了几辆大卡车，下来一帮子人，挖坑装东西，都以为人家要把自己的东西取回去，就没放在心上。熊总你说，他是不是平白惹了一身骚？”

熊旎下意识地紧张起来。

“你还笑！”她厉声说，“那东西再散布出去，不知还要危害多少人！”说着，就拿手机给任志韬打电话。

“熊总莫慌，任总会比你还急，弄不丢的。”

熊旎摇手不让她说下去。熊旎只问任志韬在哪里。

“我去你那里看看。”熊旎从容不迫地说。

任志韬在分部公安处干坐着呢。熊旎一来，任志韬就连声懊恼地说：

“搅浑水！搅浑水！真是搅浑水！”

公安处食堂送来了晚饭。任志韬一口也吃不下，热锅上的蚂蚁似的，坐立不安。忽然，刑侦大队的人跑来报告，金属废料去向已查明，并责成多媚县部公安分局扣留保护起来。

任志韬听了，也不知是过于紧张还是怎的，站在那里僵了半天。李童耀上去扶他，他才猛地松下来，往椅子上重重一坐。他吃了一口饭，声音很小地问道：

"谁这么大胆？他连一点儿风声都没听到？他看不看报纸？"

熊旎就说：

"都像你，每天埋在报纸堆里？"

任志韬哈哈一笑。

"刚才我紧张得够呛哩。"他如实说，"废料在我手里丢了，我怎么向党和总部交代？熊总看到我的丑态了，不要笑话我。哦，对了，那谁，把来龙去脉说说。"

刑侦大队的人迟疑着。公安处的领导就说："无妨的，说吧。"他见允许，才说了下去。

"其实这中间还夹着一个人，就是朱总的儿子，叫朱明友。他在里面扮演了二道贩子的角色。"

任志韬一怔。

"二道贩子？"任志韬说，"我看他是三道贩子、四道贩子、五道贩子也不止了！一丁点儿破东西，值得这么多人伸手？肯定是赖大给他出的主意。赖大那两口子，倒好！"又转向熊旎，解释道，"朱总那孩子，我见过的，有些不知天高地厚。不过，那股小老虎气儿，我挺喜欢。"

一时饭罢，熊旎叮嘱两句，就要回去。任志韬送她上车，在背后连说感谢她的支持。熊旎情愿相信他是真诚的。

第十二章

1

在车上，贾小艳问熊旎去哪里，熊旎想想说：

“去办公室吧。我先送你回去。跟我一天，也累了吧。”

“我怎么会累？”贾小艳说，“你放心吧，熊总，现在这种时候，不会出大岔子的。那些人都恨不得生八只手，把什么活儿都拉过来，多干，干好。熊总，你看看，宾馆、饭店、歌厅的灯都亮起来了，门口那些个车子，都是谁的？我们也去乐一乐吧。我有个地方，保准没人认出我们的。我们的手机都开着，有什么事也不会耽误了。”

“不，”熊旎说，“你要不愿回去，我们兜兜风吧。”

贾小艳见她这样，就不好再说什么了。

熊旎把车子开得稳稳的，贾小艳感到非常舒适。一恍惚，觉得自己睡着了。明明知道自己不该睡，可她就是不想让自己醒来。熊旎是分部老总，她的顶头上司，她一点也不感到畏惧。她觉得熊旎就是自己宽厚、温和的大姐。只相处了短短三天时间，她已感到自己完全被征服了。不是那种强力的征服，不是让人自甘当一只狗，一个畜生，让人自甘匍匐在地，自甘低三下四，放弃自己的所有人格尊严，而是另一种完全不同的征服。是把人性的尊严唤起的征服，把善良唤起，把信心唤起，也把爱情唤起的征服。她像一个真正的女孩子似的，天真烂漫，亭亭玉立，在熊旎面前站着。她二十五岁时，研究生毕业，现已在宇宙星集团工作了三四年，才第一次感到，自己是个心灵纯洁的女孩子……她安静地睡在了自己大姐姐的身边。她不知道熊旎开车去了哪里。她不需要知道。但熊旎给她披了一件衣服，她感觉到了。她不让自己醒。后来，熊旎把车停下了。她睁开眼一看，不知道自己在哪里。

“你醒了吗?”熊旎轻声问道。

贾小艳在黑暗里点点头。

“我满足你的愿望。”熊旎说，“我请你吃茶。”

贾小艳直起身子，发现她们已来到了花旗茶艺社门前。

“你来过这个地方?”

熊旎嗯一声，笑而不语。

2

实际上，贾小艳是怕被人瞧见的。熊旎倒不怕，墨镜往鼻梁上一架，很像一个女特工，惹得贾小艳不住地抿嘴笑。她们走了进去。灯光打得很暗，要看清人是不容易的。她们选择了一个角落的座位。服务员走过来照应她们。熊旎一看那服务员的样子，就喜欢了，也说不上服务员穿的什么衣服，梳的什么发型，却很像一个懂规矩、知深浅的小媳妇。茶上来了，两人听曲。是苏州评弹，呜呜咽咽、咿咿呀呀的，也听不出到底唱的什么，但有一种别样的味道，一种很美的味道，让人享受，让人平心静气，让人像在水中漂起来，不知不觉间，离开了喧杂吵闹的现实世界。这眼睛一适应了这里的光线，就什么都看清了，连那屏风上的花纹，都历历在目，好看得很。茶客们，有男有女，形形色色的。熊旎蓦然想到，自己看清了别人，别人不也看清了自己？戴架大墨镜，大半夜的，不让人猜成黑社会的女魔头才怪呢，遂摘了下来。心想，管他呢，谁认出来就认出来，老总就不能逛茶馆啦？老总就该整日心事重重、一脸党政？

贾小艳碰碰她的胳膊肘，指指楼梯口，耳语道：

“看见那个女人了吗？刚上去的。”

熊旎说：

“我听曲儿呢，哪顾得看别人？”

“不知你听说没有，这个就是‘赖大家的’。”

“晚饭时任总不是说过‘赖大那两口子’了吗？既然赖大在无诡名气这么大，我今天倒要见识见识。”

贾小艳鼻子里嗤的一声，不以为然地说：

“你见不到的。”

熊旎刚要说“为什么”，就见一个小伙子从外面冲进来，门口的保安拦也拦不住。他一直朝楼上去了。

“赖大在这里，多不方便啊。”贾小艳接着说。

“又一个艳情故事。”熊旎道。

“还不是一般的艳情故事哩。”贾小艳说，“这件事是个地球人都知道。”

熊旎揪住她话里的破绽，道：

“我不是地球人？”

“你是无诡人。”

“又说错了。——无诡不在地球上？”

“无诡不该在这个地球上。”

“小艳，你不至于这么悲观吧。”

“我不悲观。”贾小艳笑道，要转移话题，“熊总，你看那女人长得怎么样？”

“没看清。”熊旎说。

楼上一阵喧嚷，两人忙去看，就见刚才那个小伙子，跌跌撞撞地拉着一个女人走下来，那女人窈窈窕窕，正是所谓“赖大家的”。女人不想走，向后倾着身子，还试图用手抓住扶手，嘴里一迭声儿地叫着“你干什么，你干什么”！连唱评弹的都住了，所有人都怔怔地去看。门口的一个保安跑上前，那小伙子力气却大着呢，手一拨拉，就把他推到了一边。那女人还是不想走，硬往下坠着身子，小伙子就是在拖了，样子粗暴无礼得很。抓得太疼了，女人就叫，脑袋扑棱棱一个劲儿地摇。

“哎呀，我认出来了，”贾小艳悄声道，“这就是朱总裁的儿子朱明友。难道他老子也在楼上不成？”

熊旎不由得对那小朱仔细看了两眼，见那孩子理着个小平头，激动得瞪着个眼，冒冒失失的，果真有股小老虎气儿。心里却怕坐久了，生出意外，遂跟贾小艳使个眼色，贾小艳虽想瞧个究竟，但也悄悄叫来服务员，结了账。

3

这小朱和“赖大家的”两人拉拉扯扯、吵吵闹闹地出了茶馆。能到茶艺社用茶的，也都是有些身份的人，不便跟出去看，就又都坐定了，唱曲的也就接着唱。

熊旎的车才走到街上，贾小艳从车里别着头，零零星星地听到一些他们争吵的内容，车子再走，便一句也听不到了。但他们还站在茶艺社门前，他们围着一辆吉普车绕起了圈子。

“赖大家的”不想到车里去，那小朱就不放她。

“你再拉我我就叫了！”她说。

“叫吧。”小朱说，“不怕更多的人瞧见你就叫。”

“来人！……”她说，她被小朱塞进车里。她挺着身子，说：“让我下去。我自己有车。”

车向前一冲，又倒回来，车头一扭，开上了大街。

“我不是你的女人。”“赖大家的”说。

车子开得歪歪扭扭，“赖大家的”也随着东倒西歪，但身子仍然挺得笔直。

“我愿意怎样就怎样。”

“我不允许。”小朱并不看道路，紧盯着她，“你怎么不是我的女人？”

“你的女人多着呢。”“赖大家的”说，“从街上随便找一个女人，都会答应跟你上床。你是‘衙内’嘛，官二代，她们巴不得呢。你想玩谁就玩谁。”

“红雨，”小朱说，“你是不是太任性了？”

“任性不任性是我自己的事。我什么都不在乎！”“赖大家的”说。

她梗着长长的优美的脖颈，迎住了他的目光。她的眼里黑黑的，仿佛一个无底的深洞。她噘着小嘴儿。

“来吧，你想玩我就玩！你把我带到哪儿都成！你要我怎么着，我就怎么着。你知道的，干那个我很在行！”

小朱转过头去，不说话了。他把车开到阜桥街上，在路边停下来。他看着前面，身子突然一歪，把头深深地伏在女人胸前。女人先是一惊，又镇定了。两人一动也不动。过了半天，小朱才抬起头。他神色平静，伸过手去，推开了车门。

“下去吧。”小朱低声说。

女人下去了,面无表情地站到一株槭树下。

小朱没看她,脚一踩油门,吉普车就呜的一声,开走了。

第十三章

1

杜红雨是无诡分部罗兰歌舞团的舞蹈演员。那时，朱明友认识她才五个月。

在无诡，常听人说起“赖大家的”人长得怎么怎么的，又怎么怎么能呼风唤雨，就心生结识之念。

那“赖大”，华生公司总经理赖仁平，他倒是已有过一两次接触。那是一个看上去性情非常豪放的男人，方头大耳，虎背熊腰。嘴叉子一咧，就像有人拿东洋刀在他脸上下死劲儿砍了一刀，气势磅礴，摧枯拉朽，很容易让人想到武器，不是叭扣脆响的小口径手枪，而是所向披靡的大坦克。人才三十多岁，看上去像有四十七八，粗粗糙糙的，给人一种不要皮、不要脸的印象。但他还有粗中有细的一面，开会时，怕自已大嗓门撑炸了麦克风，无一例外地会首先拿起话筒，噗，吹一口，以声音效果来调整话筒与嘴的距离。朱明友在多媚时，就从电视上目睹过他的风采。还说过一句似通非通的话，“瞧这头猪，比省长还牛！”及至见了他，倒不觉得有多“牛”，只知道他是吃了相貌的亏。朱明友私下断定，随便从歌舞团找一女人，往他身边一放，就得算美女。

朱明友第一次到华生公司，是业务上的事。

不过是一笔两三万块钱的小生意，自然打搅不到赖仁平总经理。可那天偏巧赖仁平到朱明友去办事的部门，赖仁平往办公室门前一站，接待他的部门经理，顺口给赖仁平介绍：

“金泰公司的……”

赖仁平正忙着走开，但还是出于礼貌地转头对他一笑，吩咐部门经理“好好接待”，就走了。

从房门看出去，就见一帮子年轻女人，簇拥着赖仁平，虽看不仔细面容，但从女人的打扮、身材、举止上，都能断定姿色在中等以上。

部门经理见他出神，就笑着说：

“这些女人都没用处了，被人管住了呀！”

朱明友知道他说的是“赖大家的”，心想，这姓赖的每日生活在女人堆里，竟受得住人管，可见这“赖大家的”非同寻常。

金泰公司还在草创时期，也招过不少人，但很多人来工作一段时间，感觉没什么前途，就又离开了，甚至不辞而别。这样随招随走，留下来的也都像朱明友一样，一日三餐胡混。

其中两个姑娘，一个管打字，一个管报表，朱明友也实在看不上眼。但朱明友是个年轻男人，有接触女人的需要。

心一动，就想找哪个姑娘聊聊。想了半天，决定去找管打字的那个。

姑娘叫袁美娜，身材娇小，肤色较白，说话细声细气。

他选择这姑娘，也有点恃强凌弱的意思，好像姑娘身材小，他不想要了，随时都能蹬了她。个儿较大的那个管报表的，却似乎没那么容易，撒起泼来，不管不顾地跟他打一架，就有可能让他有失尊严。

等去了，一眼看见这姑娘弄了个电炉子，撅着腚，蹲在地上，正在煮方便面。

公司规定，不许使用大功率电器。朱明友想退回去，但已惊动了她。她忙站起来，又不好意思，又要隐藏电炉子，让朱明友一点心绪也没有了。

这件事给了朱明友很大刺激。有一个星期，他的心里都感到极为悲凉。

他已经落魄到怎样的田地呢？好像随便一个女人，都能打发了他的欲望。

过去，多媚县有个四平调剧团，多媚县的许多高官子弟都是从剧团里找老婆的。之前有一个县委书记，死了老婆，就娶了剧团的头牌雪丹桂。

在世人看来，女人漂亮了就没那些心眼儿。实际情况却是，真正漂亮的女人，脑子也真正好使。这雪丹桂当上了多媚县文化局局长，后来又调到省里，当了省文化厅副厅长。她的丈夫，五十五岁突然在床上中风，那时也还只是个县委书记，退休后，由保姆推出来晒太阳，谁看了都觉得轮椅上白白胖胖的老头子是个大白痴。

某年，四平调剧团在一无资金、二无演出市场的情况下，宣布解散。对于多媚县更多的高官子弟来说，找一个当演员的老婆，基本上成了一种难以企及的传说和梦想。而现在，朱明友是在无诡市。无诡市不光有梆子剧团，还有豫剧剧团、柳子剧团、曲艺剧团。

时过境迁，从这些戏剧曲艺剧团找漂亮老婆，已是上一代高官子弟的陈旧的时尚。

新的时尚，只能发生在歌舞团。

朱明友抛弃了在县城里养尊处优的安逸生活，就要在无诡市赶赶这轮新时尚了！

罗兰歌舞团距金泰公司所在的黄金大厦，有两百米路程。白天去看，也看不出什么特别。歌舞团从东方影院后面,露着一栋四层小楼的楼顶。一条小巷子,通到街上来。

要看出罗兰歌舞团的不寻常,必须选在傍晚至黎明这段时间。

暮色才降临,城市华灯还未点亮,就有各种各样的小轿车拥挤在道口,占满了那条小巷子,等着接从里面走出来的年轻演员。再往后的时间,少说也得晚上十点,就不时有一辆豪华的小轿车无声地开到这里。车子停稳,人钻出来。这样的情景,一般都要持续到第二天黎明。

朱明友自己开的是一辆八成新的吉普。朱明友从歌舞团附近路过,从来都不敢开得很慢。

什么叫不好意思?这就叫不好意思。

那种香艳和热闹,有着如此巨大的诱惑,但他还要朝一旁转过脸去。

朱明友不好意思把自己的车开到人前,但他要追逐新时尚的愿望,相当迫切。

连着三天,朱明友晚饭不吃,就走出去,在歌舞团附近溜达。当然也不走灯光照着的地方,只拣暗处走。他那种踯躅不前的样子,没让他父母看在眼里。他父母看到,十有八九,心都会疼碎。

青春靓丽的女演员,一个个消失在小轿车里,融入对朱明友来说还很神秘的无诡市的夜生活中,欢声笑语也被带走了。小巷子里静下来,朱明友鼓足勇气,越过马路。

空气里,飘荡着无数的舞曲声和卡拉 OK 的歌声。那是从遍布城市每个角落的舞厅或酒店传来的。

朱明友在歌舞团的小巷子里收获的,却只有一片冷清和凄凉。歌舞团的美人们,没有遗落给他任何东西,连一个脚印、一个影子都没给他留下来。他在遥望时,眼睛里纷纷乱乱,像五光十色的纸屑,像给霓虹灯照射的雪花,抛撒着、倾泻着……他的目光,没法固定在哪一个身影上面。

第四天，朱明友几乎绝望了。

天色渐渐黑了下来，可他觉得自己身上一丝力气也没有。他躺在行军床上，像躺在黑暗无边的大海上，随波浪漂浮了整整一夜，他都不知道是否合上过眼皮。

天一亮，他起床头一件事，就是把自己打扮了一番。来到那条小巷子里，正赶上演员来上班。

他站在路边，打定主意，遇不上一个主动跟他讲话的女演员，就从此跟歌舞团决绝，永不回头。

这样的主意，当然改变了他的神情。再加上夜里没睡好觉，就让他感到了一种疯狂。

八点至八点半之间，是上班的高峰期，每一个看到他的人，都有意躲到一旁。嘁嘁喳喳的议论声他也听到了。

“什么人呀！神经病吧！”

“准是叫谁给甩了！”

“他是不是想要杀人？”

……有的女演员，还故意发出尖叫。

她们走开了，朱明友开始时也并不觉得遗憾。她们胆怯地走开的样子让他得意，都有些让他想扮鬼脸了。

八点半过去，偶尔来个人，就像没看见他似的，匆匆往里赶。这时候扮鬼脸也没用了，真的没人看。他就想到自己完完全全失败了。

谁也没法形容他心底里的颓丧。他在想，你们这些人，鼠目寸光，知道我是谁吗？我是多媚县分部朱十两老总的大公子！你们以“车”取人，我开辆法拉利跑车让你们看看！那些日本车，算什么车？在多媚，哼，哼！朱明友知道自己的习性，不到真正颓丧的时候，他是绝不会在心里念叨这些话的。

正是精诚所至，金石为开。一辆秀气的红色小轿车，咔哧停在了他的跟前。原来他已浑然不觉地站在了道路中央。

喇叭响了几下,他也没想到躲开。

就那样站在车前,呆呆地朝车里望。

小巷子不宽,刚能开过去两辆车子。车里的女人,就打开车窗,探出头,对他喊:

“劳驾让一让。”

大约看他神情不对头,又忙把车窗关上了。喇叭也不按,手抓着方向盘。朱明友相信,只要自己再朝前走一步,她就会马上把车倒开。

但朱明友默默地退到了路旁。那女人慢慢把车子开过去。他发现女人对他感激地一笑。

车子就要拐进歌舞团院子里了,朱明友就说:

“我叫朱明友,我是从多媚来的……”

他像是听到了自己的声音。这种声音在他心里回响时,是充满自尊的,被他自己听到耳朵里,却是可怜的。

车子不见了,朱明友无法断定自己是不是真的说出了口。

朱明友不知道车里的女人就是杜红雨。但两天后在一次宴会上再次见到她时,他就想到杜红雨嫁给赖仁平,就好像鲜花插在牛粪上。最初,他也并没有把杜红雨想得很差,实际上杜红雨比他想象中的更好。

2

宴会是朱明友蹭上的。

朱明友路过举行宴会的兰海大酒店时,像长了千里眼一样,隔好远就看见了大酒店门口迎宾的杜红雨。朱明友毫不迟疑地走了过去。

杜红雨没有认出他。他很盲目地在一张酒桌旁坐下,别人也没问他是哪里来的客人。

佳肴满桌,但他食不知味。只隐约听出来,这是华生公司开的一次投资什么产品的可行性研讨会,客人不是专家学者,就是政府大员。

专家学者历来离朱明友的生活很远。那些高官大员,朱明友也通常不放在眼里。在那里坐着,举世皆浊我独清,众人皆醉我独醒。有人受不住他这种横空出世、深思高举的姿态,说他:

“小伙子,你不喝酒,那里有饮料,让小姐给倒上。”

他就知道自己被当成了司机。他心想……哼,不想也罢,神情却像恼怒了。

恰巧杜红雨就跟赖仁平走进来。夫妻二人,举杯相邀,都没认出他。连他默默含怨的目光,杜红雨也没觉察到。

一阵世界大同的、美酒落肚的声音过后,赖仁平连连说着“喝好,喝好”,跟杜红雨出去了。

朱明友还站着,众人惊异地看着他。

突然,他撞翻了椅子,碰倒了地上的热水瓶,不顾一切地追到门外。

赖仁平夫妇又从另一个房间里出来了。

朱明友万分激动地站在他们跟前。

杜红雨已经认出他是两天前自己在歌舞团门口碰到的那个人。

赖仁平问:

“这位……恍惚是……”

杜红雨镇定地说:

“一个朋友。”

赖仁平说:

“我过去了。”

杜红雨本不想停留的,不过是稍一迟疑,就给了朱明友说话的机会。

朱明友不知道自己昏了头，张口就说：

“我从来没跟别人说过，真的。我不是冒充的，我父亲……”

“你很有意思。”杜红雨笑着说。

他相信自己的真诚打动了她，慌乱减轻了些。

“我不希望你告诉别人，”他说，“我在多媚生活得很好，我不进机关，那没出息。我一个人来到无诡……就是要证明自己能够独闯出一条道……”

他觉得自己是那样可怜、软弱。唯愿自己什么也没说出来。没有说出来，这些话就只是在他心里回响，每一个字都饱含着自尊。拧一拧，滴得出水。唯愿在杜红雨眼里，自己不是丢丑。但他没有办法，他只能这样。丢丑也顾不得了。

杜红雨和和气气地说：

“你很年轻。”

“我年轻？”

“谢谢你告诉我。”杜红雨说。

朱明友突然松了一口气。

杜红雨走开了，但杜红雨这一次记住了他。

3

……不少父子是这样的：没有争吵，就不像父子。

在酒吧，面对着面，朱明友一直保持着沉默，他就知道自己的确不再仅仅是父亲的儿子。眼里也就蓦然有了沧桑。

父亲是顺路来看他的。父亲去省部开了一个会。三天前，母亲在电话里告诉了他。父子俩已有三四个月没见面。朱明友也不是不想见父亲，但每次见了面，又觉得不见的好。什么话也不说，自然更没了争吵。父子不像父子了，难怪杜红雨后来撞见了他们，根本没猜出他们的关系。

看得出，父亲不大习惯酒吧这种地方，尤其是还跟儿子坐在一起。

朱明友在多媚时，听过不少无聊传言，讲他父亲怎么跟三陪小姐泡桑拿，又怎样在塔镇养了个“小的”，生下的小弟都已五岁了。

朱明友一概不相信。在他眼里，父亲永远都是那种“生硬”的样子，皮肤下面不是木头，就是生铁，连跟别人说话都像在作形势报告。出了家门，上班；下了班，回家。万一躲不过某些场合，被女人拉着跳支舞，少说能有二十回踩到女人脚，脚尖都能让他踩碎。这是一个父亲在自己儿子眼中的形象。

但朱明友之所以还要把父亲约到酒吧来，实在是没有别的选择。他还没成家，平常就住公司，吃盒饭。现在看着父亲不自在，也开始隐隐感到歉疚，但他并不表现出来。

父亲暗暗决定离开。

“我还得回去，”父亲说，“单位正忙。”

身子却没动，眼睛也只是看自己手里的酒杯。朱明友等着他站起来，可是，他仍像忘了自己说过的话，头几乎埋在了酒杯上。

接下来，父亲的话就显得很突兀，父亲脑袋跟着一抬，朱明友下意识地把身子往后一仰。

“小友儿，”父亲说，“我能不能到你的金泰公司看看？”父亲充满期待地看着他，“你就是明确告诉我，金泰公司是做什么的，我也……”又忽然语无伦次起来，“你炒楼盘也好，做装修也好……分部还有我的一些老同事，他们可以……”

朱明友简直受不住父亲的目光。什么东西在肚子里形成波浪，开始汹涌。

“别说了！”他叫道。粗暴，无礼，管不住自己一样。

话音刚落，他就感到两个人又开始像父子了。

父亲陡然噤了声。在那里坐着，一点声息都没有，像台报废已久的电视机。朱明友也渐渐平静如初。

这时候，一只香软的胳膊，搭在了他的左肩上。

“哟，谈生意呢？”杜红雨笑着，挨着他坐下，眼神摇摇荡荡地看看他父亲，点了一下头，又对他说，“正要找你呢。”

他父亲见状，也就站起身：“我回去了。”声音已恢复正常。

朱明友去送他。到了门口，司机看见了他们，忙把车从泊车位上开过来。

父亲拉开车门，迟疑了一下，回头问：

“那女的是什么人？”

朱明友不动声色地回答：

“赖大家的。”

父亲显然没能听明白，但也没再问。钻进车里，车子开走了。

朱明友面无表情地回到酒吧。

“哪里的老板？待人家这么不客气。”杜红雨也问他。

“我父亲。”朱明友懒得说。

“原来是多媚分部的朱总……”杜红雨说，“真是失敬了。”

朱明友目光直得像根棒槌，喟然长叹：

“像我这种人，在多媚，谁想见我一面，都是很难的。”

杜红雨推他一把：

“朱总还没走远，跟他回多媚还来得及。”

朱明友就严肃地看着她，诚恳地，还有些痛心地，问她：

“红雨，你是真不理解我，还是假不理解我？”

杜红雨也不避讳：

“那句话你念叨多少遍了？自己不嫌烦？有什么了不起？不就是个‘衙内’吗？自己有本事，也挣个大老总当当，该有多威风。哼，见你那么难！见你干什么？你自己说说！”

朱明友眼瞪着她，半天也没说出话。

“好了好了，”杜红雨又说，“别忘了这是在无诡！跟我走吧。碰巧了，能让你跟谌公子搭上话。”

朱明友这才回过神来，嘴里嘟哝：

“也就是在无诡，要是在多媚，你这样跟我有一句是一句……”

杜红雨突然就变了脸色，柳眉倒竖，身上似颤不颤的，越发像狐狸精：

“王八蛋！在多媚又怎么了？我有一句是一句，你吃了我！都成了什么人的天下了？”

朱明友却没生气，咧嘴笑着，连声说：

“碰到能治我的了，碰到能治我的了。”

杜红雨薄薄的嘴唇里，就蹦了一个字：

“贱！”

4

……圣地亚娱乐城，据说是分部高万操书记开的。高万操书记怎么会开娱乐城呢？即使他想开，政策也不允许。

又据说，是高万操书记的公子高跃进开的。但某一年，高跃进曾在娱乐城请过一次客，结账的是黄河机械公司的办公室主任，一次结了二十五万。既是他自己的娱乐城，自己就用不着结账。可见，社会上未经确证的“据说”也太多了，最好姑且听之。

高跃进快五十岁了，却有一个年轻好友，无诡市的人都叫他“谌公子”。

谌公子自费留学英美，据说博士帽挣了两三顶。他不想回来，但他爹想叫他回来，他就回来了，所学却用不上。他爹就说，还怕用不上？用不上就先

“漂着”。加入 WTO,全世界一个样！他爹叫谌令辉,是总裁。谌总裁知道“漂着”这个词。

谌公子是十九岁出去的,三顶博士帽整整用去了他十年时光。回来时二十九岁了,十年的青春时光抛掷在了异国他乡,等于在国内出现了空当,自然得掉过头来,从二十岁重新开始。

谌公子回国两年了,现年相当于二十二岁,依高跃进的话说:

“×毛刚长齐。”

高跃进给自己的好友包办生日酒席,包过一年。高跃进对谌公子的爹谌令辉拍胸脯了:

“叔,你放心,弟弟的事你和婶一概不用管!”

谌令辉就转头对儿子说:

“小伟,多跟你哥学。”

谌令辉只比高跃进大十岁,倒真像比他大一辈。

高跃进和谌公子的关系,又影响到了上一代人的团结。

高万操书记背后,有十七个弹孔,有人说是在中印边境自卫反击战时留下的,也有人说是在牛棚里,让一个愣小子用兔子枪给打的。霰弹扑在他背上,留下的并不是弹孔,而是砂子眼。但高万操本人坚持说是中印边境自卫反击战时留下的,并引以为自豪。疑问又有了:弹孔怎么会出现在背上呢?高万操本人解释,他当时要抢救一个战友,就让枪弹打在了背上。真相大白了吧。若一个弹孔,代表一个战友的生命,这可是十七条命哩。若两个弹孔代表一个生命,就是八条半命……

高万操书记没在谌令辉老总面前流露出任何优越感。谌令辉老总主持搞了无西高新技术开发区,程序到了高万操书记那里,都是一路绿灯。结果,无西高新技术开发区,把省部都震动了,被列为全省分部高新开发区的样板,考察团来了一批又一批。谌令辉总裁风光,谌令辉的部下也跟着风光。

有的人就撇嘴说，你看，咱倒显不出什么来了。但高万操书记不这么看。高万操书记给谌令辉老总打电话：

“喂，老伙计……”

5

这次过生日，又选在了圣地亚娱乐场。

杜红雨带着朱明友赶到时，发现很多车正在离开，就很纳闷，问朱明友：

“几点了？”

朱明友看看手机，说：

“八点一刻。”

杜红雨疑惑：“散得这样早？”躲闪着开过来的车，把自己的车开到泊车位。下来，正要往里走，一个人从车里伸出胳膊，朝他们摆手。他们认出车是赖仁平的。

赖仁平开车过来，对杜红雨说：

“别去了，包围圈缩小了。”

朱明友不懂他的意思，杜红雨却懂，一下子就沉默下来。

重新上了车，跟在赖仁平的车后面，出了圣地亚娱乐城大门。赖仁平打手机问杜红雨：

“是想再玩一玩，还是这就回家？”

杜红雨简短地说：

“回家！”

一路上，杜红雨一声不吭，脸色阴沉沉的。

6

回到家里,杜红雨直接上了楼。

朱明友在想使她情绪低落的缘故,就看见赖仁平仰躺在沙发上,眯着眼朝他笑。他一抬头,赖仁平就叹道:

“谁想得到呢?有为女人粉身碎骨的,也有为男人舍身卖命的。”

朱明友不解他话里的意思,他就招手说:

“过来。”

朱明友不动。

他拍拍沙发,又说:

“过来嘛,坐这儿。”

朱明友蓦地紧张起来。他就又笑了,朝楼上看看,说:

“你误会了,我是喜欢女人的。不是让杜红雨管着,我会整夜躺在女人怀里。你还没经历过,啥叫幸福?往左一翻身摸着一个女人,往右一翻身摸着另一个女人,这才叫幸福。我现在不幸福,不管往左往右,摸到的只有杜红雨。”

朱明友起身坐在他旁边的单人沙发上。朱明友暗暗观察着他的举动,心里已有敌意了。不过,还好,赖仁平没有继续叫他挨着自己坐下。他看着朱明友,眯着眼。

“你长得不招人嫌的,”他说,“但还是比苏柯东差些。想知道苏柯东是谁吗?问问杜红雨就知道了。不过我劝你还是别问。杜红雨烦你了,我也就不带你玩了。”

朱明友感到自己身上冷冷的。不是正常的冷,是那种发痁疾般的冷。在他眼前的那张脸,臃肿不堪,毛孔粗大,泛着油光。晃着,像块猪皮,向四下伸展，就要把他裹住了。赖仁平的头发不错的，黑黑的，也被他想成了猪毛。这心里就阵阵作呕，吃得太饱了似的，但他没怎么吃东西。他在办公室泡好了方便面，准备吃完了，等杜红雨叫他去见谌公子，后来，他父亲就来了。方便面没吃，就约父亲去了酒吧。在酒吧里坐了不到一个小时，只喝了一杯浓缩果汁。现在他仍觉得自己太饱了，饱得一辈子不吃饭也不会感到饥饿。

赖仁平的话，一直没停：

"你想在无诡空手套白狼，也不是不可以。我倒是很喜欢你这个劲头。我说过了，我是喜欢女人的，但我还是决定给你鞍前马后、牵马坠镫。不过就这一次。有了这一次，你再求我我也不会再这样帮你。有了这一次，你也不会求我了。我是从一根钉子起家的。在这一点上，你比我强。我一下子就能让你在无诡站稳脚根。你弄到几十万，吃吃喝喝，先自在两年。要做呢，接着做，也有本钱，也知道路数，不像现在，想钱想得急煎煎的。但我并不要你感激，你只要明白就好。谌公子不带你玩，我带你玩。我替你把他见了。你就等着从我腰包里拿钱吧。话说回来，我怎么就那么大方？还是那句话，我是从一根钉子起家的，我知道从一根钉子起家的苦处。"

朱明友也不知从哪一刻开始，身上不冷了，眼神也基本上柔和起来，看赖仁平也不总往猪啊狗啊那方面想了。实际上也不是不往那方面想，是停在半道上。思想像辆大卡车，只要一松闸，就得把一头浑身污泥的猪给撞死。所以，后来他一想到赖仁平对他说的这些好像推心置腹的话，就觉得赖仁平可笑，把赖仁平耍了一样。赖仁平这种人，在多媚县也有，他一贯是嗤之以鼻的。与赖仁平为伍，是他的悲哀。

很明显，他来赖仁平这里，仅仅是为了杜红雨。

不过，总的来说，他对赖仁平的敌对情绪有所减轻。

赖仁平向他允诺的，可不是一条领带、一双皮鞋，而是几十万的收益。目前，他缺的不是别的，而是钱。金泰公司开张一年多了，没能挣回一分钱。现在，一堆钱就摆在他面前，他掉头不顾，他是傻子吗？而且，非常重要的一点，不管他怎样挣到这些钱，都不牵扯他的父亲。

他已经准备好了，如果需要，他会向别人低下自己高贵的头颅。就像赖仁平一样，朱明友听说过的，高跃进想听狗叫了，赖仁平马上就会趴在地上汪汪几声。

赖仁平接着说：

“我舍得这些钱，还有一个原因，是挣钱容易。这不是吓唬你。挣钱是容易。我说得确切一些，是挣大钱容易。不容易挣的，是些小钱。比方你的金泰公司，好不容易来笔买卖，一两万块钱，要账就得去掉大半。在无诡市，一年能挣二百万以上的公司，只有两种类型。一种官做的，一种是靠官做的。你到我这里来，要走古槐街。可能你也留意了，古槐街北头有个门面，也不太显眼，连牌子也没挂，随便在工商所注册一个名字，叫什么‘天路有限责任公司’，平常就雇俩人在那里守着。那就是官做的。其实官也不大，是万福公安分局的一个什么女科长钱某某。你看她挣钱容易，一个月至少得有二十万块钱的进项。这天路公司一无厂房，二无设备，它靠什么挣钱？待我说给你听。”

赖仁平喝了口水，润润嗓子。

“谁让无诡这地下有煤呢？谁让无诡处处有煤矿呢？”他没有停下来，“天路公司吃准了煤矿。哪家煤矿搞建设，这天路公司的人就到哪家去。砖瓦石料，钢筋水泥，天路公司全包了。这女干警一不尿砖，二不屙瓦，你包什么包？但天路公司就要插这一腿。有个煤矿矿长姓苟，我认识的，有一回没从天路买东西，女干警凶得不得了，找到苟矿长，劈头盖脸一顿好训。正巧公安分局的一个副局长，率人检查他们单位的安全设施，就碰到了一块。当着局长的面，女科长还不罢休。局长也跟着说，买什么东西，就得从天路买，天路可靠。苟矿长连连称是，还向女干警赔不是，说不知道天路都卖些什么。

这又惹着了女干警，鼻子不是鼻子地说一通：天路卖什么名片上都写着，我再告诉你一遍，你单位需要什么，我天路就有什么！我那煤矿朋友平常也是个顶牛气的家伙，后来碰到我，说起这事，连连摇头，说自己让那女干警训得简直不是个人！小朱，你说说，这官做的买卖好不好做？”

朱明友微微地点了点头。

“这靠官做的，”赖仁平又说，“就像我这华生公司……”

杜红雨走下楼梯，叫他：

“老赖，有这说话的工夫，不如带我们出去玩玩。”

她已经恢复了常态。

赖仁平说了这么多的话，感到十分快意，马上答应了。但意犹未尽，又转向朱明友：

“路上再跟你说。”

“还没说够？”

“我瞧他还没开窍呢。”赖仁平说，又问，“想去哪儿？”

杜红雨说：

“我想再去圣地亚。”

赖仁平爽快地说：“随你。”伸手搂住了她的腰。

杜红雨推他一把：

“小朱在这里，你干什么？”

赖仁平就说：

“怕什么？又不是外人。”

朱明友扭过头去，他已经有了一个主意。只要时机一到，他就向赖仁平讲明自己的身份。他一定要对赖仁平说出来。他们夫妇背过身去时，他就悄悄在赖仁平刚才坐过的地方吐了口唾沫。杜红雨回头对他一笑，仿佛看在了眼里。这使他蓦然有了一种与杜红雨同谋的感受。

第十四章

1

依着一个男人的意思,圣地亚好玩的东西很多。

圣地亚明处暗处,数不清散布着多少年轻貌美的小姐,随便就可叫上一个。

今晚他们一行三人来圣地亚,纯粹为了娱乐。杜红雨用不着到舞场去。

杜红雨进了圣地亚,本来就那样引人注目了,却还要有意走出万种风情的感觉。脖子也似乎更长了,像天鹅。赖仁平就想,可不能再长了,再长就不叫天鹅,成长颈鹿了。

那舞蹈演员的身段,天生婀娜风流,再这么一步一摇,不说别人,就连赖仁平这样能够天天把她抱在怀里,可以说已经觉不出有太多稀奇的人,也都有些受不住了,也都有些后悔从家里出来了。在家里,杜红雨就是他的。他一个人的。他要怎么做,马上就能办到。

杜红雨走在他和朱明友前面，绕过了舞场。这很正常。娱乐城不过是座五层楼，占地却有两三个足球场那么大。每一层楼都有那么多的娱乐设施，但杜红雨都没停下来。赖仁平本来想问问她要玩什么的，忽然又不想问了。他想到自己成了她的跟班。他笑了笑，就看朱明友。

朱明友更像她的跟班。

但朱明友不笑。

朱明友目不斜视。

他就想到自己不如朱明友忠诚。他也不笑了。

在娱乐城玩耍的很多人，都是认识他的，刚走进来时，他们跟他打招呼，他还响应一下。现在，他就都装着看不见。

一个个房间，从他们身边闪过去。只是到了三楼，杜红雨才停了下来。她走进一扇门里，看她的神情，她是刚刚意识到自己走进了射击馆。赖仁平以为她这是想射击了，很高兴。他也想射击。但杜红雨打了两枪，就把枪放下了。什么也不说，又走出去。赖仁平和朱明友也忙跟上。

后来，他们又进了保龄球馆。

保龄球馆里有很多人，赖仁平意外地发现了无诡市建委的李公元主任，俩人就走到一旁说话。一转头，又不见了杜红雨和朱明友。

李公元主任问他：

“黄河机械厂的事，你有兴趣吗？”

他不愿跟他谈这个，只敷衍说：

“也不是多大个事儿。”

李公元主任不提了，说：

“金水大酒店新上了一道菜，你没吃过的。是把胎盘洗净，调出海蜇丝的味道来。熬了汤，大补。”

他就说：

“怪腌臜的。”

李公元主任说：

“这方面你外行了，怎么能把实情告诉你呢？”

他说：

“那跟吃海蜇丝不一样吗？”

李公元主任正色道：

“吃海蜇丝只是吃海蜇丝的味道，吃这个又有海蜇丝的味道，又大补。”

他笑着说：“也是。”心想杜红雨又跑不丢，就跟李公元主任多说了一阵话。

他再出去时，就看见走廊里空荡荡的。找了一阵子，也没找着他们。打她手机，手机在响，却没人接，就知道她没把手机带在身上。

看见一个服务生走过来，就问：

“见没见着我夫人？”

他和杜红雨是这里的常客，服务生认识他们，说：

“上去了。”

他也不走电梯，沿着走廊往上走。

五楼是客房，他心想，杜红雨上客房干什么，也许坐电梯下去了。

正犹疑间，就看见了杜红雨出现在楼梯口。朱明友还跟在她的后面，她的样子也没有改变，但赖仁平隐隐觉出不对头了。他尾随在他们后面，又往下走。

杜红雨哪里也不去，直奔舞场，赖仁平就确定很不对头。赖仁平也不大跳舞的。不是不想跳，是体力有欠缺。娶了杜红雨，就开始发胖。房事也有些频繁。没娶杜红雨，他也放荡过。那时候越是放荡，觉得精神越好。等到只跟杜红雨一个人了，虽说频繁，也不过是两三天一次，隔三岔五一天两次，算大开杀戒了，却觉得精神跟不上趟儿了。你说这怪不怪？莫不是杜红雨真的是狐媚子，是七八个女人变的？赖仁平有些相信在杜红雨身上寄生着七八个女人。三房四妾这种事，也就是过去算是公开合法的。一个男人能跟七八个女人过一辈子，不用藏着掖着，在当代社会，应该知足了。

赖仁平娶了杜红雨就很知足。

赖仁平在娶杜红雨之前，知道名字的、不知道名字的女人，也阅历过不少了。回想起来，这些女人对他来说，算什么呢？

赖仁平想到这个，因为深有感触，就又要对人说话。他以为朱明友还跟他在一起呢，一回头，人没影儿了。他只得憋在心里。

赖仁平再朝舞池里看，就被杜红雨翩翩的舞姿吸引住了。杜红雨是专业舞蹈演员，对她来说，舞厅里的这些个交谊舞，什么探戈，什么爵士，杂七杂八的，都属小儿科。

赖仁平看到过杜红雨在舞台上跳舞，一个大叉能跳一人多高，两腿竖成一条直线，能站两三分钟，手同时还能做动作，说像鱼儿像鱼儿，说像蝶儿像蝶儿。

跳这些舞也显不出杜红雨的本事，况且舞池里人影幢幢，灯光纷乱，要看出她来，并不容易的。但赖仁平分辨得出来。

这目光中，一旦充满了爱情，就不再是一般的目光。有了磁性，延展性，是生动的、智能化的。在他的眼里，杜红雨跳得真好，跳得说不出的好，好到极点，好得让他也有些坐不住，也要伴她双双起舞，化蝶化鸟了。好得让他再一次感到不对头了。

“她这是在跳给别人看！”赖仁平明察秋毫地对自己说。又一回头，朱明友正在他背后。刚才怎么没看见他呢？“你怎么不去跳？”他问朱明友。

朱明友也一直望着杜红雨。他愣了一下。

“我喜欢坐着看。”他说。

赖仁平笑着说：

“跟我一样。”

朱明友皱一下眉。灯光很暗，赖仁平没有发觉。朱明友不想跟他一样的。

“你知道杜红雨在跳给谁看吗？”赖仁平又问他，“杜红雨来圣地亚，就是要让这个人看见自己。”

朱明友惊异地把目光从舞池收回来。

“我再次给你提到这个名字，”赖仁平说，“杜红雨瞒不了我，她是要让苏柯东看她。你去陪她跳，她会高兴的。”

朱明友眼里满是疑惑。

“还是由我来告诉你吧，”赖仁平压低了声音说，“免得你张口问她，惹她不痛快，闹不好烦你了。苏柯东是杜红雨的搭档。谌公子今晚跟他在一起。是不是还在圣地亚，我可说不上来。这是一个小圈子的事。往大处说，加上高跃进，是三个人。往小处说，只有两个人。我理解杜红雨今天的表现，可这有什么呀！真是的。”

朱明友胸口一鼓一鼓的，可他不知道为什么。就像他呼吸不到空气似的。整个舞厅里的空气，都被赖仁平吸到了肚子里。赖仁平只要再一使劲，就会把他吸进去。

“这里很吵，”赖仁平说着，把手搭在了他的肩上，“走，咱们找个僻静地方坐着去。”

赖仁平站了起来，但手并没有从朱明友肩上拿开。朱明友感到它是那样沉重，像一块巨石，像一座山。他没有经过思考，就要伸手把它推下去。

“我先把话说在前头，”赖仁平说，“下家得你自己去找，我不负责……”他吃了一惊，朱明友在推他的手。

朱明友在用力，目的明确，没有丝毫的掩饰。赖仁平已感到手的重量，但它的确被朱明友从肩上推了下来，毫不含糊。不是他自己拿开的，也不是滑下来的。他骗不了自己。他吃惊地看着朱明友。

空气凝滞了。一张硬弓，支在他们之间。

朱明友也在看着他，不像是朱明友了，不像是一个正急需他的援助、从下边小县里冒冒失失赶来淘金的毛头小伙子了。脸上有了高傲，眼神里是蔑视，把他所看到的人看成了蚂蚁、臭虫一样。这样的眼神，当然是他赖仁平所无法容忍的。他回过神来，但还是不大相信这个试图把他看成蚂蚁、臭虫的毛头小伙子，就是朱明友。他的脸色，正发生着变化，很慢，像蜗牛在爬，但不可抵挡，而且势必要击垮对手。对手的气概非凡，也显然暗含着脆弱。

朱明友猝然低下目光，向舞池转过头去。

“可我……”他说，停顿了一下，把目光抬起，“我还想看跳舞。”目光落在杜红雨身上。

舞曲结束了，杜红雨走过来，但另一支舞曲又随着响了起来。朱明友动了一下身子，想迎上去。

一个男人走到杜红雨跟前，在邀请她。他们又走进舞池。

朱明友也重新坐定。

“看来暂时轮不到我了。”他装着无奈地说。

“你得更主动些。”赖仁平说，声音懒洋洋的，流露着得意。

他仰靠在圈手椅背上。

“你那两下子，差得也太远了。”他说。

2

……谌公子身边多了一个人。谌公子的行踪,也开始神秘起来。圈子里的人,都在半信半疑地猜测这个人是谁。就有人传言,谌公子去京城待了一个半月,结交了某部委领导的公子。二位公子相见恨晚,彻夜长谈,遂成契友。也有人说,哪里是某部委领导的公子,是省部某领导的公子。但不管是某部委,还是省部,来头都不算很小。一些有心人,就找到高跃进证实,谨慎地流露出了自己的疑虑,可是高跃进淡淡一笑,看样子根本不放在心上。不久,这人浮出水面。

也是高跃进安排的,是在花旗茶艺社。

花旗茶艺社要做开业两周年庆典,小范围地请了一些茶艺社的老主顾。就看见谌公子身边,有一仪容俊美的小伙子。很多认识小伙子的人,都暗暗笑了,都有了悬念解开,石头落地的感觉。

赖仁平和杜红雨也都认识。

赖仁平笑着,想想谌公子是欧美做派,也不觉得很惊奇。忽然发现杜红雨脸色不好。杜红雨情绪激动。她狠狠地瞪了赖仁平一眼。赖仁平不笑了,她也好像平复下来。这才是一个月之前的事。

罗兰歌舞团演出活动,从某一年,就开始很少了,而且还早被改成了差额单位。

演得多,演得少,全跟演员个人的收入挂在了一起。不是演员不想多演,要演也得有人要你演啊。但这也不是说演员都闲在了家里。

演出活动还是有的,分部工作需要了,罗兰歌舞团总能够搞出一两场节目。到外地演出,在过去是很平常的事,他们把这叫作"东进""西突""南下"

“北上”。

每次外出，长时会有两三个月。现在一年之内，也能出去一两次，时间都不会很长。在无诡，这罗兰歌舞团也算叫得响了。出了无诡地界，别指望有人买账。要花钱请人的。花钱请“大腕”，每场多少多少钱。借“大腕”的名气，招徕观众。“大腕”腻烦了，半路上就有可能走掉。那样就惨了。往往要备用几个，说好了，在哪里哪里见面。用得上就用，用不上就随便找一理由辞掉。总不能光让别人耍。

演出活动少，演员练功也不大上紧。班也是要上的，那些有门道的演员，不过跟歌舞团领导打一照面，就离开了。杜红雨也来上班。

赖仁平试着劝说过她，在歌舞团一个月挣不了仨瓜俩枣的，受那拘束干啥。

杜红雨不同意。嫌我挣仨瓜俩枣，你养着我！不挣这仨瓜俩枣，也用不着你养我！杜红雨不是靠男人才能生活的女人，她既可攀缘，也能直立，性质像两栖动物。她清楚，这份工作对一个女人来说，意味着什么。尊严为何物？这就是尊严，而且还是具体化的，也不是哪个人能够随意伤害的。

杜红雨几乎天天来上班。

但歌舞团要去外地演出，杜红雨就不去了。歌舞团领导也不要求她，除非她想去。演员们乘着团里的大客车出发了，院子里就清静许多。

杜红雨还来，一个人享受排练厅里的清静，常常就出神了。她想，一个女演员，怎么才能说是混出了名堂？年轻时扳胳膊踢腿，好像永远都会像小燕子一样，身姿灵巧。等到不利落了，对一个舞蹈演员来说，三十多岁就该是老年了。那时候，不让你从舞台上下来，你都会感到不好意思。你都会感到自己是个演员赖皮。可是杜红雨不用怕了，她在自己生命最美好的阶段做出了正确的选择。她在回想自己的舞蹈生涯时，就有了叶落归根的感觉。

歌舞团的演员，不都在纷纷寻找自己的归宿吗？也有正在找的，也有已找到的，也有找不到的。男男女女，老老少少，都一个样子。

在她决定嫁给赖仁平时，她的确感到，在同事们跟前有些抬不起头来。他俩相貌不相当，年岁不相当，连她自己都开始认为，自己纯粹是看上了赖仁平的钱。过了一段时间，却又觉得看上赖仁平的钱，又有什么不好呢？找一个又年轻又漂亮的穷小子，又有什么好呢？她确定自己是对的。

再看别人的目光，也的确是对她流露着深深的羡慕，还不免掺杂着些嫉妒（这也是人之常情嘛）。特别是领导，对她的态度也大大地变了。这不是说过去对她不好，而是现在好得有些令她摸不着头脑。有时逮着她刚穿上的一件新衣服，有时逮着她刚换的小包，就是一阵死奉承。这个怎么怎么好，那个怎么怎么好，都让她觉得好得不要命了，好得也只有天上嫦娥、七仙女才配拥有它们。

还问，分部的大文化广场什么时候建啊？公费医疗改革坚持什么原则啊？财政局聂局长与国税局高局长闹没闹别扭啊？16 路公共汽车，为什么还没通到高埠桥？公安分局女干警钱某某，强取豪夺，何时才定案啊？牛头不对马嘴的问题，都问她。

怪不得他们要这样问。她的夫君赖仁平跟政商两界的头面人物有着非同一般的关系，这也是路人皆知的事情。

任何事情习惯下来，或者换一个角度来看，都会产生不同的效果。

就像罗兰歌舞团，不知内情的人，谁能想到这“罗兰”二字会是无诡市罗兰味精厂的厂名呢？瞧这“罗兰”，多么艺术，多么富有诗意，又多么现代！与原先的“无诡分部歌舞团”这个牌子相比，相差何止千里？走的可是国际化路子呀！这也是前些年提倡文企联姻所取得的重大成就之一。

杜红雨认可了自己，跟着又认可了别人。

甚至对苏柯东,她的态度都可以说非常宽容。

苏柯东比她小四岁,进团也比她晚。罗兰歌舞团的演员大都是从无诡市各县区的中学里挑选出来的,他们自谓半路出家,而苏柯东则是正儿八经的科班出身。苏柯东是省艺术学校毕业的,刚一来就成了杜红雨的搭档。两人还合作完成了一折频频在省内外艺术节和舞蹈比赛上获奖的双人舞《复活之人》。

在人们眼中,一场姐弟恋就要发生了,但赖仁平正式向她提出求婚。赖仁平赞助了《复活之人》,一折不到二十分钟的双人舞,前前后后花了他五十多万,弄得团领导见了他,都不好意思了,像欠了他两百万似的。

赖仁平向她求婚,是她意料之中的事,也是常常让她忽然莫名其妙地感到担忧的事。她一点犹疑也没有地答应了他。连该有的矜持都没有,就这么嫁了,就这么放弃了即将发生的姐弟恋。当她听说苏柯东也像别的男演员一样,出去傍女大款的时候,她是有些吃惊的。似乎这不是苏柯东该做的,要他做,他也做不到。

杜红雨能为苏柯东做什么呢?她能让他住上宽敞明亮的宿舍,每天睡足十个钟头,大大增加肉食品摄入,而不是煮面条都得算计着一顿该煮多少根,才不至于入不敷出?杜红雨做不到。但杜红雨学会了转变视角。

苏柯东在某个贪得无厌的女人那里熬夜了,第二天被送到团里来,看着他疲惫不堪的样子,杜红雨就可以这样想,多么勤奋,多么刻苦啊。还想,那女人是怎样凶神恶煞,怎么能这样不爱惜男人呢?真是太可恨了!

但年轻人的好处是,精力充沛,恢复较快,显得疲惫不堪的时候很少。杜红雨依然看得出他是在外面过的夜,写在脸上似的。她心想,这回知道悠着点儿了,知道身体是自己的了。今天就别来大跳了吧。

苏柯东却照跳不误。两腿嘣的一声,在半空中抻开,不是一百八十度,是一百九十度,甚至二百五十度,像两只大翅子。还有空翻,连着能翻十几个,从排练厅这头翻到那头。

那种生龙活虎的样子,让杜红雨止不住为他感到骄傲。紧跟着,她的心就软了,软成了液体,从体内渗了出去。

第十五章

1

……那天，离开圣地亚之前，朱明友他们又吃了消夜。

朱明友回到自己的公司，已是凌晨两点。他长这么大，还没像现在熬过夜，但他一点也不困。是赖仁平开车送他的。跟赖仁平和杜红雨告别后，没等车开，他一转身就往公司走。正是一天里最为静谧的时辰，他能听见自己越来越急的喘气声。走进自己的宿舍，把门一关，就在自己脸颊上打了一巴掌。

事情差点让他搞糟。他以为这还是在多媚呀！这是在无诡！他简直是在意气用事。简直是成事不足，败事有余。在过去一年多里，谁伸手拉他一把？在他即将走投无路时，碰到了杜红雨。不是看在杜红雨的面子上，要见赖仁平，容易吗？更别说是能像现在一样，几乎跟他平起平坐，称兄道弟了。赖仁平，这可是分部高万操书记、谌令辉老总的座上客。一般人也能见上他，那是在电视屏幕里。朱明友想到自己可真得改改了,得好好改改了。但他也不是没改,只是改得不多。

朱明友不能原谅自己。在宿舍里走来走去,总也安静不下来。啪啪啪,打开了所有的灯,又开了电脑,扑通在椅子上坐下。电脑发出的嗡嗡声,在他听来像驰着一辆拖拉机,能把整座黄金大厦的人都吵醒。但那声音的节奏是单调的,缺少变化的,倒对他产生了一些稳定情绪的作用。他很快有了力量,否定自己是个糊涂虫是个笨蛋。他的异常表现,确实是,完全是因为杜红雨。

杜红雨是一朵鲜花,赖仁平是一堆牛粪。

杜红雨是一只白天鹅,赖仁平是一只癞蛤蟆……

他在心里愤恨着这种荒谬的组合,然而这种组合不可置疑。它就摆在那里,虽然一个在舞池中心,一个躲在舞场角落,但仍是一个完整的牢固的组合,像一堆混凝土。无疑,这样坚硬的组合,让朱明友感到遗憾和痛苦。朱明友对赖仁平的本能的反抗,没有什么不可理解的。

朱明友理解了自己,也就有了顾影自怜的味道。父母不在身边,在无诡举目无亲,胸怀大志,却难以施展。没爹没妈的苦孩儿,也不过这样了。

想到这个,朱明友鼻子一酸,抽泣了一下,但他马上告诫自己,不能哭!一哭就证明自己还没长大。既然承认自己没长大,就不如回到多媚。在那里,他的父亲是总裁,他的母亲是县检察院的检察长。他要乐意,身边就会美女如云。在这些美女里面,有一个还是让他有些牵肠挂肚的。

2

那个美女叫丁小丽,县分部供电公司经理的女儿,才十九岁,在县人行工作。最初,他还没打算娶她,但他对她有欲望。头一昏就上了床。上了床才感到丁小丽虽然不是四平调剧团的头牌，但还真是不错的，就想娶她了。他的父母也喜欢这个乖顺的女孩子，在一般人眼里，她就成了他的未婚妻。但他仍然决定远离父母的卵翼，以创造一种全新的生活。他不觉得这是冲动。即使在多媚县，他也从没有利用父母的权势地位胡作非为。

在多媚，他并没有几个真正的朋友。或者可以说，一个也没有。跟他关系最近的，除了父母，就是丁小丽了。但一想到丁小丽对自己言听计从、对他父母巴结讨好的样子，距离就又拉远了。

渐渐地，他感到自己是孤独的。

这种深深的孤独，只有一颗石子抛进深渊，才可能探测到它的深度。

独闯无诡的举动，便是这样一颗石子。

他几乎断绝了一切跟多媚的联系。他不希望父母来无诡看他，不接受父母想给他的任何帮助。他当然知道父母能够提供给他的这些帮助，对他该是多重要，但他都一概予以回绝。就在今天——已是昨天晚上了，父亲又一次吞吞吐吐地向他提到自己的一些老同事，当时他是那样粗暴无礼地阻止了他。

在多媚的孤独有多么深，他也已经探测出来了。

就连丁小丽，在他偶尔想到她时，他都不能产生丝毫特别的感受。

来无诡之前，他并没有告诉丁小丽自己的去向。来无诡的头一个月，也仅给她打过两次电话，但丁小丽仍然探听到了他的住址。当时他还租住在无诡市林业学校第二大院的一间平房里，丁小丽一看到房间里的情形，就忍不住哭了。

丁小丽的哭，很没来由。这是他的感觉。丁小丽停止哭泣，留在了房子里，看样子是不想走了。

丁小丽不想走的原因，他是很明白的。她给他使眼色，但他装作不领会。她索性站起来，闩上房门，坐到床上，但他还没有跟过去的意思。她在床上坐了一会儿，抬起头来，就要叫他，却只是很突然地叹了一口气。她决定离开了。

临走，拿出一张卡，放在桌上。

他看了一眼，也没说什么。她解释道：

“你正需要钱的时候，这些钱不多，你花吧。”

走到了门口，她想了想，又说：

“你需要贷款可以告诉我，想贷多少我都能办到。”

他就想起来丁小丽是在银行工作的，却似乎也只能想这么多。

丁小丽从房间里消失了，他也没动一动。他望着桌子上的钱，咧嘴发笑，没有一点心肝似的。

半个月后，丁小丽又来过一次，是跟人结伴来的，说是来无诡办事。同伴是县人行预算科的科长。这一回丁小丽不像上一次，看他过得不好就红了眼圈。

丁小丽有说有笑，活泼好动。

科长三十多岁，挺老成的，不会让人想到别的事情上。朱明友也没想。

丁小丽又走了，朱明友马上准备迁址。他已选定了黄金大厦。

搬家那天，丁小丽的父亲，多媚县分部的“电老虎”正好也来无诡办事，顺路来看他。

公司也没什么东西，才装了两辆微型货车。“电老虎”等了一阵子，见中午了，就拉他去附近的湖仙饭庄吃饭。“电老虎”出手阔绰，点了一桌子海参鲍鱼之类的东西，还不让随行人员在一个桌子上，都赶到别的房间里。

“电老虎”那么胖，饭量却不大，很快吃饱了，就笑嘻嘻地看他吃。他也吃饱了，但他还吃。吃完了，“电老虎”问他还有没有要他办的事情。他就说：

“没有。”

"电老虎"就回去了。

丁小丽再没来无诡找他。他想这可能是因为她不知道他现在的地址。他也没给她打电话。他换了手机。有时候听到手机铃声，也偶尔想到，显示屏上，有可能会出现丁小丽的电话号码。但没有。

3

——他是年轻男人，经常会有冲动。比如那回对袁美娜有了欲望，当时他也想到过丁小丽，想到自己会不会对不起丁小丽。可又想，自己怎么会对不起丁小丽呢？他可曾对丁小丽许诺过什么？

结果袁美娜这姑娘没那好命，像一盆冷水，噗的一声，把他的欲望浇灭了。袁美娜的命确实不好，她要真的跟他上了床，他相信，她的生活马上就能得到改观。

朱明友没有在多媚交朋友，也没借助父亲手中的权力大发横财。如果他要，那肯定是另一种样子了。可是他不要。"不要"练出了自己的骨气、志气，"不要"也带来了种种艰辛。

有时候他也想过，自己做公司，辛辛苦苦，一年到头也不一定能挣出几顿像样的饭钱。若他退后一步，在多媚揽上一桩不大不小的工程，就能让他光吃不干大半辈子。这几年，多媚建设项目那么多，不知肥了多少人。

即使他什么也不做，也会有人主动把钱送到他的手上。

这样的事，已经发生过一次。

是丁小丽的表哥，在县分部政研室当副主任，算是搞文的，过去也来过他家里，但都是找他父母谈工作，谈认识。这一回就通过丁小丽把他约到南环路上的品香楼，饭没吃完就借故走掉了。他一低头，就发现椅子上有个黑包，还跟丁小丽说：

“你表哥把包丢了，这人太粗心了。”

黑包鼓鼓囊囊的，因为好奇，他就打开了。一看，顿时惊呆了，里面不知是多少钱。他和丁小丽都知道怎么回事了。但看起来丁小丽也很无辜，他也没怪罪她，就说：

“打他手机让他回来。”

丁小丽反对道：

“你要死啊！”

丁小丽这样对他说话，他一时没想到生气。但他还在坚持：

“我不会收他钱的。”

丁小丽想了想说：

“你真不想收，我替你存起来。”

他就觉得让丁小丽替自己存钱，有些不太对头，似乎太亲密了些，就拿回了家。这事当然不能告诉父母。他还以为丁小丽的表哥会来找他，但一直都没动静。

后来，丁小丽的表哥调到了县分部法院，当了刑事庭庭长。每次见面，都像根本没发生这件事。

是他朱明友记错了。他在做梦。他因为高度的谨言慎行、洁身自好而出现了幻觉。

凭良心说，这样的事，在朱明友身上，仅仅发生过一次，而仅仅是白璧微瑕，就已经让他很不安了。他已经决定补偿。一旦他的公司渡过难关，他就会如数偿还。

这跟从赖仁平腰包里掏钱是很不同的，具有本质上的区别。

赖仁平在他眼里是头臭猪，他从赖仁平腰包里掏钱，有一种解恨的味道。

况且,赖仁平不知道他的来历,赖仁平不想求他,以捞取更大的好处。虽然他觉得像是接受施舍,骨子里的傲慢劲儿不免受到触犯,实际上他已有很多次按捺不住地恼怒起来,但他还是准备接受。

有时候也想,赖仁平是个大善人吗?不见得吧。他会不会是为了讨好杜红雨?有这可能。

朱明友相信杜红雨是喜欢自己的,或许可以说,杜红雨对自己很佩服。她知道他的来历。

如果世人都晓得他的来历,也都会佩服他的。

又想,杜红雨也许已经把他的来历告诉给了赖仁平,才使赖仁平决定在他身上搞"投资"。看在眼里的,还是他的父亲!这种做法就是"放长线,钓大鱼"。但他又否定了自己的这种猜测。杜红雨什么也没对赖仁平说过。杜红雨信守了自己的诺言。

朱明友一想到这个,就感到冲动。他跟杜红雨严守了一桩秘密。不是跟别人,是跟杜红雨!是让他如此倾慕的一个女人!杜红雨瞒住了她的丈夫。这桩秘密成了他和杜红雨共同的宝藏。

话又说回来,赖仁平答应帮他的事,到底能有多少把握?一转手就能挣上几十万,这样的事的确发生过,但并不是说一定就会发生。赖仁平有这本事,也不能保证会一帆风顺。到时候,赖仁平再变了卦呢?赖仁平翻脸不认人了,怎么办?实际上赖仁平是在耍他玩,也说不定。

但朱明友什么都顾不上了。他不愿意再想那么多,天一亮,他就要去找下家。而且他还决定,将来一定跟赖仁平摊牌。

他在等待这样的一天。通过他的奋斗,这样的一天终会来到的!那时候,他就会亲眼看到赖仁平瞠目结舌的丑态。在赖仁平还没回过神来时,他已挽着杜红雨的胳膊,傲气十足地走开了,钻进一辆在无诡市最为豪华的……不是宝马,就是奔驰,反正不是日本车。

让这头臭猪在他们背后发傻吧。他朱明友要的就是这效果。

朝窗外一看,天已大亮。

第十六章

1

可以说，在过去这一个月里，杜红雨的情绪，一直处在一种容易激动的状态。

赖仁平看上去粗蠢，其实一点也不蠢。没点心机，还想做事？高万操书记、谌令辉总裁，副书记、副总裁，这部门那部门的处长、主任，都是傻子吗？赖仁平觉察到了什么，但他不说出来。

杜红雨的情绪容易激动，倒更有趣了。

说着说着，忽然就冲撞他一句，在他看来，就像吃了一颗桃子，将桃核投在池塘里，在水面上击起一圈又一圈涟漪，有那样的弧度，又有那样的动感，妙不可言。好在并不是真的要冲撞他。脸上似乎有怒气了，姿态却已千娇百媚起来。好像冲撞他的话，不是她说的，是小狗儿在叫唤。这就又让赖仁平感到，她并不是七八个女人变的，而是七八个狐狸精变的。

在床上更不用说了，以前赖仁平觉不出她有多浪。她要先绷着，也就是头两分钟的事。绷着绷着，就绷不住了，有动静了。小动静转变为大动静。真好。

她现在情绪容易激动，就不绷了。上来就像疯了。赖仁平恍惚觉得这不是过颠倒了吗？这不成了影碟机上的倒放了吗？果然身上就越来越有力，也越来越年轻了，觉得不是三十多岁，又回到了二十出头。

不禁拍拍她的屁股，叫，扭，扭，扭起来！而她说扭就扭，让他在床上一会儿看到小天鹅，一会儿是睡美人，一会儿又是吉卜赛女郎。

怪不得赖仁平每次房事过后，仰面朝天躺下，昏昏思睡之时，都要暗暗发出感慨，要想过够男人的瘾，就得娶个女舞蹈演员回家。

杜红雨是要跟苏柯东好好谈谈了。杜红雨想过多次了，到时候她是不会把自己装扮成一个大姐姐的。

苏柯东现在也像她一样，属于歌舞团的“特权阶层”。

在这个阶层里，人员也不是少数。最初有的人一两个星期也见不着人影，连个招呼也不给团里打，忽然来上班了也没点知错的表示。团长就讲，此无组织无纪律之风，万不可长！可这里不过是刚有点给予处分的风声，就会不断接到社会上的电话。

电话里的声音有的客气，有的不客气，但客不客气，都是有分量的。

渐渐地，团长也就睁一只眼，闭一只眼。练功不过是有一搭没一搭的事，来上班也就是来应个景而已。现在是八仙过海，各显神通的年代，还想把人拴在一棵树上，像拴牛一样？不可能的了。

杜红雨几乎天天来上班，但又有谁能跟她比呢？她这是有了结果。

苏柯东缺勤不算频繁的，但他缺勤没规律。有时候连续按时上班，不迟到，不早退，能坚持半个月，有时候突然就找不着他了。才不过二十一岁的小伙子，父母又不在身边，团里竟也没谁担心，就认定丢不了他。

杜红雨等待着苏柯东在团里出现。

他又有两个多星期没来上班了。本来她可以通过谌公子找到他的,但那样只能意味着一种事实。她不愿承认的事实。她要直接走到苏柯东的面前。

2

苏柯东来上班了。

从他出现在排练厅的那一刻起,杜红雨心脏就怦怦直跳。演员们有靠着把杆的,也有靠着窗子的,坐在地上,站着的,说是练功,都只是摆摆样子。

苏柯东跟另外两个男演员凑在一起,低声说着什么。杜红雨不想去听,她知道那是在"交流经验"。但神色都是那样正常。她是听到过的,几个男孩子说起怎样保养自己,比女孩子说得还头头是道。

换了歌舞团以外的人,看到男人们一本正经地谈论怎样保持自己肤色的白嫩,哪样化妆品更适宜自己的皮肤,随着谈话的内容,不断地做着女人才有的手势,一定会把牙齿酸掉的。

但在演员之间则是正常的,小指头跷得弯曲的程度,代表着某种保养方法的细致不细致。

杜红雨决定不再回避。她镇定地走到他们背后,"嗨"了一声。他们回过头来,但只有苏柯东不看她。

"柯东,"杜红雨叫他,"有件事想求你帮忙。"

"红雨姐,你还用得着求柯东?"一个男演员说,"在无诡市,要说能办事的人,谁能比得上……"

苏柯东突然问她:

"什么事?说吧。"

杜红雨忙乱了一下,又马上平复了,向他勾勾手指,笑着说:

“过来，到那边去说。”

苏柯东却一转身，朝门口走去。

杜红雨脑袋轰的一声大了。苏柯东这是干什么呀？当着那么多人的面，一点也不客气。两人合作了好几年，本来没有事情发生的，这样倒显得真有一些纠葛。

她连想哭的意思都有了，却从窗子里看到苏柯东站在了她停在院中的车子旁边。

3

杜红雨走出排练厅，打开车门，钻进去，又从里面打开另一扇车门，让苏柯东钻进来。他们没有说话。杜红雨把车开到小巷子口，停下，说“你来开”，让开了驾驶座。

苏柯东迟疑了一下，两人交换过来。苏柯东开得不熟练，但杜红雨管都不管。开到第三个街口时，就熟练多了。苏柯东放松了些，又对杜红雨说：

“说吧。”

杜红雨看着前面，不说。

车子开到郊区，杜红雨才突然转头问道：

“柯东，你是不是恨我？”

苏柯东把车停在路边。“你把我叫出来，就是想问我这个？”他神色从容地说，想了想，“哦，我可以告诉你，我不恨你。我已经向你表示过祝贺了。”

杜红雨又开始默不作声。来往车辆卷起的尘土，一次次把他们的车子罩在里面。苏柯东倒也不心急，看着尘土涌起，消散，饶有兴味。杜红雨并没忘记自己想做的。她不想兜圈子了。她觉得自己坐在车上，让苏柯东把车开到郊外来，真是很可笑的。她本来不相信自己能说服苏柯东，她找不到说服苏柯东的理由。再这样下去，简直是浪费时间。

“回去吧。”她轻声说，嗓音是沙哑的。

苏柯东启动车子。

“我请你吃午饭。”她没有看苏柯东。

4

……回到城区，杜红雨选择了万福中路上的金水大酒店。可是快到金水大酒店的时候，苏柯东却犹豫起来。

杜红雨的目光雪亮，一眼就看到了他的内心。

他这是担心在金水大酒店碰到熟人。

杜红雨不怕。杜红雨就是要让很多人看见自己跟一个年轻英俊的男人在一起。忽然，她觉得自己的目的更为明确了。

在酒店门前停了车。一下车，杜红雨一把拉住了苏柯东的胳膊。

苏柯东十分紧张，但杜红雨的手指几乎嵌在了他的肉里。为了不让别人疑心，他没有想办法挣脱。他们走了进去。

酒店的包房，是在二楼和三楼，可以乘电梯上去。杜红雨觉得自己的脸上很热，着了火似的，烧得眼神也开始发花了，只能勉强看到电梯门。不过，这里她是来过多少次的，即使蒙上眼睛，摸也能摸到电梯门的位置。她几乎不用看，她在心里盘算，要给苏柯东要些什么好吃的。

这个小家伙儿，她是要给他补充补充营养了。

她真想把他给埋在牛肉堆里，让他一次吃个够！把他过去缺的，都给补上。

来到电梯门前，两人却都没去摁按钮。

幸好有人下来了，电梯门一开，里面的人走出来。他们只不过稍慢一步，后面的人就走到他们前面,先进去了。

苏柯东正要跟上,没想到杜红雨转身就走。杜红雨快步走到总服务台。苏柯东远远地看着她,一时没想到她要干什么。不一会儿,她走了回来。

再看她脸上,红得像开满了桃花。

她没拉他,也没碰他,两人就上了电梯,二楼、三楼没停,电梯停在了五楼。

从电梯出来,杜红雨就叫楼层服务员打开她的房间。

苏柯东醒悟过来了,但人已到了房门前,也只有跟杜红雨进去。

两个服务员怀疑地看着房门闭上,一个跟另一个咬咬耳朵:

“我敢说那女的夹不住了。过一会儿咱俩装着送水,吓他们一下。”

另一个就推她一把:

“净出歪点子,姑娘家,你好意思!”

她捂着嘴,哧哧地笑。突然,她不笑了。

房门重又打开,年轻男人冲到走廊里,直奔电梯。

不过迟了半分钟,女人也冲出来,低着头,只顾走。她赶到电梯门前,电梯门还没关上,正要进去,电梯门却又在她举步的那一刻关上了,把她隔在了外面。她眼睁睁地看着电梯门,可怜巴巴的,像刚被人从水里打捞上来,身上水淋淋的,水珠顺着身子往下淌。

就连走廊尽头的服务员,也动了慈悲之心。那个刚才还想着恶作剧的女服务员心软起来,担忧地说:

“别让她想不开。”

倒是另一个不以为然:

“她舍得这身衣裳?”

这时候,她们又看见一个年轻男人走过来,叫着女人的名字。男人是从旁边的楼梯口走上来的。他来到女人身后。

这是朱明友。“你带上来的那个人呢?”朱明友问道,“我们一块吃饭吧。”朱明友脸上流露着喜色。

杜红雨猛地向他转过身去,狠狠地看了他一眼。一低头,就走向房间。

朱明友惊异地站在那里,回过神来,就跟了上去。

5

走进房间,杜红雨张口就问朱明友:

“明友,我美不美?”

朱明友很不好意思。

“你看你,怎么、怎么问起这个来?”他支吾了一下,回身把房门关上。

“我就是要让你说出来!”杜红雨不放过他。

朱明友忽然觉得自己不敢面对她,就像她的目光里有毒,被她看一眼,就会万劫不复似的。

“你美。”

他的声音很低,同时还在发颤。他不敢看她,他也知道她在干什么。她脱光了衣服。

“来!”她说。目光里充满了怨毒,迎着他。

朱明友觳觫不安,不由自主地转动着脑袋。

“胆小鬼!”杜红雨咬牙切齿地骂一声。

“我、我没想到会、会是这样。怎么能……”朱明友结结巴巴地说,“他们正在楼下等我……他们是下家。”

杜红雨眼里就不再是怨毒了,是蔑视。积聚着,像片片乌云,越来越浓,两眼就黑黑的,像两个深潭。

“红雨,你、你太冲动了。”朱明友说。朱明友似乎这才发现她身上一丝不挂。

一个女舞蹈演员的身子，是他从没见过的。

他大步走上前去。可是杜红雨突然尖叫了一声："滚！"那声音是过于锋利了，以至于一下子穿破墙壁，飞了出去，瞬息之间，在大气中消逝得无影无踪。

杜红雨忙乱地穿着衣服。朱明友则坚定地扯掉了她的衣服。

在衣袖从她胳膊上飞落时，她旋转起来。

朱明友心神猛一恍惚，就觉得自己其实看到了舞台上的一种舞蹈动作，而且绝对是经典性的。

杜红雨停止旋转的位置，就是她身后一种叫作床的生活用品。杜红雨准确无误地倒在了那里。

接下来，这张床，就不是床，而是他们两个人的舞台了。

6

……朱明友找到下家了，找下家比他预测的容易得多。

那天他一夜未眠，走出宿舍，感到自己就像一名即将冲锋陷阵的勇士。他把困难想象得太严重了。

整整一天，他都处在高度紧张的状态中。这是一种如临大敌的感觉。因为夜里没有睡觉，头脑就昏昏沉沉的。思维在失控的情况下，一次次地向违背他意愿的方向滑去。他只要回到多媚，放出点风，就会有人挤破他家门槛，比馋猫闻见鱼腥来得还快。这并不是他想做的，但他还是一遍遍地想到这上面去。他甚至做出了妥协，仅此一次，仅此一次。

没到天黑，他就受不住了，脑子要炸了，只得把自己关在房间里蒙头大睡。从晚上七点睡到第二天凌晨五点，酣甜一觉，身子都像散了架，墙角、天花板上、床底下、抽屉里,随便一个地方,都能找到身体的一部分。它们飘浮在空中,房间里充溢着液体,可以使它们任意选择姿势。倒立,侧立,平卧,俯卧,侧卧,半坐半躺……每部分都像独立的个体,腰下塞着柔软的小枕头,任意调整着舒适的角度。

头脑已经清醒过来了,一想到自己白天里的打算,就不停自责。他怎么会出此下策呢?几十万块钱的诱惑,就能够让他改变人生的决定吗?不可以的。

朱明友抓住时机,但不意味丢掉自己做人的原则。

朱明友拼死也要在无诡一搏。不论遇到怎样的困厄运,他都要做一名理智的战士。

真是没想到,第二天的情况就发生了那么大的变化。朱明友没出宿舍,公司的员工就来向他汇报早上接到的电话。很多人都表示了要接手黄河机械公司设备的意向。他暂时没想到他们从哪里得到的讯息。

一天之中,朱明友在公司接待了起码十五拨来洽谈此业务的客户。晚上实在推辞不掉,跟无诡市工商局胡科长去世纪大厦玩了半宿。朱明友虽然年轻,但也算是很有主意的一个人。他暗暗把目标固定在了一个叫乔玉良的身上。

第三天早上,朱明友一觉醒来,真想欢呼一声:成了!

这就成了吗?不过是在两天前,他还如临大敌,诚惶诚恐。这就成了!做生意不也就跟着成了滑稽可笑的事情了吗?做生意的"游戏规则",体现在哪里呢?朱明友相信这种"游戏规则"是有的。他现在没摸着,但他想摸着。摸着后,他还准备以后继续使用呢。

乔玉良的爹爹是谁,并不重要。

重要的是,他的叔父不是别人,正是黄河机械公司老总乔冠兴。朱明友一旦得知他们之间的关系,就有了胜券在握的感觉。但他知道游戏只不过刚刚开始，他还要继续跟人玩下去，他不是已经当上猫了吗？

猫捉了老鼠，吃掉。

当然是要吃的了。但并不是马上吃掉。要把老鼠玩够了。玩不到老鼠腿软如泥，玩不到连老鼠自己都不想活了，再活就觉得对不起猫了，猫是不会把它吃掉的。

猫要是啊呜一口把它吃了，就不符合“猫捉老鼠”的游戏规则了。

朱明友恍然大悟。还愁摸不着游戏规则，这不，说摸着就摸着了吗？朱明友这才有些渐渐上路的意思了。

朱明友转而想到，自己请杜红雨把自己引见给谌公子的事。他为什么一再对杜红雨要求，求见这个在无诡市既不是官，也不是商，甚至连个正式工作也没有的年轻人？这证明了什么？证明朱明友并不是对游戏规则一无所知，而是谙熟此道。

朱明友不禁感到可怕，他确实把自己想得简单了。

把自己想简单了，就有可能真的简单了。

这么简单的人，抵不住别人三看两看，三两眼就能被人看穿。看穿了，也就没什么道道了。

二加三等于五，写在纸上差不多是根直棍儿。他不允许自己这个样子，他要让这个小孩子都能画出来的等式变成一座迷宫，让二加三，曲里拐弯，云山雾罩，三绕两绕，绕出个十八，绕出个十九，绕出个“∞”，那才叫过瘾。

幸亏朱明友觉醒得早，不然就亏吃大了。

朱明友感到，自己陡然就穿了一副厚重的盔甲。盔甲是那样坚固耐磨，再好的目光，也难以穿透。但朱明友做得比这还要艺术得多，他并没忘了专门给人在盔甲上预留下透视孔，好让人从那不过仅有半只眼睛大的透视孔里往里瞧。

其实透视孔形同虚设，不瞧还好，越瞧眼越花。

不用说，朱明友把很多人的胃口给吊了起来，特别是那个乔总侄子，简直对他连一句违拗的话都不敢说，差点使他找回了某种迷失已久的感觉。

通过乔总侄子之口，朱明友知道，风声是赖仁平放出去的。赖仁平叮嘱了乔老总，自己的一个小兄弟对黄河机械公司有了些意思，请乔老总关照着点儿。

朱明友已经不再像前几天一样，总是捺不住要朝赖仁平显示傲骨。感激之情占了上风，怎么去想赖仁平，都怎么有亲切感。巴不得马上摆脱开老总侄子的纠缠，赶到赖仁平的面前，当面致谢。

当然，还有杜红雨。

实际上，杜红雨才是这一切的根源。朱明友暗暗有了一种决心，为了杜红雨，他朱明友什么事都能做出来。虽然又不免自感夸张，还隐隐认为这种做法跟自己的身份不相宜，但感激的确是有的。今天被人请出公司，抬头看到杜红雨正跟一个年轻男人朝金水大酒店里走，就猛地激动了，忙追上来。

不过眨眼工夫，又不见了他们。把同来的人一丢，就四处寻找。那个年轻男人，他还是看清楚了一些的，是个……朱明友理智地想到，自己在某些方面比不过他。在他身上有一种不是常人才有的气质，像是天生的。

朱明友自认为不是俗人了，但也只是相对而言。走到那个男人跟前，他身上的光辉就减弱了。但杜红雨不会，他们两人是相得益彰的。

朱明友在他们后面，也没想到别的。杜红雨挽着那个男人的手臂，那个男人也分明有些躲闪，都无不在提示着朱明友，他们之间并不是一路同行的关系，他们之间正在发生着什么，朱明友却仍然一无觉察。

7

……风狂雨骤，最终停息了。现在，朱明友感到一切都进行得太短暂了，短暂得没有一点回味。

朱明友真的做过什么吗？他表示怀疑。

从踏进这个房间里，紧着说，也不过二十分钟。这么一会儿工夫，就都结束了，蜻蜓点水也没这么快。

朱明友有些懊恼，他管不住自己。他在那种时候太敏感了，还可以归结到自己长久没碰过女人，不过望两眼酒店门口的旗杆，就能让他扶醉而归。

跟杜红雨的热情相比，就显得他在敷衍了事。他又开始感到对不起杜红雨。

但杜红雨安静了下来。她的样子也仅是躺在床上而已，朱明友再次怀疑两人刚刚做过的事。他甚至想到，自己光着身子跟杜红雨躺在同一张床上，不大文明礼貌。

他迟疑了一下，自我解嘲地说："我……我太快了。"把手搭在她的肩膀上。

杜红雨白了他一眼，向内侧起身子。

她没有声音，朱明友悄悄地靠上去，动作是试探性的。杜红雨还没动静，他的动作目的就渐渐明确了。他靠紧了，紧贴着杜红雨光滑的后背。手在她身上摸索着。他知道自己又具备了强大的冲击力，但他还得忍着。杜红雨没有任何表示。她像是从床上走远了。她在想着什么？

朱明友在她展露出来的面庞上观察了一下，有笑容在那里浮现着。那是非常美的笑容，像一片鲜花烂漫的原野。但那笑容绝对与他无关。

8

……杜红雨跟一个年轻男人私通后，才开始想到，自己真的就嫁了吗？她这是头一次想到这个问题。她给自己的答案是，自己没嫁。

自己还是一个纯洁美丽的少女。可她过去怎么就认定自己嫁给了赖仁平？这种想法是那样蛮横粗暴，简直没有一点道理可言的。她不能确定自己是从什么时候产生的这种念头，反正不是从她和赖仁平的结婚之日起，也不是从他正式向她求婚那天起。

……还要早。

早到什么时候？似乎早到很遥远的某天黑夜。

在大观园剧场里。

那天晚上，有场演出。杜红雨和苏柯东都没上场。她在幕后观察着舞台上的表演，忽然觉得，那些在强光灯下和歌手背后蹦来跳去的伴舞演员，有着说不出的滑稽和悲哀。对她来说，这是一种从没有过的感觉。连她自己都止不住一惊。

等到一个节目结束后，演员们一个一个撤下来。那种画得过于浓重的眼影，在杜红雨眼里很不舒服，仿佛他们全都戴着一副可笑的、僵死的假面具。

新的节目开始了。一些人加紧换装，甚至来不及调整一下情绪，就又上场了。

杜红雨内心不由得潜生了类似悲天悯人的感觉。她没能意识到自己跟那些双腿叉得很开、屁股扭得很欢的人一个样儿，她似乎根本不在他们之列。但是，当那种感觉，像黑色的烟雾一样，不断扩散，最终把她团团裹在里面时，她听到有声音在问她：

"你是谁?"

她是不会像苏柯东那样，把自己当成一个艺术家的。她警醒了一下，脑子里就立刻有人替她回答：

"我就是那种甩胳膊甩腿的、被人花十几块钱就能观赏的人。"

她忽然想哭。

音乐停下了。排在末尾的演员，给观众做了最后一个动作，就匆匆跳到幕后。剧场里的掌声,哗地响起来,似乎不再停息。

很大一会过后,杜红雨才明白,那是外面的风声响进来了。起风了。没有轮到上场的演员,坐在道具箱上休息。杜红雨想走开,舞蹈队长刘卫卫扭过头来,问她怎么了。她让自己脸上添了些平常的神色,却忘了平常自己是怎样的。

不知是不是刘卫卫看到了她的内心,只听他叹息一声,说道:

"逗不逗,红雨?在台上一夹腿,就能挤出一个臭屁来,观众看着还以为波澜壮阔得很呢。"

杜红雨猛地笑了,想想自己真不该多想,就把目光从台上挪开,不去再看。

演出结束了。在观众从剧场走光后,演员们又上了车,他们还要返回团里去。

天是那样黑,剧院门口的灯光,也似乎穿不过沉沉压来的黑暗。后来,这些灯光也全都陆续灭了。越来越猛的风,每遇到一扇窗户,都要狠狠地拍打一下,产生的声音在空荡荡的剧场里回响。

杜红雨和苏柯东被团长安排留了下来。他们要在剧场里排练《复活之人》,是专门给赖仁平看的。

团长跟赖仁平坐在一盏吊灯底下。团长还是这折舞蹈的编舞。灯光把他的脑袋照得铮亮,活像一颗大大的玻璃球。他眯缝着眼,似乎对一切都放心。这个舞蹈是他的杰作。

当那些表达丰富感情和生命意义的连续动作,在这两位妙龄男女身上得到再现时,他们也就成为他的杰作的一部分了。他的思想在支配他们。他通过一根看不见的线,在牵动他们的肢体。他的意志在掌握他们。他像一个幽灵,钻进他们肌肤之内。他们举手投足时,也就等于他在举手投足。他觉得自己本身,已经冲出了这个包围着他的精神的、猥琐的躯壳。他在狂呼乱叫,宣泄得淋漓尽致。

这就是艺术。艺术征服了那两个年轻人，也是他征服了他们。他们那十分匀称的体态、光洁的皮肤、火热的青春，都已为他所有。他有理由在心里发出冷笑声。

杜红雨对这个舞蹈已经很熟悉，但她突然感到无法跟苏柯东配合。她没有从中体会到丝毫贴切的激动心灵的感觉。她是因为自己在团长兼编舞的那根可恶的魔棒的挥动下，不由自主地舞蹈，而变得糊涂起来。

脑子里只有风声在响。她不知道自己在干什么。她向着幽谷沉落，仿佛一顶草帽。一种悲凉的情绪，完全笼罩着她。

外面的风声更大了，它们也在她的内心呜咽。灵魂在风中飘荡。但是刹那间，她忽然觉得自己不再沉落。她的心一下子坚实了。她的动作，是准确而充满表现力的。她懂得，自己已从舞蹈的形式中挣脱了出来。一种幸福的感觉，被她紧紧抓住了。

剧场里一团死寂。

杜红雨高扬的心灵戛然而止。最精彩的瞬间只是瞬间，只能一闪而过。杜红雨脸色绯红地望着搭档，感到筋疲力尽。团长满意而兴奋地从座位上站起来，但是，一声惊雷从外面传进来，他好像被吓住了，又重重地坐下。实际上，不是这样的，因为赖仁平没有站起来。

赖仁平坐着，团长也就得坐下。

赖仁平结结实实地拍着巴掌，那么有节奏，一下是一下。

不过是三十多岁的人，那沉稳如山的气度是从哪里来的呢？

杜红雨目光直直地盯在了他的身上。她确定了下来，其实不是团长，而是这个有钱的老板进入了自己。

有钱的老板，不仅进入了自己，还进入了团长和她的搭档。但他的最终目的，还是要进入她。

进得那样深,抵达了心灵。

毫无疑问,她已是他的人了。

杜红雨想到,自己就是在这样的一个风雨之夜嫁出去的。她无所保留地嫁了。嫁鸡随鸡,嫁狗随狗,嫁根扁担抱着走。杜红雨嫁得死心塌地,吃进肚里一个几十斤的大秤砣似的。

可是,一旦又让另外的男人进入了自己,她就觉得自己其实并没嫁。没有任何一个女人,能够那样容易把自己嫁掉。她还是她自己,依旧拥有着少女的心灵。

一个花朵般娇艳的少女,不是躺在赖仁平那样的男人怀里,才是对的。鱼找鱼,虾找虾,西葫芦配南瓜。杜红雨就又是她自己了。身子是她自己的身子。从头到脚,每根毫毛,每片皮肤,从里到外,忧伤,喜悦,一点凉,一点热,一点湿,一点燥,都是她自己的了。

那个紧贴着她的脊背摸来摸去的人,到底是谁,这时候也已经没有决定性的意义。反正不是赖仁平。似乎不是赖仁平就够了,南来的北往的,有名的没姓的,或老或少,或高或矮,都不重要。

她不看,眼神迷蒙,独自静默着。

感到静默久了,她就低声问:

"你记得吗?"

朱明友听见了。"记得……"愣了,手就停在她身上,"记得什么?"

"那天晚上的事……"

"哪天?"朱明友摸不着头脑,"你是说……"

她就知道自己弄错了。

自己刚才是走得远了,走到陌生的原野上,差点迷了路。

转过脸来,她看清了朱明友的面容。

"哦。"她很明白了,微微一笑,却笑得不好让人理解。但她接着摊开了自己。

朱明友也不迟疑，翻身上去。所有烦琐的手续，就都简略掉了。自己这样熟门熟路，是出乎自己意料的。但惊奇的念头不过是闪了一下。朱明友就只是沉着地做着。蓦然又想起还有人在外面等他。但他不想管他们了。再说那也不是他朱明友的脾气。随他们去等好了。

顺手关了手机。收回注意力——多么美的事情啊！他沉浸在女人温暖的身体里面，从容不迫地做着，自信以自己的体力和耐力能做整个下午。

第十七章

1

朱明友醒来时,不见了杜红雨。

环顾一下房间,觉得真是大意了。窗帘没有拉上,对面是一幢居民楼。

天已经黑了,但不知是几点。居民楼上的窗子,不规整地亮着灯。朱明友下意识地要去拉窗帘,身子却不愿动。身子木木的,是很舒适很轻松的那种麻木,还带着催眠的作用。

朱明友又要想睡了。房间是幽暗的,没人能看到里面的情景。朱明友合上眼睛,忽然又睁开了。

杜红雨不在房间里,这是个问题。她是什么时候走掉的?刚走吗?朱明友后悔自己睡得太死,他要是醒着,是不会让她走的。

他把白天里的事想了想,确定自己做了很多次。难怪他会昏睡。杜红雨不能跟他同睡一张床,却是十分遗憾的事。

杜红雨离开他，是要回到赖仁平身边吗？朱明友想得到证实。在还没得到证实之前，他已经臆想了一种结果：杜红雨推门就进来了，手上拿着点心。

是呀，他感到饿了。消耗了这么大的体力，能不饿吗？他很得意地笑了笑。

打开床头灯，将灯光调得很暗。凑着灯光，开了手机，按了号码，却没有发送。

手机屏幕，闪着柔和的荧光。

朱明友默然把手机合上了。他看到了手机上显示的时间。接近夜里十二点，如果没有意外，杜红雨不跟赖仁平躺在床上，还能在街上溜达吗？他真是傻了。他忘了自己其实只是跟一名有夫之妇私通。

他还要再证实一遍，难道为了让那种不可更改的事实把自己生生刺痛？不想了，继续睡觉。

蒙上被单，眼前又很黑了。但被单里的黑暗，什么也没能遮挡住。他看到了一个女人跟一个男人在床上躺着。男人像个黑黢黢的垃圾山，女人像件精致闪亮的瓷器，埋在垃圾山上。忽然又想，自己怎么还睁着眼呢？闭上眼不就什么也看不到了吗？这才把眼给闭上。

果然，看到的就只是很纯粹的黑暗。

手机的铃声响起来。朱明友半信半疑，可耳边的确有手机的铃声，掀了被单，开了手机。

“你他妈的……”他张口就骂。他心想，别是杜红雨。

“对不起对不起了，”手机里是乔总侄子致歉的声音，“打搅了你的好事。”

“妈拉个×，几点了！”他恶声恶气的。

“这不是不放心吗？”

“妈拉个×，打个炮也有人来找。”朱明友还骂。

“朱经理保重,朱经理保重。再见。”

朱明友丢开手机,伸伸懒腰,抱着后脑勺,仰躺下来。他惬意地笑出了声。挺有趣的吧。有人给自己骂,还不敢还嘴,不就是一种事业成功的表现吗?现在是一天的深夜,但曙光已经在他朱明友面前闪耀。

不,不是这样的。朱明友肯定自己确实已被团团曙光包裹在了里面。这就成功了吗?想想在无诡创业的艰难,朱明友忍不住要大大地吁口气。

却又憋住了。怎么能对姓乔的讲自己在打炮呢?顺口就说了出来,不假思索。这不是有意往自己脸上抹黑吗?可又一想,自己打炮了吗?这有什么可怀疑的呢?

朱明友身上透着舒服。一种难以言传的舒服。身上好似没有筋,也没有骨,完全是一种惬意的涣散状态。这只能是女人带给他的。朱明友又蓦地想到在过去这么长时间里,可真是苦了自己。这很不应该的。

是男人就得打炮。有老婆的,可以在家里打。没老婆的,照一般人的理解,是没法打了。但朱明友没老婆也可以打。这哪里还是抹黑?可以说,这也是一种成功的标志。

朱明友刚才其实是维护了自己。

朱明友决定不再忍受那些情欲的煎熬了。他有了需要,就找袁美娜,管她煮方便面时撅不撅屁股,解决了再说。他也可以把丁小丽从多媚叫来的。她要舍不得工作,就让她办个停薪留职。

2

……这一夜,朱明友几乎是来无诡后头一次梦到了丁小丽。

醒来时,还觉得丁小丽是在床上。但他马上自责起来。跟杜红雨相比,丁小丽算什么!乡巴佬而已。

朱明友心里装了杜红雨，便再装不下任何人了。他已毫发不容。

欲望就是这样，像朵蘑菇云，在清晨七点钟，从朱明友的身体深处冉冉升起，难以抵挡。朱明友需要杜红雨，每一刻都要。

朱明友知道，自己这是离不开杜红雨了。他从金水大酒店飞奔出来，叫了辆出租车，就要去杜红雨家。半路上又迟疑了，他意识到了自己的莽撞。

杜红雨可不是单身女人，怎么着也得跟她事先联系一下。打了她的手机，还好，手机是开着的。但接下来朱明友头上像被浇了盆冷水。

手机被挂断了，朱明友思维都停止了，思维变成了一条冻僵的蛇，半天没缓过劲儿来。

朱明友意识到自己的样子很傻，什么也没想地拍了拍自己的脸。忽然又想到出租车司机就坐在自己身旁，忙转头看了看。

司机没注意他。他放了心，这才开始真正体味身上的阵阵凉意。这是怎么一种凉呢？从头到脚，没点热乎气，像掉进了冰窟里，身体成了副冰架子，中间空空荡荡的。

出租车在杜红雨家住的富豪小区入口处停下来。

朱明友下了车，并没往里走。他已经对杜红雨挂断他电话有了另一种解释：赖仁平在场，说话不方便。他觉得杜红雨的担心并不是多余的，他得配合她，而他的行为真是有些欠考虑了。

他走到路边的一家快餐店，叫了份早点，边吃边从玻璃窗里观察着出入富豪小区大门的车辆。忽然，他确信自己看到了赖仁平的车子。他站起来，走出去。但是，他又停住了。

不过一会儿工夫，朱明友就又有些不相信自己的眼神了。他徘徊起来。他不知怎么觉得自己的脑子不好用了，费了很大劲儿似的，才拿定主意，决定守在附近，等杜红雨出来。

朱明友脑子不好用了，想别的不行，想这个却行，一转念就想到自己行迹如同奸夫。满眼欲火,却躲躲闪闪,奸夫还能是别的样子吗?但他也并不想否认,自己就是个奸夫。心里出人意料地沉稳了一些。如果不是这样,他会在富豪小区附近徘徊整个上午的。

抬头看看太阳的高度,断定快到九点了。

他的脑子,的确迟钝了些。在这样的时间里,他可以给杜红雨打手机了,但他没打。他感到有些惧怕,惧怕什么呢?还真说不太清楚。这是很让人恼的事情。

朱明友会惧怕什么?天方夜谭!滑天下之大稽!

朱明友迅速站到街边,又招手叫了辆出租车。

朱明友没什么惧怕的。

朱明友就是要当着很多人的面,走到杜红雨跟前。

3

罗兰歌舞团的排练厅,是朱明友第一次去,朱明友却拿它当走熟了的地方看待,临到门前也没觉出有什么特别。

当排练厅里的演员都向他转过脸来时,他才恍然大悟,这个地方对他来说是很陌生的,该有的紧张顿时袭了过来。他甚至脸红了一下,有了退开的意思。但是直觉告诉他,不可以的。他朱明友什么样的世面没见过?他朱明友可不是没有来历的人!

朱明友挺了下胸膛,走了进去。但他好像不是来找杜红雨的,视线一下子就落在一个男演员身上。

不用别人介绍,朱明友也能认得出,他就是昨天在金水大酒店跟杜红雨走在一起的那个人。

朱明友的判断,是正确的。

苏柯东见来了一个他不认识的小伙子，进门就盯住了自己，很纳闷。朱明友迎着他的目光，感到了一百二十万分的镇定。排练厅里，几乎所有人都觉察到了异常。苏柯东原不想理他的，但为了表明自己跟这个突然闯进来的人没有关系，才主动问他：

“你找谁？”

朱明友愣一下。他看出来了，杜红雨没在排练厅。他把目光从苏柯东身上移开，一副目中无人的样子，说：“我找杜红雨……”差点儿咬了自己的舌尖。

他为什么要说话呢？不说话会不会更好些？他不该随便跟人说话。但既然说了，就得说得语气肯定，一句是一句的，别真像个奸夫。

“杜红雨在不在？”心里又咯噔一下，连杜红雨在不在都要亲自来问别人，可见交往不深。他下意识地嘀咕：“说好的，要我来这里等她的……”朱明友觉得真是乱了套了，脑子也真的就迟钝了。他咬住自己的舌头，重新恢复了镇定。他扫视了排练厅一眼，就走了出去。背后猛地传来一阵哄笑声。他的脚步不快，但他感到自己就像逃一样地离开了歌舞团。

来到街上，他才开始意识自己在做什么，无来由地就想哭，手脚无力，眼看就要站不住了，只得扶住一棵树。

道路上，车水马龙，没谁留意一个扶着树才能站立的年轻男人。手机在他身上不停响着，说不出响了多久。他听到了，就那样无动于衷地听着，忽然把手机掏出来，将来电挂断，第二次拨通了杜红雨的手机。

他屏息着。手机里传来杜红雨的声音：

“你在哪里？”

他觉得自己再也克制不住了，他哽咽地说：“我在……我在……”可他不想告诉杜红雨自己来歌舞团找她了。“我在公司。”他说谎了。可他的情绪，意外地平稳下来。

“我去接你。”杜红雨说。

朱明友腾地一个箭步，从树旁跳开，钻进一辆出租车，声音响亮地吩咐：“黄金大厦！”

4

朱明友迅速赶到黄金大厦，正要往公司走，却停下来。他站在了黄金大厦门口，引颈鹄望。

不久，杜红雨开着车赶来了。

“红雨……”朱明友上了车，欲言又止。

杜红雨没看他。她专注地看着路面。

朱明友端正了下身子，心里笑了笑。他们两人的样子，谁能看得出发生了私通？笑意流露在他的嘴角。

有一瞬间，他甚至怀疑杜红雨忘了他们两人的关系。他是不是需要对她做下暗示呢？马上又想，不会的，难道他还要杜红雨把那种关系写在脸上吗？

转瞬之间，朱明友身体的冲动有如潮水，汹涌而来。

……杜红雨始终是心平气和的样子，一路上也没多看朱明友一眼。

朱明友只顾沉浸在自己的欲望中，倒也没觉得她的样子哪里不对头。忽然发现车子是开向金水大酒店的，就又是一阵激动。杜红雨把他带到金水大酒店，还能有别的意思吗？但是，杜红雨的神情仍然没什么变化，他就觉得杜红雨是有些太过于沉静了。

朱明友心里怀着种种的疑问，跟杜红雨下了车，差点撞在杜红雨身上。他知道自己走神了。他让自己镇定一些，再看杜红雨，两人虽然相距不到一步，却如同相隔天涯。要他向她伸出手去，他都会产生顾虑，他就觉得她真是把昨天的事给忘了。

杜红雨把他带到二楼，到了一个餐间门口才告诉他，赖仁平要在这里请客。他陡然松了口气，想问她请的是谁，她却开门进去了。

5

赖仁平一个人坐在餐桌的主陪位置上，见他们进来就对杜红雨说：

“还没见人影儿！”

朱明友坐下来。他感到赖仁平就像没看见自己一样。但赖仁平很突兀地向他转过脸来，说：“你不用怕的，小朱。羊毛出在羊身上，哪怕省长再来插一杠子，也少不了我们的。但这个坎儿我们是得过的，既然谌公子要点下头，就让他点。这也是我大意了，原想着他不会对这件事感兴趣。”又问他，“下家怎么样了？”

朱明友就猜出来今天请客是为了自己。换在一天之前，他听了赖仁平的话，肯定会有许多感激的表示。但今天不同了，事情发生了微妙的变化，他的心思有所转移。依着他的性子，金钱财物算什么？粪土而已。真正能令他动心的，不是别的，是美人儿。

显然赖仁平大大误解了他的神情，以为他是放心不下，还一再地叮嘱他，等谌公子到了，他什么也不用多说，只看自己的眼色行事，目的只有一个，就是让谌公子吃好，玩好。

“这谌公子也不在意咱们送他十万二十万，他不过是要摆这个谱儿，”赖仁平分析道，“不知是脑子里哪根弦儿动了呢？这个人，我是了解的。把钱看在眼里的，不是谌公子，是高跃进。跟高跃进就得玩真的，那可真是个见钱不要命的王八蛋！”

这些话就连朱明友自己也拿不准是否真的听在了耳朵里，他管不住自己，目光一次次地滑向杜红雨。

杜红雨并没有避开他，依旧是很沉静的样子，仿佛他的目光每次到达她的面前，就倏地消失了，根本影响不到她。

倒是赖仁平忽然就闭上自己的大嘴巴，歪头对她看着。朱明友心里咯噔一下，紧张起来。但他只是问道：

“咦？红雨，怎么变了？不爱说话了？”

“谌公子来了，我少说不了。”杜红雨平静地回答。

赖仁平笑着点点头。服务小姐走过来，问他要不要上菜。他看了一下表，嘴上说“再等等”，但已着急起来，嘀咕着：“他这肚子就不知道饿？我再联系一下。”就开始打手机。

朱明友只看着杜红雨。

“小朱，调下空调，”赖仁平头也没转地抬手说，“冷森森的。”

朱明友却不动。

赖仁平似乎也没发觉。第一次拨号没通。这是他第二次拨号了。拨通了。

“跃进兄，”他调整着声音，满脸笑容，“你真是不给面子啦，昨晚请你吃大闸蟹也请不到。”他连连点头，笑着，“我知道我知道，你大忙人嘛。哎，今天也怪了，跟谌公子说好了的，在金水大酒店玩玩，他怎么就把手机给关了呢？”

朱明友慢慢起身。

赖仁平把手机挂断了，往椅子背上一仰，浑身松垮垮的，好像刚才使了很大劲儿似的，硕大的脑袋向肩上一滚，对杜红雨说：“谌公子不来了，才得了急性阑尾炎，进了医院。”看见了朱明友，抬高一些声音，“别管了，我又有些热了。”身子猛地坐直了，大手一挥，叫服务小姐：

“上菜！”

服务小姐彬彬有礼：

“要不要撤掉一些?”

赖仁平眼一横,笑道:

“合着你还想给我省呀!”

服务小姐就说:

“知道了。”

朱明友重新坐了下来。刚才他要干什么呀?他自己也说不清。

6

吃完饭,赖仁平就要带他们去客房休息。杜红雨随便找了个借口,就要离开。她都走向楼梯口了,朱明友才反应过来,对赖仁平说:

“赖总,我、我也要走的。”

赖仁平说着:“去吧,我是困得睁不开眼。”就自己去客房休息了。

坐到杜红雨的车上,朱明友就等不及了,张口问杜红雨:

“红雨,你怎么不理我?”

杜红雨把车开出金水大酒店,才说:“你还想怎么样?”她不动声色,“是不是想证实一下?”

朱明友被杜红雨问住了,摸摸头皮,就咧嘴笑了。想了想,又试探地说:

“红雨,咱们、咱们去别的宾馆……”

“不用你管。”杜红雨止住他。

朱明友就不吱声了,但他放心了。杜红雨什么也没忘。她不会忘的。她的这副沉着镇定的神态,也真能挡人眼。看赖仁平的样子,他是一点疑心也没有。要说他们不像做过什么事,也确实不像,吃饭的时候,杜红雨正眼也没看朱明友,偶尔瞥去,目光也冷冷的。要说像,也太像,朱明友不光听赖仁平说话心不在焉,还有好几次,差点做出了失控的举动,而正是因为太像,反而又不像了。现在两人坐在同一辆车里,单从表面上看,朱明友也难说自己究竟跟杜红雨有什么关系。仿佛她是个女出租车司机,他也只不过是名乘客。

车子出了城,朱明友就猜疑起来。杜红雨要把他拉到哪儿去?他为了让自己显得非常信任杜红雨,就克制着,什么也不问。车子驶上了国道,再往前,就是大叶河了。这正是通往多媚的方向。

朱明友心想,杜红雨不会是带他去多媚吧?忍不住想问了,杜红雨却把车开下了道口。沿着田野上的土路,开了不到二百米,杜红雨就又把车拐到了庄稼地里。

庄稼非常茂盛,往两旁一看,绿油油的。又因为是在午后,田野上也没有干活的人,就寂静得很。

杜红雨停下车子,对朱明友说:

"到后面去。"

朱明友从她的口气中,也听不出别的,但他马上理解了她话里的意思。

杜红雨躺在了后排座位上,朱明友也没下车,随后就弯着腰,抬腿跨了过去。

实际上,朱明友在看清杜红雨的神色时,是有一些迟疑的。杜红雨躺在那里,不声不响,可以说就是一块刀俎之下的鱼肉。朱明友还不是老淫棍,见了这副样子,多少有些不敢上前。但车里的空间很小,两人只能挤在一块。

身体的接触,像风,立刻助长了体内的欲火,他也就什么都不顾了。事实证明,杜红雨是在绷着,还没到两分钟,该有的动静就有了。

后来的事,却大大地出乎朱明友所料。这里刚离了杜红雨的身子,气还没喘匀呢,杜红雨就又是那种什么事也没发生过的样子了。朱明友深深地感到诧异,止不住回想杜红雨刚才的表现,确信她是疯过的。怎么会这样呢?

7

在返城的路上，杜红雨专心致志地开车，朱明友悄悄望着她，百思不得其解，把脑袋都想痛了，也就索性不想了，同时也就基本上等于认可了这种现实。

因为晚上还要跟赖仁平去医院看望谌公子，朱明友怕别人打搅，也没回公司，就让杜红雨把自己送到一家宾馆，准备睡上一觉。

杜红雨的车掉过头去。朱明友猛地想到，自己应该把她挽留下来，忙追到车前。杜红雨开了车窗，朱明友就说：

“红雨，你别走。”

杜红雨朝他抬起眼睛，神情淡淡地说：

“下次吧。”

车子开走了。

朱明友这回是明白了，杜红雨绝对知道自己做了什么。朱明友所感到的种种不安，归根结底，是因为年轻。他没有什么好担心的了，杜红雨是属于他的。这很清楚。

第十八章

1

谌公子生病了,赶去医院见他,想必是万无一失吧。朱明友等了这么久,才有了这样的机会。说是来宾馆睡觉,其实只不过打了个盹儿,就没了困意。他相信谌公子是跑不掉了,跟杜红雨一样,杜红雨一旦跟他发生了关系,也就跑不掉了。晚上去见谌公子,也等于去见杜红雨,两件事合成了一件事,自然增强了这件事的吸引力。

天渐渐黑下来,朱明友如约来到医院门口。但见来往行人不是来看病的,就是来看望病人的,很热闹。他不像是在医院门口,倒像是来了游乐场。

这是九月份,街上吹起了小风,让人惬意。赖仁平夫妇开车赶来了。把车停在医院门口旁边的停车场,赖仁平和杜红雨下了车。朱明友微微一笑。他对自己有把握了,他不会再像中午一样,见了杜红雨就要激动。激动的时候过去了,以后也不会再有激动的时候。赖仁平,你个老冤瓜,一顶绿帽子戴到死，也不会有所觉察。杜红雨也只跟朱明友点了点头，三个人就朝医院的康复楼走去。

这个世界就是这样的。这个世界，压根儿就没有平等，在医院里就能充分体现出来。生病也不平等。一般人生病了，住一般病房，还有连病房也住不上的，只能住病房过道。特殊的人生病了，就得住特殊病房。朱明友想通了：

说平等，也有平等，那是对有钱人或有权的人而言。

有钱的有权的，就能在特殊病房里生病，也能安安逸逸地、平等地在特殊病房里死去。

急性阑尾炎生在一般人身上，就只是一般的病。生在谌公子这样的人身上，病的规格就跟着上去了，得在特殊的病房里治疗。

医院里过去有专门的高干病房，现在改成康复楼，装修了，功能扩大了，容量增加了，不光是有权的人，只要有钱就能入住。去康复楼看望病人的人，也显得很有派头。

这一点，朱明友能够察觉出来，自己也不是没有享受过这个待遇。倒是那些暴富的，或者刚巴结上有权的人，才会把优越感写在脸上，恨不得让天下所有人都知道，他们是要到康复楼去的。去康复楼这样的地方，朱明友觉得很平常，没什么了不起嘛。

2

谌公子下午做了切割阑尾手术，正躺在病房里休息。与别的病房相比，这里算是清静的。赖仁平他们走进去，看见病床边坐着一个人。不用介绍，朱明友也能猜出小伙子的名字，禁不住感到很有趣。但小伙子站了起来，话也不说，走到会客厅里去了。

朱明友这才留心去看病床上的谌公子，发现他也并不是三头六臂、青面獠牙的。他躺在病床上，安安静静的，乖顺得像个孩子。朱明友放下心来，他对谌公子的第一印象不错。

朱明友接着又注意到他手里拿着的一个大苹果，马上觉得这苹果非同一般，个儿那么大不说，重要的是那着色，红得那么均匀，齐白石、张大千也画不出来的，有些像那种塑料的玩具苹果。

朱明友见他把玩不已，不认为他这是舍不得吃，而是当它是假的。总裁的儿子稀罕一个苹果，不是开玩笑吗？

这时，就听谌公子在病床上对赖仁平说：

“老赖，你怎么来了？准是跃进哥哥告诉你的。我不想让更多的人知道。你来我往，够烦的。”

赖仁平欠下腰，笑着说：

“兄弟，这就是你不对了。别人来看你也是别人的一番心意。”

谌公子就说：

“我还不明白？来看我，就是来求我。”

赖仁平接着问：

“这阑尾不就是一个废弃的器官吗？兄弟怎么没在美国割了它？也省得有后来这些事。”

谌公子就说：

“美国一时去不成了，要不是急性阑尾炎，北京是得去的，怎么会让无诡这些人在我身上动刀子？便宜了他们！我想到这个，后悔得要死。”

赖仁平说：

“等你出院了，请你去工益花园玩。”

谌公子说：

“算了，什么都玩遍了，没意思。你要脱得开身，咱们去一趟南方，去上十天半个月。咦,怎么还站着呢? 坐下。”

赖仁平这才在床边的一张方凳上坐了。朱明友暗暗给他使眼色,让他介绍自己,但他就像没看见。

朱明友站在那里,自己都觉得像根傻到极点的蜡烛。蜡烛当然不能自己更换地方了,怎样把它插在那里的,它就得怎样在那里插着。插歪了,插斜了,都由不得它。心里一紧张,身上就开始冒汗。

谌公子的声音,不高不低,还可以说得上轻柔无比。渐渐地,在他听来,却像一把钝锯,割着他的神经。刚才还觉得悦耳动听,这时候就不那么悦耳了。

他瞥一眼杜红雨,杜红雨也一直没说话,但看上去,她倒没显得不自在。

病房跟雪洞似的,又有不少鲜花,杜红雨在这样的环境里,很像摆放在那里的一件艺术品,也像一件极有品位的礼物,送给病中之人,是再合适不过了。

谌公子突然就向她转过脸去:

“赖大家的,还没听你说话呢。”

杜红雨却只是笑笑,没吭声。

谌公子问赖仁平:

“你欺负小杜了吗? 小杜怎么变了呢?”

赖仁平笑着说:

“兄弟,饶了我吧。我像你们年轻人? 快四十岁了,我还欺负她?”

谌公子扑哧笑了。

“净胡说八道! 不理你们了。”

杜红雨假装生气,转身就走。但没有走远,停在了门口,背对他们,倚着门框。

他们又说起了闲话,过了一阵子,发现杜红雨仍旧倚在那里。他们不知道杜红雨在干什么。其实杜红雨什么也没做,只是看着坐在外面会客厅沙发上的苏柯东。看了这么长时间,又不是哑巴,却总不说话,当然不正常了。

“小苏——”谌公子在里面叫。

苏柯东闻声起身,向杜红雨走过去。

杜红雨没有让路的意思。

苏柯东低低地说:

“你以为我们的关系很不正常吗?”

杜红雨闻若未闻。

苏柯东不理她也就罢了,但苏柯东想了想,又说了一句:

“一个男人跟一个女人就一定很正常吗?”

不过是两句话的工夫,就显然在门口耽搁久了。杜红雨没有动,说她长在了门框上也不为过。她要是伸手在苏柯东身上抓一把,拧他一下,甚至骂他一句,那也没什么。同事嘛,亲密得过分一些,也是常见的,可以理解的。但杜红雨挡在那里,就像那门被蹩脚的木匠做歪了,蹩脚木匠一锤子下去,哐哧一声,多钉了一根木头。

苏柯东侧身躲着这根木头,走了进去。

赖仁平站了起来。“我们该回家了。”他向谌公子告别。

谌公子笑眯眯的。

“红雨,”赖仁平抬高了声音,“我们这就走吧!”

杜红雨这才动了动,回过头来,原来她脸上带着一团迷人的笑容。这种笑容赖仁平也不是没见过,这回见了心里却猛地咯噔一下,简直听得到响声。

外面风大了。

赖仁平意识到了不妙。他需要尽快离开病房,哪怕再耽搁一会儿,说不定就会有什么可怕的事情发生。杜红雨的反应是过分了。她算是个聪明的女人,不应该是这个样子的。

赖仁平走向房门。

“这是什么?”谌公子突然举起那个苹果。赖仁平愣了一下。他感到真的不能再耽搁下去了。

“一个苹果呀。”赖仁平满腹狐疑。他知道多说一个字,就意味着增加一分危险。

谌公子含着微笑,点点头。

“这是一个美国苹果。”谌公子说。

赖仁平还在试图走开,真的不能再耽搁了。情势危急,跟在战场上一样,分秒必争,但还是晚了。

谌公子只看着赖仁平一个人。但他仿佛还生着许多眼睛,足可以把世界上所有的人和物,都纳入自己的视野。苏柯东、杜红雨绝对躲不掉的。谌公子没看他们,但他就像在看着。他们的每一丝表情、每个小动作,都被他看在眼里。目光穿透衣物的阻隔,直达他们的身体。他们全都赤裸着,一丝不挂。两具舞蹈演员的身体,同室而立,相距不过五步之遥。这就是一个总裁的儿子的威力。

在一个市分部总裁的儿子的威力之下,县分部负责人的儿子朱明友也觉得快要受不住了,但他知道实际上没谁注意到自己。

市分部总裁的儿子的目光,透过县分部负责人的儿子的身体。市分部总裁的儿子对县分部负责人的儿子视若无睹,所以县分部负责人的儿子基本上能够保持一种局外人的身份,县分部负责人的儿子也就感到好受多了。县分部负责人的儿子甚至在想,赖仁平怎么不把自己介绍给市分部总裁的儿子呢？赖仁平把他们来看望市分部总裁的儿子的目的也忘了吧。

“老赖,这个美国苹果是你的了。”谌公子说。

赖仁平心里哀叹一声。赖仁平真的走不脱了,也不能走了。

接着,谌公子未言先笑。

“但你得付出代价，”谌公子怕笑痛了伤口，就小心地收敛了笑容，“我这里从来没有免费的晚餐，你得给我叫一声。”

朱明友没能马上听明白，又看了赖仁平一眼，才恍然大悟，本误以为赖仁平会很尴尬，但他爽朗地笑道：

“这有什么？别说让我叫一声，只要谌大兄弟愿意听，让我叫上一夜我也二话没有。至于那个美国苹果，谌大兄弟就自个儿留着吧。”

赖仁平样子粗鲁蠢笨，其实很机智，这话一点不假。赖仁平说着，就要装小狗儿。

客观地讲，像赖仁平这样身高体阔的大个子，装小狗实在是勉为其难，那种笨拙的样子，不像要装小狗，更像要装大狗熊。

谌公子不怕伤口痛，又扑哧笑了。

杜红雨走了过来。她已经意识到了自己的失态。她秋波流转，含笑对谌公子说：

“你不怕笑出毛病来？”

“我不怕。”谌公子说。

“你走开。”赖仁平推了她一把。

“老赖……”杜红雨说。

“你走开。”赖仁平又推她。

谌公子也说：“小杜，你走开。”

“汪！”赖仁平叫。

谌公子大笑。

“老赖……”杜红雨还想阻拦。

“汪！汪汪！”

谌公子拉住了苏柯东的手，眼泪都笑了出来。他咳嗽一声，震痛了伤口，马上憋住了，就像把咳嗽卡在了喉咙里。

“这个苹果是你的了。”他说。

赖仁平接过来。“你知道什么?”他转头对杜红雨说,“这叫‘一吠千金’!”

谌公子发现了朱明友。“这位是……”他问。

“小兄弟,”赖仁平把苹果捧到鼻子下面,嗅了嗅,说,“从多媚来的。”

离开病房,三人回到车上,都沉默着。风又大了,朱明友觉得风把车子有力地掀了一下。从车子里往外看,夜色像块巨大的幕布,就要被风刮跑了。

“小朱,你以为那真的是美国苹果吗?”赖仁平突然开口问道,但没等朱明友回答,就狠狠地呸了一声,“狗屎!美国狗屎!”

第十九章

1

杜红雨第二天就不去歌舞团上班了。

杜红雨有别墅住，有私家车开，全身上下都是国际名牌，腕上一块欧米茄女表，抵得过普通职员大半辈子的收入，一个人的月花销也有两三万，还要去歌舞团挣那数千块钱，太做作了吧。杜红雨自己就想开了，不上班了。以前没把心思放在家里，一旦注意了，就觉得家里有一大堆的事情要做。波斯猫、哈巴狗需要照料，房间需要布置。虽有勤勉的保姆，但并不总是让人完全放心。

杜红雨忽然就做起了全职太太，这也是赖仁平过去求之不得的事情。从这个意义上讲，“那天”应该是个值得纪念的日子，是他们夫妇生活的分界线。但很显然，夫妇二人心照不宣，避着什么似的，没谁提到过这个日子，想都没想似的。这个日子从他们的记忆中被抹去了。

看样子轻易就被抹去了。

赖仁平每天出门忙他公司的事情，杜红雨在家里，等候他的归来。杜红雨不去歌舞团上班了，歌舞团的几位领导还以为团里有照顾不周的地方，忙上门来，问她原因。

原因总是有的。老胳膊老腿了，还好意思霸占着那只饭碗？省出来给别人，也算是对团里的贡献吧。团里领导就说，在不在乎这只饭碗，那是她的觉悟，他们是会按照政策妥善处理的，绝不会让个人吃亏。

杜红雨打发走了他们。一个人影子在她脑海里闪了一下，模模糊糊，像团柳絮，像团光晕，说他是苏柯东吧，也可以说是别人。她一直以为苏柯东这孩子可惜了。

那天，她也是觉得这孩子可惜了，才有了那些异常的表现，以致招来一场羞辱。

自己受辱就罢了，还连累了赖仁平。赖仁平也没有责备她，但她只要想想就会觉得愧对他。现在既然不能确定是苏柯东，自然谈不上什么可惜不可惜的。既然想都不想那天的事，也自然谈不上愧对不愧对谁。

本来应该是具有里程碑意义的日子，就这样从他们的生活中消失了。

就这样过了五天。

在这五天里，朱明友几乎天天来。

2

头一天朱明友来了，赖仁平还不知道杜红雨的决定，就对他说："你这小子一大早就跑来了，还不忙自己的去？"赖仁平说着，就出了门。

晚上，赖仁平回来了，看样子喝高了，情绪饱满，在沙发上一坐，就把杜红雨揽在了怀里。

杜红雨告诉了他自己的决定。他是惊奇了一下子的，但马上就表示了赞赏。虽然喝高了，但他还是准备上床好好地伺候她一番。他对杜红雨怀有一种服务意识，但对别的女人就不是这样，这也可以说是老婆跟别的女人的区别吧。

上了床，赖仁平果真不遗余力，好好地伺候了杜红雨，就连杜红雨也觉得他那天的确很强。杜红雨不知道他是吞了春药的。赖仁平吞春药，从来就不当着她的面。

第二天，朱明友又一大早赶来了。这回没碰上赖仁平，但碰上了罗兰歌舞团的领导。杜红雨跟他们说话，他就站在客厅里的大鱼缸前，看里面的鱼，样子很专注，很安静，却不时发出阵阵低笑。

鱼在里面很逗，色彩不论红，不论黑，都那么夸张。

歌舞团的领导，也注意到了这个小伙子，还以为他是杜红雨的亲戚，表哥、表弟之类。

小伙子看样子是被鱼吸引住了，自始至终都没有朝他们转过脸来。

杜红雨送他们出了门，朱明友就从鱼缸跟前走开。他以为杜红雨还是要回到沙发上坐下的，但杜红雨一转身上了楼。过了一会儿，他也跟了上去。

进了卧室，发现杜红雨正静静地趴在床上。朱明友微微一笑，不假思索地从后面压住了她。

在这五天时间里，他们做了很多次，而且全是在家里。有一回还是在沙发上。这当然是很危险的事。但他们的确是习惯了，就像这种关系固定已久。

做完之后，没事人儿似的。朱明友也想，怎么会这样呢？但就是这样的。他们丝毫没有危险的感觉。

3

第五天,赖仁平回来得很早,没在外面吃饭就回来了,目的是陪陪杜红雨。朱明友还没走,赖仁平看见他,就放心了,相信这天杜红雨过得并不寂寞。他甚至对朱明友有了些感激,坐也没坐,就对杜红雨和朱明友说:

"走,我请你们吃海鲜!"

出富豪小区不远,就有一家海鲜馆,是个青岛人开的。他们也没坐车,步行到了那里。

这家海鲜馆有一大特色,每道菜都要先拿来让客人过目,验证东西是活的。活的对虾,活的鱿鱼,活的海蟹,活的扇贝,活的花蛤、海蚬,等等,被客人看上一眼后,转眼之间,就变成客人桌上的盘中美餐。

这家海鲜馆,是没的挑剔的了。赖仁平吃得很高兴,还连连让朱明友喝酒。

朱明友不太想喝的,但看见杜红雨也在喝,就跟着喝了。他有一个标准,就是自己绝不能比杜红雨喝得多。可是,还没看出杜红雨有什么反应,他却觉得脑子里轰轰地乱响了。许多的念头闪进来,东鳞西爪的,自己都快感到一塌糊涂了,忽然就出现了意外的情况。

一切无关紧要的都退去了,像大海里的潮水,像山谷中的浓雾,最重要的东西显现出来,越来越清晰。最重要的东西,也就是他近来最为担心的东西。

那天从医院出来,他就开始担心。有关生意上的事,赖仁平的确没有向谌公子提到一个字。赖仁平也没在谌公子面前对他做深入的介绍,连名字也没告诉谌公子,就带他离开了。过去听人说要在无诡生意场上站住脚,结识谌公子是一个快捷方式。他本来不屑于这样做的,但还是做了。不光做了,还看得有些重了。该有的隆重的,哪怕是郑重一些的意味,一点没有。而他最没有把握的还是那桩生意。他当时几次想提醒赖仁平。结果,赖仁平只字未提,使他不免想到赖仁平有可能在拿他寻开心。赖仁平并不是真心想帮他,而且赖仁平很有可能没有帮他的能力。可他又否认了这种猜测。

平心而论,赖仁平对他也真是不错了。接着就又想到事情坏在杜红雨身上,是杜红雨异常的表现,把事情搞砸了。

朱明友这几天一直想从赖仁平那里得到答案,但他开不了口。他是越来越没有把握了。去问杜红雨,那是他绝不愿意做的。当着杜红雨的面,他也不愿对赖仁平开口。现在酒喝多了,似乎想不起别的了,突然就朝赖仁平抬起了头。但是,赖仁平站了起来,搂住了杜红雨。

他们走出海鲜馆,来到街上。朱明友的脑子里,还在想着那个问题。赖仁平和杜红雨走在前面,回头对他说着什么。他怔了怔,原来赖仁平问他带车了没有。他有些费力地想了想,又有些费力地摇了摇头。

赖仁平笑起来,对杜红雨说:"小朱喝高了。"又沉吟一下,"这么着吧,小朱,我不能送你了。酒后驾驶不可以的,你打出租车回去吧。"

朱明友隐隐感到他不想让自己跟着。他呆呆地停在那里。赖仁平的确不想让他跟着。赖仁平一心想着单独跟杜红雨在一起。回到家里,他们就上床。他感到今天有些迫切。他们向前走去了。

但朱明友没有打车。朱明友浑然不知地又跟了上去。他在富豪小区门口追上他们。赖仁平一转头,看见他,又笑了。

"小朱是喝多了,"赖仁平说,"好吧,跟我们回家去吧。让小兰给你做碗醒酒汤。"

4

他们回到家里。杜红雨上了楼,赖仁平也要随后上去的。他没忘吩咐保姆小兰:“给小朱做碗醒酒汤。”又对朱明友说,“你请便吧。”说着,还向朱明友挤了下眼睛,就上了楼梯。

朱明友尽力保持着身体平衡。“赖……”朱明友还在尽力保持着清晰的思维,“赖总……”

赖仁平停了下来。“你还有什么事?”他问,显然,口气有些急躁。杜红雨已经上去。

“乔玉良总缠着我要我答复,”朱明友试探地说,“那天你没对姓谌的……”

赖仁平的脸色忽然就变得很难看,喝了酒的脸,本来就不白净,现在就更像一片猪肝了。也不是从现宰的猪身上取出的肝,是从一头病死猪身上取出的,淤积了太多的死血。但朱明友是一个醉酒的人,就看不出这张脸像片病死猪的猪肝。他还要接着叙述那天的经过,仿佛害怕赖仁平真的忘记了一样。事实上,不用他多说,赖仁平马上就记了起来。忘记其实是一件很不容易做到的事情。赖仁平粗暴地止住了他:“你他妈的有完没完?你他妈的没见过怎么数钱吗?你他妈的小学毕业呀!你他妈的想怎么要价就怎么要价?你他妈的傻×!”连着五个“你他妈的”。

赖仁平这是在骂他,他清醒了。他的酒意一下子跑光了。

赖仁平情绪恶劣,骂完了,就气鼓鼓地朝楼上走。

朱明友清醒了,知道自己是干什么的了。他的心里充满了痛苦。

“赖大!”他厉声叫道。

赖仁平转过身子。“我看你醉得不轻。”赖仁平说,嘴角竟挂上了一丝微笑。

“我不跟你嬉皮笑脸,”朱明友斩钉截铁,“你不配!”

朱明友满脸威严。

“我看你是真的醉了。”赖仁平的情绪倒稳定下来,“快说说,我怎么个不配法儿?”

“你是一头臭猪!”朱明友说,“我见了你就恶心!”

赖仁平被惹得哈哈大笑。他走到沙发跟前,一屁股跌坐在上面,沉重的身躯在沙发上颤动了两下。他笑得很厉害,不像是用嘴笑的,全身都在笑。这无疑又把朱明友激怒了。

“你他妈的算老几!”朱明友说。

赖仁平就问他:

“小朱,那你说说看,我算老几?”

朱明友不回答:

“你他妈给我站起来!”

赖仁平又发出了一阵大笑。保姆小兰上前拉住朱明友的胳膊,催他离开。他嘴里嘀嘀咕咕。

“让他说,”赖仁平不笑了,向小兰摆摆手,“有时候我也不知道我算老几,我是干什么的,我想听听。”

这时候杜红雨听到了动静,就下来了。朱明友发现了她,下意识地把头转到一边,声音也不由得放低了,说:

“哼,你这种人,要是在多媚……”

赖仁平就皱眉问杜红雨:

“我有些不明白小朱说的话,你替我问他,他在多媚怎么了?”

“在多媚,想见我,哼,”朱明友又一扭头,“那么容易?”

“我是越来越糊涂了,红雨,”赖仁平沉思着说,“他以为他是谁呢!他是县委书记的儿子吗?这么牛×?”

杜红雨淡淡地说:

“你猜对了。小朱的爹爹是多媚县分部的大人。”

赖仁平“噢”了一声,就问朱明友:

“小朱，真的吗？”

朱明友不屑于回答。他刚才是发脾气了。发过了，身上有些舒坦，跟叫女人揉了捏了似的，已不像刚才那么冲动。

赖仁平慢慢站起来了。赖仁平直直地看着朱明友，像是呆了。赖仁平向他踉跄地走了一步，似乎接着就会摔倒在地。赖仁平看着朱明友，但朱明友不看他。

朱明友的目光，落在客厅里的鱼缸上。一条伏在缸底沙子上的热带鱼，受惊了似的，忽然游动起来，它看上去足有二尺长。

赖仁平没有摔倒。朱明友没看赖仁平，当然也不知道赖仁平脸上又慢慢地没有了表情。赖仁平的样子很可怕，吓住了他家的保姆。保姆猛地把双手抱在了胸前。这时候，就听赖仁平咆哮一声：

“滚出去！”

赖仁平气咻咻的，嘴里反复地骂着：“该死！你们都该死！”在客厅里快步走动起来，眼睛瞪得铃铛似的，骨碌碌看来看去，像在寻找什么。

朱明友不禁想到他在找一把扫帚。朱明友也有些害怕了，下意识去看杜红雨，求援似的。但杜红雨似笑非笑，并不理会他。他们家的客厅里是没有扫帚的，结果赖仁平走动了一阵后，仍旧两手空空。他站住了。他在让自己镇定下来。

朱明友一眼没看见，赖仁平就不知从哪里拿出了一个苹果。他认得出来，这还是五天前从谌公子那里得到的美国苹果。苹果经过五天的时间，更红了，发着亮光，也的确不像真的。但它发出了真实的香味儿。

赖仁平有了些心平气和的样子。他把苹果举在空中。在场的人不知他要干什么，都把目光集中在了苹果上面。赖仁平是很高的人，再加上伸直的胳膊，三个人就得抬起头来。

朱明友意识到了这个，首先把目光从苹果上移开。

“你只要吃了它，”赖仁平说，“生意就还是你的。”

朱明友领会到了他的意思，开始时是有些惊讶的。

“吃了它。”赖仁平又说。赖仁平等待着。

朱明友冷笑了一声。但赖仁平猛地把苹果塞到了自己嘴里。说他的嘴是虎口，那是夸大了，但一个那么大的苹果，咔嚓一声，就在他嘴里去掉了大半个。那情景朱明友看了，不免有些触目惊心。

一时间，只见赖仁平宽阔的下巴左右错动着，把头皮都扯动了。再看那个苹果，已没了踪影。

“真的好吃。”赖仁平爽朗地笑了起来。

赖仁平不住地嘬着牙花子，嘬得很响，还咧开了嘴角。

朱明友看清他是那种黄板牙，牙齿之间挂着黏液，突然就要反胃，但他强迫自己忍住了。

“真是好吃，”赖仁平笑着说，“不愧是美国苹果。”

赖仁平看了杜红雨一眼。

“对不起，红雨，没让你尝一口。”

他走到杜红雨身边，又搂住了她。

“走，”他说，“我们上去。”

声音懒洋洋的。

他几乎把全身的重量都压在了杜红雨身上，两人歪向一侧，从下面看去，好像随时都有可能滚落下来。

第二十章

1

朱明友后来怎么也回忆不出，自己是怎样离开杜红雨家的，但他知道失误了。这让他对自己的能力产生了怀疑。失败的感受是那样强烈，使他就想着变成一种无知无觉的物体，比如石头，比如桌子，以拒绝外界任何的讯息。不过，事情丝毫不像他想象得那样糟糕，那些想从黄河公司捞上一把的人，并没有对他弃之不顾。

也就在第三天，杜红雨打来了电话，约他见面。他对着话筒，支支吾吾，想不出该怎样面对杜红雨，最后还是答应了。杜红雨什么也没提。

吃过饭，杜红雨对他说赖仁平请他到家里去玩。这当然是一个好消息，说明赖仁平已经不在意了。他答应了，这才感到了些微轻松。杜红雨还告诉他，生意该进入实质性阶段了，让他趁早去见黄河公司的乔总。赖仁平请她转达了歉意，说就不陪他去了，还提醒他小心些。

朱明友这时候难以说清心里是什么滋味，就索性敷衍自己，不往深处想了。

不料事情紧接着又出现了波折。高万操书记与谌令辉老总反目，矛盾公开化，社会上流言蜚语满天飞。其中一种说法是，谌令辉认为高跃进带坏了自己的儿子。谌令辉老总在开办公会的时候，把情绪反映到脸上，高万操书记就认定他是冲着自己。像两个孩子，说不好就不好了。

谌老总对人说："我忍了他多少年了！"

高书记也对人说："我早就忍不下去了！"

大人既然不合，又反过来影响了下一代。一夜之间，谌公子与高跃进分道扬镳。只要是牵扯到他们的事情，自然也就暂缓办理。

2

金泰公司立刻就冷清下来。朱明友急得像热锅上的蚂蚁。这天，打字姑娘袁美娜来向他辞职，就把他惹火了，说："就凭你会敲俩字儿，也跟着挑三拣四？不想干，早就该滚！"很不好听。打字姑娘当时就哭了，扭头跑出门去。

剩下他一个人的时候，他也觉得自己说重了，对一个姑娘家，特别是个儿小的姑娘，还是应该讲究点礼节的，不能看人家个儿小，就动不动耍粗。再说，挑她来公司，也是他亲自点头的。姑娘说自己会五笔，别的姑娘顶多只会双拼，他就觉得她要强些。

朱明友打定主意，等自己有心情了，就让管报表的姑娘给打字姑娘送去当月的工资。管报表的姑娘一定知道怎样跟打字姑娘联系。朱明友这是在欺骗自己，等自己有心情了，其实是说等自己手头宽裕了。朱明友现在手头有些紧巴。

恰巧父亲来了无诡。父子俩在酒吧见了面。

这回父子俩交谈得比较顺利。朱明友在无诡长了见识，可以跟父亲谈政治。

“班子得调整，”朱明友郑重其事地说，的确有一股老练的劲头，他“唉”了一声，“在调整期间什么也干不成。”

父亲眼含慈爱：

“小友儿，缺钱花了，给爹爹说。”

朱明友意外地没感到不满。他露出了忧愁的面容。他又“唉”了一声。

父亲知会了他的意思，给他留了三四千块钱。

“没带那么多，”父亲说，“先给你这些。”

朱明友回到公司，就把打字姑娘当月的工资，托管报表的姑娘转交给她。他觉得像办了一件大事，很高兴，关切地问管报表的姑娘：

“小裘，生活上有什么困难吗？”

管报表的姑娘被问得很不好意思，嘻嘻笑着，搓着两手回答：

“啥困难也没有。”

“那就好好工作。”他就鼓励她。

3

社会上又传来了一个消息，谌令辉总裁被“双规”。

朱明友以为只是小道消息，不可靠的，但这么大的事的确是没人开玩笑的。谌老总在任期间，大搞政绩工程。虚假的繁荣后面，是一个烂摊子。经济开发区，套住了分部两百亿资金。占地一百五十亩的春桥小商品集散中心，成了狩猎场。起先还入住了20%的客户。不到一年，客户们纷纷退租，兔子随后就住了进来。常能听到从商品房之间传出的枪声，因为房子扩音，枪声可以传到很远。

朱明友本事再大，也无法否定分部动荡的事实。

小商品集散中心，他是去过的。那回同去的还有赖仁平。集散中心四周，有银色栅栏环绕。东、西、南、北四个出口，只开了南面的出口。

一个老头子，搬一小板凳把门。每人只需交上两块钱，就能走进去。老头子像个铁面无私的包公。他们一行人走到那里，自己也没留意到底来了几个人，随口说了。老头子就用指头指点着数，发现多了两个人。自己还不相信，又数，发现只多一个人。这老头子不过是附近柳行村柳世新书记的爹，看他的认真劲儿，说他是公安处长的爹都亏了他。

朱明友不能不相信了。看上去他是跟谌老总没有任何关系的，其实早就紧紧拴在了一起。

朱明友猛地就感到自己接近了北极，往哪儿看都茫茫一片。朱明友这回是真的冻僵了，绝对没有指望了。他像一块冰，那么脆弱，再经不起任何折腾了。

朱明友六神无主，开上自己的吉普车，就开到街上。

4

开到街上，才恍然大悟。自己这是要干什么呢？显而易见，他是要回到多媚，回到父母身边。他在无诡的一切努力，果真就白费了吗？不，不，朱明友死也不会承认的。

朱明友在街上慢慢开着车，忽然发现到了古槐街上。从车里往外看，就看见赖仁平向他谈过的那个什么“天路公司”。

门内有个女人，他留心了一下，就皱起眉来。那女人胖得简直没个人样儿，脑袋比肩膀都宽。女人带着一股不可一世的神气，守着桌子上一尊巨大的财神。朱明友猜不出她是不是那位女科长。他不能再看，哪怕再多看一眼，也会呕在车上。三分像人，七分像鬼，说的就是这种人啊。朱明友马上把车开快了。等他平静了一些，他就拿起手机，试着联系杜红雨。可是，他又迟疑了。他要告诉杜红雨什么呢？自己走投无路，就要灰溜溜地离开无诡了，要他怎么对杜红雨张得开口？

不过，吉人自有天相。

当天晚上，母亲打来电话，告诉他父亲将要提升无诡市宇宙星分部副总了。

朱明友听了，就再也听不见母亲还说了什么。

电话挂断后，他呆呆地站在那里，突然就一蹦老高。

他冲出办公室，在报表姑娘猜疑的目光中冲下楼梯。他冲出黄金大厦，冲到街上。

街上华灯闪耀，行人车辆依旧往来不断，显然没人知道他已经是分部副总的儿子了。

他情绪激动地跑了一阵，心里骂着那些从他身边呼一声就开过去的车子，王八蛋，叫你们狗眼看人低！

朱明友从街上回来后，就不那么冲动了。

一个全新的计划，已经考虑成熟。朱明友决定去省里发展！从明天开始，他就着手处理金泰公司的善后工作。他在省城有个同学，开了家影视广告公司，早在两年前就邀请过他。他去省城并不一定也开广告公司，但同学的创业经验，他还是准备予以借鉴的。

倒在床上，朱明友就跟同学通话，讲了自己的设想，同学热情相邀：

“省城欢迎你，来吧！”

朱明友就扑哧乐了，省城算个×！听同学的口气，倒像他是省城的市长，或干脆就是省委书记。

父亲没跟朱明友联系。朱明友知道父亲上任了。

新官上任三把火,父亲肯定很忙,朱明友非常理解。

5

这一天,风和日丽。仿佛到了金秋十月,是收获的季节,朱明友感到自己也收获了。他没有收获金钱,但他收获了生活的阅历。街旁的法国梧桐上被虫咬的树叶,一片一片地往下掉。

朱明友心情不错,信步在街上走着。

忽然,他看见了杜红雨。他激动起来,向她跑过去。杜红雨也看见了他。她的样子仿佛更成熟了,像枚果子,一看就知道很有味儿。

"红雨,"朱明友张口就说,"跟我走吧。我们去省城。"

杜红雨笑了笑。

一辆车子,在不远处无声地停下来,杜红雨袅袅婷婷地向车走过去。

朱明友讶然看见了他的父亲。

"他……他是一个老头子!"朱明友喘息着说。

"老头子怎么了?"杜红雨白他一眼,"老头子就不是人了吗?你不会老吗?"

杜红雨钻进了朱总裁的车里。

一片枯叶掉下,啪嗒落在车顶上。车子一开,它就又飞起来。

朱明友感到自己就像这片被虫咬的树叶,刹那间,就被远远地甩在了后面。

第二十一章

1

谌令辉总裁翻船，谌公子在劫难逃。

……世上什么人做事都能预料，唯独痴人做事不能预料。偏偏有这么一对痴人，也不知怎么约定的，同一夜，不同地点，却以同一种方式了却余生。幸亏服务员发现得早，才使苏柯东获救。杜红雨得到消息，立刻赶到医院。你真傻啊，你真傻啊，苏柯东，为什么要死呢？你为什么要死呢？杜红雨在心里不停地念叨。但苏柯东眼里没有别人，身体那么虚弱，却还一声声叫着："让我死，让我死，让我和哥哥一起死！"直到人们告诉他谌公子也脱离了危险，他才安静下来，闭上眼睛，脸上带着淡淡的笑容。

本来他是可以躲过一劫的，人人知道他不过是谌公子的小嬖而已，谌公子偏有那种嗜好，小嬖肯定不止苏柯东一人。割腕自杀这件事的发生，却把他纳入了项目组人员的视野。一查，苏柯东账户上，竟有三百万存款，而且他本人也说不出来历。谌公子矢口否认这些钱是自己打进去的,但明眼人一看就看得出来。

杜红雨急坏了,她本以为只要苏柯东将存款如数上缴,就会万事大吉,事实却没这么简单。她也不是没有想过,把这件事赖在自己身上。经过反复考虑,又把主意全盘否定。项目组不会像自己想象得那样愚蠢。这些决定和否定都是她一个人在自己心里进行的,不可能有人给她出主意,从而可以想见她所受的煎熬。短短的时间内,她觉得自己像老了十岁。她已经顾不上讨取赖仁平的欢心了。——不,她从来就没刻意讨取过赖仁平的欢心。她是一个特立独行的女子。

这些天里,她心心念念,都是怎样使苏柯东逃脱羁押。她已经做出了孤注一掷的打算。只有一个办法,苏柯东一从看守所出来,她就租上一套房子,跟他住在一起。她有自己的说辞,她要看着他点儿,因为他已经做过了一次傻事。瞧,你把手腕子割破了,你还没好好地活过哪,你把自己的亲生爹娘丢在世上不管啦,傻不傻啊?连续一个多月,她上下奔走,见这个,找那个。她从没想到征求赖仁平的支持。赖仁平不会支持她的。苏柯东落难,他巴不得呢。她不求赖仁平出面,那是对的。她能从赖仁平那里得到什么呢?只不过一顿耻笑。别人的耻笑她受得了,赖仁平的,她无法忍受。还好,赖仁平近来也从没就此事多问她一句。

也许到了这时候,杜红雨才明白,离开了赖仁平,自己什么也不是。

那一天,杜红雨忽然想到了歌舞团的领导。

是啊,她有很多天没到歌舞团去了。一旦想起这个,她还真有点想念那个地方。长时间不练功,全身的关节处都好像上锈了。劈大叉还能劈得下去吗?不,她不会再走进练功房半步,一想到自己在人前高高地跷着大腿的样子,她就感到无比羞耻。……杜红雨来到团长办公室。

“苏柯东还是个孩子,你们当领导的得帮帮他。”

“怎么，他是个孩子吗？档案上写得明白，他二十三岁了。法律规定，人过十八岁不论男女，都是具有公民选举权的成年人。他应该清楚自己选择了怎样的生活。如果他触犯了法律，不客气地讲，即使他的亲娘老子，也没什么好说的了。”

杜红雨按捺不住自己，摔门而去。她暗发诅咒，让歌舞团快快完蛋！让他们五年内一场演出也没有！让他们琴弦绷断，锣鼓碎裂！

2

……杜红雨回到家里，赖仁平不动声色地看她一眼，她就知道赖仁平听说她去歌舞团的事了。

赖仁平还是跟她睡在一张床上。她嗅都不用嗅，赖仁平身上有很多女人的气味儿。赖仁平又回到了女人的层层包围之中，仍然回来跟妻共眠，似乎也并不是一个非常绝情的男人。

管他呢，先保证苏柯东平安无事再说。想不起是谁告诉她了，法律上有一种罪叫窝赃罪……杜红雨接到一个电话，什么人打来的她听不出。是一个慢悠悠的声音，电话里警告她，谌氏父子经济犯罪案是省内大案，所有涉案人员俱要严惩。言多必有失，你把这件事搅得沉渣泛起，又有什么好处呢？再说了，那个同性恋在自己该去的地方，或许更好些。那里毕竟还有人严密看管着。把他弄出来，要是他还忘不了他哥哥，谁能保证他不会再做傻事？杜夫人啊，以后再有什么事儿，最好先跟夫君商量商量。

杜红雨放下电话，出了身冷汗。

赖仁平回来了。“我要跟你谈谈。”赖仁平说。

她竟顺从地坐在他跟前。

“你知道不知道，你在胡闹！”赖仁平黑着脸说。

这一刻，她像个听话的小媳妇。

“我就直说了吧，”赖仁平放缓了口气，“你如果真的爱上了那小子，我可以帮你把他弄出来。我明天把他弄出来，你后天跟他扯结婚证。在财产问题上，我不会亏待你的。你也看出来了，我赖仁平从没把财产看得那样重。”

杜红雨浑然不觉就妖妖娆娆地笑起来，浑然不觉就说出了口：“我嫁他？猪头，你怎么想的？”说着，就向他倒过来。

赖仁平顺手就把她揽到了怀里。

3

赖仁平又开始带着杜红雨出入种种社交场合。在圣地亚，杜红雨结识了才从多媚调上来的朱总。——现已查明，圣地亚娱乐城不是前任高书记的儿子高万操开的，完全是一家民营企业，70%以上的港资。朱总还没脱出县分部负责人的影子。因为他是场上唯一的从县里来的，杜红雨就不由得多看了他一眼。因为杜红雨是在场最为出众的美丽女人，朱总也多看了她一眼。杜红雨的目光是审慎的，朱总的目光是冷冷的。两人的目光撞到一起，就都移开了。

心有灵犀一样，他们先后走了出去。

在走廊里，朱总追上杜红雨。

“谢谢你对朱明友的关照。”朱总沉静地说，“朱明友是我儿子。”

“你还认识我？”杜红雨挑着眉毛。

“怎么不认识你？”朱总说，“久闻大名。”

朱总把一双大手放在裤腰带上，如果现在就在卫生间，或者现在是在多媚县的墙角，他肯定开撒了。但要走进卫生间还需几步。杜红雨转身走开了。杜红雨来到走廊尽头的一间小室。不久,朱总也走了进来。他已撒过了,全身上下,透着一股轻松劲儿。

杜红雨没有抬头看他。他坐下来。她忽然就哭了。他有点紧张,不知怎么跟她说话,好在她把头向他抬了起来。

“朱总,我请你帮我。”她的眼里闪着泪光。

朱十两暗暗放松自己。他轻声说:

“夫人,尽管说出来。”

哦,他的声音多么富有磁性,多么有厚度,多么绅士,完全为一个成熟的男人所有。他姓朱的拥有这样的声音,连他自己都要被感染了。

杜红雨好像有气无力,她的双肩低低溜下去,更显出她的脖颈的优美。它像一段白色的美玉,以自身的光辉,映射着自己。她那凄楚的模样,令人倾倒。

“你说吧。”朱十两说,声音里有了颤抖。他感到了一种迫切。“没什么不好说的。”他要鼓励她。

“我要请你保证那孩子没事。”杜红雨说。

“那孩子?”朱十两疑惑了。

“他完全是无辜的。”杜红雨说,“他什么也不知道。”

朱总已经清楚她说的“那孩子”是谁了。这真是一个古怪的称呼,好像她是“那孩子”的母亲,他的姨妈或姑母。朱总似乎感到还需要了解更多的情况。他说:

“你交代的事,我肯定会放在心上。但我想,我们可以跟赖总合议一下。”

“不!”杜红雨脱口叫道,又马上感到了自己的失态,便暗暗克制着自己,放低了声音,“不烦他操心了。”

朱十两听了这话，心里陡生一种亲密的感受。

“不方便是不是？”他很理解似的说。

杜红雨先是想要否认，随后就说：

“是的。”

朱十两释然地吐了一口气。他断定，杜红雨的“是的”，基本上等同于在说“我爱他”。

“好了，我记住了，”朱十两说，“我们回去吧。”

他向杜红雨伸出手去，杜红雨把手交给他。他拉她起来，她果真很轻。他放了她的手，一起走出小室，回到人们中间。

他们没有引起任何人怀疑。赖仁平也无话可说。

4

杜红雨也像情绪好了，在家里也有说有笑了。赖仁平感到，她把苏柯东的事丢在了脑后。过去，他沉溺于她的风骚。日子一久，这风骚就感觉不到了。现在，他像回过神儿来似的，怎么看杜红雨就又怎么风骚了。杜红雨的风骚还在于，常常很多时候，你看不出她有多么风骚。

赖仁平又从女人堆里出来，把自己拴在了杜红雨裤腰带上，好像他不把杜红雨弄死，自己就不是男人，就不是真正的无诡大富豪。实际情况却是，他常常快把自己给弄死了，躺在杜红雨的身边，仿佛一堆了无生气的臭肉。就惹得杜红雨说，没出息，再来一次嘛。也不知她是真是假。

杜红雨没想到，自己跟朱总的交往，打翻了朱明友的醋罐罐。自从那天在大街上被他撞见，他忘记了前段时间发生的不愉快，三番五次闯到杜红雨家里去，搞得赖仁平都看出了一点名堂，问杜红雨，这小衙内该不是疯狂爱上你了吧？杜红雨说，他爱上他娘还差不多！

从杜红雨眼里，赖仁平看得出她是蔑视朱明友的。甚至可以断定，她是恨他的。但她不能表现出来。赖仁平突然感到自己非常理解杜红雨，自己真心爱她。

“你是不是该出国散散心？”赖仁平提出来。

杜红雨怔怔地看他。

“我不是那个意思。”赖仁平说，脸上还羞涩了一下，“出国转转会对你好些。要不，我陪你走一圈？”

“你陪我？”杜红雨白他一眼，“哼，倒是一家子呢。”

赖仁平颓然坐下来，一时无语。

杜红雨知道自己说重了，也有些愧意，轻轻把手搭在他肩上。

赖仁平抬起头，他的眼里竟坠下泪来。

杜红雨心里猛地震动一下。

“红雨，答应我，”赖仁平说，“答应跟我一辈子。”

杜红雨好像没听到，过了一会儿，就坐在了赖仁平腿上。他们抱在一起，不停地喘息。

5

……杜红雨有时也想到，那个小愣头青爱上了自己。

杜红雨后悔不迭，怪自己不该亲近他。但想来想去，自己对他不客气的时候居多。他炫示自己是县分部负责人的儿子，她恨不得吐在他脸上。但他那股劲头，的确让人不知说什么好。现在想来，像他那样出身的孩子，以自我为中心，有人对他不客气，反而会激起他的兴趣。开始时他还以为他受不了自己的父亲跟她在一起，那的确是有些父子聚麀的嫌疑。他把父亲大大地神化了。他以为父亲是根死木头，是块实心儿石头。可他父亲是个活生生的男人，甚至也会是一个低贱的下三烂，一个可耻的畜生，品格也许并不比他高尚许多。但据杜红雨观察，像朱十两这样的男人，也算是好的了。从他在那小室中碰过她的手之后，他还没碰过第二次呢。朱明友受不了。朱明友要阻止他们。

呸！杜红雨为什么想到“爱”这个词？难道自己还是个纯洁的花季少女？但愿这个词儿死去！朱明友只是把她视为自己使用过的女人而已。这个唯我独尊的家伙，他把她视为自己的财产。

她像一只布袋，往他头上一套，不管有没有拿下来，就都是他的了。就是这样的逻辑。他疯狂，他发怒，因为他的财产受到了自己不能容忍的侵犯。在没结识朱十两之前，也没见他表现出一点绝对占有自己的女人的男子气概嘛。他们偷情，他还乐着呢。没见他生出过独占她的心思。

杜红雨把他看透了。杜红雨该怎么着还怎么着。目前能帮自己的，可能只有朱十两一人。他跟无诡分部过去的黑幕，没有一点关系。无诡闹个翻江倒海，也伤不着朱十两一根毫毛。杜红雨这是咬着他了。她轻易不会松口。

果然有用，朱十两动用自己的关系，秘密安排了两次她跟苏柯东的会面。她对苏柯东千叮咛万嘱咐。苏柯东对她冷得像冰，可她还是觉得有说不完的话。

你会成为一个了不起的舞蹈家！杜红雨断言。

她跟苏柯东约定，等他出来，他们还要在一起跳《复活之人》。再跳这折舞蹈，就会有特别的意义。

一从苏柯东跟前走开，又有很多话涌进她的胸膛。

杜红雨不会忘记苏柯东在铁栅后面的样子。他苍白、俊秀、文弱、沉静，简直人见人爱。杜红雨不禁怀疑，这样的小伙子是怎么被他祖辈务农的父母生出来的。依她看，他的祖上，不是王侯贵胄，也是名门望族。

杜红雨又盼着重新走回去了。

第二十二章

1

这天上午,朱十两接到一个电话。

“十两,我还有十分钟时间就要出去了,朱总能否到我办公室一坐?”

任志韬客客气气的,朱十两身上竟然一冷。

“当然啦,也可等到我回来再谈。”任志韬又说。

朱十两的反应很快。“任总稍等,”他沉着地说,“我这就过去。”

两人的办公室,隔着三个门。朱十两进去了。

“坐。”任志韬说。

朱十两坐下。

任志韬欲言又止。他的神情,忽然就变得莫测高深起来。

“我生活中出现了一个女人。”任志韬开口道。

朱十两暗暗一惊。任志韬的模范家庭生活,朱十两早有耳闻。他在分部设计院工作的老婆张怡琴，朱十两也见过，小巧玲珑的，白得雪人儿一般，也非常漂亮。分部机关，从没传出绯闻的不多，其中就有任志韬。今天，任志韬何出此言呢？朱十两心里快速画圈儿。

任志韬接着说了无诡分部医院护士迟俐红的事情。这件事在分部大楼传得沸沸扬扬的，朱十两并不陌生。任志韬办了迟俐红的事，她的丈夫随后就给他惹了事，但他一点儿也不后悔。如果再有第二件，任志韬还要办。找点儿由头，训训人，感觉也不错嘛。关键是，他训了人，还要被人感激。人事处的那个老"小鲁"，这两天不停给他家里打电话，都是他老婆张怡琴接的，也不知他怎么能跟张怡琴聊得来，打过多次还好意思再打。

"这样的女人让谁不感动?"任志韬说。

朱十两年轻时也是个少有的机灵鬼儿。任志韬这样一说，他心里马上就明白了。

"这样的女人谁不爱?"他马上接道。

两人对视一眼，就都笑了，但笑容也都有保留。

"任总，走吧。"小屈进来说。

"我先走了。"朱十两说。

"常来聊聊。"任志韬送他。

2

朱十两没到自己办公室去，他一扭身走上楼梯。

熊旎的办公室在二楼。

朱十两敲了敲，没人，正要转身走开，隐约听到旁边小会议室里有些人声，心想，熊旎这是在开会。他就沿原路下去了，迎面见贾小艳走来，就叫她：

"贾秘书!"

贾小艳抱着材料，急匆匆地走，听他叫，顾不来似的，只朝他点点头。

“贾秘书。”朱十两又叫。

“对不起。”贾小艳说。

“有件事问你。”朱十两说。

贾小艳略想想，说：“好吧。”就随他进了办公室。一进去，贾小艳突然感到有些不自在。

朱十两不动声色。“很想找熊总谈谈，”朱十两说，“也不知这样是不是有违组织规定。”

“你可以直接找她的。”贾小艳要走。

“贾秘书，”朱十两又叫她，“我考虑再三，决定说出来，没在上次的廉政风暴中搅动起来的沉渣余滓，这次被搅动起来了。那些遗老这些天大为惊慌。”

贾小艳浑身紧张。“这不合适的！”她断然说，“你应该通过组织……”

“可是我看得出来，熊总一无所知。”朱十两冲动了，眼里透着惊人的目光。他向贾小艳走近。

“这很不合适！”贾小艳又说。她让自己镇定下来：“对不起。我只是熊总的秘书。”

“希望你能把我所说的，完整地转告熊总。”朱十两说，“我看得出来，熊总心地正直、善良。她身上具有一切伟大女性的优良品质。”

“这些话你最好当面说给熊总听，或许她会很高兴。”贾小艳说。她像要逃一样地抓住了门把手。

“希望你能转告，这是最好的办法。”朱十两继续说，“一旦这些遗老形成合围之势，对熊总极为不利。她一个女人家，想再有作为，可能就晚了。贾小艳，我请你慎重考虑。”

贾小艳猛地转过身去。朱十两几乎贴到了她的脸上。她出奇地沉静。

“这绝对不合适。”她轻声说，然后，开门走掉了。

3

贾小艳走上三楼，熊旎正好从小会议室出来。贾小艳忽然有些要躲开她的意思。熊旎向她招招手，示意她过去。

她们进了办公室，熊旎就问她：

“小艳，市钓鱼爱好者协会的活动是怎么一回事？”

贾小艳说：

“文件我转给宁总看了。”

熊旎说：

“你告诉宁总，钓鱼爱好者协会既然要举办活动，就尽管举办。这有什么啊？不要什么事都搞得风声鹤唳。而且，把具体安排告诉我，我也要参加。”

“好的。”贾小艳说。

过了一会儿，熊旎抬头一看，贾小艳还在办公室里。她静悄悄的，熊旎还真以为她出去了。

“这么快就回来了？”熊旎说，“定在几号，去海港，还是去水库？”

“什么？”贾小艳不由得反问了一句，恍然大悟似的，忙出去了。

贾小艳去了宁樵办公室。“宁总，要搞就搞吧。”她说。

宁樵忍不住善意地一笑。

“小贾，怎么没头没脑的？”宁樵仔细瞧着她。

贾小艳就知道自己神思跑远了，马上飞红了脸。

“我是说钓鱼爱好者协会的活动……”

“已经吩咐下去了。”

“那好。熊总问了，在几号？在哪里？”

“按原定计划，这个星期天，广汉水库。哎，小贾，你紧盯着我干吗？”宁樵用手掌在脸上擦擦，“沾上饭粒就滑稽了。干净吧？”

“知道了。”贾小艳说，转身就走。她又站住了，直直地看着宁樵。

“出什么事啦，小贾？”宁樵不由得问道。

“宁总，”贾小艳快步走上来，向他倾着身子，非常迫切地说，“宁总，我真的不知道应不应该告诉熊总……”却一时不知如何说起。

“什么事？说吧。”宁樵鼓励她。

“我想过了，宁总裁，”贾小艳接着说，“我并不是有意挑拨离间，我认为在我们无诡分部，有两大阵营。不，几乎所有的人，明着的，暗着的，都在针对着熊总。”

“小贾，你有点过于紧张了。”宁樵说。

贾小艳直起身子。

“我有可能太敏感了，”贾小艳说，“但我想请求宁总，不管以后出现什么事，都希望您站在熊总一边，最起码，请您不要让熊总感到太孤立。她是总裁，但更是一个女人。是的，她是一个女人。”

宁樵深深地点点头。“我会的。”他说。

4

贾小艳转身出去了。她去了自己的办公室。她把自己关在里面。外面有人敲门，她不理。那人敲了一阵，嘴里好像嘀嘀咕咕的，终于走了。有电话，她不想接。……电话铃声又响起来。她拿在手里。

“喂？贾秘书吗？”

朱十两的声音。

“我是小贾。”贾小艳的手，抖得厉害。

“小贾，熊总要的无诡五色会计师事务所《关于无诡铁龙房地产开发有限公司8月20日资产核实审计报告》已经送过来了，”朱十两口齿清晰地说，“我才翻了一下，发现无诡铁龙房地产开发有限公司由李伟林、乔爱美、国京玲、分部建设配套市政工程公司和分部鸿运化工原料公司共同投资，于10月28日成立，注册资金五百五十万元……还有一些情况，我需要再了解一下。熊总要问起来，就说我汇总全面后再呈给她。”

电话放下了，贾小艳却像打摆子一样地抖。她抱住自己的肩膀，眼里空空洞洞的。突然，她站了起来，冲出门去。

门外挤着三四个人，正积攒勇气以敲响她的房门。她的出现，吓了他们一跳，忙给她闪了一条道。

5

贾小艳站在了熊旎跟前。

“小艳？你今天很奇怪啊。”熊旎说。

“熊总，你太相信他们了！”贾小艳脱口而出。

“你准是听到了什么风声。”熊旎笑道，“我问你，天会塌下来吗？天不会塌！你还有什么好担心的？”

贾小艳听了，身上一点一点地软下来，软在沙发上了。她垂下了头。熊旎就走过去，坐在她的身边，拉住她的手。

“大狗叫，小狗叫，是狗都得叫。”熊旎说。

贾小艳慢慢把朱十两的话说了一遍。

熊旎略一沉思，就问她：

“钓鱼比赛在什么时候、什么地点举行？待会儿你去给我把名报上。告诉钓鱼爱好者协会，记住，不好对外说我去的。”

“在广汉水库，是星期日，是二十七号吧。”

“嗯，星期五我要去看爹爹，星期六一定赶回来。”熊旎说，“到时候跟我去，说不定我们都会给自己找到一个老公。当然你还要找年轻的、瘦的、挺拔的、俊俏的、聪明的。我呢，给我个胖的、矮的、年纪大点儿的，都无所谓了。”

贾小艳想笑，但没笑出来。熊旎哈哈笑。贾小艳望着熊旎那充满自信的、愉快明朗的面容，心想，自己刚才是有些杞人忧天了。熊旎是一个女人，她是柔弱的，但又是强大的，强大到任何人、任何力量都不会将她战胜。把世界上的所有男人捆在一块儿，都不可能战胜她。

第二十三章

1

转眼到了周五。傍晚，熊旎要去看爹爹了。

消息传得飞快，不少领导同志，有意无意地走到熊旎的办公室坐一坐，却绝口不提熊旎要去看爹爹的事，仿佛只是为了得到证实。绝对没有错，熊旎在做去看爹爹的准备。她匆忙地处理了一下手头上的文件，把自认为重要的几个问题向有关负责同志做了吩咐。

即使到了熊旎从办公室走出的最后一刻，还有人认为熊旎会改变周末去看爹爹的习惯，似乎也有人暗暗地担心她真的会从无诡走掉。贾小艳心里，不禁也有了一种特别的感受，熊旎就悄悄对她说：

“你这是怎么了？仿佛我再也回不来似的。”

熊旎不问还好，一问，贾小艳就明确地感到心慌。她跟别人一起，把熊旎送到分部楼下。熊旎真的很不想看到这么多人来送她，但也不好多说什么。

在众人的目视下，熊旎伸手打开车门，侧身钻进车里。

“轰隆隆……”天上陡然响起一阵闷雷。

“呼——”又扑来一阵冷风。

众人抬头一望，呀！此情时景，好有一比：黑云压城城欲摧。山雨欲来风满楼。熊旎的车子刚向前开两步，白亮的雨帘便倒挂下来。每个人都感到，熊旎投入了湖水之中，她被一片汪洋淹没。

2

这么大的雨，这么突然，好像要将分部大楼冲坍一般。众人返回各自办公室，倾听雨声。没公交车坐的普通职工，因暴雨的阻隔，无法回家。那些领导也不出去，仿佛也要等到暴雨停息。时间才是下午的五六点钟，倒像是在半夜三更，办公室里都亮了灯光。雨声听习惯了，就觉得这大楼里真是静得很，人睁着眼，却像是睡了。没有脚步声，也没说话声。

朱十两像只蛰伏已久的青蛙，慢慢从椅子上苏醒。他走出办公室，来到走廊。他走来走去，没有碰到一个人。寂静压得他耳朵疼。他努力要听到声音，均无济于事。他也试着听到自己的脚步声，但防滑的地板完全把声音吸去了。他悄无声息地在一扇房门跟前停下来。

朱十两推门走了进去。

小屈俯首在一台笔记本电脑上，正在上网。

朱十两今年元旦期间新买了一台戴尔笔记本，他这个人并不笨的，但因不爱使，那台笔记本就成了办公桌上的摆设。据说分部大楼里，平常上班时，很少有人无事在各办公室之间乱串闲逛了。但不能碰上网友有事，网友一叫，嗖，就跑出去了。

网友的事，是第一大事。

当然，这是传言，不免夸张。

朱十两断定小屈在跟网友交谈，就无声地走到他的背后，探头一望，只见他浏览的网页上显示着这么一段字：

今天是公元××××年×月××日，星期五，距离公元××××年×月××日×××出逃已经四百三十一天！

×××是南方某地一腐败女贪官，朱十两知道的。

小屈一惊，回头看是他，忙站起来，毕恭毕敬地叫：

“朱总早来了？”

朱十两慢慢收了笑容，在沙发上坐下来。

小屈忙着给他沏茶。

“早想让你教我上网，该不会太复杂吧。”朱十两不动声色地说。

“朱总，您是不上，一上就全会。”小屈说着，把茶杯双手捧给朱十两，“电脑这玩意儿，没什么难的。开始的时候，我也蛮小心的，是啊，蛮小心的。生怕把电脑给弄坏了。简直诚惶诚恐，诚惶诚恐。其实，真的没什么。这就好比傻瓜相机。”

小屈距离恰当地站在朱十两的面前，可以说是两步，但不到两步。他的眼睛，始终没有看到朱十两身上。好像他认为自己的目光是肮脏的，看谁就是亵渎了谁。他的个子也不矮，也可以说很高大，但给人的印象却是，他非常矮小，他这个人，不跟任何人争夺空间。他尽力缩小自己。他脸上的神情，时时刻刻在悄声说着：

“您哪，我是个谦卑的人。是的，我极为谦卑。您愿意这么看，我就是您脚趾缝里的一撮泥。您哪。”

朱十两暗暗点头。

“小屈，听说，你是宇宙星集团当年头一次公开招考考上来的处级干部？”朱十两问他。

小屈很不好意思地轻声回答：“是，是的。”就像自己做错什么事——比如说，招考舞弊似的，就像自己当初根本不该参加招考似的。

“你考了分部第一？”

“是的。”小屈说，“侥幸而已。”

朱十两又点头，把茶杯端在口上，轻轻吹着浮在水面上的茶叶。茶叶已经舒展开了，碧绿，仿佛还长在茶树上。

“你能把《楚辞》全集倒背如流？”朱十两说。

“老屈家的名人写下的作品嘛，”小屈说，“能背一些。都是别人美言。”

朱十两点头，轻声吟哦：“路漫漫其修远兮，吾将上下而求索。饮余马于咸池兮，总余辔乎扶桑。折若木以拂日兮，聊逍遥以相羊……”吟罢，又问，“你家里生活有困难？”

“哪儿呢？现在生活水平都提高了。谢谢领导关心。”

“我想不到的，堂堂一个宇宙星集团分部办公室秘书长竟然……你还有一个妹妹从没参加工作？”

“她那岁数了，参加什么工作？”小屈说，眼里却不由得一红，但又马上让自己欢喜起来，“我们两口子工作忙，有她照顾照顾家里，也不错。再说，目前各行各业就业形势严峻，要找适合的工作，也不是那么容易的。”

朱十两莫名其妙地叹了口气。

小屈侧耳细听。

“屈秘书长。”朱十两叫他。

“叫小屈就得。”小屈忙说。

“刚才你在上网？”朱十两说。

小屈身子略微一震：

“是的。”

“你在看那个?”

小屈第一次看住了朱十两的脸,但目光是散射的。

“很不好。”朱十两说。

小屈猛向前走一步。“朱总,的确不好。”他脸上现着极为后悔的神色。他又猛想起什么来似的,走到笔记本跟前,迅速把网页关了,并合上了笔记本电脑。他又向朱十两转过脸来,但低垂着眼帘。

“你应该知道为什么很不好。”朱十两说。

“请朱总裁指教。”小屈抬起脸。眼神茫然空洞。

朱十两莞尔一笑。“其实我也没看清楚。”朱十两轻轻松松地说,“是一个女干部的笑话吧。”他摆起手来,连说,“无妨的,无妨的。”

朱十两不多说了,但小屈心里已完全领会。

小屈感激似的,朝朱十两笑笑,抬手擦擦脸。

朱十两站起来了。小屈上前把茶杯接在手里。朱十两一口茶水没喝。

“茶水太温了,我再续上些开水吧。”小屈小声说。

“算了。”朱十两望着窗外密密实实的雨帘,“在这样的天气里开车非常危险。”

小屈也担忧地看着,点点头,表示非常赞同。他端起茶杯,咕咚咕咚,一口气儿喝了。他吐着长气,把茶杯放在桌子上。茶杯当的一声响。

“最好等雨停了再开。”小屈说,声音听上去很滋润。

“能走到万泉观测站就不错了。”

他们都看到了车子穿行于大雨中的情形。车子冲开了层层雨幕,随即又见雨幕合上了。

“这么大的雨,我也不好出去了。”朱十两自言自语似的说,“这么大的雨,分部上下一点儿不慌,证明分部过去的工作也不是乏善可陈。一下雨就慌成一团，只能说明我们的工作中有问题。临时抱佛脚，最要不得。防汛部门、气象部门、分部主管领导，都要深刻反省自己。”

小屈在他身后，呆呆地望着。他也像忘了小屈的存在。他的体格越来越高大，在小屈的办公室里，仿佛一座雄壮的高山。小屈甘愿让自己滑落，滑落到不起眼的山脚下。

山峰突然地转动了一下。小屈一惊，睁大了眼睛，朱十两却还是刚才的朱十两。

“小屈，”朱十两说，“找时间教我上网。”朱十两刚才是走神了，说他不记得自己刚才说的话，也可以的。他从小屈的脸上看得出来，自己刚才什么也没说嘛。

小屈拉开房门，朱十两走过去，外面咔嚓一个响雷，震得墙壁都在瑟瑟地抖，接着是一个明亮的闪电。

3

任志韬仿佛裹挟着这样的迅猛的雷电，神武战士一样，出现在了朱十两的面前。他们几乎撞了个满怀。

“朱总在这里啊。”任志韬乐哈哈地说。

“任总也来了？”朱十两说，“刚才看屈秘书长上网。”

“你对网络感兴趣？”

“我也得响应‘上网工程’嘛。”

他们坐下来，相互间彬彬有礼。

“雨很大。”任志韬看看窗外说。

“天气预报没说有这么大的雨。”

“你也对天气预报感兴趣？”任志韬朝朱十两扭着脖子。他们分别接过小屈递来的茶杯。

“不瞒任总说，我对什么都感兴趣。”朱十两直言不讳，“琴棋书画，吹拉弹唱，我都觉得很有意思。”

“还有，”任志韬眯起眼睛，在朱十两腰上捅了一下，小声说，“女人。”

朱十两略微一愣，马上哈哈大笑起来。

任志韬也笑，但任志韬戛然收住了笑声，冷冷地对小屈说：

“出去。”

小屈猛一紧张，就又马上赔了笑，连连点着头儿，佝偻着腰儿，轻轻将房门掩上，出去了。

“我们还没好好谈过呢。”任志韬随和地说。

“是啊，这是我做事不周，但最终原因，还是工作上暂时手不顺。”

“谈点什么？”任志韬突然就问。在朱十两看来，好像突然把一个臭球抛给了自己。

但朱十两可不是吃素的。朱十两规矩起来，挺了身子，坐直了。“您说呢，任总？”朱十两含笑问。

“我问你呢。”任志韬不笑。

“一时不知从何说起。”朱十两保持着笑容。

咔嚓，一个雷。

“奶奶的！”任志韬骂道。他笑了。“那就——”他拖长了声音，“那就谈谈女人吧。”

“你对女人不感兴趣。”朱十两说。

“我对男人感兴趣？”任志韬笑道。

“任总想斜了。”朱十两说，“当我没说。”

“那要看什么样的女人。”任志韬郑重道，“比如说，迟俐红。听说，她把她男人的文件数据给弄丢了，但这并不妨碍她男人呈报职称。没有 ***H. & G.*** ，科学家丌淼焱的职称，也照评不误。无诡分部医院那里，也有消息了，迟俐红最少也要被安排个科室护士长。但我希望她能养息一段时间。”

“任总的确做了一件好事，对改变机关工作作风，有很大益处。”朱十两说，“我最头疼的，也是机关单位屡肃不清的官僚衙门习气。说句过头话，封建社会，一个地方有一座衙门，而现在，十座、二十座、几十座衙门都不止！”

“朱总裁说了激愤的话。”任志韬静静地说。

“可以说，在多媚，我们做了很大努力，效果是有，但只能是起效甚微。”

“多媚在哪里？”任志韬出其不意地问道。

朱十两一下子就卡了壳儿。他半天没反应过来。

“我以为多媚不在中国，不在无诡市呢。”任志韬淡淡说，“朱总也是性情中人嘛。”

朱十两已经决定不多说了。他要站起来。

任志韬拉住他的手。任志韬笑嘻嘻的。

“老朱，我听到了，你刚才说，在无诡市，我熟你生。”任志韬慢悠悠地说。

朱十两心里已经接近气愤。“我慢慢会熟起来的。”朱十两克制着自己。

“你还没问我，”任志韬说，“神仙沟二伯坎子金属废料污染事件的调查情况如何。”

“一则有组织规定，二则有‘不在其位，不谋其政’的古训，我不便多问。”朱十两说。

“但我可告诉你。”任志韬的脸色神秘起来。

任志韬压低声音，嘴巴几乎附在了朱十两的耳朵上。

“本来是一桩机密，不允许透露的，我却忍不住。我不能看着同事有事儿不管。那批垃圾又被人当成宝贝，买到了多媚县。这个中介人，就是……”朱十两身上僵硬起来，他瞪着任志韬。

“看来十两兄真的一无所知，不能不说公安处保密工作做得好。”任志韬说,“十两兄家贵公子,就是这个中介人。据说,这一转手,足以让贵公子朱明广成为……”他快速捻动着手指肚,又不说了。

朱十两开始气喘起来。“国有国法,家有家规,王八蛋有什么罪,就该治什么罪!”朱十两语气很重,声音却怎么也高不上去。

“雨会停的。”任志韬把头转向窗外说,“周末聚聚,给你介绍个女人,很不错的。”他站起来,拉着朱十两的胳膊,“走。去我办公室坐坐。你是不是另有安排?”

朱十两想摇头,却摇不动。

“我告诉你,”任志韬说,“那个女人,叫杜红雨,你知道的,也就是‘赖大家的’嘛。这样的女人谁不爱?”他止不住哈哈大笑起来。

小屈进来了。

“小屈,你的办公室好像比我的还宽敞些。”任志韬说,“你呀,别以为人家都到你这儿来,自己就他妈成了香饽饽了! 等一会儿,随我们去。”

小屈说:“我来收拾收拾。”

他们走出去了。这时候,雨小了。雨丝中,透出了黑黢黢的夜幕。

又过了一会儿,雨停了。

第二十四章

1

……爹爹很好。乘着夜色，熊旎返回无诡，悄悄住进无诡西部的深蓝宾馆。一觉睡到天亮，随便在宾馆餐饮部吃了早餐，她就直奔广汉水库而去。

空气清新，阳光明媚，天空像用画笔蘸了蓝颜色，均匀地涂过了一遍似的，细看呢，还真有些水粉画的效果。

熊旎按照贾小艳说给她的路线，来到广汉水库。远远看见一大片的水光，眼前就是一阵眩晕。过去看无诡市的宣传数据，就知道广汉水库是我国最大的平原水库。熊旎没到跟前，就断定此言不虚。再近些，就看到了广汉水库的水面，在阳光照耀下，那真是波光粼粼，碎金万点。

水库的一部分，开辟成了公园。抬眼看去，就见一些古典风格的建筑，气象峥嵘，从那绿树中显露出来，俨然古已有之。

熊旎放慢车速，正犹疑要走哪条道，贾小艳在远处看到了似的，打来了手机。

“熊总,往左拐。”

熊旋暗想,也对,比赛场地一定要选在僻静之处。

一时间,熊旋的脑袋,还真有些犯晕。水面过于浩大,熊旋的目光好像被吸收尽了。她停在路上,仔细辨认了一下,才掉转车头。

果然,沿水库边上的柏油路,开了三四百米,就看见了一群人,得有百十号人之多。他们都穿着红黄色相间的“钓鱼衣”,打扮得像一个个环卫工人。水库边上,彩旗招展。还有一条红布,横扯在两棵柳树之间,被风吹得呱嗒呱嗒的,上写“宇宙星集团无诡分部第三届‘广汉杯’钓鱼大奖赛”。

贾小艳走出人群,抱着那样的衣服,过来接她。

熊旋把车停在路边树荫底下。“不晚吧?”熊旋问。

“还差十五分钟。”贾小艳说着,把衣服交给她。贾小艳手里拿着一沓宣传资料。

熊旋在车里换上衣服。“那是什么?”熊旋又问她。

贾小艳哧地一笑。“真有意思呢,”贾小艳说,“来了就组织听讲话,还给了这些个玩意儿,叫《中国钓鱼比赛组织办法》,熊总别看了。”

“这倒新鲜。以前没听说过。”熊旋说,“快拿来我看看。”

熊旋钻出车,边走边看。大赛组委会的准备工作做得挺细,连今日的气象资料都发给了大家……倒没谁多加注意这个新来的女人。

2

熊旋在自己的位置上坐下来。左右一看,参赛者一溜儿排开,老同志居多,女的就她一个。她止不住留意了一下跟自己间隔一人的参赛者。那人很有些宁樵的样子,只是年龄较为年轻,脸色也没有宁樵红润。

熊旋这样看人家,也引起了人家的注意。两人的目光碰到一起时,那人就朝她笑了笑。她竟觉得脸上很热,也没顾得礼貌,对人家也笑笑。人家见状,就不再看她了。她想弥补一下,也没机会,遂悄悄给贾小艳招招手。

贾小艳蹑手蹑脚地走过来。熊旋向她耳语道:

"瞧见那个人了吗?"

贾小艳说:

"一来就注意到了。我忘了告诉你。我查了名单的,那人就是分部科研所的丌淼焱。"

熊旋又去看他。他那侧影也真是好看。

"你是不是瞧上他了?"熊旋逗趣。

贾小艳脸皮也厚了,说:

"我现在反正也不想找个更年轻的了。像他那样的,我就很知足了。"

说着,自己笑了。这时候,扑棱一声,一尾大鱼跃出水面,众人发出一阵轻嘘,都说:

"看谁能钓着它!"

也有人抱怨了:

"鱼都等不及了,还不开始?"

熊旋悄声吩咐贾小艳:

"比赛结束后,叫他留下来,我想跟他谈谈。"

贾小艳点点头,走开了。

3

……钓鱼行家都知道的,"夏天到,鱼难钓","早钓太阳红,晚钓鸡入笼"。立夏后,白天气温增高,鱼类进入生长期,食欲旺盛。但由于气温、水温较高，夏季并不是钓鱼的最好季节，这需要掌握了鱼儿在夏季的生活规律，加之垂钓得法，才能做到鱼儿满篓。而最佳垂钓时间，是早晨和傍晚。因上午九时之前，气温、水温一般在20℃～30℃，正是鱼儿吃食的最佳温度。此时鱼儿食欲旺盛，四处觅食，特别喜欢到岸边"进餐"。下午四时之后，太阳西斜，灼热程度大减，气温、水温下降，鱼儿在深水休息后，预感夜晚的到来，纷纷从深水游向岸边觅食。但在夏日的中午，一般是很难钓到鱼的，因气温、水温太高，鱼儿多游至深水区"避暑"去了。故又有钓谚云，"早晚钓一阵，回家吃一顿""酷暑三伏钓早晚""宁钓早晚一刻，不钓中午半天""早钓鱼，晚钓虾，中午钓个癞蛤蟆"等。

裁判员一声令下，大家皆聚精会神地垂钓起来，打窝、装饵、投饵、下钩、看钩……忙得不亦乐乎。只听满岸都是钓线甩动时发出的清脆悦耳的嗖嗖声。可是，熊旎怎么也不能把心思放在比赛上。还没过半分钟，就已有人提竿了。熊旎的视线，往那儿一扫，的确看到一条足一尺长的鱼在岸上活蹦乱跳。那个旗开得胜的老头儿，没能用网抄住鱼，只好丢了钓竿，用手去捉，等他捉到了，又有人钓上来了一条。

熊旎按捺不住自己的心慌，也不知怎么搞的。她的眼止不住又去看丌淼淼。那男人一心盯在浮子上，如入定的老和尚一般。熊旎分明听到了自己的心跳。咚咚咚！她觉得别人也一定听到了，鱼儿也听到了，鱼儿都惊跑了。

4

……是的，熊旎去看了爹爹。

离开山上的"穆家庄园"，熊旎没去省城。她也没给小海打电话。到了无诡，天都黑了。她自己也想不出在路上究竟耽搁了多长时间。——不，不想这个了。

熊旎紧紧盯住了水面。

水，水，水，荡，荡，荡，无穷无尽地荡开去……

杨柳丝丝弄轻柔，
烟缕织成愁。
海棠未雨，
梨花先雪，
一半春休。

熊旎又一恍惚，就觉得自己是在雨中行驶的车上了。昨日黄昏，她刚刚发动车子，暴雨就铺天盖地而来。她像一下子就被冲进了水中。她没有停下来，也没想到减速。她开了一阵，才想到自己是在暴雨中行进。刮雨器快速摆动，但已不起作用。她看不见前面的道路。她让自己慢下来，以后的路，就都是慢慢地走。暴雨没有停息的迹象，她反而一点也不着急，好像只要自己刹车，就是在爹爹的山下。那是一座并不奇峻的山，当地人把它叫作“穆公山”（又跟那个旧军阀联系在了一起）。但有一点，她必须注意，如果她不盯着，本来就在自己跟前的穆公山，也会陡然消失，从此无影无踪。她必须盯着。她不能回头。她不能回头去看他们。

熊旎告诉他们了，自己去看爹爹。设若她回头，她就会像在传说中一样，变成一块石头。

不论发生什么事，她都不能回头。即使有一场阴谋，正暗暗地在她周围铺展开。她看爹爹回来，无诡分部若“政变”成功，一切便物是人非。

熊旎觉得自己不用怕，自己已经告诉他们了。

分部大楼的每个人都应该知道，熊旎总裁一到周末就会去穆公山看望爹爹。

熊爹爹在一座山上，等待女儿，等待他的小熊……

5

“喂。”旁边的一个老头儿，轻声提醒熊旎。

彩色的浮子，像个跳舞小人，在熊旎眼里跳动。

熊旎醒过神来。浮子不动。经验告诉她，鱼儿已经脱钩而去。一转头，看见贾小艳正自个儿站在树下干着急。

重新下了钩，熊旎不敢大意了。手里的天龙牌仙竹 2.7 米竞技海竿，是她所有钓具中，自己最喜欢的一根，竿身纤细、轻盈，外观豪华、气派，强力好、超硬度，手把缠有优质海绵圈，精致独特，手感舒适，操控性绝佳。她并没有特意交代贾小艳使用这个，贾小艳就选中了它。也许人家规定要用这种竿子，但熊旎宁愿相信，两人的审美观还真有不少相通之处。美好总要靠自己主动寻找的……就凭这个，熊旎也不想让贾小艳失望。

……浮子动了。鱼在拖浮。熊旎沉着地注视水面一丝一毫的变化。她暗暗调整了一下姿势，手腕稳稳地向上一翘，同时肘部往下一压，钓竿顺着浮子被拖的方向提了起来。

钓线嗡嗡响了一阵，熊旎的心，几乎跳出了胸口。毫无疑问，水下是一条大鱼。也许就是比赛之前她和贾小艳看到的那一条，整个广汉水库，将没有比这条鱼更大的了。

但她必须稳定下来。钩是鲤鱼钩，并不算大。她也看过了绷直的八磅西德鱼线，似乎也并不足够粗……是的，切不可急于求成。用力过猛，死拉硬拽，或者迫不及待，用手提鱼线想强行使鱼上岸，只会把鱼嘴拉裂，或只钩了个鱼唇上来，结果线断，钩断，鱼逃走。她相信，只要方法得当，细线轻钩，照样可以钓上大鱼来。这条大鱼，少说也有八九斤。

熊旎陡然沉静下来，水面也平静如初，钓竿像张弓，自然地弯着，似向水下的鱼说，不要急，不要慌，君子有话好商量。她双手握竿，好像她一直就是这样子的，她什么事情也没做，像个垂拱而治的帝王，而这根天龙牌仙竹竞技竿竿尖良好的弹力，却被她清楚地感受着。

熊旎没用拼硬劲儿，也已经把大鱼钓牢。

再过一会儿，熊旎自己已暗暗开始遛鱼了。但瞧上去，她还是一副什么事情也没发生的样子。她没听到鱼儿说话吗？鱼儿要走了。看你们人也没什么事好商量的，这是浪费鱼儿进食的宝贵时间，鱼儿耗不起，鱼儿就要走开。鱼儿也有自己温暖的小家呢。吃饱了肚子，才能照顾好妻儿老小。

……要走吗？那好，送行。礼多不为怪。

熊旎顺着鱼游的方向，因势利导，收收放放，向左，向右，把鱼引动。

真想立马看一眼这可爱的大家伙。可它游得那么深，她只偶尔隐约一次看到了它黝黑的脊背，简直像一只沉没在水底的船，让她的头猛一晕。她不能把它拉向岸边。它可不是一条小鱼。即使三五斤重的鱼儿，也不值得她下这么大功夫。她只要拉它近岸，采用灌水的方法，把鱼头引出水面，让它就着空气喝水，加速其疲劳，等灌个差不多了，再慢慢引到岸边，用抄网抄上来就得。

但这是一条大鱼。她得不停引遛。鱼要线时，她缓慢地、有控制地放。放线的同时，随时准备收。只要鱼停止猛冲，就又收。她不是一味放线。她知道，线放得太长，拉力就会减小，跑鱼的可能性就会增大。收线时，她尽可能收，但不过猛，收时也会再放，放中有收，放中有收，收放自如。

糟了！就要遇到一簇茂盛的水草了。熊旎一紧张，汗都下来了。但接着，熊旎听到了自己温柔的说话声。

来，来，鱼儿，往远处游吧，游到最深的地方去。在远处，在深深的清凉的水底，对一条鱼儿来说，有多安全，有多舒适。

她感到鱼儿听到了自己的声音。鱼儿绕过了水草,向远处游去。熊旋暗暗吁口气。

游吧,尽管游吧……

熊旋手中的钓竿,就要被扯得与水面平行了。

嗯,好鱼儿,叫你游你就游,但也不能游得太远。你怎么能够忘乎所以,脱离了钓竿的引导?回来,该回来了。不想回来了,是不是?嗯,不是?你有些累了?你以为我放了线,就总是傻游,总想游到更深更远的水底去,又怎么能不累呢?你想歇一歇?好吧,要歇就过来。熊旋来帮你。来,来,来,近些,近些,近些。怎么,你嘴巴疼?那就让我来给你看看。好可怜。想要我把钓线再放松一些?不,不要得寸进尺了。放松钓线,绝对不可能。你必须在游动钓线的掌握之中。不过,我可以尽量让你减轻一些痛苦。喂,这样行不行?

钓线看上去,似乎漂了起来。熊旋清楚,其实力感不减。钓线正处在漂与不漂之间。熊旋就听到鱼儿说:

哎呀,像叫水虫子咬了一样,麻酥酥的……

这不就得了吗?近些。近些。不疼了,是不是?

不光不疼了,还晕乎乎的。我就要睡着了。我听到的淙淙水声,多么轻柔,多么美妙。

哦,鱼儿,想睡就睡吧。“睡吧,睡吧,我亲爱的宝贝。睡吧,睡吧,梦里多温暖。一把蚯蚓,一束油葫芦,这些好东西,我要全给你……”

大鱼,终于在近岸露出了自己的庐山真面目。它侧身躺在水里,就像人类躺在自己柔软的床上一样。它甚至很不好意思地咧开嘴,朝熊旋笑了笑。也不是熊旋心软,大鱼这一笑,的确让熊旋有了些愧意。但这是比赛嘛,熊旋也不是那种假惺惺的女人。一俟鱼儿快到水边了,就马上腾出手,先送抄网下水。

……鱼头入网,缓缓往回拖。

将鱼妥当收入鱼护，熊旎悄悄抬头一望，众人皆如泥塑木雕的一般，屏息静气，没谁朝自己看一眼。熊旎就知道自己刚才也是这样子。她出了大力似的，竟觉得全身都僵了，但心神悠忽，浑然忘了身在何处。鱼儿在空中时时闪亮，将水淋淋的光，散射到她的眼中，方使她想起自己这是在参加比赛。她转一下脖颈，就看见贾小艳丢了魂似的，心思也不知跑哪儿去了。

挂在树上的钟显示，比赛时间已过大半。

6

熊旎胜券在握，接下去，就当玩儿了，但收获的鱼儿，仍旧不少，一条又一条，都快让她不忍心了。时间尚不到，也不好乱动，影响钓友"拼搏"，就只是用目光扫来扫去，看到钓友一本正经或是获鱼时的奇怪表现，还想笑。到底还是克制住了。就只急了贾小艳，贾小艳误以为她放弃了竞争，但又不便像在体育场上一样发疯大喊"加油"，就不断地向她摆手，瞪眼睛，哑巴似的一遍遍做口型，让她奋发进取，决一死战，永不气馁，为普天下广大妇女同志增光添彩。熊旎有意不理她，心里暗笑，想着，贾小艳可能比自己还累。

7

上午十点整，比赛结束。只听岸上一片长长的出气声，好像选手们在水下待了太久，终于露出水面，也好像有一条大鱼，呼地从水中弹跳出来。

组委会公布了比赛结果：

36 号选手在规定时间内钓获鱼的总尾数 75 条，名列第一；

36 号选手在规定时间内钓获鱼的总重量 21 公斤，名列第一；

36 号选手在规定时间内钓获最大一尾鱼(草鱼)的重量 6.5 公斤,名列第一;

……

本届“鱼王”诞生:

来自无诡分部的 36 号选手。

名字隐去,人们好像并没注意到,好像规矩就是这样的。闻此结果,无不羡煞,纷纷拥来,跟熊旎钓上来的那条大草鱼合影。老老少少的男人都说:

“这些鱼看见我们的 36 号选手漂亮,专往她这里游。”

到此为止,似乎也没谁去注意熊旎的身份。那贾小艳更有意思呢,人家还没宣布让获奖者上台领奖,她就噌地蹿了上去。

“咦?”人们说,“36 号选手一转眼就变年轻了!”

宁樵已经赶来,他给获奖选手颁了奖。乐声阵阵,人人笑逐颜开。闻讯赶来的分部日报社和分部电视台的记者,围着获奖选手,忙个不停。

8

熊旎悄悄钻到车里,仰在车座靠背上,闭目养神。后来就看见贾小艳怀抱三只奖杯,兴冲冲地走过来。她的身后,还跟着一个人,正是丌淼焱。

“大获全胜!”贾小艳叫着,满面通红。

熊旎下了车。贾小艳把奖杯、奖品等物品放在车上,回头给丌淼焱介绍:

“这是熊总。”

丌淼焱彬彬有礼地说:

“您好。”

熊旎也说："您好。"含笑把手伸出去。

两人轻轻握了一下。

"收获怎么样？"熊旎问道。

"惨了。"丌淼焱说，"可能是最后一名。"

贾小艳以一种异样的眼光看着熊旎。熊旎发觉了，就说：

"你去别让他们把鱼全卖了。那条大鱼，一定放了它！"

贾小艳说："好嘞。"就去了，走两步，回头还看她。

熊旎不理她，对丌淼焱说：

"我想跟你谈谈。"

熊旎走到树下，丌淼焱稍停，也走过去。

"最近有什么计划，可不可以告诉我？"熊旎想了想说。

丌淼焱笑而不语。

熊旎看着波光粼粼的水面。

"在科研方面，有什么具体的困难，我可以帮忙解决。"熊旎说，"我全力支持。我这样说也是因为你……"

丌淼焱突然打断了她的话：

"我的故事结束了。"

熊旎暗暗一惊，审慎地看着他。

丌淼焱神色冷静。"我作为一个科学工作者的故事，已经结束了。"他说。

"丌先生，何出此言？"熊旎不禁问道。

"我已经明白了自己，"丌淼焱慢慢说，"我这辈子已不可能做出太大的成就。有幸得到了领导的重视，我的职称也不会出什么问题。科研所的领导也讲了，准备向上级提我当科研所副所长。在分部，这也就可以了。上级没有对我打击报复，也让我感到心满意足。"

熊旎听愣了，半天才说：

“丌先生，你是不是还有很大意见？”

丌淼焱淡淡一笑。“熊总，我怎么会有意见？”丌淼焱说，“我做梦都不会想到有这个结果。”

熊旎望着他，口里就是说不出话。

“如果熊总得知了我的真实想法，看到了我的真实面目，阻止我的职务、职称晋升，”丌淼焱说，“那也没什么。钓钓鱼，散散淡淡，一辈子就打发了。”

熊旎忽然想哭，她使劲绷住嘴唇。

丌淼焱向她笑笑，就要转身走开。

“丌先生，”熊旎叫道，“如果你感到自己过去受到了很深的伤害，就想想你的妻子。想想你妻子为什么为你的事而奔波，想想她付出的。”

“迟俐红理解我。”丌淼焱言之凿凿。他停了停，放低了声音：“我们，都是庸人。过去，是我们错了，以后只要能够平平常常的就好。”

熊旎没想到自己的脑子也有不管用的时候。她呆呆地望着丌淼焱。他已届中年，但他绝对还是个千里挑一的美男子。无可挑剔的容貌，高大魁梧的男人身材。如果不是道德的楷模，这样的男人，在当代社会，一定会让无数疯狂的女人生生分吃掉。她望着他，思维都停止了。

丌淼焱提起他的钓具。

“是的，我们都是庸人。”他又说了一句。他要走开了。

“丌先生！”熊旎叫他。

“对了，熊总，”丌淼焱收了脚步，看着熊旎，“借助今天这个难得的机会，我丌淼焱斗胆对熊总进一句忠言：如果世上有了有真才实学的人，请宇宙星，请你们，好好待他……别让有才学的人再受委屈，别让那些人再糟践他们。”

他转身走开了，身姿潇洒，但在熊旎的视线之中，却又那么苍凉。欢乐的乐曲声，随风传来。熊旎腿一软，伸手扶住了旁边的树干。她感到身上阵阵发冷。她努力支持着。但她的双眼里,已早搁着了一颗挺硬的冰凉的泪水,眼珠稍一错动,就要抛珠滚玉了。

此时此刻,熊旎难言心中的痛。

第二十五章

1

钓鱼大赛组委会,原本在广汉水库旁的天鹅湖度假村安排了午饭的,说是这度假村的百鱼宴,遐迩闻名,常有京津两地的富豪慕名而来。熊旎不便跟着去吃,贾小艳也就决定舍弃这次品尝美味的机会。熊旎要她留下,跟着去,她不肯。她隐约感到,熊旎的情绪起了变化,但又琢磨不透。上了车,贾小艳提议去水库中心的公园看看,熊旎就问她去过没有。她心实,就说,去过。熊旎就说,专陪自己去,就算了,以后还可以再来。

在路上,熊旎把车开得很慢。贾小艳看得出,她是没有确定自己的目的地。要回分部,她还好像不大情愿似的。

贾小艳绞尽脑汁,也想不出自认为合适的话题,很突兀就说了句:

"熊总,钓鱼真的很有意思呢。"

熊旎反问她:

“你觉得有意思吗？”

贾小艳肯定地点头：

“嗯。”

熊旎就说：

“我如果告诉你钓鱼的真实感觉，你就不会觉得有意思了。”

“熊总快说，什么感觉啊？”

“钓鱼就像在官场上，”熊旎说，“打窝、装饵、投饵、下钩、看钩、起竿，特别是整个遛鱼的过程，就像人在官场上，斗来斗去。”

贾小艳眼里先是惊异，后是疑惑。

“熊总既然这么说，为什么还这么喜欢钓鱼呢？”贾小艳小声问道。

熊旎淡然一笑，过了好大一阵，才开口：

“因为，这已经成了我的生活。”

贾小艳一听，竟呆了半天。

熊旎直视着前方，沉默着。

手机响了。熊旎一看显示屏，知是王佳良书记打来的。王佳良书记问熊旎在哪里，熊旎回答在无诡，王佳良书记就不说话了。熊旎疑心地问他有什么事，他就说：

“算了，我以为你还在穆公山。想让你路过省城的时候，顺便到家里来一趟。既然这样，我们明天见吧。”

王佳良书记家在省城。

王佳良书记的话不多，熊旎还是从中听出了他心里的不安。

合上手机，熊旎就对贾小艳说：

“中午去个地方，在那里吃个便饭，你乐不乐意？”

“哪里呀？”

“二伯坎子。”

2

两人来到二伯坎子村，正是村里人的午饭时间。街上静悄悄的，连条小狗都看不到。熊旎和贾小艳直接去了曾经去过的那户人家。一家人都在，一对老公母，那说话大嗓门的农妇和她丈夫，还有他们的孩子。大嗓门农妇一见她们走进院子，就一脸惊喜地站起来，张大了嘴，等她们到了近前，才说：

“还拎啥东西？——饭吃过了吧！”

熊旎原想说没吃，但一眼瞥见案板上的饭——几块黄不拉叽的面饼子，两大碗炒得黑乎乎、烂乎乎的菜，的确很不成个样子，就忍饿说：

“吃过了。”

“日娘的骗人呢！”农妇不信，接过贾小艳手里的东西放在桌子上，看都不看，就忙着去拿碗盛饭。“要不，我再给姊妹们炒上俩鸡蛋，就是冲碗鸡蛋茶也好。你不知道，×娘的俺家大花儿能干着哩，连着两天，它就下了仨。”

熊旎认为自己还没矫情到会吃得下这张案板上的农家菜，一把捉住了农妇的胳膊，连说“吃得很饱了”。谁知农妇劲儿大，熊旎也算是常做健身的，竟被她拖得站都站不住。

贾小艳看出了熊旎的意思，也急了，边上前帮着拦阻，边快速想办法，目光就掠到墙角里有一堆翠绿的东西，再定睛一看，就叫起来：

“大嫂，那是什么！那不是黄瓜吗？”

农妇不解：

“黄瓜还不认得？”

贾小艳走过去，说：“我和熊总最爱吃黄瓜了。”弯腰捡了三四根，回头对农妇说，“我洗几根黄瓜吃吧。”

“咋能×娘的让大姊妹们光吃黄瓜？”

“这是新鲜的吧?”

“新鲜,新鲜,”农妇连声说,“才摘下的,放墙下阴凉着,×娘的生脆。”

农妇的男人一直都没说话,人却很机灵,刚才一错身就不见了,这会儿就提来了一桶井水。贾小艳亲手洗了,跟熊旎一起,每人两根,边跟农妇聊天,边咔咔嚓嚓地大嚼起来。

那男人还是不说话,闷着头,黝黑的脸上,似笑非笑,也不看她们,搞得贾小艳都不好意思了,差点儿咬了自己的腮帮子。

“小邓,”熊旎点他的将,“农闲时没出去做做生意?”

他没听见似的,脸上依旧笑着,将头慢慢地匀速地转来转去。

贾小艳悄悄往熊旎身后缩了缩。

“你个死留住儿,大姊妹们问你哩!”农妇喝他。他却一勾脖子,还是不语。农妇就说:“×你个娘也就这么大个出息,只要见了外人儿,不是属脓的,也是属鼻涕的。我没冤枉你吧邓常宽?——×娘的你吃好了没有!”

他使劲做了一下吞咽的动作,农妇就知道他吃饱了。那一对老公母也早有了起身的意思。农妇收拾饭桌,老公母就站起来,颤颤巍巍的,给熊旎和贾小艳点点头,朝外走。刚才熊旎了解到了,老公母住在老村。她和贾小艳送他们走出屋门。一转身,见农妇已将饭桌挪到了墙根底下。那男人竟没动地方,跟刚才是一个表情,笑着,不看人,守着个虚拟的饭桌。

“还不滚出去!”农妇又喝他,“娘儿们说话,你那驴耳朵就支起来了。没出息!”

他起身往外走,好像尿了裤子一样,走路很不利落。农妇抱起一个孩子,塞到他怀里,又把另一个大些的孩子赶起来。

“都出去。”农妇说,伸手拿起刚才放在桌子上的那一大包东西,给了那个大些的孩子,“×你娘直勾勾地看,也就这俩心眼子,拿着玩儿去吧。”

熊旎和贾小艳目送这父子三人往外走,这才发现上次见到的那个玩小木棍儿的孩子，还爬在外面地上。

农妇在那父子三人背后，把门掩上，然后转过脸来，说：

“咱姊妹三人说句知心话。”

她向里间走去，熊旎和贾小艳跟了。

这是她家的卧房，里面横放着一张大床，竖放着一张小床。两张床上，都只铺着席子，扔着一堆破衣服。窗下，摆着一张简易的三屉木桌。除此之外，就只见四面墙壁。

农妇将二人让在床上，自己退到门后，出人意料地沉静下来，定定地看着她们。时间一长，别看熊旎老练，也觉受不住，方要让她也坐下来，她突然就上前紧紧拉住了熊旎的手，张开大嘴，说道：

“熊总，大姊妹，你是老总，对吧。你们当官的肯定很有钱。你们见俺们可怜，这是来给俺们送钱来了。”

贾小艳在旁急着解释，又不知怎么说。熊旎点点头，让农妇说下去。

“可俺不想要你们的钱，”农妇继续说，“×娘的送给俺们钱，就是小看俺们了。俺相中了一样东西，想跟你要过来。”

贾小艳说：

“大嫂，你相中了什么？”

“‘明光光’。”农妇说着，羞涩地一笑。

“‘明光光’？”熊旎和贾小艳对视一眼，猜测起来。

“‘明光光’就是……”农妇比画着，伸直两只胳膊，将手掌反过来，并排对着自己的脸，这样对一下，那样对一下。

熊旎和贾小艳还真的猜不出。那农妇就大声说：

“×娘的，‘明光光’就是镜子呀！”

熊旎和贾小艳恍然大悟。

“俺相中了你那辆车上的‘明光光’，”农妇从窗子里朝外望去，“你车上也得有‘明光光’吧。你有两个呢,就索性送俺一个。你们一来俺就想好了,想得妥妥帖帖,反正那是公家的车,回去让公家再配一个就是。公家的东西嘛,少一个不算少,省下来也不是自己的。”

贾小艳想说话,熊旎忙用目光止住了她。

“可以。”熊旎答应道。

农妇放心似的,松了熊旎的手。她像换了一个人,慢慢走到那张小床边,在床沿上坐了。

“俺娘家穷,连个‘明光光’也没陪嫁给俺,叫二伯坎子人小瞧死俺了。”农妇小声说,“就为这个,俺可恨俺爹娘了。”她向熊旎抬起目光。“可俺曾从牛庄集市上买过一块‘明光光’哩。红塑料边边儿,这面照脸,那面还有个俊俏大闺女,俊得想气死俺似的。俺可不生她的气。×他娘邓常宽不是东西!熊总别看他是个蔫巴货,发起脾气来也吓死人。说俺花了他要买镰刀的钱,一巴掌给俺拨拉到地上摔碎了。俺那个心疼啊,俺那个哭啊,哭了几天几夜哩。俺死也不想再跟娘×的邓常宽过了。要不是还捡了面饼子那么大一块‘明光光’碴儿,说不定你们来这里就见不到俺了。”

农妇说着,眼圈一红。

贾小艳下意识地拉住了熊旎的胳膊。

农妇又自己笑起来。

“×娘的,还有更笑人的事情,”农妇说,“俺用这块‘明光光’照脸,逮着空儿就照。那真是照鼻子,鼻子好看,照眼儿,眼儿水灵。有一天,不好了!俺从‘明光光’里看到这张脸上长了一撮子狗毛。娘咪,差点儿没把俺吓死!心想,俺这辈子没偷过谁家的狗啊,也没偷吃过狗肉啊。脸上照出狗毛来,俺这小命完了。可俺又在脸上照出了鸭毛、猪毛、柴火棒子、猪屎、狗屎,这下好了,想不害怕都不成。”

贾小艳看她的眼睛都直了。

“你说怎么着?”农妇说,“娘唻,俺发现,‘明光光’背面镀的水银都快掉光了!”

她哈哈大笑起来,仰倒在床上,高高地跷起了双腿。

贾小艳松了口气,也不禁笑了。熊旎,似乎也笑了。

那农妇猛地跳到地上,就去抽屉里翻找那块镜片。她找到了,拿给熊旎和贾小艳看,又恢复了自己的高嗓门:

“就是它!×娘的俺还不舍得扔呢。”

镜片几乎成了透明的玻璃片。农妇拿着它又照。她又忍不住哈哈大笑起来。

“走吧,”熊旎说,“给你把那块‘明光光’卸下来。”

农妇看着她:

“我是实诚的。×娘的,我说要就要!你给,我为啥不要!”

熊旎向她投去赞赏的目光。

她第一个走出去。

在院子里,她把手中斑驳的镜片随手丢给了在地上玩小木棍儿的孩子。熊旎看清楚了,这孩子已有两根小木棍儿和一块镜片。他犯起难为,愁容满面,不知玩哪个好了。她们从他身旁走过去。

很显然,农妇要的是倒车镜。

贾小艳看看车,不舍得,就很想偷梁换柱,以车里的后视镜代替,熊旎不同意。两人合力,把右边的倒车镜给卸了下来,交给了农妇。车上少了块倒车镜,模样就怪怪的。这时村主任闻讯赶来了,见状大惊:

“咋着啦?”

熊旎已打开了车门,对他说:

“我们回去了。”

又想跟那农妇告辞,那农妇得了天大的宝贝一样,欢天喜地,哪里顾得了礼节？

她钻进车里，对外面拥来的人摆摆手。

村主任已经盯住了农妇手里的倒车镜。

车开了，熊旎又停住，吩咐贾小艳：

“你下去，告诉村主任，是我们送那女人的，不要把镜子要回来。”

贾小艳下去了，不一会儿就又返回车上，说那村主任果然要扣下那面镜子。

熊旎放心了，这才又朝前开。

日已西坠，一团团昏黄的光线，在空中缓缓地驰来掠去。

车开到空旷的原野上，熊旎突然问道：

“小艳，给组委会交代过了吗？”

贾小艳知道她在说报社、电台关于此次钓鱼比赛报道使用她真实姓名的事，就回答：

“都安排好了。”

熊旎停了车，说：

“回去还早，在这里等等。”

她其实是想静一静，贾小艳看得出来，也就不吭声。如果不是王佳良书记又打来电话，她们很有可能在旷野上待到天黑。

3

王佳良书记已经返回无诡，现在在分部大楼的办公室等着熊旎。

因为知道车子上少了东西，熊旎就想绕过城里的主要街道，可还是在一条较为偏僻的街上，被一名交警骑着摩托车追上来提了醒。

来到分部大楼下，熊旎自己上去了，贾小艳就联系分部办公室的人给熊旋选配倒车镜。

“熊总倒很有闲情。”王佳良书记沉着脸，一见熊旋就说。

熊旋不以为意地笑笑，坐下来。

“知道那些人怎么对我说话吗?”王佳良书记缓和了一下口气，“我回到家里，越想越不对劲儿。我陪省部派下来的记者去黄河机械公司，就国家禁止‘洋垃圾’政策问题说了几句话，你说那个常务副总裁对我说什么？当着那么多人的面，这王八蛋竟敢张口训斥我：‘老王，以后这方面你不懂就不要乱讲！’也算我有涵养，没跟他一般见识。熊总，你说说，这王八蛋是不是太目中无人了?”

王佳良书记说着，又要激动起来。

“我们两个人，都是新上任的第一把手、第二把手，”王佳良书记压住怒气，又说，“看来，我们在力量上并不占有优势。我希望你能认清目前的形势，万万不可大意。如果这样下去，也不是我多虑，我认为很有可能被他人架空。到时候，什么党委，什么总裁，名存实亡。存在的将只有他任家小朝廷！”

熊旋却微微一笑。“恕我直言，”熊旋起身说，“王书记是有些多虑了。”

“我还是要提醒你慎重。”

“王书记是不是很想听到我的意见?”

“当然了。”王佳良书记说，“不然也不会把你叫来。”

“那好，”熊旋说，“我建议你明天关了手机，拨了电话，最早九点半来上班。”

“你是什么意思?”王佳良书记不解。

“我想请你看看，到时候他们是不是急着找你。”熊旋说。

王佳良书记默然无语。

“天不早了，我回去了。”熊旋说，“实话告诉你，我还没吃午饭呢。”

“我请你。”王佳良书记说。

“免了吧。”熊旎摆摆手，笑说，“哎，对了，你也早该回去，看看电视台今晚的《无诡分部新闻联播》。你会发现这场钓鱼大赛很有意思。再见，王书记。”

熊旎说着，向外走去。王佳良书记又突然叫住她。

“熊旎，”王佳良书记犹豫了一下，“熊爹爹好吗？”

“谢谢王书记关心。”熊旎说，“爹爹身体很好。”

“熊旎……你看，我直呼其名了。”

“你是老大哥嘛。”

王佳良书记笑笑。“很想去看看熊爹爹。”王佳良书记说。

“谢谢。”熊旎说，“我看会有机会。”她看出王佳良书记还想说什么，“还有什么要问的，尽管说吧。你是我的领导。”

“不敢当。”王佳良书记说，又下了决心似的，“我想问问你，这件事我听说很久了。社会上有人传言，熊爹爹有部秘籍，有关……有关官场争斗的秘籍。还有人说，熊爹爹隐居山林，是在以自己一生的体验和思考，编写一部《权力指南》。不知道这些说法是否确切？”

熊旎笑出声来。“确切，确切。”熊旎笑着说，“我去看望熊爹爹，就是要向熊爹爹讨教。包括我这次去参加钓鱼比赛，都是熊爹爹出的主意。”

王佳良书记让她笑得不知说什么好，他摸着头皮，而她也不再多做解释，一转身，出去了。

第二十六章

1

6 月 28 日，第一个来分部大楼上班的人，打开无诡分部官方网页，就发现一只白虎弹跳出来。白虎面带不祥之气，跌、扑、撕、咬，万分狰狞。消息传遍了这幢大楼里的党政机关，一时间，议论纷纷。十分钟后，白虎 Flash（动画）被及时清除。

任志韬来到熊旎办公室，见面就向她祝贺在广汉水库钓鱼比赛夺魁。熊旎坦然受之。任志韬坐下来，要汇报二伯坎子事件的处理情况，刚提到“二伯坎子”四字，熊旎就止住了他：

“这是大事，还是等大家到了一起再说吧。”

任志韬就在沙发上坐住了，心里很想说说白虎 Flash 的事，到底还是顾忌占了上风。谈这件事，什么用意？

贾小艳胳膊底下夹着报纸进来了，因办公室里没声音，就没发现任志韬在这里，张口就说：

“熊总，这太恶劣了！不信查不出来。”

一眼看见任志韬，就哑了。

任志韬站起身，笑道：

“贾秘书，王书记来了没？”

“这不都在找呢。”贾小艳说，“都猜无诡来了重要人物，把王书记叫去了。”

任志韬脸露急色。“就怪我们跟王书记联系少，不然也不会这么被动。”任志韬说。“熊总，你看。”

“王书记不在家，什么都不好决定。”

“啧！”任志韬说，“再找不到王书记，工作岂不乱了套了？”

“别急，”熊旎说，“说不定王书记就来了呢。”

“也只好再等等了。”任志韬说，“熊总，我先回去了。”

任志韬一走，熊旎就严厉地对贾小艳说：

“小艳，不要总是自以为很聪明。”

贾小艳认错似的点点头，随后把这几天的报纸放在熊旎办公桌上。

“熊总，你看他们把我照进去了。”贾小艳指着今天的《分部日报》说，“别让不认识的人把我当成了你。”

熊旎翻着看了看：“有这么年轻的老总？”

贾小艳哧地一笑，说：

“熊总，你是不是在‘遛鱼’啊？”

“又在自作聪明！”熊旎呵斥她。

贾小艳不说话，但没有走。熊旎就说：

“别在这里影来影去的，看看王书记来了没有。”

贾小艳这才出去了，但并没去自己的办公室。她走到这里看看，走到那里瞧瞧，很多人都是一副六神无主的样子，这让她觉得十分好笑。平时她是不大串门的，现在俨然一个巡视员，却没引起任何人注意。她走到了小屈身边，小屈也不认真看他，倒是她主动提起，那个白虎 Flash 事件处理得怎么样了，应该责成有关部门严查攻击源头，倒像小屈的顶头上司了。还有那个李童耀，过去对她最巴结。来到他面前，他却连一句很平常的奉承话也没想起来对她说。后来，连她自己都感到很无趣了，就走回自己办公室，关上门，看起书来。

2

“贾秘书。”

忽听有人叫她。她忙将书本合上，一抬头，小屈在自己跟前。小屈已经看到了书名。

“《钓鱼常识》，”小屈说，“贾秘书陪熊总参加过一次钓鱼比赛，也对钓鱼感兴趣了？”

“随便翻翻吧。”贾小艳说。

“贾秘书，王书记回来了，领导都已去了会议室。”小屈说。

贾小艳忙着收拾一下，就随小屈去了。真是没想到，会议室挤了一屋子的人，连不是常委的领导也到了。他们兴奋地把王佳良书记围在了中间，好像王佳良书记比他们亲爹亲娘都亲。这种热闹场面，的确在平时很难见到，但贾小艳不觉得陌生。电视上、电影上，都有这种场面。一个英雄，或者一个劳动模范，受到了国家领导人的接见，又回到了队伍或革命群众中来。果然，贾小艳从这些围着王佳良书记的人的脸上，发现了幸福怡然的神情。她看到了角落里的熊旎。这时候，熊旎无疑是被冷落的。两人的目光撞到一起，贾小艳就悄悄抿嘴笑笑。

黄河机械公司制定了赔偿方案，有关部门协助，按规定坚决销毁那批“洋垃圾”，有关责任人也……无诡分部承办全国职工歌咏比赛的工作，也在有条不紊地进行……无诡分部税费改革现场会，得到了社会各界的支持……建议成立分部社区环城路改建、扩建指挥部，并下设项目洽谈办公室，等等。

“王书记说说，嗯嗯，王书记说说。听王书记的。王书记下指示。”

王佳良书记稳坐第一把交椅，王佳良书记就说了。

王佳良书记高屋建瓴。

上午十一点，办公会结束，皆大欢喜。

“王书记先走，王书记先走。”

“不，你们先走。我和熊总还要单独商量点儿小事。”

3

贾小艳随在人们后面，走出会议室。本来是在人们后面的，不知不觉地，却走在了人们前面。年轻嘛，年轻人脚快，想走慢都不成。不用回头瞧，就知道身后那些男人，各托着一个庞大的肚子，哼哧哼哧，恨不得让人抬着呢。

“贾秘书。”又有人叫。

贾小艳停下来，回头一看，任志韬已经走到了自己面前。

“小贾，”任志韬笑着说，“我这可要责怪你了，有这样的好事怎么不告诉我，也让我凑凑热闹？”

“任总这话从哪里说起？”贾小艳感到自己脸上的肌肉十分僵硬。

“我要早知道熊总去参加钓鱼比赛，也好去一睹熊总钓场风采嘛。”任志韬乐呵呵的，“这就是你的不对了。”

任志韬向前走去，走了两步，又停下来，回头说：“以后注意了。”声音和脸色都有些沉了。

贾小艳忽然觉得管不住自己了。她马上变得担忧起来,好像有一个人在他的身后,吩咐她这样。她站得也不那么稳当了,好像要飘了。又一眨眼工夫,就可以说,贾小艳惶惑不安起来,目光游离,楚楚可怜。

任志韬自顾走了,贾小艳就默默回到办公室里,坐着,过了一会儿,翻翻那本书,却又放下来。她望着眼前的墙壁,轻轻一笑,随手将一沓文件丢到了碎纸机里。嗡的一声,变戏法似的,那些文件,都变成了大小均匀的纸屑。

贾小艳认为,自己当时的反应的确很快,也不亏熊旎说她聪明。她一下子就做出了诚惶诚恐的样子。熊旎遛鱼,她也不能袖手旁观。

就这么快,贾小艳感到无穷的水向她涌来。她沉到了幽暗的密实的水中。她看到前后左右,上上下下,游动着很多的鱼。漂亮的鱼、难看的鱼、乖顺的鱼、凶恶的鱼、坦荡的鱼、阴险的鱼,白的、黑的、长的、短的……它们或游或止,或悬或伏,或藏或露。而她自己,已俨然一块滋润味美的鱼饵。那些鱼儿的目光,似乎也有很多不同的型号,正从各种角度,向她看过来,直视,扫视,乜斜,偷窥。

4

“喂,童耀,”贾小艳拨通了李童耀的电话,“谢谢你了。”

“对不起,你是……对不起,对不起,贾秘书,”李童耀说,“怎么客气起来? 我不敢相信。你要谢我什么?”

贾小艳看得见李童耀忙乱的样子。“谢谢你帮我给熊总的倒车镜配上对儿,”贾小艳语音温软,“熊总很满意。”

“我们都是为领导服务嘛。”李童耀说。

贾小艳拿着电话,不吭声了。

“我对车子很在行,以后再有车子方面的事,不用找别人。”李童耀说,

"不知你有没有购车计划,我可以给你提供参考的。有自己的车,生活就方便了。你要买,我可以给你推荐'宝来'1.6L 自动挡,天蓝色,很适合你……喂,贾秘书,你在听吗?"

"很好,我在听。"贾小艳轻声说,"说下去。"

李童耀反而像哑了,忽然又压低声音说:

"任总有客人,任总叫我了。贾秘书,可不可以今晚请你吃茶?我们去花旗。"

"为什么人人都要去花旗?无诡就只有花旗吗?"贾小艳不耐烦似的说。

"那就……"李童耀想了想,"那就去记忆吧。如果没有特殊情况,我们今晚八点在青岛路上的记忆酒吧门口见。"

电话挂了,贾小艳刚才仿佛使尽了平生的气力,她感到浑身发软,虚飘。但她又很快振作起来。她走出办公室。

走廊里没有什么动静,好像整个分部大楼又回到了原来的秩序之中。该制订计划的,就制订计划。该研究的,就研究。该整材料的,就伏案整材料。偶尔有人从房门里走出来,脚步都是又快又轻。也有来办事的人,说起话来轻声轻语,小心翼翼,让四周更静了。

贾小艳又恍惚看到了鱼儿在水中的情形。她自然而然地生出一种联想,这座分部大楼,实际上就是一只巨大的坚固的鱼缸。

5

贾小艳敲敲任志韬办公室的门,没人应。她忘了问问李童耀,他是在哪里接的电话,任志韬有了什么客人。据她所知,一般情况下,李童耀都不会向人轻易透露领导的行踪,但这是她问了,她不信他不对自己开口。她又走到别的领导办公室门前,都没碰到人。路过宁樵办公室时,宁樵招呼她:"小艳,你找什么哪?”她想,自己找什么呢? 自己在找一条鱼。不,找很多鱼。她要让很多的鱼来咬自己。

小屈的门开着。小屈在办公室时,从不关紧房门。小屈的办公室对所有人开放。

贾小艳走进去,小屈马上站起来,叫她一声。

“贾秘书,”小屈说,“领导安排你做熊总的秘书,也是为了工作方便。你的能力也是很强的,谁也不能比你做得好。我这个杂务总管,还得需要你的支持。熊总那里缺少什么,麻烦你及时透个信儿,也省得我去瞎猜。我谢谢你了。”

贾小艳轻飘飘地瞥他一眼,身子也在乱摇。

“还用我去说? 你不是最会揣摩领导心思吗?”

小屈诚惶诚恐,快步走上前来。

“贾秘书抬举我。”小屈说,“那个跑步机的事儿,既然熊总坚持付款,也就算过去了。但这一件,还有请贾秘书通融通融。本来分部给熊总配了车,奥迪 A6,要比她开的本田雅阁好得多。平时她用公交车的时候比别人少,公家急着用车时,奥迪 A6 也就常常调给别人用,自然就把该用在熊总身上的汽油费、过桥费、修车费等给省了下来。我就想着,这省下来的款项,就贴补在她的本田雅阁上,也是名正言顺的事情。我却没把握,如果明着提出来,熊总肯定不会同意,我就总想琢磨出一个两全之计,既能让熊总接受,又能看上去没什么特别。你在这里面,就该发挥一些作用,跟总裁出去,就随身带着些汽油票去修配厂,也可先把钱垫上,以后公家去结算。只要熊总不亲自加油,不沾钱款,我想,要达到目的,也不会很难。”

贾小艳听了,不说话,只是若有所思地看着他,而他越发地谦恭了,不像个秘书长,倒像个刚参加工作的大学生。他垂着双臂,并不仅仅垂着,而且是将前肘微微屈着。肩膀也是微微耸着的,脖颈儿也是微微探着的,嘴唇也是微微开着的，鼻翼也是微微动着的，但在那张苍白的面孔上，一句话明明白白地大大地写着："您哪，我是一个谦卑的人。"小屈，无论分部办公室秘书长，面对一个年轻女子，跟面对一个达官显贵一样，用自己恭敬的神情在说："小屈随时听从您的吩咐。"就是这么个人，从没见他威风过，谁都可以叫他小屈。你甚至都不知道他叫什么名字。

贾小艳悄悄移开视线，轻轻叹了口气。

小屈见她默认了，又一连声地说"谢谢"。

6

贾小艳回到自己办公室，心情压抑了半天，在办公室坐得久了，就觉得不对头。外面没有一点声音，一看钟表，原来已过了吃午饭的时间。她断定熊旎也走了，就忙下了楼，要回自己住的分部青年公寓拿餐具，去食堂吃饭，但到了自己房间里，忽然懒得一步也不想动弹，困倦上来了，强挣着泡了包方便面，将就了一顿，她就躺在床上睡了。

7

下午上班，熊旎见了她，就说：

"去哪里了？见不到一个人影。"

"熊总找我有事儿?"她问。

"能有什么事儿!"熊旎说，"我乐得当个甩手大爷。他们要一直这样积极下去，我巴不得。"

"就是。"贾小艳说。

熊旎忽然看住了她。"小艳，不对头啊。"熊旎疑惑道，"瞧瞧，腮帮子都红了。”

贾小艳忙用两手摸了一下面颊。“可能是刚刚睡醒的缘故。”她说,“我从没有像今天中午睡得这么沉,起来的时候觉得脑袋还躺在床上。”

“小艳,”熊旎笑道,“首先警告你一声,找到男朋友,得领来让我看看。过不了我这一关,说什么都没用。”

贾小艳的脸红得更狠了。“熊总,”贾小艳说,“我已经说过了,这辈子绝对独身。”

“由得了你?”

贾小艳忽然觉得再也不好张口争辩了。她这是怎么了?她浑身发软,整个人就像一块无骨的净肉。她觉不出身上有一点力气,如果不是紧靠着熊旎的桌子边,她很可能就软倒在地上了。她没有离开桌子,她真的不敢冒这个险,而且,她还有了一种湿润的感觉,好像血液里渗进了过多的水分。过去,她是多么坚挺!她全身紧巴巴的。现在,她已悄悄地舒展开了,就像她经历了一个漫长的干燥的寒冬,迎来了温暖的春天,而且没容她做做准备,就已在春天的深处了。她的怀里荡漾的,应是缠绵不绝的春情。一旦想到这个,她的惊异,非同小可。

为什么竟会是这样?难道就因为与李童耀有约?——说她倾心于李童耀,那是不可能的。她从来就没对李童耀有过一点意思,也可以说,她对李童耀非常反感。也说不清具体的原因。李童耀跟任志韬跟得很紧,简直就是任志韬豢养的一条哈巴狗。但是放眼望去,整个分部大楼,又有哪个不是哈巴狗?就说自己吧,为保住这份工作,也曾对人曲意逢迎。为什么没引起别人恶心,不过是自己做得不那么露骨罢了。李童耀比她还小两岁呢。李童耀追她,总是想方设法地接近她。她一想到如果两个秘书结成夫妻,就觉得那是不是太可笑了。李童耀你也不想想,自己的命就那么不好,找个老婆比着贱。如果一个男总裁把她带着满世界跑,李童耀,你也是秘书出身,你受得了?贾小艳不会答应。这李童耀还做出了一件令她啼笑皆非的事情。有一天，任志韬把她叫住，一本正经给她谈起她的终身大事，并提出要给她和李童耀做媒。贾小艳不用猜，也知道李童耀背地里托了任志韬，再看李童耀，就更不顺眼了。从那以后，贾小艳从不主动跟他说话，见着了就是一脸寒霜。

可是现在，贾小艳断定，如果李童耀对自己发起进攻，自己绝对一败涂地。几乎不用经过任何过程，她就会顺从地躺在李童耀的怀里。她会毫不忸怩地向李童耀献出纯洁的身躯。正像熊旎所说，她已由不得自己了。

的确，贾小艳感到这具身体已不属于自己了。她不能不怕。

“小艳，告诉我，”熊旎颇担心地观察着她的神色，“到底出了什么事?”

贾小艳摇摇头。浓浓的春情，在体内仿佛水波，一圈一圈地由内到外荡漾开。

“你是不是太疲劳了?”熊旎又问，“我不叫你了，你可以回去休息。”

贾小艳一时竟有些气喘。“我很好。”她强使自己打起精神，“我去了，熊总有事叫我。”

她像逃一样，东倒西歪地往外走。大约也是想到这样只能让熊旎更加起疑心，就在门口收了脚步，说一句：“熊总，我歇一小会儿就好了。”才出去。

这整个下午怎么过去的，贾小艳也真想不出来。她很多次要拿起电话告诉李童耀取消晚上的约会，也有很多次拿起电话，想再次跟李童耀落实一下约会的时间、地点。

窗子打开了，为了透口气。实际上外面的空气炎热。当然也有跑来见熊总的，也有专找她谈事的，她怎么打发的，也一概不记得。要说大半个下午，她的精神尚处在亢奋之中，余下的时间，她则真的头昏脑涨起来。

一恍惚，看东西就怪了，不是人头顶长了一对弯角，就是把桌子、碎纸机等什么东西看成了什么动物，牛啊、羊啊、狗啊、猴啊、大鱼啊、小鸟儿啊、蜻蜓啊、蝴蝶啊，全看到了。自己身处其间，也不时忘我，人畜不分。要说怕吧，却怎么也从中拔不出身子。神情思路,果真走了动物路线。自己以小猴小牛的视线视己,倒也不觉得有什么不对劲儿。这分部大楼,整个儿的一个兽场,可爱的动物,不可爱的动物,全会聚在一起。一会儿听到羊叫,一会儿听到狗吠,一会儿又听到虎啸,又是风声,又是雨声,嘈嘈杂杂,恍然不知所往。

等下班到了宿舍,心里却又觉得明镜似的。来干什么?当然是要化一下妆,换一身衣服的。在她意识到之前,她就已开始着手。净过面,在桌前坐下来,打开化妆盒。以下的事情,她做得又快,又熟练。面对着镜子中的这张面孔,她觉得自己就像一个能干的农夫。她把自己的土地,弄得光鲜鲜的。谁也不会看出她已有二十八九岁了。在当地人看来,二十八九岁还未婚的女子,绝对是个老姑娘,也绝对是恐怖的。但是现在,贾小艳有多年轻!皮肤有多滋润!最为滋润的,还有她的心田。

8

贾小艳上下收拾利落,见时间还早,就仰面躺在床上,摊开四肢。她一动也不动,眼睛睁着。

天色渐渐黑下来,先是一团灰暗的东西从窗口涌入,后来就是浓黑的了。它们好像一头卷毛狮子,一匹黑骏马,一头憨笨可爱的熊猫,一条水湿油亮的鲸鱼,有时还是一头双峰熊驼。有一只身躯庞大的大象,慢腾腾地走到窗前,抬起长鼻子,心不在焉似的,朝里面瞭望。贾小艳以为它不会进来的,它想进也进不来。但它进来了,丝毫不费力气,也没声音,一眨眼就是在房间里了。……它们走进来,无声无息地躺在她的周围。它们挤挤挨挨,但它们给她留下了足够的空间。

黑暗里,她听到大象说,别让衣服起褶儿了。大象用长鼻子给她把裙子拉拉。

她还听到，狮子在说，我再给你把脸整整。它伸出舌头，在她脸上轻柔地舔来舔去。它还说，这是“狮氏美容法”。警告她，不要外传。

黑骏马说，小艳，刚化了妆，千万不能出汗。它认真地朝她吹起气来，噗，噗，噗。

贾小艳身上痒痒的，她就要被逗乐了。

别动，小艳，大熊猫仿佛一个老奶奶，声音慈祥地止住她，这样就不会把头发弄乱了。

她想，她倒要听听鲸鱼说些什么，听听熊驼说些什么。

双峰熊驼，高昂着脖子，习惯性地咀嚼着，发出低低的牙齿摩擦的声音。它看着远处。隔着很多高大的楼房，是新世纪广场上的巨大的钟表。粗大的发着夜光的指针，映射在了熊驼的眼里。贾小艳看到了，贾小艳一个鹞子翻身，跳下床来。

接着，贾小艳骑在鲸鱼背上一般，迅速滑下楼，在路边搭上出租车，直奔记忆而去。

记忆到了。看来贾小艳还有点清醒，她没马上从出租车上下来，而是在车上等了一会儿。李童耀从酒吧里面走出来，显然有些等急了。他左右看了一阵，就又走回去。贾小艳这才下了车。

在酒吧门口，贾小艳陡然感到，自己简直无法抵挡那种飘忽的灰暗的光线。平时，贾小艳很少涉足酒吧，但酒吧店面给她的印象，无一例外，都是这种混混沌沌的格调，好像一只低沉的箫管，在呜呜咽咽地叙说幽暗，叙说夜晚，叙说隐私，叙说梦境。不过刚一接近它的小门，整个的人，就像从明亮的高处跌落下来，一直地跌下去，跌到最深处，最暗处，跌到无意识里面。

贾小艳的腿软了。她想扶住什么东西，但她已是在朝深渊跌落的过程中了。她想停都停不住。

一件一件的衣服，从她身上脱落，向空中飞去。她的身子光光的了。她试图蜷缩起来，以自己包裹自己。胳膊要护住那明光光的奶子，胳膊也就小了，细了。双腿要夹住下身，双腿也小了，细了。不想遮护还好，这么一想，那奶子就迅速膨胀，下身也赫然如山洞，涌出温暖氤氲的地气。头发飞散，撩着她的皮肤。她有很好的头发，柔顺发亮。它们仿佛瀑布，披了她的全身。她要以头发包裹自己，突然，头发就只剩下了一小绺儿，她的整个身体就庞大如一座山了。一座山上，只孤零零如同没有地上长着一根头发。这样的场景，几乎让她羞愧得想哭了。

她醒悟了过来，自己包裹自己，就是自己小了，以使自己大了。分明，她有了一种在劫难逃的感受。

第二十七章

1

让贾小艳在李童耀面前坐住的，是一种奇异的思想。她以这种思想抵抗自己的软弱。果然，她觉得自己又能像往常一样考虑问题了。更关键的，她不喜欢李童耀。在她眼里，李童耀什么也不是。他既不是老年，也不是青年，甚至不男不女。他为什么要用挤压着似的嗓门说话。一双好好的眼睛，干净明亮，无丝毫云翳，为什么时常突然警觉地转动一下，好像隔墙有耳。——这样就好了，贾小艳就感到自己能够管住自己了。她是一块悬在钓钩上的鱼饵，从上午某个时辰起，就已沉入水中。她丰满、滋润，诱使每一种鱼儿陡生食欲。

李童耀是刚从一个场合赶过来的。贾小艳一进来，他就上前招呼，两人双手碰在了一起。这是他第一次接触到贾小艳的身体，因他已有了酒意，倒没留心。但贾小艳不同，贾小艳突然打了个激灵，脑子也跟着眩晕了一下。

她紧接着告诉自己,她是一块鱼饵。于是,她的心暗暗镇定了。

“对不起,让你久等了。”她甜柔地笑着说,像一个真正的处在恋爱中的女孩子那样,微微扭动双肩。

“我也是刚到。”李童耀说,“你陪熊总了?”

“没有。”贾小艳如实说。心里又想,自己还不如说一次谎。她瞥见李童耀不易觉察地撇嘴一笑,就更觉得自己该说谎时要说谎了。

他们坐下来。李童耀叫上食物、饮料。新鲜爆米花的香味儿,马上弥漫开了。贾小艳不客气,该吃就吃,该喝就喝。她的确已经饿了。酒吧的这些个零食,是她最喜欢吃的。

刚才李童耀还是有些拘谨的,但见贾小艳放得开,也就慢慢松弛下来。喝过酒的人都知道,在酒精刺激下,神经高度兴奋,嘴上没说一句话,脑子里不同,浮想联翩,里面就像一直在说、说、说。李童耀就处在这种状态,朦胧中看着贾小艳,话也并没说几句,脑子里却把什么话都说了,而且没有给人一种搜肠刮肚的印象。

这样的李童耀,也是贾小艳喜欢看到的。她不知不觉,坐得不那么端正了。她歪起头来,仿佛在聆听。聆听李童耀的话,就像聆听美妙的乐曲。脸上的神情,仿佛在说,瞧,你说得多好。你真是一个懂得浪漫的人。

过了好大一会儿,贾小艳才意识自己一直在听着。她还什么话都没说呢。这与她的性格不大相符呢。她得开口了。

“你跟任总去哪儿了?”贾小艳说,“他这么早会放你出来?”

2

贾小艳说这句话,事出有因。在任志韬之前,李童耀跟过一个叫杨鲁杰的副总裁。这个杨鲁杰深夜驾车,跌进了壕沟里,摔断了腿。杨鲁杰深更半夜搞了什么事,不用说了。跟过杨总的人,也都明白自己做过什么。但这并没影响他的仕途。他调到了省部,出任某厅厅长。杨鲁杰没断腿的时候,曾当众半真半假开过李童耀的玩笑,小李子,你还是不是处男?我下一步的任务,就是负责消灭宇宙星集团无诡分部唯一的童男子。你们大家信不信?大家都开玩笑说,信、信,心里却都不把杨鲁杰的玩笑当玩笑。两天后,杨鲁杰不忙了,正好有人来请。请吃,请玩。什么好吃吃什么,什么好玩玩什么。小李子,你好好吃;杨鲁杰吃什么,你就吃什么。小李子,你好好玩;杨鲁杰玩什么,你玩什么。杨鲁杰酒足饭饱,要去洗桑拿了。小李子,你怎么能够在旁看着?小李子也去桑拿了。第二天,杨鲁杰又开玩笑,这个小李子,还真看不出来呢。杨鲁杰也是很会卖关子的人。看不出小李什么,人人有自己的猜测。小李非处。小李厉害,连整好几遍,整得桑拿房的女人受不住。

3

贾小艳不由得就想起了这件事,是埋藏心中的深深的忧虑作怪。其实她是用不着担心的。任志韬在作风方面,有口皆碑。任志韬喝酒后,顾忌少了,就说,我任志韬人生第一大幸事,就是娶上了张怡琴。有了第一大幸事,就有第二大幸事。第二大幸事就是生了个叫任洋洋的儿子。没有第一大幸事就没第二大幸事,所以,第一大幸事,实乃绝对的幸事。任志韬不会领着李童耀四处猎艳。任志韬也当众一语双关说过,我得负责让我们的青年同志远离污染源。去年无诡分部一项工作做得很好,就是舞厅、网吧整治,任志韬在其中起了重要作用。

贾小艳随后就为自己的话微微笑了。她侧起耳朵,想听李童耀说什么。

“一个不重要的客人。”李童耀说。

贾小艳马上感到一阵恶心。她看得出,李童耀暗暗警觉了起来。真难为这么个喝了酒的人。贾小艳就要起身离座了。但她没动。她是一块鱼饵。她比什么时候都要清醒。她再看李童耀，就像鱼了。她盯着他的眼睛，那是鱼眼睛。她盯着他的嘴，那是鱼嘴。她觉得他的嘴很像鲶鱼嘴。对，她怎么着也得先让这鱼眼睛发现这块鱼饵，然后再让它的嘴张开。

可是，贾小艳的心里"咯噔"一下。自己在李童耀眼里，未必不是一条他想钓上来的鱼。想想他上午就向她约定了时间，对一个从来就缺乏个人自由的秘书来说，经过了近十二个小时，竟然没发生一点变动，真是让人不大相信。你去问他跟领导去哪儿了，他给你说句"不大重要的客人"。他总是给领导守口如瓶，任何人也别想从他嘴里得到什么。贾小艳断定，这李童耀，即使不是自己要做诱饵，也是他的顶头上司向她投下的诱饵。说不定，他把这个当成一件政治任务来做呢。好啊，这是两块诱饵碰到了一起。贾小艳的心里不住地冷笑。

"你不想说就不要说嘛。"贾小艳说。

"真的是个不重要的客人。"李童耀说，"这会儿也该散了。"

"散了？"贾小艳说，"现在是八点半，夜生活才开始。"

"以后就是私密性的了，"李童耀说，"我们不也是……"

贾小艳立起眉毛。"小李你说清楚，"贾小艳说，"谁跟你'私密性'的了？"

"算我说错了。"李童耀忙说，"我改正，我改正还不行吗？其实，也没什么。劳累了一天，还不放松放松？"

"敢情你是来放松的？"贾小艳不依不饶，"你用得着叫我过来！"

"不叫你叫谁？"李童耀说，"你是我心目中第一人。"

贾小艳斜他一眼。他的神色竟没起一点变化，也不知他是怎么说出来的。"你的第一人是任总。"贾小艳说着，板起脸来，"别动不动拉扯上我！"

"又说错话了，又说错话了。"李童耀半真半假似的，连连致歉。

贾小艳的心中，一时间悲凉如水。她带着可怜的神情，看着李童耀，心想，他就为什么不能承认一次？他若承认一次，那将会非常不同。

她觉得自己兴味索然，说话开始有气无力了。

“我不是任总，在我面前你错不错，对你关系不大。”她说，“我不会把什么事都放在心上的。”

李童耀却显得惶恐起来。“怎么能这么说？”李童耀挺直了身子，“打个比方吧，我也不是任总，但在很多人眼里，我就是任总。同样……”

贾小艳挑着眉毛，审慎地瞧着他，说：“你的意思，我跟熊总，就是熊总了？”

“比方不恰当，但很多人是这么看的。”

“是你这么看吧。”贾小艳说，又加重语气补充一句，“是你们这么看吧。”

“所以，”李童耀压低了声音，身子向贾小艳倾过去，“你该注意一点儿。”又忙说，“恕我直言。”

贾小艳胸脯起伏，她想要冲着李童耀大叫一声。她看李童耀的目光，已直得像根棍子。她看到的李童耀，已不是现在的李童耀。一张油光光的脸，肿泡子似的眼睛，深陷在肥肉里的鼻子，还有老谋深算的神情，可以说是任志韬，也可以说是朱十两，也可以说是任何一个中年男人。

可她的声音，又低又细：“你觉得这样斗来斗去，很好玩儿，是不是？”

李童耀一时不解。

她就又说：“你们觉得这样斗来斗去，很好玩儿？”

她要走开了。她站了起来，摇摇晃晃。她马上就要从李童耀跟前走掉了。以后，她绝不会再走到李童耀跟前来。李童耀预感到了。他有了一种绝望的感受，但他束手无策。毫无疑问，他是爱她的。他拒绝了很多年轻漂亮的女人，为的就是得到她。她比自己大两岁，但他不在乎。

情急之中，却是一句话挽救了目前的颓局。

“天下熙熙，皆为利来。天下攘攘，皆为利往。”李童耀说，“我想就是这个意思。”

李童耀低下头去。

贾小艳陡然站住了。在她的目光之下，他又是一个小伙子了。他有多年轻，才二十六岁，将来前途不可估量。现在，他还是那么需要别人的扶持，他那么柔弱，简直柔弱得像个女人。跟他相比，自己简直就是强大。

贾小艳慢慢坐了下来。她很想告诉李童耀，任凭他们怎么样，熊老总不跟他们斗。他们不是在打她主意，或者看不起她吗？很多事情，她问都不问，他们不是也要去找她汇报吗？贾小艳心中又猛地一动，熊老总的“不斗”，不也可以说是一种更高层次上的“斗”吗？这么说来，世上的事，就没有“斗”与“不斗”之分了。而她自己，不也是在自甘成为鱼饵吗？她实质上是在掇弄眼前的这个小伙子。她不会爱上他，这是肯定的。她早就隐约感到，自己这辈子再不会爱上哪个具体的男人了。她其实是在浪费人家的时间、精力和感情。她应感到非常愧疚才对，因为她并不是一个玩弄男人的女人。过去，她是没有答应他，但也没有明确拒绝他。现在，她无意中找到了一个充分的拒绝他的理由。爱上她，不会有什么好处的。对一个将来必定事业有成的男人，不把感情维系到一个女人身上，生活或许更有意思。对，已到了明确拒绝他的时候了。

但在贾小艳心中，另一种困惑还没有解开。既然“不斗”可以等同于“斗”，是非标准又在哪里呢？贾小艳从来就非常蔑视那些每天不择手段、钩心斗角、争权夺利的人。在她眼里，他们是一个个无耻的小人。以那种无是无非的观点来看，自己不也跟他们同类吗？自己在做的，确实是那种丑恶且无聊的事，而且比那些位高权重者所做的，更丑恶，更无聊。如果李童耀也在行己之事，他们两个人，其实就只是两个可笑的小丑。贾小艳还真的不甘心这样。她的身体是纯洁的，她的心灵——至今为止，她还在竭力维护着自己心灵的纯洁。事实摆在这里,她在暗暗地协助熊旎。不管起到起不到一丝一毫的作用,她相信自己在助熊旎一臂之力。她的动机从开始就是这样,到现在依旧没有改变。

贾小艳恍然大悟。只看外在形式是无意义的,重要的是形式背后的动机。她暂时还不能肯定熊旎“不斗”的动机,但她可以肯定自己的。毫无疑问,她非常爱戴熊总。她现在真是在耗时间。她应该跟熊总在一起。她又要走了。

“没有人那么崇高。”李童耀接上了刚才的话题。

贾小艳一惊,好像这才意识到眼前还有一个人。

“我觉得,”李童耀犹犹豫豫的,眼睛也没看她,“你把什么事都太理想化了。”

“我太理想化?”

“对,”李童耀点点头,“你太过于理想化了,处理问题就会简单化。”

“我处理问题简单化?”

李童耀向她慢慢抬起头来,好像他的脑袋是个沉重的大铁砣。“有件事情……”他说,“有些事情,完全可以……”

贾小艳冷笑一声。她想,自己刚才有过的判断是对的,他们是在通过李童耀之口向她施加压力。她不能走。她要把诱饵做下去。她脑子里灵灵醒醒的,眼前的这个人,就是任志韬的一条狗。任志韬让他咬人,他就咬。她没看错他。当年杨鲁杰让他跟女人鬼混,他就去鬼混。他说话总是遮遮掩掩的,但即使他遮掩,贾小艳也能听出来一些有用的信息。

“什么事情?‘完全可以’干什么?”

李童耀眼里燃起了火。“你完全可以把我想得好一些。”李童耀说,“你完全可以把我想得更接近你的标准。我是爱你的人,我也相信自己应该是你爱的人。小艳,不让我爱你,我会痛苦一辈子!我不想给自己制造终身遗憾。

小艳,你就是我爱的!”他站起身子,向她倾着,仿佛一座倾着的山峰。

4

贾小艳已经重重地跌坐在了座位上。嗡的一声,她脑子就昏了,身上也又软了,但她感到不是跌落。她像是一点重量也没有,在朦胧的光线里,轻轻飘扬起来。李童耀已经移到了她的身边。忽然,她就在他怀里了。她的嘴上多了一张嘴,她的脸上多了一张脸,她的背上也多了一双大手。她被完全地攥在了那双大手的手心里。李童耀向她靠得更紧了,她想都没想,就把自己靠了上去。她像一团云气,随着李童耀的需要,变换形体。他的手在她乳房上,乳房就具有了他的手的形状。他的舌头探进她的嘴里,她的嘴就严密地裹着他舌头……她几乎什么也不知道了。听不到李童耀向她说什么,也听不到柔和舒缓的乐曲声,但她闻得到一股香味儿。好像是新鲜爆米花儿的香味儿。香味儿从四面八方向她涌来。忽然间,她感到那是从她的下身涌来的。她的双腿,一会儿叉开,一会儿夹紧。香味儿冒出来,源源不断,仿佛一个个大大的水中的气泡,咕嘟咕嘟的。她听不到,但她想象得到。她夹着腿的时候,气泡又大又扁。她叉开腿的时候,气泡又大又圆。气泡訇然炸开,香味儿弥漫。不,那是花香,栀子花、兰花、玫瑰花、桃花、苹果花、油菜花、蒲公英花、山菊花……浩浩荡荡,仿佛从空旷的田野上、从幽深的大河湾里吹来,但它们的确来自她的下身。花香也有力地托起了她的身体。她要飞了。她觉得自己又热又湿又黏,很容易就能从李童耀怀里滑脱出来。她恐慌了一下,就紧紧吸在了李童耀身上。

……贾小艳发现自己倒下了。她强使自己留意四周。怎么,不是在原来的地方吗?这是一个独立的小房间。她忘了是刚刚走进来的,还是一直就在这里。但她不想再看了。她闭上眼睛。李童耀压在她的身上。在他手下,她的双腿打开了，或者说，她的双腿原本就打开了。她强烈地意识到了自己的张开，她啊地叫出声来。她马上觉得自己叫得有些早了。但她不能不叫，她又连着“啊啊”叫了几声。

毫无疑问，贾小艳猝然的叫声，打乱了李童耀行动的步骤。也许他还没见过一个女人会像贾小艳一样地叫。他竟然不由得恍惚了一下，以确定自己是不是已经进入了贾小艳。等他真的就要进入时，突然响起的手机铃声，又止住了他。他慌忙直起身子，从旁边的衣服里，拿出手机。接着，他就开始后悔了。贾小艳已经把她自己的手机摸在了手里。

贾小艳说不成话，只用鼻子嗯嗯着。

什么都迟了。贾小艳就坐在李童耀身边，相距不过咫尺，李童耀却再也不可能向她靠过去，贾小艳也不会向他靠过来。该死的手机，狗日的手机！李童耀暗暗诅咒着。

贾小艳合上手机，抬头怔怔地喘息着看他。她猛地站起来，飞快地跑了出去。

5

出了酒吧，贾小艳一阵疾走，并不看前面的路。有几辆出租车，陆续从后面跟上她，见她无意打车，就开走了。

在一棵树下，她停下来。她还能听到自己嗵嗵的心跳。头不那么昏了，脚也不那么软了。她快速回忆一下在酒吧里的经过，竟然也有一种非常美好的感觉。是啊，她身上的湿润，还没完全退去。不过这么想一下，她又有些喘不过气来了。她不能断定从酒吧跑出来是不是对的。但显然，她是不会再走回去的了。那个男人，已经从她的生命中远去。

电话是熊旎总裁打来的。熊旎只是问问她怎么样了。熊旎怎么猜得到她那时在做什么。她做不做关键在她自己，熊旎即使知道她跟李童耀在一起，也不会明确表示反对的。

贾小艳开始回想手机响起的情景。她没有醒来就不会觉得自己的梦有多沉。她惊异于自己身体的感受，也惊异于李童耀的反应。什么力量能让李童耀像被烫着一样，猝然从她身上离开！你看他当时的表情，仿佛主宰他命运的神祇正在降临。在他确定不是自己的手机在响时，他并没有再向她靠近。贾小艳坚决认为，这并不是因为他的羞愧，而是他在瞬息之间，就已由坚挺而至泄落了。他坐在那里，仿佛泼出去的水，覆水难收。

熊旎的电话，搅醒了她的美梦的同时，也救了她。

贾小艳非常渴望马上见到熊旎。她要向熊旎谈谈自己在这一天里的复杂感受。她也很想知道，熊旎有没有类似的遭遇。也许熊旎年轻的时候也曾像自己一样，刚开始谈恋爱，就马上逃离了。如果真有这样的事，贾小艳基本就可以断定了，自己将来要走的，就是熊旎走过的路。熊旎再怎么反对，都不会动摇她。

贾小艳从树下的暗影中走出来，但她又收了脚步。她看到了一个人，从出租车里下来，鬼鬼祟祟地朝四周张望了一下，就走进了一条小街。贾小艳不认为自己眼花了。她看到了小屈。

天这么晚了，小屈怎么会到这里来？他来串门？但也用不着这么小心翼翼的呀。像小屈这样的官员，什么样的亲朋、什么重要的事情，才能使他屈尊上门？贾小艳知道的，这条小街上住的，可都不是什么有身份的人。

贾小艳不禁疑窦顿生。她想了想，就悄悄跟了上去，可已不见了小屈的影子。她来来回回走了两趟，还是没看到小屈，倒招来了不少形迹可疑的男人的目光。她忙退回大街，在街旁打了车。

到了宇宙星苑附近，贾小艳却又让车子停下了。自己不过是一名秘书，怎么好这么晚还去打搅领导？她望着宇宙星苑，判断二十六号的位置。那里散射着宁静的灯光。

她让车掉转了方向。这时候,她有了一种不可告人的祈望,那就是,在熊旎的床上,会有一个温柔体贴的男人。像熊旎那样的一个优秀的女性,为什么不能有自己的男人?如果没有,这不公平。这是暴殄天物。

贾小艳隐隐感觉到,不久的将来,自己也会有一个男人的,一个生龙活虎的男人,在她需要的时候,促她号叫,伴她飞翔。但绝对不会是李童耀。她敢肯定。

第二十八章

1

熊旎发现了贾小艳的变化。

“怎么把头发盘了?”熊旎问她,“多老气啊。”

“这样利索。”贾小艳说。

“又用不着你来和面织布,要那么利索干什么?”熊旎说,“你今天穿得也太老气了,不像个姑娘家了。”

“本来就不是姑娘家了!”贾小艳说。

熊旎略想一想,语气诚恳地说:

“小艳,我看了出来,在你身上有一种不好的苗头。”

贾小艳就笑了。“我有什么不好的苗头?”贾小艳说,“不就是换了个发型? 熊总,他们来问了,后天,也就是 7 月 1 号,无诡汽车城的揭牌仪式你要不要去一下?”

“实话告诉我,家里人是不是催你了?”熊旎还问。

“家里人也管不了我的事。”贾小艳说,“他们离我那么远,想管也管不了。”

“我是过来人,”熊旎说,“我知道父母对儿女的婚事是怎么操心的。”说着,叹了口气。“我到现在都感到愧疚,没能让妈妈看到我结婚生子。爹爹也老了。”她止不住黯然神伤起来。贾小艳心里难过,也不知怎么劝她,只听她又说:“谢谢你,小艳。”

“熊总怎么能谢我?”

熊旎笑了。“傻姑娘,”熊旎说,“也不想想,没了你,我在无诡多孤单啊。你没瞧见吗?到哪里去只有我一个女人。这些男人,都生猛着呢。你不害怕,我还怕他们吃了我!”

贾小艳想笑,但没笑出来。

“说到底,我非常感谢组织,”熊旎说,“是他们考虑周到,生活上给我安排得这么好。就说配秘书吧,换个男的,如果再是年轻的,我能给他说什么?你说我是拉长着脸好,还是总给他笑脸好?总给人家笑脸,人家不定会想什么呢。总拉长着脸呢,我自己也烦了。本来就很容易被人看作老怪物,长此以往,自己都会不知道自己是什么。”

贾小艳点点头,“熊总,我看你也该多出去转转,工作是其一,还连带散散心。”贾小艳提议,“材料是看不完的。我搞秘书工作,我知道这些材料,该有多少水分。”

“这个主意好。”熊旎笑道,“以后我不会少出去的。但你想啊,我一个人能有几条腿,几张眼睛,几只耳朵,几张嘴巴?这十天过去,也觉得对无诡的情况了解得差不多了。你说得对,材料是有些水分。我采用的是压缩法。他说十,我当他九、八、七。他说五,我当他四、三、二。这是减法。还有加法,比如二伯坎子问题,他们说损失三十五万,我就当损失六十万、七十万。他们说要每户赔偿七千元，我就让他们追加到一万元。这只是个比方。另外，这材料背后，也会隐藏着不少东西，就看你有没有发现它们的本事。另外，能让他来跟我谈的，我就尽量找来谈。这综合起来，就八九不离十了。喏，也巧了，十天之后，就到了七一。无诡市委宣传部正忙活搞庆七一文艺晚会，听说请了大明星呢。到时我去参加。七一之后，我会经常在公共场合露脸。报社、电台，只要他们不嫌我长得不够年轻，我乐得让他们给我做免费广告。他们男人疯，咱们也跟着疯，也不见得谁疯过了谁！"

贾小艳呆呆地说：

"我原以为……"

"你原以为什么？"熊旎说，"你以为我是'文件橱子'？嗯，既然你提醒我，我就准备带你出去。分部社科联不是从中国社科院邀请来了一帮专家嘛，等会儿我去听听座谈，会很有意思。中午就跟他们吃饭。"

"王书记也去了。"

"那就更好了。"熊旎说，"社科联的工作跟我们分部的决策也是很有关系的。不要小看了小单位。小单位也能办大事。"

"熊总这样的话在公众场合说就好了。"

"这有什么不能说的？"

"阿弥陀佛。"

"你念什么经？"

"有你的话，社科联再去要钱什么的，就方便多了。熊总真是积德行善啊。"

熊旎又笑了。"去做做准备，看中了什么人，我去给你撮合。"

小屈在门口一露头。两人瞧见了，就都收了笑声。

"进来嘛。"熊旎招呼他。

小屈恭恭敬敬地走过来。"熊总，"小屈说，"国资处的赵凤文处长来电话,问昨天打的那个关于铁兰大桥的验资报告,有没有不妥的地方。高处长明天上午还要去省部参加一个会,希望把报告带着。”

“让他下午来一趟,我跟他谈。”熊旎说,忽然发现贾小艳以一种奇怪的目光看着小屈,就向她使眼色,让她出去。

贾小艳不声不响地走到门口,又回头看了小屈一眼。贾小艳去了自己办公室,就敞着房门,等小屈经过。

小屈走了过来,贾小艳就叫:

“屈秘书长!”

小屈立时顿住了脚步。他转过身来,面带着谦卑的笑容。

“叫我小屈好了。”他说,“这耳朵还真是听不惯的。”

贾小艳没好气地说:

“你有什么听不惯? 这又不是第一次叫你!”

小屈恐慌地向后退一步,才又向她走过来。

“贾秘书,我肯定自己出什么岔子了。你要支持我的工作,但说无妨。”

“你还能出什么岔子?”贾小艳说,“你是分部最会说话、最会办事的人,哪个领导不赏识你?”

“贾秘书这么说,我小屈死无葬身之地。”小屈脸上的汗都下来了。

但贾小艳不想放过他。贾小艳笑着斜他一眼。“没什么,逗你呢。”贾小艳说,又装着若无其事的样子,“只是看到你就想起来,昨天晚上,看到一个人,很像是你。”

“你见到我了?”小屈问。

“可不,”贾小艳用指甲刀锉着指甲,“就在小玉匣街上。有个人在街口一晃,就不见了。影影绰绰的,看着是你。”

小屈就笑了,掏出手绢,搌搌额上的汗。

“你吓了我一跳,”小屈语气轻松地说,“我家在堤口路上的天河小区,怎么会跑到小玉匣街去了？你那么确定那人是我？你准是跟我开玩笑。没什么事，我走了。”

“对不起了。”贾小艳说。

小屈竟然嘿嘿地笑出声来，一边走，一边摇头说着：“开玩笑，开玩笑，贾秘书真会开玩笑。”

2

小屈回到了自己办公室。他第一次进去就把房门关上了。他背靠着门后，半天没有呼吸。

贾小艳没有说错，昨晚十点半，他是去了小玉匣街。没有人想象得到，平时谨小慎微，每天战战兢兢、如履薄冰的小屈，在小玉匣街，养了一个情人。那是一个才二十五岁的姑娘，名叫阿米。小屈是分部秘书长，人前从没端出过分部秘书长的架子，但小屈是个男人，在风行搞小蜜、包二奶的年代，像他这样的男人，不找个把情人，这辈子就白活了，分部秘书长也白当了。他认识这阿米的时候，阿米二十岁。一天深夜，小屈从家里走了出去。走出去就为打一炮。也是高兴了，主动给了姑娘三百元。事先谈好的价格是一百元，小屈给三百元，姑娘就非常激动。以后就认识了。以后，姑娘就把小屈领到了她在小玉匣街租住的房子里。这里要比发廊安全多了。

在他们第三次幽会时，姑娘问他：“先生，你叫什么名字？”

他不假思索地回答：“我叫陈征。”

陈征接着就说：“阿米，我告诉你名字了，我想娶你。我离了婚就娶你。我说话算话，你去打听打听，我在市建委上班。我混了大半辈子也就只当上个小科长，不过一个小科长也让我很知足了。”

阿米信了他。他说什么，阿米信他什么。

有一次,他说:“阿米,我以后不能常来了。”

阿米惊呆了,问:“你怎么不能常来了?你不来我怎么活?”

他叹了口气。他说:“我妈有些觉察了。我妈觉察我在外面有人,死也不会让我离婚。”他掉下了眼泪。

阿米也掉下来了眼泪。阿米说:“陈哥,征哥,我们留心些行不行?我不给你打电话,我也不去找你。你想我了,你就来。我想你了,我受着。”

他一听,就哭了,呜呜咽咽,叫阿米听了心痛。他哭着说:“打不打电话,找不找我,都还容易做,关键是我拿回家去的钱少了。家里负担重,还有一个妹妹,没工作。我还得养着她。”

阿米闻言,破涕为笑。阿米说:“就为这个?好说话啊。一开始就没让你花钱。”

从那以后,陈征到阿米这里来就不花钱了。阿米隔三岔五,还要给他零花钱,说零花钱,从没少过五百。陈征就觉得阿米挣钱容易。陈征接受起阿米的钱,就不觉得不好意思。

陈征很需要钱,因为他要做很多事。宇宙星集团无诡分部办公室秘书长小屈,不贪污,不受贿,可以说两袖清风,但很多地方需要花钱。他给领导买了什么东西,并不是全都可以报销的。他就拿来在自己账上报了。就在前几天,熊旎去看爹爹,小屈事先去福尔玛超市买了东西,给放在了后备厢里,这些钱就是他拿的。熊旎知道了,就让贾小艳把钱还给他。他宁愿说少,不愿说多。他信奉一句话,吃亏是福。而这不过是吃点小亏。他实际上没拔自己一根毫毛。一年到头,他为此类的事垫进去的钱,碎敲零打,少说也有七八千块。七八千块从他工资上出,他老婆不会同意的,他也会很心疼。但现在,他落了好,人人说他会办事,而他一个大子儿也没花过。就为这个,他也要多去小玉匣街看望阿米。

他并不是一个性欲旺盛的男人。一个月去阿米那里两三次,做上两三次，就足够了。跟阿米待在一起，更多的时间，他要给她讲故事。

渐渐地，他去阿米那里，就不单纯是为了男欢女爱了。阿米俨然成了他的红尘知己。他一遍遍地给她讲一个小“大人”发疯的故事，阿米从来没有表示过厌烦。

跟阿米相比，他的老婆老了。老夫老妻，本来就没有多少感觉，况且，他对老婆还心存芥蒂。当初，为娶到这个老婆，他费了很大的劲儿。他家的状况不好，他老婆家里人看不起他。他感到受了极大的伤害。心头的伤口，用一生的时间也难以修复。他跟他老婆，早已没了话说。但他从没想过离婚。他有一个儿子，明年就要考大学了。在很多人眼里，他们一家人，都是世上标准的好人。像他们的老祖宗屈原大诗人一样好。他有那么大权力，换一般人，早就趾高气扬起来了。他的妹妹没工作，也没结过婚，不折不扣的老处女。只要他随便给哪家单位透点儿风声，工作也就解决了。他给人一种不以权谋私的印象。他孩子小时，有他妹妹帮忙照顾。孩子大了，一个家里有两个女人，想不闲都不可能。不是没人主动提议过把他妹妹的工作问题给解决了，他一概不允。他老婆也说：“你也算个高级干部，给你妹妹找个工作有什么难？你没听说，多媚人事处的干部，给他的宝贝狗起个人名，办了个人事档案，每月一份工资，人家涨，它也跟着涨。”小屈不愿听这样的话，他认为老婆说这样的话很有些居心不良的嫌疑。他什么也不想对老婆说。

近些年，他在家里的最大爱好，是看一盘影碟。那是一部曾经风靡一时的表现反腐倡廉的影片。他看了很多遍。只要一在客厅沙发上坐下来，他就津津有味地看。有时他看得泪流满面。实际上他最爱看的，是其中的一个片段。清正廉洁的市委书记，有一个贪污受贿的老婆。老婆劣迹败露，对丈夫振振有词，陈述需要贪污受贿的理由：“你想过没有，你将来老了怎么办？你退了休怎么办？你生病了怎么办？”每看到这里，小屈都想冲过去，扇她两巴掌。同时也扇那清官丈夫两巴掌，因为从那清官当时的表情来看，他认可了女人的荒唐的理由。这几乎是整个影片的华彩篇章,在为影片放映造势时,电视台反复播放。在小屈眼里,影片里有个弱智的人物,背后还有弱智的演员,导演,编剧。

你老了怎么办?你退了休怎么办?你生病了怎么办?对一个堂堂的市委书记说这些话,简直把小屈逗死了。小屈看了一遍又一遍,笑了一遍又一遍。

再好的电影,再精彩的片段,也有看腻的时候。小屈把影片看腻了,跟老婆在一张床上睡够了,就想阿米了。总有借口走出去。

阿米真棒。这是他发自内心的对阿米的赞美。阿米伏在他的怀里,有时是他伏在阿米怀里,仿佛一个乖巧的婴儿。他缓缓地给阿讲述一个小“大人”的遭遇。

小“大人”就那样疯了。

阿米常常听得唏嘘不已。想不到这些人也这么可怜。

小屈像吃了鸦片一样,不去找阿米讲讲这个故事,心里就异常难受。他讲过了,他如卸重负,他心旷神怡。不知不觉地,讲故事就好像成了他去找阿米的最终目的。

3

今天,小屈是可以坦然面对贾小艳的。他的确去会了阿米,但他们没做那件事。这不可启口的,小屈阳痿了。阿米怎么帮他弄,他都没能起来。他一个劲儿地对阿米说对不起。

阿米说:“这有什么对不起的?不弄就不弄吧。等你起来了再弄也不迟。你就给我讲吧。我希望你能把我讲哭了。”

阿米的话,正中小屈下怀。

小屈讲起来。

阿米真的开始抽泣了。

小屈讲完了,问阿米:“你为什么哭?”

阿米说:“我不为这个哭。”

“那你为什么哭?”

“你不要过意不去,我不为这个哭。”

小屈坚决相信她为这个哭。

小屈比做了那种事还要轻松惬意。那种事有什么啊,完了也就完了。小屈讲述的快感,却要持久得多的。它能维持到下一次见到善解人意的阿米。

那种轻松惬意,绝对是贾小艳这样的女孩子所没经历过的。

4

……小屈猛一转身,有力地打开房门,走了出去。他来到宁樵的办公室门口。

“宁总在吗?”小屈问。

“屈秘书长,你有事?”

“叫我小屈吧。”小屈含笑说,“宁总,忽然想起来,上个月总裁办公会研究的分部文化委实现自动化办公的提案,现在该落实了吧?”

“你这可是难为我了。”宁樵说。

敲门声。小屈走过去,只把门开了一道缝。“你找谁?”小屈客客气气地问道。

“这是不是宁总裁办公室?”一个小伙子挤进来半个身子。

“你找我?”宁樵说。

“好了。我是圣地文化市场翰宝斋的。”小伙子说,然后对外面的人说,

“搬进来。”

门已经被推开了,小屈被挡在了门后。

外面有三四个小伙子之多,地下放着成堆的笔墨纸张。他们马上动手开始往宁樵的办公室里搬。

宁樵慌忙阻拦。“你们弄错了。”宁樵说,“我没要过这些东西！是谁送来的?”

开头的那个小伙子说:

“是一位先生给您订购的。”

“这太怪了,我对书画一窍不通。”宁樵大惑,“我要这些东西干什么?”

“反正是那人让送来的,您就收下吧。”小伙子说着,还是指挥着外面的人继续搬,“您不收下我们不好交差的。”

宁樵急了。宁樵发火了。

“简直胡闹!”宁樵叫道,“给我搬出去!”

小伙子们根本不听。

“小屈,让他们搬出去!”他气得脸都紫了。

小屈从门后走出来。“搬出去,搬出去,搞清楚再说。”

“不会错的。”小伙子笑道,“哪里有这样的好事情,白白给人送东西?”

一眨眼工夫,东西全搬到办公室里了。宁樵和小屈拦来拦去,谁也没拦住,小伙子们一阵风儿似的,从办公室走掉了。

“这绝对不是一场误会!”宁樵声音颤抖地叫着,“这是一场阴谋!”

门口吸引了很多人,他们看着地上的东西,没人敢说话。

“小屈,你这就去查!”宁樵指着小屈的鼻子说,“他们是怎么进来的？谁允许他们进来的?”

“宁总不要激动。我去查,这就去查。”小屈小心翼翼地说,“大家让让,有什么好看的?”

门口的人,对对眼神,一哄而散了。

小屈又回过头来。“宁总,我让他们把这些东西弄下去?”小屈小声问道。

“就放这儿!”宁樵说。

小屈去查了,登记处没有任何登记记录。问每一个人,都说不知道这伙人是如何畅通无阻地进去的。

5

消息传了出去。任志韬和朱十两在一起,两人交换了对这件事的看法,一致认为“这样的人怎么搞政治”,朱十两开了句玩笑,讲:“我看让他当歌舞团的团长,挺合适。”

在所有有关此事的议论中,这是小屈听到的最逗的两句。

6

小屈就又要去小玉匣街了。

“陈征”要把上午发生在分部大楼的事情,和盘讲给阿米听,当然,免不了与她共享鱼水之欢。他今天肯定很行。之后,就是老节目。

讲一个男人怎么变疯。

7

……许多年前,确切一些说,是在 1977 年,不知出于怎样的动机,屈童给正在上小学的妹妹改了名字。

那一年，北京有个叫张秉贵的售货员，凭着卖糖果，成了全国家喻户晓的明星。那年月，糖果还是好东西。

第二十九章

1

这个黄头发稀稀拉拉的女孩子,一直没有激起屈童的爱怜。即便她干过什么蠢事,屈童也不发火。

那几天不同了,屈童一见她,便无端一阵怒气。她大抵察觉出来,更加低眉顺眼,躲着屈童,做家中的一切事务。但是,在屈童眼中,似乎她是故意做给他看的。就是说,她想用自己忙碌的身影,告诉屈童,在这个家里,她并不是白吃饭。

屈童非常后悔给她改过一次名字。特别是刚才,屈童首若飞蓬的妻子说,屈华又上街买了足够吃两星期的大白菜!屈童脱掉外衣,甩到妻子头上,愤愤地想,我为什么要给她改名字!而且,她的生活、工作,应该是她自己的事。自己真是管得多余。

怒火中烧。屈童觉得自己的心灵正在煎熬。

屈童气冲冲跳到屈华跟前,嚷道:

“你什么时候才能聪明起来!”

她抖动若秋草,但她的形象突然消失了。屈童只觉得面对着一面空空洞洞的墙壁在说话。那是一面湿漉漉的、蒙着腥黄的黏膜的墙壁。

屈童立刻害怕起来,惊遽地返身就走。不料脚下一绊。屈童想,那准是屈华买来的大白菜。

屈童受不了了!屈童钻进布帘后,躺倒在床上。那句话,还在耳边响着。

那时,屈童就怕自己发疯了。

2

一个小时之前,屈童的大人,就是这样对屈童叫的。他是一个长着一具宽大宏伟的骨骼的人,恰如其分地向前挺着肚子。因为屈童从没敢于正视他的脸,屈童想,我绝不会一下子就看出什么表情来。这正是一个杰出的优秀人物所应该做到的。他不能够像一般人一样,心中总是装着那些猥琐的激动的情绪,时时准备偷偷爆发出来。

可是,就在这样一位令人尊敬和畏惧的人物面前,屈童莫名其妙地问了一句:

“您是说,要见见我妹妹?”

屈童非常害怕呀,因为屈童觉得自己一直就像大人手下的一只玻璃老鼠,这时候竟然要说出话来,说出一句连屈童本人都感到愚蠢的话。

大人用像看着玻璃老鼠的目光,盯了屈童一眼。

屈童惊惧不安,将手插进沙发的海绵垫下,来回抽动。屈童把头压得低低的,只看脚下的水磨地板,心里暗自祈祷,“但愿我什么也没说。”但愿我的话,轻得只有我的牙齿能听得见,他想。他猛然觉得牙疼起来,整个面部,都

在抽搐,后背也出了汗。屈童再一次告诉自己:

“我什么也没说。”

那时候,屈童的手,在海绵垫下面,碰到一样东西。那种感觉,立刻引起了屈童的注意。屈童悄悄用手指夹出来,放在腿间一看,是一片糖纸,印着“红心”二字。此间正纳闷,鼻子里却嗅出一种不愉快的气味儿。想起自己昨日洗了澡,只在今晨上过一次厕所,便暗自怀疑没有揩净屁股,使残余作怪。

屈童抬起头,正看见半藏在他腹部衣褶里的一颗纽扣,心想,我说了什么话啊。屈童丢掉“红心”糖纸。它飘荡的姿态,十分优雅,几乎在空中停留了三十秒钟,像一片死去的红蝴蝶,正落在地下的一个斑点上。屈童止不住叹赏,觉得长眼是为了在生活中发现美的。美处处在,只要你能够心平气和地去想,使自己天真。

这时,大人咳了一声,将屈童从痴迷中惊醒。他的咳,不是没有来由的。屈童便想起自己的行为,大觉冒犯。

因为惶恐,再看那糖纸,竟如一个污点。大人的头的影子,落在上面,却如一摊痰迹。在这光亮如镜的房间里,实在影响卫生。

屈童心中测量着它与自己脚尖的距离,慢慢伸脚过去,试图用脚压住,再偷偷拖回来,藏在脚下,告辞的时候,好带到外面去。

但是屈童不明白,大人为什么要见自己的妹妹。在屈童的脑子中,屈华的形象显露出来。

屈童真不敢领教她那一头焦黄蓬松的头发。在屈童每次看到她的时候,都似乎看见一两只苍蝇,往她的头发里钻,只露一个屁股在外面。她总是穿一件揉得皱巴巴的的确良衬衫。过于瘦小的四肢,装在里面,像里面是空的。你的目光只要一被她发觉,她就神经质地不住将头轻轻地摇着,脸色蜡黄,像要哭的样子。你说,你净站着干吗!她便躲躲闪闪地对你看一眼,嘴唇翕动着,要想解释,突然间又取消了念头。她低下头去,失魂落魄地往外走。走门口停住,用手指挠一挠脑后的头发,仿佛苍蝇针吸式的口器已经叮破皮肤了。

可是,屈童不明白,一位不凡的大人,为什么要见自己的妹妹?

屈童说:

"她是很怕人的。"

屈华的确怕人。屈童的话,只有屈童自己听见。屈童觉得自己的胸部没有产生任何震动。说话向来可以产生快感的,对于胸部的肌肉,——而今屈童一丝也没有感觉出来。胸部还异常地麻木。

屈童抬起头,用乞怜的目光,看着大人。

其实,屈童本来只想用目光表示,自己不喜欢大人那样做。结果,因为屈童很少在大人面前表示不喜欢,所以,对此的技艺不易领会,便误作了乞怜。脸上两侧的肌肉,下垂着,这是乞怜的人的特征。这样做,屈童想,我是出色的。

"你什么时候才能聪明起来!"大人突然恼火了,嚷道。

屈童觉得自己好像钟馗手中的小鬼一样,给抓住脚踵,倒提了起来,便一切乱转。那写着"红心"的糖纸,在头上像一架红色风筝似的飞舞,却陡然泼下一股污浊,浇进屈童的脑袋。

屈童实在觉得,那崇高的警告,将自己的脑壳击破了,张开着一道深阔的缝隙,将所有秽物一股脑儿地接住,就像步入了天堂,那圣者的强光照得屈童满身乱颤。那些幸福和荣耀,屈童怎样消受呀。

屈童激动地、诚惶诚恐地仰视着大人。那才是最有效而且最有益的协助呢,以一位圣者的威严向屈童表示关怀。屈童觉得自己迫切需要聪明。

可是,屈童又怎样地对屈华吼道:

"你什么时候才能聪明起来!"

屈童发疯了。屈童想,这个家庭里只有自己一个智者,便足够了,何必再添上一个?

3

屈童的话,刚一出口,马上回过了头。屈童似乎觉得大人紧随着走进了家中,在替屈童说话,便慌忙去瞧,看是不是在背后。那真是罪过。屈童想,我受不了,我受不了。屈童怎么能去模仿大人的尊严?岂不是有失体统?屈童仇恨自己,而且对自己愈加害怕。

屈童被屈华买来的那堆大白菜绊了一下,险些摔倒。他终趋至床边,将身子放倒在床上。屈童闭上眼睛,却仍旧觉得自己还在白菜堆旁,耀武扬威地向屈华训斥。

妻子又开始在这个矮小狭窄的房间里来回走动。她肯定是十分得意的样子。她走过呆立不动的屈华身边,便马上返回来,用她的动作和她的响声,向屈华宣布她的不可忽视的存在。

屈童想,即使她走过屈华两步,不会遇到墙壁,也要返回来。从这面墙到那面墙,用她母鸡似的步伐去衡量,也只五步左右吧。

她在很短的时间内,便走过屈华一次。屈华在她嫂子走近的时候,像一只河蚌,掀动一次贝壳。但是,假如屈华不这样做,屈童的妻子也要走的。她永远要走,似乎在她的面前,有一条她一生也走不尽的道路。那是走不尽的路,而又没有任何意义。在这方面,墙壁和那面墙壁之间,复迭着她的人生的路程,已像茧丝一样,混乱在一起。她要一一将它们理顺。

折过来,折过去,屈童的妻子,迈着母鸡的步伐。

屈童想将整个人和思想,藏在一个严密的死寂的地方。可是屈童浑身无力,懒得去掀那片吊在房间中央的布帘,向妻子叫一声:“你停下来好不好!”

屈童知道,这一定会引起一场轩然大波。她会在那边起劲地踏着地板,向屈童回敬：

“你别干涉我，只顾挺尸去吧！”

她会说：

“嫌这个家就别回来！”

屈童便没有去阻止她。但是，她的嗒嗒，嗒嗒的脚步声，却在阻止屈童往安宁之乡里去。屈童发狠地仇视这脚步，但在不住的焦躁中，又听出这不仅仅是她的声音在作怪。屈童努力去分析这尖细的声音，猛地坐起来，叫道：

“发大水啦！”

屈童的妻子和屈华，一齐往门侧的小厨房里跑。她们的脚步声，特别急。接着，屈童听见妻子在埋怨。

“又是小德子拧的水龙头！你这小该杀的，你是从来不拧水龙头吗？”

屈华在她身后低声说：

“是我，我的手冷啊，便拧不紧了。”

她这样解释，大概还犹豫着伸出手臂来，让妻子瞧。

屈童马上又听妻子装腔叫道：

“呵，这样一双保养得好好的手，还正红红的哩，怎么会冷呢？这里又有炉子，不像我们车间，只有锤子、钉子。你是想我们用锤子就能锤出手上的火吧。”

屈华还想说“哦……”，话到嘴边，又回去了。

屈童听见她们都在沉默。

过了一会儿，妻子哼一声，回到房间里来，又开始走步。

屈童忽然觉得快乐，因为妻子说出了高明的话。

锤子不会在手上击出火，钢笔也在手上写不出温暖，只有那些大人物脚下是织着华贵图案的地毯，背后是一排银色的取暖器，才真正不觉得冬天是冷的。他们还要经常往口中送下一两片药，和着温温的水，一同吞下，然后挺起胸,打出一串串带着涮羊肉味儿的饱嗝。他们的胃,结实得如一条滴水不漏的皮袋,又十分柔软,像正在成熟的婴孩的身体。他们时刻拥着这孩童温热的身体,在幸福的皮肤里面,笑啊笑啊,笑着。他们说话是那样从容不迫,那样自信,仿佛不怕回家的路上,温度骤然降低,不怕末班的汽车已经开走,不怕聆听他说话的人可能不耐烦。总之,他们尽可以做得从容,表现得自信。

屈童说不出自己怎样地敬畏大人物。他们在屈童的眼中已不是肉体凡胎。他们是一股超出一般人意志之上的、神异的、变幻的力量。每当屈童看见他们吞下一粒金光闪闪的药片,就觉得那是产生强大力量的一种催化剂。

不仅仅因为妻子说出的话,屈童也快乐。屈童已经觉得一个人在你的面前表露出恐惧、恭顺和哀怜,你会是多么了不起的人啊。如果你觉得你脚下踩着别人的肩膀和头颅,你不以为这是骄傲的吗?你不以为你具有能够在他们之上站稳脚跟的能力吗?

屈童想,屈华在妻子的跟前,还想伸出自己的手,让她看是不是保养得好好的,是否像别的姑娘一样,丰腴而润泽,长长的指甲上,涂着“丽的”牌指甲油,鲜红得发紫。

她大抵还要说,不呵,我的手刚刚暖和过来呵。

她却什么也没有说。她睁着茫然不定的、涸涩的眼睛,神经质地摇着头,忽然心口有些痛,便抬起手来抓住,脸上竟挤出一点笑纹来。

——屈童想,是这样。

4

这样一个女孩,又不见得聪明,怎么能够让她去见大人?

屈童焦躁不安。屈童想,大人的高深,绝非我如此智力的人所能揣测的。假如我能够这样做,我便有造就的幸运了。而我确实不是一个可救药的人,一次次总不能够领会大人的意图，越发地迟钝起来。屈童总想不通，他为什么要求会见自己的妹妹。他大抵以为，自己的妹妹，是一位颇具姿色的女孩吧。

不知什么人，将这话传入他的耳中，竟使他如此对屈童妹妹产生兴趣。

他在旅途上、在宾馆里见到的漂亮女人，肯定不少。至于睡觉，屈童想，那肯定不行，顶多是挤在一起悄悄用手摸一下，自己快乐，也引得那女孩快乐地大笑。

作为大人，摸一下女人是可以的。屈童几次看见大人从前面、从后面摸他的女秘书。她是屈童毕业的那所大学的毕业生，独具风骚，夏日穿一件薄薄的纱裙，在办公室里，像蒲公英一样，围着大人飘动。

大人在无人注意的时候，便将手抓住她的一角衣领，用眼睛往里瞅，似乎在瞅里面的虫子。他终于将手插进去，在里面和虫子搏斗。

那女秘书十分害怕地睁着可爱的眼睛，仿佛害怕那惊惧的虫子会在她的皮肤上咬一口。他的手在里面乱动一会儿，像是成功了，便抽出来，自己先在沙发上坐了，眼望着女秘书将衣领整理好。他的脸和她的同样红，但在他的额头上，要分布得比较浓重一些。

这额头，宽广而饱满，被那红染得像一面小旗帜，如若曾经钻出几点汗来，晶莹闪光，就很像旗上的星。这样的旗帜是神圣的。

屈童在暗处屏住呼吸，默默地行注目礼。屈童想，一个杰出的人物，他的举止，以及他每一片皮肤和每一截肢体，都与众不同，跟我们人民敬爱的事物相关联。

譬如，大人的鬓边，黑短的胡须下，一个分币大的疤，屈童曾在无意中见到，却像一枚徽章。

屈童想，这样的大人，摸一摸女人是可以的。当然，只有漂亮的女人如宾馆服务员那些的，才配被他摸。

而屈童的妹妹,她若光彩耀人,屈童倒是甘心她被大人见。偏偏她不但不光彩耀人,实在算得上丑陋,比如她的一头细乱的黄发,真是让人无可奈何。即使她有上好的生发膏,这一夜之间也不会令它丰收起来。

屈童的妹妹,还够不上让大人摸的规格。她的神色黯然,会让大人惊惧起来,不知来了什么怪物。

可是,大人的一贯正确,屈童想,我总是迟钝的,如何能够争气,一时间顿悟起来呢?

或许他餍足了漂亮女孩子,竟会对女人的丑陋大放柔情。

屈童想,贫困逆境中的灰姑娘,尚有遇见天日之时,屈华的运气在这短暂的时间内,可能突然就要降临了,也未可知。那么,妻子的态度可能要算苛刻了。应该放尊重和理智些才是。说不定,这无精打采的屈华,会令他们拔地而起,会是隐藏在他们家庭阴暗角落里的一颗蒙了灰尘的吉星。屈童想,只要她打扮打扮,那或许真的会好些。

5

屈华正在给小德子洗脚。她对他说:“你坐好,不要动。”

小德子却违抗起来,将小椅子给弄得吱吱嘎嘎响。他十分不喜欢听屈华的话。假如屈华让他活动起来,他便可能老实一些。屈华大抵要按住这孩子的脚,不料仍被他抽出来,溅了她一脸的洗脚水。这小子哈哈大笑起来,愈将椅子扭得响了。屈华用湿的手擦脸,不知道怎样管服住这个孽障。

妻子伸手到水盆里,沉吟了一会儿,忽然说:

“呵,你是要烫掉小德子的脚啊!我都受不住了,何况孩子?看你的脸色,倒像是小德子跟你作对。这可叫委屈了你。”

屈华并不争辩。小德子的脚,在空气中冷了,便自动放入水中,她便重去给他洗。

水声在她手上哗哗地响了起来。

屈童想,屈华也该洗一次澡了。屈童从没有听她说过去澡堂的事。这入冬半个月,又不能够浇冷水,她身上的污垢肯定是结了一些的。你一走近她,鼻孔里便钻进一些腐霉的、夹着汗味儿的气体,弄得你想呕。她从未和他们同时一桌子吃饭。幸亏在他们家,本来味道就不那么高贵,也便很少去注意她的了。

屈童想,大人家的空气真令人怀念。可是屈童总觉得在那样的空气里生活,自己像要被什么东西分割掉了,无边地局促不安。只有回到这个家,屈童才陡然地像一个实在的人。这皮肤也能触得到,于是,也可以将胸中充满了温暖的空气,雄壮地呼吸。

屈童说:"把窗子关上!"

还颇有气派,不像屈童在外界,连自己都像保不住似的,这肉体和精神,一点一点地往空气中逃逸,你说不定什么时刻在这个世上什么也不剩,没人在街角看见你,没人在汽车上拥挤过你,没人骂你娘日的,没人从来就只听你说半句话。

屈童知道大人十分繁忙。大人既要打电话,接电话,又要开会参观,又要接待基层来访,而且在稍一松弛下来的时候,还要趁机摸一摸女人。

屈童不愿拿自己的小事,去占用大人的时间,因为与大人相比,屈童便微末得如同没有。

但是,如果有与大人接触的机会,屈童便不能轻易放过,便讪讪地凑上去说:"啊,大人,您的气色好啊。"

大人看看屈童,不知屈童说了什么话。他转向女秘书。

屈童顺着他的目光看去。女秘书正站在阳光里,裙里的腿和内裤,清晰地映照出来。

屈童想，女秘书今天穿的是一件水红的内裤。

屈童低下头，想对他说您胖了，又觉得不合适。如今世上流行的观念，并不以胖为骄傲。胖则笨，胖则易患高血压，在于大人，总不乐意自己的举手投足那样地迟缓刻板，被半截发言稿弄得气喘吁吁。况且，在一个女人面前，大人更不愿意做肥大傻瓜。那实在没有英气，而且，如在摸时，高血压突发，会出现事故。

屈童这一次竟然没有说，及早地发觉了危害，便十分得意，想起不久前工商银行营业厅的凶杀案，便说："至今凶手不明，现场……"

大人说："曼丽，过来。"

屈童停了话，便看见曼丽从阳光里走出来，裙里的腿逐渐暗下去。在眼前，只有裙子在迎风飘动，不见了腿和内裤。

屈童退出去，将门悄悄关上。屈童想，总之我说了两句话，不知大人听清了哪半句。

如果屈童是没有，这世界上是连半句话也无从听你的。你是天空单薄的行云，你无声无息，不留任何痕迹。可是，当屈童一步跨入自己的家，便陡然地聚积成实实在在的一个人。一个又有怒火，又有谩骂，又有感觉和欲望的人，一个见了妻子就马上想和她睡觉的人。

6

妻子总要比屈童早下班半个钟头。她坐在门口的小板凳上，将脚尖套着拖鞋的脚丫子，跷起老高，用力地搓着手掌，不时地将头发往后抻着，眼睛望着对面的墙，想往后躺下去，耳朵却听着门外的动静。她在等待屈童。

屈童进了门，就说："谁将水泼到门口来了！这不是一次两次了。我说过了总得有人听啊。"

屈童本来不想这样说，但还是这样说了，而且还激动不已。

妻子不动声色，兀自叹了口气。

屈童说："你听见没有？就知道一来家就坐着歇着，你不能把家打扫得好看些吗？真是个懒妇女！"

她一听，就腾地站了起来，怒目而视，说："你是当官当惯了，来到家还要再显摆官佬的威风！我还不知要支派谁呢？你少来那风光样子吧！"

在妻子的眼中，屈童似乎是一个很了不起的官僚，仿佛屈童手下有三百二十个一呼百应的喽啰兵。屈童说：

"干吗呢？你吵呀吵的，谁支派谁呢？不就是门外有泼出来的水吗？"

妻子便赌气离开屈童，趿着鞋子，走到那道被小德子擦手擦得遍是污渍的布帘后面，沙沙地在弄什么。

屈童跟了过去，从后面抱住她，在她耳边，恶狠狠地压低声音，叫道：

"你在抠什么！"

她继续把手伸到衣服里面去，不理屈童。

屈童焦急地又叫：

"你不要抠了！"

她猛地转过身，狼一般地看屈童。

"我不让你奸！不让你，我自奸！"她把湿淋淋的手指伸到屈童跟前，使劲地挥动。

屈童抓住它，狠狠地扳她。她的身子低下去，弯下去，抬起头用哀哀的目光看屈童。屈童提起她，说：

"你会闹出毛病的，你不知道这不是时候吗？"

小德子突然从布帘那边蹿过来，带了一身泥土，用双手作手枪，对准他们俩，喝着，嗒嗒嗒便是一梭子。

屈童给妻子使了个眼色，她便背过身去整理衣裳。屈童抱起儿子，亲他的腮，说：

“打枪要看物件，分好人坏人，不能乱打，懂吗？”

屈童似乎觉得儿子挺聪明，竟像完全领悟了。屈童想，他可能会有大出息。这时候，屈童才像不那么飘忽不定，才是一个真正的人。

第三十章

1

屈华擦干净小德子的脚，用干净毛巾给他缠住，让他仍然坐在小椅子上，自己就在布帘的前面，支了一张简易的床，从柜顶上拉下被褥，在床上铺了，然后将小德子抱过去，给他解了衣服，哄他躺在被窝里。小德子很快就不再说话。小德子玩了一天，肯定累了。屈华就坐在床沿上，没有动。

妻子掀开布帘，探过头去，说了一句：

“还开灯干什么？不是睡了吗？”

说着，狠狠地甩了一下布帘，使悬挂布帘的铁丝好一阵颤动。

屈华瑟瑟地起身，将她的灯关了。她没有马上躺下。屈童听不见她的声音。她大抵站在黑暗中发呆。屈童想，这个女人，总不是机灵的，像块木头一样，难怪她嫂子生气。

屈童为她轻轻地叹了一口气，向上伸出手，示意妻子送自己一支烟。

桌子上,有尊伟人塑像,是妻子从她车间拿回家的。塑像站在一只简陋的台灯背后,在灯影里显得绿莹莹的,他还在向小将们招手致意。

屈童的心中,一阵凄凉,觉得委屈了他,让他站在那样低的地方。这是屈童家唯一的艺术品。

台灯的纱罩,被小德子用火柴烧破了一个洞。从这洞里,射出一股细圆的光柱,直直地照到脏兮兮的、用旧报纸裱糊的天花板上,竟然放大如一只碗口。碗口里碰巧有一张大人主持会议的传真照片。如果屈童细看,似乎能看清那位大人的鼻子有些瘪。不过,屈童觉得自己没有细看。屈童的眼睛周围,感觉发黏,饧饧的,便不想费力。

妻子在屈童衣服的口袋里,找出一包挤扁的烟盒,抽出一根,从抽屉里拿了打火机,点上了,放在自己口中,狠狠地吸,竟去了小半截。

屈童说:“还名为给我点烟,精华都让你给吸去了。”

她从牙齿间拿下来,在桌边磕去烟灰,露出石榴红的烟头。她的那双眼,此时也正如此。她说:

“可见男人下作,草粪牛屎的,什么都稀罕。”

屈童接过她燃的烟,吸了一口,撮起嘴唇,向上面那照片吹去。屈童想试试,能否将烟雾喷到大人的脸上,使他朦胧。屈童想起大人,他是常常对着他们抽烟的,每每深沉地向前喷吐。屈童是连躲也不敢躲的,便作雾中看花。

屈童想,也让他尝尝别人口中的烟的滋味。可半路畏惧起来,少了力气,竟使那烟在没有达到那照片时,便弥散了开来,化作“原子弹蘑菇云”,进入浑浊的光里去,其实没有一点威力。

布帘外,一直没有动静。屈华还没有回到她和小德子的床上。

隔着布帘,妻子又恨恨地往那边望一眼。她希望屈华早些睡。只要屈华一睡着,他们便可以兴风作浪。像这样,他们只好用动作配合眼色相互暗示,没一点恣情,屈童和妻子,都像有人紧盯着似的。

屈童把口中的这支烟抽完，用牙齿咬着烟蒂，忽然不小心，白色的烟灰散落在脸上。屈童迅速摆过头，将烟蒂吐出来，伸手在嘴上擦。那烟灰只一点余热，全不烫。屈童的脸上，没有留下痕迹。

屈童觉得困意上来。他想看天花板上的照片，更加不清晰，便翻过一个身，对妻子说："你睡吧。"

一个非常奇怪的、半人半兽的形状，在屈童脑子中狂飞乱舞着，牢固地囚束住屈童的脑子。屈童不得动一下思维。冷汗在屈童背下浸出了一片。

妻子猛一声说：

"该死，这老鼠！"

她气急败坏地冲出布帘，大声向屈华训斥：

"这是你买的白菜！你有多少工资，还要让它们吃坏烂掉！"

"我冷呵，我没有手套。"屈华果真还站在地上，她低低地说。

妻子更加恼怒了，说：

"你想让我们把你打扮成公主？你可没有熬到那份儿上。"

"这样的冬天，街上冰溜子也挂了起来，白菜总不会烂的。我想，这样可以少出去几趟，还能省下些钱。"

妻子忽然冷笑了，冷冷地说：

"你是说什么都有理。我最见不得这样犟嘴的人。这么多白菜，会把屋子都塞满的呀。你是不会替我们想的。"

屈华说："我可以搬到走廊里。我同邻居说好，他们不会介意。我这就搬。"

她那单弱卑怯的声音，一从口中消失，她便开始运输白菜了。

屈童的妻子，还在絮絮叨叨地诉说着。她激动地在地上走。

屈华搬完最后一棵白菜以后，便掩上门，没有进来。她肯定没有走远，大抵是向着夜风在哭了。

妻子好像从里面将门闩上了。停了一会儿，她气咻咻地走回来。屈童便装着睡了。她在床边坐着，对自己说：

"下午老鼠吃了一个馍馍，这小女人连老鼠也管不住。她还要说没有手套，可是这钱是我一锤头一锤头在白铁片上打出来的。我真不明白，一个人不劳动，还要有这些想头。她倒会哭鼻子抹眼泪儿，像受谁的委屈似的。可是白菜会冻坏的。这样冷的天，把白菜放在屋外，肯定会冻坏的，再不就被人偷走。我对眼下的人最不放心。到明天跟她算账！我不能纵着她，随别人怎么想。"

接着，她提高了声音，喊：

"你死在外面吧！我敢把你关在门外？哼，老姑娘！那门是开着呢。"

她说个没完。屈童偷眼看去，她十分丧气地不住地垂头叹息，不住地陡然发恨。屈童不便去说她。

屈童想，只要一开口，必定逃不过自己每夜的义务。像现在，屈童自料实在熬不过，不如及早躲逃了。明日总不能待在家里养精蓄锐，势必要去见大人和同事，弄成一个萎靡的样子，很能引起别人不快。

2

他们那里的小叶，在众人面前失手打过一次茶杯，将茶水溅到大人刷得干净的裤角上。大人在月末的工作总结会上，藏头露尾地说出如今改革的年月，一切工作要谨防自由主义之类郑重的话，便是因此而发。小叶听得心惊肉跳，想起那天的事，大人明明说"不介意"，现在自己先疑在那事上，竟如进了迷魂阵，大病过一场。起初还强打精神，坚守岗位，以求补过。后面便力渐不支，只得住了医院。期未满，又觉得这样长住，有着贪图享乐的嫌疑，便转至家中将养。

碍于同事情谊，屈童去慰问。

小叶见左右再无别人，诉及此事，痛言皆为房事频频之隐患也。他说，他每日在家中无事可干，又无事可想，妻又似乎精熟此道，一味迷惑于他，便不可免。那出事故的前夜，实则连战三个回合。即便一铁打的男人也扛不住。小叶说得痛哭流涕。这是人自己在为自己作对。你想做的你根本做不到，你不想做的不由你不做。“螳螂捕蝉，黄雀在后”，放在哪里“皆准”，谁也说不准自己处在哪个环节上。

小叶说：“咱们男人，活得就是窝囊。在你的前面，有形无形地存在一个界限，你突破了它，就算成了佛。你突破不了，就永远是鬼。可是，你有不当鬼的力量吗？你敢说不，你敢说是吗？你只能呜呜的，像条狗，像条被千万人撵着的狗。如果有一个人在它前面打开自己的门槛，欢迎它躲进去，还是它的幸运呢。关键是，在这世上，它找不到这样的一个门。即便是破败的，也罢了。你只有跑啊，跑啊，毫无意义。回头看看，追赶的人越来越近了。朝前看，又是走不完的路。这双腿早已不像长在自己身上。老兄，我从心中敬佩你。大人又器重你的，你不存在被人紧紧追赶的窘迫。况且即便如此，你还有个好夫人。那是一扇为你打开的门呀。可怜我左思右想，是什么也没有。日日顾此失彼，可时时还想起自己是个男人，便不想去消沉，便想去争些气，让大家喜欢，外面的人和家里的人。”

小叶的话，说得屈童从头到脚都凄凉下来，要去劝他，喉中却如梗塞住，不由自己掌握。屈童想起他像那位受了棒伤的宝哥哥，耳中便听见一声细的声音说，你可都改了吧。但屈童背上已淋漓地出了一场大汗。

小叶说到动情的地方，他的夫人不知什么时候站在了一旁。小叶一发觉，满脸赔笑，讪讪地道：“我躺着还好，还好。”

他想去拉夫人的手，想在外人面前表现对她护理的感激，竟然只把手伸到半路，犹豫了一阵，退却了。

屈童觉得为小叶悲哀。

极目太空，一片灿烂，竟不如不知自己心中也如这太空。屈童想忘记头上的太空，以便忘记心中的太空。因太过于专注心灵，便潜发了一种心绞痛，无端来影响自己。

3

这时候，屈童的胸口，又觉得痛。浑如三座大山，压坍了屈童的肋骨。屈童想，这三座山曾经是封建主义和别的什么，我已不记得。当年时常说。今日一生疏，连点形影也寻不着，说什么也不像。

屈童觉得胸上三山巍峨。即使风光再好，因性命攸关，也无从去观顾。

那光柱一径地上去，仍照着那发黄的旧报。屈童想，这一柄剑，一柄利剑。

屈童若得了它，那倒是英武些。必定有些威风，最是惬意。

不住提携自己，把自己想成一位将军，眼前竟幻化出一片上空孤悬着圆月的沙场，耳边隐约号角声声，便踽踽独步，苍烈地啸唱。这一时的沉入自得，悠然不知所往。猛一惊奇，（却似乎没有听见妻子的说话）以为没有了妻子。张皇去寻找，竟见妻子一把一把地擦着泪，沉痛欲绝的样子。她见屈童看她，满眼泪光地想笑，忽然先露出阔口里的牙，十分愤恨，扑过来抱住屈童的头，使劲地摇撼。

“你也是人！你也是人！”她吼叫着。她伏在屈童身上，又是哭，又是笑。

屈童满心地惶惑，不能说话，浑身冷汗，又已经钻出来。屈童冷透了。屈童猛地翻过身，将她按倒，愤怒地望着她。她便止了哭和笑，神情麻木。屈童继而害怕起来，双手一颤，将她放开。

屈童说：“你怎么疯了？这不好！”

“你来呀,我以为你来呢。”她声音哀哀的,低声说,“我是不知道。这不能算日子,你是自私的,我们总还有房子了。你为什么不向大人说?你总不为自己想想,为我想想。——你别再跟我说什么!我不管你心里怎么想,我就抠!”

她的手又乱动起来。屈童忍不住抓住它,说:

“你怎么那样着急呢?我们——先给屈华找个事做,也能多点收入。至于住房,大人总要安排的。”

屈童这样说着,身体已觉得轻飘飘的,弥弥扬扬地四处散,不像还有自己似的。屈童总在撒谎,既欺骗自己,又欺骗别人。

给屈华谋差使,早已碰得屈童头破血流,尚没有把握,在大人刚刚透露出一点可能的时候,如何也不能再用住房的事来打扰他。一个大人,一言一行总关乎大局,些许小事,实在不该拿去烦他。

4

“屈童是个好同志嘛。”

大人微笑着,对曼丽和小叶说。

屈童知道换取这句褒奖的话的代价,但既然能得到大人的首肯,屈童做出再大的牺牲,也是在所不辞的。

如果不是因为妹妹,屈童绝不会去求大人帮忙,那么,大人仍旧可以说:“屈童是个好同志嘛。”

他嘴角的微笑,引起的一丝皱纹,非常令人感动。他还在用两个手指,在沙发的扶手上,按照一定的节奏敲动着,像在漫不经心地指挥一场演奏。这句话使屈童投入万般的纷繁美妙的音响里。那音响说不清是从哪个角落、哪些琴键上跳出的。被这些音响环绕着,屈童由衷地感到无限幸福。屈童痴痴地望着大人粉红的、洁净的、跳动着的手指，自豪感悠悠地自深心涌起。

5

可是，因为屈华，屈童不得不向大人诉说生活的琐细，干扰大人的工作和休息。大人的脸上，虽然看不出什么变化，但他的声音显然有些不愉快。

他听完屈童的要求，随意问了一句，你想为你妹妹在局里谋个差事？屈童连声回答是的，再向前倾一倾身体，以示更大的恭敬。忽然，耳中响起手指敲击沙发的声音，果真看见大人在敲击着——屈童是个好同志嘛！

屈童记得他是一边轻轻敲击，一边微笑着说的。屈童竟然以为此时他还会说出这样的话来令自己幸福，脸便首先热了，又如浸入繁响的音响中。但是，大人并没有马上说话，他似乎忘记了屈童在他跟前一样，合了眼养神。

屈童说："劳您费心。"

大人的手指停住，将眼盯住屈童，说："已经超编了，你是知道的。今年年底，大概还要减员。"

他的话击穿了屈童的头脑。屈童顿觉得惊异和恐惧。屈童不知怎么办才对，要收回自己的请求，似乎时机不宜。

正困窘间，又听大人将声音缓和了一些，说："至于这个，看看工作需要不需要，略放一放，怎样？"

大人乍然的平易，又使屈童喜欢，似乎看出一点希望。但是，屈童毕竟要小心的，总要小心。

后来留意，大人再没说屈童是个好同志嘛。

屈童十分怀念大人说这句话时动人的尾音。每逢屈童忽然颓丧时，都是这拖长的尾音，将他从那沉落中解救出来。

究其根本，实在是因为屈华影响了屈童的前程。屈童不该用个人的小事麻烦大人。

6

“这一件事尚没有结尾，”屈童又说，“我们的住房，大人总要考虑的。”像是不堪忍受这两者，一下子整个身心被挫得粉碎，四面飞扬了。

“你又不是一次对我这么说，当我是小孩子呢。”妻子挣开屈童的手，把脸扭向一侧，“这个家对你不重要，你在外面威风呢，又有茶杯，又有办公桌、椅子，你才不用来了呢。”

屈童被她说得心惊肉跳，胸口更剧烈地疼痛。

在她的心目中，屈童还像过着一位老爷的生活。真是令人难为情的事。

屈童一时的羞愧，脸上竟湿津津的。屈童说：

“不要说，行不行？求你了。”

“你才不用来了呢！”她又嚷了一句。“茶杯，热水，桌子……”她嘟嘟囔囔地说着，用被子蒙住头。她忽然又掀开被子，两眼红了起来，像发起的面团，泪光点点，“——还有报纸！”她像嚷道。

屈童心中泛起一阵委屈，便觉得鼻头发酸，不能够再被她看着，便转过身，对着灯。屈童只有一句话要对她说，屈童恨死了这样活着！可是，屈童说不出口。在屈童想起这句话的时候，自己不由得惊慌，有这样的认识肯定不妙，说不准明天就会在人们面前流露出来。那是太可怕了。

7

小叶原来就是一个平时有些奇怪想头的青年。屈童一直认为，小叶在大人的眼中的形象不好，不仅仅是他在大人面前摔过一次茶杯，而且是他向来不太注意自己的言谈。世上总有背叛者，当面忠诚的人未必在背后忠诚。别人将他的疏漏传到大人的耳中，也未可知。而且确凿的一次，是被大人出其不意地撞上了。

那是上午十点钟左右，大家看报纸看得累了，便有几个去厕所旁的阴凉里闲聊。

小叶和屈童没有动。小叶掀起报纸，像是在找报纸下面的铅笔，其实他在拿眼从报纸的边缘看屈童。屈童发现了他鬼鬼祟祟的样子，觉得有趣，便笑道："你看见征婚启事了是不是？有没有条件比得上你那位的？"

小叶将报纸翻过一面，向后侧了侧身子，说："你别打趣我。这上面的，都是些顶爱出风头的天真的男人和女人，那些小伙子如果知道美丽的女人后面，总跟着一群红头大苍蝇，绝不会再同她们大谈志同道合了，因为她们谁也逃不过这种苍蝇的追逐，也没谁打心眼里不喜欢这种追逐。一个女人还未在世上站住脚，却对情人大谈理想、事业，这首先是一个撒谎得顶要命的女人。"

屈童被小叶的话弄糊涂了，只得苦笑着说："你讲的我不懂，照你说，一个受损害的人，是不值得有爱情的？"

他弹了一个响指，点着屈童的脑袋，得意地说："呵呵，你真是糊涂，我什么时候说她们不值得有爱情？我只是说如果这样的女人仍然若无其事地在征婚广告上标明必须志同道合，那么，她就是一个讨厌的女人。她的志向早被强权践踏了，就像将鲜花践踏在泥淖里，不能够复原了。她首先要认识到这一点，然后才可以用心去感觉能够带给她爱情的人，而不能够在报纸上使用一两个金字招牌。"

屈童说："去你的吧。如果女人都严格了，这一辈子也不用想结婚了。你不该这样鬼鬼祟祟的，杞人忧天，让我以为你有什么机密大事呢。"

小叶扪额叹了一下，说："我也是感时而发，不知不觉把话引得深了，你却不领悟。"

他盯住第四版上的一个题目，瞧了许久，又说："你觉得谁是这里最漂亮的女人？"

屈童说："大家公认的是曼丽嘛。"

小叶冷冷地笑道："对，可正是她的美丽将她毁了。"

小叶脸上，现出悲天悯人的表情。

屈童环视了一下办公室。其他几张桌子上，只有一个穿三五牌便装的人伏案打盹，像并没听见他们的话。屈童不愿意背后谈说一个人，便想招呼他过来。

小叶却谈兴正浓地说："我是亲眼看见，大人将手插进曼丽的裙子里的。"

屈童感到紧迫，呼喊："王强，把那张社论拿给我看吧。"

这一声喊的同时，却见大人站在小叶背后。屈童便急忙站起，小叶还在说："他这是第三次了。"

大人忽然咳了一下。小叶恐慌万状，从椅子上弹起来，脸憋得发紫。

大人说："近日的社论大家读过没有？"

小叶吞吞吐吐的，不会回答。

王强走过来，把社论交给屈童。屈童说："你刚从我这里拿去，你想看可以再看。你替我把我圈了红笔的句子抄下来也好。我要谢你呢。"

大人与王强说了两句话，往房间里看一看，就走了。

那次病，把小叶折磨得只剩下一把骨头，脸上像蒙了一层薄薄的白纸，额头上显露着淡青色的血管。他一说话就喘，像害怕寒冷一样，将肩膀向一处缩着。

他说，他清楚记得，大人对他的态度就是从那谈论曼丽时改变的。他总是从大人的眼光中，看出一丝故意的冷淡，而他自己，每逢到大人，先自心中愧疚，便无法抬高了头，经常用眼睛盯住自己的脚尖看。他不想这样做，可是从没有鼓起自己的勇气,坦然地招呼大人,向大人汇报工作。

他握着屈童的手,喘着气说:“屈童兄,我爱说话的毛病害苦了我。可是,一到那份儿上,总觉得说不出就不痛快。岂不知因小失大?你看我活得像不像人?我是完了。这一辈子又非要守着这个地方不放,换个地方必定连这里也不如。我心中却又舍不得。其实,哪里是舍不得?我一直担心又去认识新的大人。这一个毕竟是熟悉的,将来的不知能比得过了比不过,我不敢冒这个险。与其再受油煎,不如安心受这火烤吧。老兄,我这人不争气呢。天生我是聋子、是瞎子、是哑巴就好了。老天偏偏不顾怜我,给我这份罪受。”

小叶把屈童拉得更紧了,额头上的血管突突跳着。

屈童说:“小叶,亏你想得这样多。我们什么也不想,不就自在了吗?像我,我是什么也不想的。你多虑了。大人未必将那话听见,也未必放在心上。即便听去一两句,让他想想,也约束一些吧……”

小叶打断屈童的话:“老兄,不料你的糊涂比我更甚。他哪里是没听见?我听见他那一声咳,分明不愉快,不是在警告我别说下去吗?如果我的判断错误,他为什么将该我做的事让你做一份?有时在卫生检查时,一点零活儿也不派给我干?惯常是我分发报纸,现在却让王强一人揽去。我是连他办公室的边儿也沾不上的。能让我不考虑?”

小叶说得激动,把屈童的手松开了,眼神黯然,向一旁插着一束陈旧的塑料花的花瓶看。

屈童说:“小叶,那或许是大人关心你。你想,你是刚病愈的,总是咳。”

他听了屈童的话,竟然说:“我是连你的话也信不过的。你在安慰我。我只是想,我们都该装成死人才好。”

8

其实,此刻,屈童正像一个死人一样,出尽最后一颗冷汗。屈童已既不觉得心惊肉跳,也不再觉得心口痛。胸廓里如一望无际的沙漠,一两片灰白的报纸,随着风,缓缓地翻转着孤独的影子。

“你总在沉思。你们可以一手拿着报纸,一手扶住茶杯,沉思着。”妻子的声音便带了啜泣了,“我好羡慕你们。”

屈童忽然说:“沉思只有大人能够这样。”

从屈童的妻子脸上来看,屈童这话已经出口了。她大抵在想,屈童不该有大人。既然有大人便是奇怪的事。她以为屈童很了不起。

屈童的眼前,却似乎看见那位高贵的大人正用拇指抵住太阳穴,使劲在想。过了一会儿,他说,同志们如何如何。这个,它的意义要从多个方面来讲。大家要深刻地发掘其中的含义,对我们的工作非常重要,非常重要。这是目前压倒一切的政治任务。你不以为正是这样吗?——嗯?

大人一路通畅地阐述下去,大家听得眼睛都直了。

屈童想,我跟人家相比,算作老几?我连沉思的权利也没有。那太高贵。屈童只有惶惶不可终日。

“我在乱想。”屈童想自己大抵神经错乱了,不由自主地打了个冷战,对妻子说。

不久前,屈童才发觉自己已经很迟钝了,竟不能循着一个思路去考虑一件事,看过的总是忘,在大人面前,总显出局促的样子。这确实有些不妙,好像再没有造就的可能。

9

屈童这样想，突然看见他透过一个精致的烟圈，紧盯着自己。屈童恐怕一旦与他的目光相触，会使双方难堪，便只看放在窗台上享受阳光的花花草草。但是仍旧觉得被他看破，便不住恐慌，伸手去擦自己的额头。那里仿佛被一个口里含毒的昆虫叮咬了一下，无边地痒痛起来，竟然使屈童不知道在做什么，想过什么，只像被人逼得身材越来越小，最终消失在座位上，连点形迹也没有。

正不知道该怎么办，去看左右的人，全是心领神会的郑重样子，便立刻恭敬了，渐渐地像领会的样子了。

但是，屈童对小叶是不放心的，竟忘了自己刚刚摆脱困境，偷偷去寻找小叶，发现他坐在一个角落——人们的背后，脸上露出像是吃了一只腐败橄榄的表情。细长的颈，将头向前送着。

屈童不由得多看一眼。小叶的两个肩头止不住地抖，像在提防一个可怕的人从背后拍他。他暗自替小叶难过，但又无法帮他，只好把眼睛从他身上挪开。再看大人，庆幸自己并没有被他注意到。

屈童想，大人的胸膛，像一个效果极佳的音箱。一个个像是现成的音节符号，从他的胸膛里，黄色的小蜜蜂一样，飞涌出来，在我们头上舞动。但是我们却不像那种芳馥的鲜花，所以我们只为他感到可惜。可惜他对牛弹琴。一边悔恨自己是如此这般微蔑，微不足道。

真正像鲜花的，是那位曼丽小姐。她坐在离大人不足两米的地方，沉静地在指间夹着一支铅笔。她谁也不看，用笔在纸上写着。

忽然，她忍不住笑了，但没笑出声，脸上早已是调皮的恶作剧的样子。她在纸上画着什么，不时抬头向他们瞅一眼。不长时间，她大抵完成了一幅画稿,便小心地折叠起来,放进自己腰间的小口袋里。

屈童知道,曼丽是十分喜爱漂亮的人儿的。她肯定对他们中间的一个发生了兴趣,趁他不注意的时候画下来,挂在自己房间的墙上,玩几天不关痛痒的相思。她并不真的当成一回事,但爱起来也够真诚的,只是不长久。她的画技,在他们这里,却是数得着的。她的速写,只用寥寥几笔,惯会抓住平常人不太注意的特征,恰如其分地、极有喜剧效果地来上一种夸张。

屈童玩不了她。屈童的一个邻居小伙子,相当出色,议论女性的时候,经常对屈童说:"我玩不了她。"

曼丽把那张纸片交给屈童看。

果真是一幅速写,是他们的群像,却阴沉得令人发抖。

她显然为自己的作品得意。她说:"这里不连你是十三个人。十三在西方是个不吉利的数字,我不想坏了大家的好运,所以,你看,在这个角上,这两道曲线就代表我。你看像不像? 我就要这种姿势。马斯蒂的线描。你去复印几份,拿来让大家看,大家肯定觉得滑稽。阿门。"

她把速写交给屈童。屈童没有去接,吞吞吐吐地苦笑着说:"罢了,只是一时心里乐,犯不上弄几份让大家心里难过。"

她不再笑了,冷冷地说:"哼,我就知道你不敢,还说是让大家难受。你们要是明白了还倒好,还像个样子呢。"

她转身想走,屈童连忙解释:"曼丽,大家平平静静的,也还觉得不错。让大家觉得不好了,岂不罪过?"

她不听屈童的,说:"你走吧,我自己去复印,还要拿给大人看,我知道你可是不规矩的,只你斜视了别人,防着大人敲你。我可不敢说,你和小叶会不会再翻一个个儿,弄到后来连小叶也不如,不要埋怨我。他是拿我没办法的。"

曼丽愤愤的,用蔑视的口吻对屈童说。

屈童听了，慌张起来，说："只求你，把我改过来，我不愿意与众不同。"

她哈哈地笑了，笑了好一阵，才住下。她说："你们男人，不过一个官僚就拿他当成一只巨大的怪兽，竟连一个敢碰他的都没有。他多了什么？吃喝拉撒，不比你们少。他那两只前角比你们硬些，还能夹死你们？不过比你们色胆大些就是了。罢，罢，你不用担心，我撕了它。"

她拿出要撕的样子，屈童口中说着："快别撕了，你想嘲笑我们尽管嘲笑就是了。"

在屈童说着的时候，她已经把速写撕碎了，将纸片掷落在地上，花枝招展地走了。

第三十一章

1

妻子仍在啜泣着。

屈童回头看她。乱糟糟的头发,遮住了她本来就枯瘦的小脸,十分不堪入目。屈童便把灯熄了,掀起被子,将冻得冰凉的腿放进去。

她见屈童要睡了,才擦了擦眼泪,停了啜泣。她头发里的油腻味儿,钻入屈童的鼻孔,屈童觉得非常厌恶,就把头挪得离她远一点。

这时候,门外小心的脚步声,响进来。屈华慢慢回到屋里,睡在小德子的床上。妻子竟没有再来麻烦她,任她瑟瑟地脱了衣服,睡下了。

小德子小小的身体,在床上翻了一下,口中"嗒嗒嗒"地又叫了一声。

屈童想,这十分有趣,说不定他会发展成为一名射击运动员。我还得靠这孽障光照他老子的门楣。

屋中便寂静了。

屈童看不见墙壁和布帘,像它们只是临时的屏障,一到黑暗中,便全部撤离下去,给屈童更多的空间,让屈童生存。

这可是假的。阴暗却仍旧是一个非常可爱的宝贝,屈童甚至喜欢把它想象成女孩儿,生着一双似醒非醒的困意的眼睛,瞧着薄裙下的一簇绿草。

这一躺下,黑暗便四面合围过来,竟使屈童觉得像在站着,十分轻松地站着,四肢舒畅地展开,一阵风也能将屈童吹起。这是非常惬意的时候。但是,如果没有妻子头发里令人作呕的气味,屈童便沉醉其间呢。那臭烘烘的味道,钻进屈童的鼻孔,屈童不堪忍受,轻轻将手推她的头,竟使她滑动了一下,也没有惊醒。

屈童暗自庆幸她睡得快。虽然那气味的刺激减轻了一些,但仍旧是有。屈童不得不看见,暗影里的墙壁,又渐渐地逼近了自己,像几块木板似的挤压自己,令自己憋闷。眼睛向上看,灰白的天花板,比墙壁要清爽一些。那旧纸上的照片,竟微微地发出光,使屈童想起平日里看到的大人。

屈童想,大人真了不起,不然,如何会成为大人?

但是,一想到他,屈童便不能镇静,实在连睡觉也不敢。他就像果真站在屈童面前,想赶掉也不能。

屈童只好闭紧眼,又想,一个小人物一切都要小心。

思考这个,非常无味。去看天花板的时候,屈童心中一片的茫然,是再寻不出照片了。

房外仍旧有灯光,因为后窗那儿,较其他的地方亮一些,似乎看出一些淡淡的影子在飘过。

屈童仔细看了一会儿,想起下班时北方的铅色的乌云,断定是下雪了。

雪下得一定很大,被路边灯火照到窗上,便留下影子。

这时候,路面上可能落了一层,房子和树木也白了,算得上洁净,但是天空又没星光,又没灯火,只是堆积的厚重的乌云,应该是灰蒙蒙的,像他们的房间。

屈童忽然想起屈华为什么要溜进来,而不是在雪地上站一夜,大抵是怕雪冻坏了她。

她还要留恋人生。可屈童觉得她只有一个地方可去,那种开在路边的小店……

这雪便是从她回到屋中的时刻下大的。

屈华肯定冻成了冰人儿。

可怜的小德子。她会让小德子着了凉。——到时候再跟她算账!

她不仅仅要用屈童的工资来生活,而且还要小孩子的温热去暖她的身体。她真能要屈童的命。

屈童再看一眼窗户,这次觉得像涂满了新鲜的脓液,那该是从一颗熟透的脓疮里面流出来的。

窗户的颜色,使屈童烦乱。屈童不能再去看它,便把视线挪开。

屈童悔恨给屈华改名字。不然,屈童不会管她,随她怎样。

2

那天晚上,屈童刚从外面走进屋,就说:

“你该改名字了。这会给你带来好运。”

她才是个刚上小学一年级的小学生,下巴尖得像锥子,听见屈童说话,就先去望灯下的母亲。

母亲正认真地削着一只腐烂了一半的苹果,并不抬头,削好了以后,便递给床上躺着的生病的父亲。

屈童说:“你叫屈华吧。你会有好运气。我看得出来。”

父亲用牙轻轻嚼动那苹果,虚弱地用目光对母亲表示感激。

屈童很生气，又对小妹说："你叫屈华吧。这是个时兴的名字。你等着瞧，会有好运的。"

屈童高喊了一声："华主席万岁！"

屈华猛地露出惊喜的神色。她从母亲脚下的矮板凳上站起来，从一个满是红花的书包里，掏出一杆铅笔和一张方格纸，伏在墙角的桌上，写下"屈华"两个字，然后走到母亲跟前，让母亲看，又递给父亲看。她肯定在心里默念了几遍。她眼盯着它看，很快熟悉了它。

她对屈童说："这个名字很好写。"

屈童当时正上高一，常同大家谈论国家大事，每每都要激动，正是在这当口儿，屈童才起了个名字给妹妹。

屈童想，给人起名是件非常愉快的事，又见自己的学问。

屈华翻出所有的书和本子，将上面的名字改过来。

历年来，屈华一直成为屈童摆脱不掉的负担。名字改了，但她的好运气，却始终没有来到。她上了两个三年级，好不容易小学毕业，考上中学，但成绩却不显进步，全日制中学毕业后，便寄居在屈童的家里。

屈童父亲工作的那家专门生产一种用来套勺子把柄的玩意儿的工厂倒闭后，她无法顶替，便闲了起来。她无法生活，屈童便肩负起给她找工作的责任了。她像一个脑子不管用的女孩子，总是丢三落四，这也不怪她嫂子对她刻薄。她使他们家总是不愉快，连小德子也不像别的孩子活泼。

3

屈童忽然想起房外的白菜。这样的雪夜，它们会冻成冰块。

屈童心中又愤恨起来，要将屈华叫起，但是想到刚刚得了一些平静，便怕惊醒了妻子和小德子。屈童只好悄悄起来，走到房外，把墙根下的白菜又搬进房间。

这一运动，肢体竟觉得舒服，也不怕冷，在地上站着。刚才屈童下床的时候，不小心被放在床尾的一条凳子碰了一下胫骨，十分疼痛。大抵有伤了。

屈童在门外拉了电灯的开关，看了一看，果真有了紫包鼓起来，轻轻一揉，又疼了许多。

屈童正无奈，四周搜寻止痛的东西，无意中看见屈华稍露在被窝外面的小小的头颅。屈童想了一会儿，猛地跑到她跟前。她睡着了，眼睛比往常塌陷了许多，几乎看不出眉毛。

屈童抓起旁边纸箱上自己上午从邻家借来往墙上砸钉子的铁锤，对准了她的脑袋。

4

"我会有好运气。"她说。

她在书本上虔诚地改写着名字。她回过头来，问屈童：

"我不知道运气是什么。"

她由于太用力，将铅笔尖摁断了，只好再用小刀削。

她突然惊叫了一声，原来，她的手被小刀割破了。

血滴顺着手指落下来。

屈童和父亲母亲，都向她看，但谁也没有动。

她丢下小刀，到针线筐里找出了一条破布条，在手指上缠了，然后扯断一根白线，扎了几圈，用牙咬住一个线头，细心地系上了。

她又回到桌边，用小刀削铅笔。

屈童在她背后说：

"运气就是什么也不用做，一切自动地会有。"

“那么，我也不用再写字了，是不是？爹爹、妈妈病了，也照样会有苹果吃。”她说。

5

……屈童丢开锤子，怔怔地看着她枯草似的脸色。

她将身子翻过去，闭着眼在梦中伸手又去给小德子掖掖被子。

屈童慢慢地离开她，走了一步，又返回身，将她身上的被角掀开。

屈童借着灯光一看，她胸前还没有凸起的迹象，仿佛一面被风雨剥蚀的、凹陷下去的土墙。

冷风扑过来，她的胳膊，紧紧抱在一起，双腿也蜷缩着。她的内裤，看不出是什么颜色，似乎有暗淡的斑点，皱皱地团在一起。

屈童放下被角，遮住这个细脚伶仃的女人，熄灭了灯，回到妻子身边。

屈童浑身已经哆嗦，牙齿也止不住地响着。屈童想，世界快毁灭吧。

雪，还在下着。

屈童透过脓液一样颜色的窗户，看见雪花在飘舞着。

在人们熟睡的时候，会不会被这纷纷扬扬的大雪掩埋住？

——屈童想，我是极其盼望我们从这个世上消失掉的。

大地一片白茫茫，才是好个晶莹干净的世界。而我们人，永远被埋在这大雪的深处，永远不得苏醒。在那片雪野上，重新生出大地，生出来苹果树和房舍，以及重新的人。他们不会知道他们脚下还掩埋着怎样的丑陋和疯狂。他们长出丰美的头发和健康的四肢，用幸福的嗓音歌唱与交谈。

屈童寄予雪以希望。

忽然，路边的灯光，熄灭了。窗户在屈童的眼中，成为一个黑色的影子，像向世界四方的洞口。

屈童等这黑影在眼中消失，房子四角都是昏暗的，再找不出一个刺激视神经的亮点。

屈童的身体，刚刚获得一点暖意，便稍微静息下来，呼吸也稳畅多了。

6

屈华与曼丽相比，比一具骷髅更可怕。屈童是从那一次曼丽到他家来，就深刻地知道了。

屈童不理解曼丽为什么对他家产生了那么大的兴趣，竟对屈童说："屈童，我今天到你家去做客，欢迎不欢迎？"

屈童惊了一跳，不信她说出这样的话。在屈童还没有领会的时候，她又说："你应该在我身边走，要走得像个丈夫，不，像个情人，怎么样？"

屈童说："你又取笑我。我这等形色，跟你站在一起，更不成人样子了。"

她整理好自己的小包，搭在肩上，妩媚地说："走吧。"

屈童没听她的，仍旧站在原地。

她回头对屈童说："你得听我的，我当你的姘妇。"

屈童说："我们那家子，实在不会让你高兴，就免了吧。"

她更坚决了，屈童再坚持她就会生气。屈童只好随着她走。

来到屈童家门口，她对屈童说："他在吃醋。"

屈童一下子惊呆了。屈童怎能卷入这场爱情纠葛中？尽管屈童是迫不得已，但是哪里容得屈童去解释。

曼丽看出屈童的心思，说："你放心，他不会拿你怎么样。有我呢。我是故意这样做的。气气他！"

她说完，径自推开门，走了进去。

屈童随后跟上，立刻嗅到一股家中难闻的污浊与她的芳香混合在一起的气味。

屈华正在补她的衣服,被意外闯进来的美丽女人惊住了。她没想到屈童回来得这样早。她停住活计,发怔地望着这位天上掉下来的女人,不能够马上说话。

屈童讪讪地向她介绍:“这是我的妹妹。”

屈华也趁机收起衣服,丢在箱子里面,然后惊慌地走到桌边,给客人拿水杯,又去给她搬来一张椅子,因为找不到抹布,便用自己的袖口去擦上面的灰尘。

曼丽也吃了一惊,不晓得屈童妹妹会是这个样子,见她如此殷勤,说不清是可怜她,还是过意不去,伸手抓住她的手,打量着她。

屈华没有勇气抬起头来正对着曼丽。她显然比以前更加畏怯,吞吞吐吐地说了一句:“你坐吧,干净了。”

屈童那天才发现,屈华额上的头发,留得很长,如果向前披下来,能遮住鼻子。她大抵以为这是女孩子的美吧。她很少与外界的女孩子交往,所以也不了解什么样的发型在世上最时兴。这些又黄又细的头发,在她的慌忙中,一起送到额前,不见了两只眼睛。

曼丽松开她的手,她立刻像小耗子似的,躲在角落,一声不响,还在不住地把额前的头发拢到耳后。

曼丽看了一下他们的房间,为他们叹息着,看样子十分同情。

她忽然说:“你为什么不向大人提出要求?”

屈童苦笑了一下,说:“个人的一点儿小事,提出来会使大人不高兴。”

她不解地看着屈童。屈童被她看不过,只好躲避她的视线。

屈童想,她是一个高贵的富有同情心的女人。不管她与大人的关系多么暧昧,她都是一个善良的聪明的女人。她突然对屈童笑了。

屈童莫名其妙地想,她在笑我的无能吧。或许觉得我在骗她,把她领到这样一个杂乱龌龊的地方来。

她的笑声,却那样好听,只有她那样美丽的嘴巴,才能笑得出来,而她的姿态,更加动人,像一个由纯粹用美的事物组成的一样。

这时候,屈华走过来,为曼丽倒水。

屈童这才发现,屈华是多么可怕。一个僵尸似的人。

这个阴暗狭小的房间里,生活着一个衰弱干枯的女人。

屈童总不能让大人见自己的妹妹。

她肯定会引起大人的厌恶。

可是,屈童不明白大人为什么要这样做。

屈童愈是不明白,愈想要明白。

曼丽在背后捣了鬼吧。她是不是告诉大人,屈童有一个天仙似的妹妹?

屈童对大人说:"您是要见我妹妹?"

屈童终于知道,自己不仅不是聪明的,而且也永远不会聪明起来。屈童已经使大人失望了。

他向屈童吼道:"你什么时候才会聪明起来!"

屈童确信,那话是他吼出来的。他并不是轻易发火的人,而且还可以算得上温和。他平时总是用简略的、缓慢的言语,同人说话,但是暗含着令人不可侵犯的威严。

屈童确信大人对自己发火了。

屈童的脊背上,有一只火炭滚下去一样,但立刻就在那火炭滚下去的地方冻结了。

屈童什么也不再听见。

他的怒火,像利剑似的,将自己的耳膜穿透了。

屈童确信,自己的耳膜已经被破坏了。

此时,屈童听不到雪花落在地上、打在窗户上的声音。远方也照例会有的机器声也听不到，也听不到从这里路过的、由上海开到何州去的火车的汽笛声。

屈童只是满心的羞愧和恐慌。屈童想，全怪我听了曼丽的话，是她鼓起我向大人开口的勇气的。

屈童说："这合适吗？"

她笑道："你这样优柔寡断。"

屈童说："惯了。我哪有自主的权利？"

她说："怕什么？他要了你的命去？又不是去犯罪。他连你们也比不过的。一个得天时的伪君子，一个掌权的混账。他妈的这世上混账也吃得开！"

屈华对屈童说："这是我的运气吧。我要工作了。"

屈童差点要哭，想起很久以前的事，他自己说过："运气就是什么也不用做，一切自然有。"

因为曼丽的那几句话，屈童才走到大人办公室，遇上这犯难的问题。

这是不是曼丽的恶作剧？不像。她肯定是想帮屈童。

屈童的愚蠢，不知从什么时候就开始了，只是别人没有说出来罢了。

屈童想，当初给屈华改名字，就是自己初次做出的最大的、错误的行为。

屈童偏偏要这个不让人喜欢的女孩子影响自己的命运，这不是自讨苦吃吗？可惜屈童竟没有预料到这一步。

屈童想，虽自以为平日做得挺聪明，但实在是愚蠢的。

比如那次，小叶向屈童透露有关大人和曼丽的桃色新闻的时候，屈童就该制止他，或者远远地躲开他，或者已经知道小叶平日不谨慎，就该断绝了与他的交往，甚至假装自己发怒，向他叫道：

"你这个惯会造谣的家伙！"

屈童不该在他病中去看望他。这些都有可能犯嫌疑。

大人对屈童的怀疑，也许比对小叶的更大，也只是没说出罢了，单等屈童走进危难的时候。这逐渐积累起来的愤恨,才在今天一齐地迸发了。

可是,屈童还自以为聪明,想用话躲过干系,去问王强报纸上的社论。这可笑到极点。

屈童弄不清自己到底是怎样的一个角色。但屈童知道,自己是一个小人物。一个多余的人。在这世界上生多少,死多少,都无关紧要。即使有些聪明,与大人物相比,也只是小聪明。聪明反被聪明误,最终倒霉蛋还是小人物做。

你小人物就像皮球上的蚂蚁。大人物使脚来碰皮球,你心里说,咦,怎么转起来啦!

接着,便一片慌乱了。

你永远不知道是什么样的脚,在什么时候,来踢这只皮球。

但是曼丽并不理解他们。她不知道他们发表意见,便是不谦虚。他们不说,又是无用。他们提出疑问,便是不服从大人。他们出了差池,便是不安心本职工作。他们俯首帖耳,又招得他不屑。如此如此。

屈童对曼丽说:"我们不知道该怎样做。"

曼丽笑道:"我不晓得'我们'指谁。你是不满吧?"

屈童变了脸色,急忙说:"哪里敢?牢骚防断肠,我又不是不知。"

曼丽说:"我说你是世俗的人,你恐怕还要不高兴。听你的话,看你的为人,竟不是统一的。你是连丝毫的勇气都没有的。"

屈童说:"算了吧。我什么也不想说。小叶的例子在那里。他才叫欲死不能,欲活不得呢。你小看了大人。"

曼丽不再笑了。她凄凄地说:"你这种悲观话,别说给我听,你说给有力量的人,或许使他们加紧些改革呢。我呢,我只是漂亮。女人,只觉得好玩。我只等你们来拯救我。在我什么都没有看薄的时候,我寄希望于你们。等我什么都看薄了,我连你们也不指望了。你蹚出一条路来,也须使我走一走。"

7

……屈童全身温暖了过来，却不觉得到困意。

目光在黑暗中搜索。桌上的塑像，正微微地散发着幽光。屈童安静下来，想念了他老人家一阵，觉得他的历史真长。

小德子突然又在“嗒嗒”地射击。

屈童十分欣喜，因为他的耳朵听见了，也想到一个威武雄壮的儿子在自己面前。

妻子的脑袋，又靠近屈童，头发里的气味，竟不再刺鼻，而且有些撩人了。

屈童便抱住她，把半个脸，埋在她蓬松的头发里。屈童想到，这日还欠她一件事没有做。平时不做是睡不着觉的。屈童想，小叶摔了茶杯，实在不应责备。他才二十五岁，那是很正常的。

屈童想叫醒妻子，但她睡得极熟。屈童已等不得。

屈童上去了，玩得有趣，顷刻间接近成功了，妻子还没醒。

黑暗中，小德子却像石头一样滚过来，嗒嗒嗒，继续开枪。

屈童不由得火起，从妻子身上下来，伸手把小德子抓到跟前，狠狠抽了他一巴掌。

小德子号啕大哭，妻子便坐起了，迷糊中还问做什么：“便停了？”

屈童打开台灯，照着小德子的屁股，又一巴掌打下去。小德子闭着眼，也不躲，只是样子很丑地哭着。

屈童又一次举起了手，忽然瞥见伟人慈爱的笑容，便迟疑了。

妻子抓住屈童的胳膊。她已经完全清醒了。

“别发疯！”她说。

屈童气得脸红，分辩道：

“他向我开枪！”

妻子明白了，高喊屈华。屈华便披着衣服，探出身来，慌慌张张地将哭着的小德子拉回布帘外面。

屈童坐着只是喘气，余怒很快消失了。

妻子将灯关了，对屈童说：“躺下吧，你偷吃嘴。”便伸手来摸屈童。

那边，屈华轻声哄着小德子。小德子打了最后一梭子子弹，才没声息了。屈童知道自己再也没有躺下。

然而，屈童浑似没了感觉。

从肢端渐渐袭进心中的一股迷茫，很快就将屈童全身浸没了。思想中果真一片雪野，寂静无声，浩浩荡荡。世界如同凝固了一样，一直无限灰白。

屈童摸一摸自己的胸膛，也不知碰触到的是什么东西，手下虚空的，又有些寒冷。

屈童全身是寒冷的空虚。

屈童终于摆脱了那具每日流动着血液的、神经像网络的躯壳，一派轻松，如那张从屈童手中飘落的红色糖纸，摇摇摆摆地随意滑动着，变成了一道缥缈的影子了。

屈童想不出什么，忘记了周围的墙壁、头顶的陈旧报纸和附近的那些劳碌不止的人。

屈童的脑子中，只有一个不清晰的声音，忽起忽落，就像有气无力的风，掀起一些枯白的细细的灰尘。

它又像一只很小很小的蚊子，在耳边飞鸣了一会儿，便敛了翅膀，歇息在屈童耳边沾了煤灰的头发上，然后，它又张开了柔软透明的小翅膀，衰弱地飞着。

屈童一边听，一边想着一句话：“这很好。”

屈童一直坐到天明。

……屈童高兴地“嘭嘭”地叫着，把一根手指压在唇上。

屈童什么也不用明白了。

8

黎明是来了。

在这样的时辰，不知道人们怎样苏醒，但一定还有人在做着噩梦——

屈童不知道，世界上的梦是从哪里来的，是不是它们本来就隐藏在人们的血肉之中——

它们像一个个长着灵活腰肢的女妖，躺在黑色山石上——

人们自己惊醒了它们，就像人们从草地上走，惊醒了草丛里的虫子——

只要它们一醒来，就开始疯狂地舞蹈和喧嚣了——

它们可不知道休息，因为没有疲劳，是不会想到休息的。一旦它们醒来，你就别想再让它们安静。

屈童隐约记得自己说过：

“你瞧着，你会有好运气。”

是什么时候的事，便不清楚。好像很久远，屈童如何也想不到是什么时候。屈童便不去想，觉得这样很好。

屈童忽然看见地上堆积的白菜，便跳下床去，一棵棵从门里扔出去。

屈童很勇敢，不怕有人挤在门外看自己。屈童挺起胸，大呼一声，“嘭——”

屈童觉得好响。

屈童更加得意，将桌上的塑像揣在自己的怀中，让它的一个头露出来。

屈童跑出去，见人们仍然像很冷的样子。他们对屈童笑着。

屈童宣布，屈童就是大人！

屈大人来带给你们好运气——

好运气也就来了！

第三十二章

1

“你为什么哭?”

“我没哭。”阿米说,“你问我两遍了。”

“你在哭。”

“我说过了我没为这个哭。”

“那你就是在笑了?”“陈征”说,“你也应该笑。我还没有告诉你,好运挡不住,好运气说来就来了。”

“别说了。求求你,别说了。”泪水又从阿米眼里流出来。

一个女人泪水涟涟的模样,说不出的动人。“陈征”情不自禁,把她揽在怀里。她的泪水浸湿了他的胸脯。

“你让我在你身上躺一会儿。”女人一边说着,一边将泪水擦干。女人静静的,像是睡着了。

“好运气来了，要挡也挡不住。”“陈征”的声音，再次缓缓响起，好像来自沉沉的黑暗世界。“那家伙得了神经病，自然不能再去上班。他待在家里，什么书都看，一张纸片也能让他瞧上半天。天文地理，政治军事，文学八卦，诸子百家，逮着什么看什么。他把《楚辞全集》倒背如流。青春受谢，白日昭只。春气奋发，万物遽只。冥凌浃行，魂无逃只。魂魄归来！无远遥只。魂乎归来！无东无西，无南无北只。魂兮归来——魂兮归来——魂兮归来——魂兮——归来……归来……”

阿米在他怀里哆嗦起来。她嘴里发出呻吟。

“他参加了一次考试……”“陈征”说。

阿米是在呜呜地叫了。

“他以优异的成绩……”“陈征”说。

阿米揪住了自己的头发。

“你应该高兴的，阿米。”“陈征”说，“从此以后，他什么都有了。他过上了非常幸福的生活。他住进了大房子，将近一百五十平方米。可以说，他想要什么就会有什么。但他以身作则……你应该理解，他必须想方设法，保住这来之不易的一切，所以，他为人谦卑，处处谨小慎微。他没有利用职权，给他妹妹找工作。他妹妹一辈子就想有个工作，哪怕去个单位当个收发员，她也会非常乐意……”

“求你了，求你了。”阿米摇着头。

“陈征”直直地看着她。“陈征”的目光穿透了她。“我去过他家里，”“陈征”说，“有一个女人，头发全白了，却不是他的母亲或岳母，那就是他妹妹了。”他其实没有看她。

“我要出去了！”阿米叫道。

“陈征”一怔，这才发现阿米身上一丝不挂。阿米一步跨到门后，抓住房门把手。

“你再不住口，我就出去。”阿米说。阿米的眼里发黑。“我就这样出去！”

“陈征”不吭声了。他沉默地看着阿米。阿米的身体，他无法再熟悉了。他看着她，像看任何别的物体。他看了一大会子。

“我说什么了？惹你这么生气。”“陈征”声音很小地说。

“你在不停地说。”阿米嗓音颤着。她好像有点冷。

“我在不停地说？”“陈征”的声音还很小。

“是的，你说啊，说啊，说个不停。”阿米的确像是很冷。她抬起双手，抱住了自己的肩膀：“你总在说。”

“陈征”暗暗点点头。他沉默着。时间一点一点地过去。

阿米的样子，很像一只瓷瓶。

“过来。”“陈征”轻声说，他拍拍床铺，“来。听话，来。来。”

阿米像只瓷瓶，慢慢移动过来。她躺到床上。“陈征”伏上去。他感到了她身上的凉意。“陈征”没有动一动。渐渐地，他觉得自己也像瓷瓶一般冰凉了。或许正像腐肉一般冰凉。

2

但今晚会截然不同。小屈不过是一想到要去小玉匣街，就浑身燥热。他坐在椅子上，已经空室独怒了。

夜晚来临。小屈才去过小玉匣街，小屈不会仅隔一天就去小玉匣街的。这不合他惯常行事的规矩。他越是想去，他就越要管住自己。吃过晚饭，他把自己关进书房，打开他那台银白色的索尼笔记本，然后放入自己钟爱的那张 DVD 光盘。

自动播放。……终于播放到小屈最喜欢看的那一段。

你想过没有，你退休了怎么办？你老了怎么办？你生病了怎么办？女主角振振有词。

小屈不由得哈哈笑起来。

“这个老傻×！”小屈骂道。

选定内容，重放。

小屈就又笑。“无比优越的社会主义制度下还有领导干部贪污受贿，”小屈摇头说，“不可思议，不可思议。哦，那也只能是人心不足了。”

小屈的情绪，忽然让影片搞得恶劣起来。他退出光盘，咔嚓一声，将光盘掰为两半，随手丢到纸篓里。

欲望已经涌起。小屈坐立不安。他要出去。

老婆正坐在客厅看电视，并没看他一眼。

“早些回来。”老婆声音平板地慢慢地说。电视剧很热闹。一个峨冠博带的男人，迈着大步在天上飞，手中挥舞一柄利剑。

屈华急忙从自己房里跑出来。

“屈大秘书长，”屈华哈着腰，小心翼翼地说，“你再穿上件衣服吧，别受了凉。”

小屈没理会。

小屈自顾走出去了。

3

小屈在夜晚的街上，走来走去。他感到自己正在一点一点地向小玉匣街靠近。但他相信，自己即使走到小玉匣街口，也不会去找阿米。他意识到了自己的强大，也可以说是无比强大。他能够管住自己。忽然，发觉离家很远了，他坐上了出租车。

车子开了一段,他又说,停下吧。

他下了车,依旧在街上走。

后来,他看到路边柏祥电子商城还在营业,就走了进去。角落里有个卖软件和音像的柜台,幸好货架上摆着那张影碟,他就马上买了下来。

他又走出去。他走来走去,脚下就有些乏了,再次坐上出租车,轻轻说,随便开吧。司机的目光有点儿怪。他不予理会。

车子绕来绕去,竟然到了宇宙星苑附近。

他下了车,站在路边树下,向宇宙星苑看。

整个宇宙星苑被一团柔和美丽的灯光笼照着,看上去静谧异常。宇宙星苑大门口,空荡荡的,也没什么人走动,但每隔一会儿,就有一辆车子仿佛一道发着幽光的流水,悄无声息地、神秘莫测地在门口出入。

他又走开了。他百分之百地可能再走到小玉匣街,因为他还不想回到自己家里,但绝对可以肯定,他今晚不会去见阿米,去与多情多义的风尘女郎阿米同床共枕。他只是在暗夜里走。他听得见自己心里有一个人,一会儿学狼叫,一会儿学鬼嚎。

那个人的口技,非常棒。他能学得出任何声音。

第三十三章

1

宇宙星苑二十号，是朱十两的家。他也是刚进门，老婆正给他往衣架上挂衣服，朱明友闯了进来。

儿子来了，两口子非常高兴。但儿子的脸色很不对头。

“小友儿，”他妈妈说，“你吃饭了没有？”

朱明友没看她。朱明友冲着他爹爹说：

“过来！”

他爹爹说：

“你这小子怎么了？吃了枪药似的。”

朱明友打量了一下房间。自从他家搬来无诡，他只来过这个家两三次，实在还很陌生。他沉默着，朝书房走去。

他妈妈在背后说：

“小友儿,你今天别走了。我去给你收拾床。”

来到书房,朱明友重重地在椅子上坐下。他爹爹看看另一张椅子,略一迟疑,就站着了。现在这个情景,就像他是法官,他爹爹在受审。他爹爹当然感到不自在,但也尽量克制着。

朱明友垂着目光,不看爹爹。

“我想跟你谈谈。”朱明友开口说。

他爹爹用轻松的语气说:

“好啊,早就想找个时间咱爷俩儿聊聊了。”

朱明友猛地看住他。一个年轻人的目光,是那样锐利,让他爹爹感到好像被他用针扎了一下。

“我们没什么好聊的。”朱明友一句话给他顶了回去。年轻人又变得气鼓鼓的了。

“我觉得我们两人之间有误解。”他爹爹坐下来,向他探着身子,“当然,责任在我,平时只顾工作,对你照顾不够。”

朱明友眼里露出不耐烦的神气,但与其说不耐烦,还不如说蔑视。“我能够照顾自己。”他说,“我大了,我是成年人,我很能够照顾自己。事实证明,我离开多媚后,一个人在无诡生活得很好。你太把我小看了,爹爹大人!”

他对爹爹的古怪的称呼,让他爹爹张口结舌:“小友儿,你、你……”

朱明友没把目光从他爹爹身上拿开。“如果你不想把事情闹得人人都知道,”朱明友说,“我请你告诉我,你把杜红雨弄哪儿去了?”

他爹爹勃然变色:“小友儿,你胡说什么!”

“别再装了。”朱明友冷笑道,“你不是圣人,你从来就不是圣人,但你何苦呢?”

他爹爹忍无可忍,站起身,一巴掌打过去,但接着,他爹爹就愣住了,手好像抽了筋,伸不直了。

他妈妈猛地闯进来,埋怨着:“你们这父子怎么了? 怎么就不能好好说句话?”要看朱明友的脸,朱明友挡开他。

“打得好,打得好。”朱明友重重地说。他擦擦嘴角,神色突然镇定起来。“你还从没打过我,是不是? 现在,当着我妈的面,我要告诉你,”他沉静地说,“我爱上了那个女人。我们在一起睡过很多次了。”说完,就慢慢朝外走。

他爹爹脚下一软,又坐下了。“你站住,小友儿。”他爹爹有气无力地叫道,“听爹爹的话,不要去惹事了。”

朱明友仿佛黑道上的人似的,慢慢回转身来,不动声色地看着他。对他来说,朱明友的这个样子,又陌生,又滑稽。

“你惹的事够多了,就像你搞那批垃圾。你就没想过,有可能别人在坑你,把垃圾当作设备卖给……”他及时收住了话头。他忽然叹了口气,又暗暗谨慎地、字斟句酌地继续说道:“应该是另一种样子的,但现在……爹爹就是求你了,你能不能好好待着? 就在家待上一小段时间? 你想干的事,不是不能干,但也要看形势。天时、地利、人和,缺一样,都不行。”

朱明友沉思着似的。他爹爹以为自己打动了他,但他又慢慢说了句,他爹爹听了不能不感到心惊肉跳的话:

“你让我绝望。你们这些人,会让很多人绝望。”

朱明友朝外走。他爹爹稍一停,就追上去。

“你、你太任性了,小友儿。”他爹爹说。

“我跟你无话可说。”朱明友黑着脸,“你以为我没有办法了,是不是? 我有办法。”

他妈妈很伤心地说:

“你这是什么话? 你坐下来,你给我坐下来!”

“我要报警。”朱明友说。他走到了门后。

他的爹爹和妈妈闻言,刹那间全都呆立不动了。突然,他妈妈向他冲过去，不顾一切猛扑到他身上，紧紧抱住他，并用身子死死抵住房门。

“你不要做傻事，你千万不要做傻事。”他妈妈连连哀求。

他妈妈在慌张之中，也有很大的力气。他不禁踉跄了一下，撞翻了身旁的一只花瓶。碎裂的声音响起。他高高举起一只手，仿佛握着了一柄寒光闪闪的利剑。

“我要报警！”他庄严宣告。

“荒唐！”他爹爹怒不可遏。“荒唐至极！”他快步走来走去，同时做着有力的手势，跟在他的领导岗位上一模一样。“你报什么警！你有什么警好报！”

“她失踪了，是你们把她藏了起来。”朱明友说，“因为她威胁到了你们的利益。”

他爹爹略一愣。“莫名其妙！”他爹爹说，“口口声声‘你们’‘你们’。‘你们’是谁？”

“你跟他们混在了一起。”朱明友说，“要想人不知，除非己莫为。谁都知道，你跟任志韬、赖仁平他们混到了一起。我怎么也找不到她了。你们杀了她！”

他哇的一声，伏在他妈妈怀里，痛哭了起来。他妈妈扶他坐下，一手拍着他的脊背。“乖，乖，好乖乖，别哭。”他妈妈眼圈红红的。

他爹爹也显得松弛多了。他爹爹坐在他的对面，沉稳得仿佛一座山。他爹爹看着对面的情景，渐渐地完全心平气和起来。儿子虽对爹爹有所冒犯，爹爹也不会真的生儿子的气。爹爹的眼里充满了慈爱的神情。爹爹心底还真有些嫉妒呢，因为儿子大了，不好像他妈妈那样，把儿子揽在怀里了。不知不觉地，爹爹眼里啪嗒掉下了眼泪。他马上擦了去，幸好他们谁也没注意到他。

爹爹悠然地轻声说起话来：

“小友儿啊,咱爷儿俩以后得常在一起唠唠了。上阵父子兵,爷儿俩再不一条心,爹爹还指望谁?你的做法,我都理解。你年轻嘛。这很正常。我年轻的时候,也总想看看自己有多大本事。这才是男子汉的想法。不过,爹爹也不容易啊。有几个人能混到现在这个位置。如果说这个位置就是为我预备的,没人信。我就比别人强多少?这是咱爷儿俩说,换一个人,都有可能比我干得好。再往下里说,就是弄个傻儿来,也不一定就乱了套。关键是人人都想干,都想爬得更高些。这就有了分别。一、要靠机遇。二、要靠你会不会见机行事。两者缺一不可。唉,这个‘见机行事’啊。你可别小看了这四个字,学问大着哩。就为这四个字,要耗去一个人多少心血!不是个中人,不知其中滋味。可我受苦,我要权力,为了什么?孩子,我今天头一次说出来吧。为了你,为了这个家。爹得有用。当年,你才生下来,那么一点儿,没巴掌大,红乎乎的,肉乎乎的,总咧着没牙的嘴笑,我就想,我怎么着也得出人头地,我怎么着也得干好。你妈也肯定这样想的。有了这念头,就有了动力。再大的难为,咬咬牙也就过去了。丢人现眼的事,咱也不是没做过,但一想想这个,就当没那回事。该怎么还怎么,该拼的还要拼。只要你能过得好好的,我也知足了。你以为我有多大的胃口?多少美酒佳肴都填不饱我的肚子?不是的。我从小就没那么嘴馋。奉承话我很爱听?也不是的。看见低三下四的人,我也恨不得上去给他两巴掌。但我想,那不行。人家也有自己的目的,人家也有家人,也有自己喜欢的孩子。我怎么着也不会让人家以为丢了面子,从此对我太过于畏惧起来。这都是为人父母的一片心。”

他停了下来,面色依旧从容。

朱明友已经不哭了,和妈妈一起看着他。他们很像是被感动了。特别是做妈妈的,眼里潮润润的,悄然含进了千种柔情。

客厅里一时静得像是没了人。

真是没料到,朱明友孺子不可教也。朱明友低低地说:

“你是为了你自己。”

朱明友站起身，朝外走。他妈妈竟没再拦他。

但他爹爹，心中却刀割一样难受。儿子啊，你怎么就不明白？从你一出生，爹爹就已经消失了。爹爹就再也找不到自己了，也不想找到自己了。你不承认爹爹为你，可爹爹的确在为你活着，不为这个狗东西，爹爹又怎么会跟任志韬之流走到一起？儿子啊，你是不是以为自己真的长大了？你长大了，不需要爹爹了，就狠心将爹爹抛下。如果是这样，你将爹爹抛闪得也太恓惶了。小老鸹，尾巴长，娶了媳妇忘了娘。爹爹记得一首儿歌就是这么唱的。这也是没办法的事，但爹爹认为你还没有长大，你还很小，说心底话，爹爹还不愿意你长大。你还没长大，就要抛下爹爹，让爹爹是怎样一个揪心！

朱明友对他爹爹看都不看，就走了出去，他爹爹仿佛浑然不知。他爹爹呆呆地坐着，还不如说是蜷缩在沙发里。此时此刻，他爹爹像煞一条狗，脖子上套圈儿了，脊梁骨也抽了。他爹爹心里，有说不出的无赖。

忽然，狗爹爹莞尔一笑。

儿子说的有什么不对呢？狗爹爹所做的一切，都是为了他自己。儿子的确是不明白的，儿子的一切，都是属于爹爹的。儿子跟爹爹是一个人。爹爹从来没有把儿子当成另外的人，另外一个单独的个体。从这个方面来说，儿子一言中的。在自己目前的位置上，狗爹爹手中掌握着不算大，也不算小的权力，感觉是多么好！心情舒畅，精神自由，完全是上天原本赋予一个人的状态。也有不舒畅、不自由、不在状态的时候，一旦舒畅，一旦自由，一旦在状态，就不是一般的自由、舒畅和在人的状态。他是替儿子感受到了。他觉得，这就是爱的报偿。他爱自己的儿子，几乎全世界都要给他报偿。

儿子觉得，自己一眼就看穿了他的爹爹。他走在宇宙星苑，仍旧气鼓鼓的。他忽然意识到，自己的问题还没有解决。他随后感到了自己的稚嫩。他的爹爹，的确是个老奸巨猾的家伙。他爹爹什么也没向他透露。但他不想再走回去对爹爹盘问一遍了。爹爹仍有办法打发他，还要向他灌输一些爱的理论。他不愿听。那时候，他的耳朵都要麻木了。

2

朱明友坚决相信，杜红雨被软禁了起来。那天他把杜红雨丢在她家附近，是要让她回到自己家里。他忘记了杜红雨的车还停在花旗茶艺社门口。当他想起来，又赶到那里时，发现车子已经开走了。那时候他就想回家找他爹爹。他要向爹爹摊牌，杜红雨是自己的女人。识相的最好乖乖走开。但他还有些顾虑，爹爹脸上一定会很不好看。况且，还有妈妈。妈妈若听到爹爹跟别的女人混在一起，也一定会受到伤害。妈妈不会听不到一点风声。朱明友认为妈妈对爹爹在外面的事，睁一只眼，闭一只眼，但他不想做得那么赤裸裸。

只要找到杜红雨就万事大吉了。他是年轻人。而他爹爹，像他一再对杜红雨说的，是一个老头子。你看他有多老，他的儿子都这么大了。他还有痔疮，心脏也不大好。他的前列腺也有点毛病。朱明友没问过他，心想，可能是前列腺肥大。上厕所，他在马桶上一坐就是半个多钟头。家里还备有很多的药片。妈妈从没受过一天培训，但已学会了给爹爹打针。每隔上两三个星期，爹爹就会去医院做一次全面检查。

这些事情，杜红雨是不知道的。他想，杜红雨知道了，一定会觉得很恶心。他是年轻人，他身体一点儿毛病也没有。他身上还有种类似煮熟的嫩玉米棒子的那种清香味儿，跟他好过的女人都说，非常好闻。杜红雨不也说过好闻嘛。那件事，他一做就能做个把钟头，而且能够反复做上多次，每一次都能保证质量。他还有足够的力气，把她提溜来提溜去，变出千百种花样儿来，让她心满意足。这些，一个糟老头子，多走两步路，就要气喘吁吁，半截子入土了,行吗?他跟一个老头子绝对不可同日而语。他想迫使杜红雨认清事实。同时,他也很想跟她再做一次。

但他见不到杜红雨了。他去富豪小区,只能见到她家的保姆小兰。他给她打电话,她不接。用公共电话打,她也不接。小兰告诉他,杜红雨跟赖仁平一起出去的。

赖仁平已有觉察了吗?可是朱明友觉得,赖仁平如果没有觉察,那就不正常了。遮遮掩掩,也不是杜红雨做事的方式。他给他爹爹打电话,但马上又挂断了。他没有别的办法,就在杜红雨家坐等。他跟小兰聊天,连自己都不知道聊了什么。倒是小兰给他出了主意,他们这样的人,还能去什么地方?不过是些宾馆、酒吧、娱乐城,顺便,也可以去美容院看看。

小兰一句话,让朱明友如见青天。朱明友拔腿跑了出去。

朱明友有着超人的毅力,开着他的吉普车,挨个儿去宾馆、酒店打听。很多人是认识他的,都乐意给他指点。终于,在夜晚十点二十分,他在聚贤大酒店打听到了杜红雨的踪迹。但他们已经离开,不知去了哪里。谁跟她在一起?——她男人和一帮分部的领导:任总、朱总,还有……朱明友转身就走。

他找过了群贤娱乐城,还找了圣地亚娱乐城、丽丽丽娱乐城。他似乎才发现,无诡有很多的娱乐城。名目繁多的大大小小的酒吧茶社,就不用说了。他还开车去了郊外的黑松林射击场。但都没碰到杜红雨的影子。

离开黑松林射击场时,他受了一回惊吓。路边有几个人向他招手,地上好像放着一堆东西。那几个人见他没停车的意思,就拉出架势,想要强行阻拦。他心里狠狠骂道,王八蛋,瞎你娘的眼了,也不看看我姓朱的是谁!猛一踩油门,直直地冲了过去。

等确定把那些人远远地甩在后面,他才慢下来。心想,好玄,当时自己稍一犹豫,就有可能让他们抓住车门。自己是该换车了。这辆吉普,很容易成为盗匪的袭击对象。若是气派豪华的车子,他们倒要做做思量。他有钱,刚刚赚了一笔。

朱明友猝然感到了劳累。在这一天里，他脑子里的弦儿，也的确绷得太紧了。

新的一天来到，照旧见不到杜红雨的影子。他不能不疑到他爹爹身上。他早就听说了，他爹爹喜欢上这个女人。既然他爹爹喜欢上了，在无诡，恐怕没人再敢来染指吧。实际上，就连现今在无诡呼风唤雨的任志韬，也跟他爹爹走在了一起。他做出了最不好的猜测，如果他爹爹也不知杜红雨去向，杜红雨肯定出事了。

果然，他从爹爹那里一无所获。他在考虑要不要去报警，在目前形势下，报警有没有用。他丧魂失魄、漫无目的地在宇宙星苑里走，不小心闯到了车前。

本田雅阁。这是谁的车？怎么开到了宇宙星苑里来？他歪头朝车里看了一眼，就默默走开了。

3

熊旎没按喇叭，唯恐惊了别人。

把车泊了，进了家门，熊旎才要坐下，有人按门铃。柳眉看看熊旎，得到同意，就去开门。

进来的，却是刚才差点撞到熊旎车上的小伙子。熊旎影影绰绰感到有点面熟。小伙子进门就说：

“您一定是熊总。”

熊旎站起来，点头微笑道：

“您是哪位?”

“我叫朱明友。”朱明友自我介绍，看样子还想解释什么，却没说出来。

“朱总的大公子，听说过的。”熊旋指指座位，“你一定有什么事，坐下说。”

朱明友坐下来。“我想向您提供一些有关华生公司的情况，”朱明友郑重地说，“不知熊总感不感兴趣。”

“不瞒你说，我刚从那里回来。”熊旋说，“在这一天里，我去过了两次。”

朱明友眼里放光。“熊总见到杜红雨了？”他忙问。

“杜红雨？”熊旋一愣，明白过来，“哦，没有啊。我一直在纳闷呢。”

“是不是熊总也有觉察？”朱明友的心怦怦直跳，“杜红雨有可能……我敢断定，杜红雨被赖仁平软禁了起来。在熊总去华生公司的情况下，赖仁平不会不让杜红雨见您的。可以说，杜红雨是他在生意场上的公关部主任。现在华生公司很多事情，没有杜红雨，他赖仁平本事再大，也是玩不转的。”

熊旋沉思了一下，用淡淡的口气说：

“你还是个孩子，不该管的事情不要管。”

朱明友一下子急红了脸。他又欲分辩自己不是孩子了，又欲说明自己跟杜红雨的关系，可两者都不好意思说出来。前者让他感到无聊，后者，哎呀，他还没那么厚的脸皮。

“天不早了，你回去休息吧。”熊旋站起来，温和地对他说，“欢迎你以后常来玩。不要客气的，我和你爹爹是同事嘛。”

朱明友不得不跟着站起来。但他不想放过眼前的机会。“我猜想，”他说，“杜红雨对华生公司幕后的事情，知道得太多了。近来发生了一些事情，杜红雨跟赖仁平之间很可能……杜红雨对他们来说，是一种危险。”

“好孩子，听话，马上回家休息，”熊旋说，“不要把神经搞得太紧张了，你的脸都灰了。”

“我请你救救杜红雨。”

“需要你的时候，我会跟你联系的。”熊旋说，又扭头叫柳眉，“送送客人。”

柳眉从自己房里跑出来。朱明友还要再说，看了看熊旎的脸色，就住了口，向门口走去了。

送走朱明友，熊旎的心情，无比沉重起来。她没去健身房做运动，就让柳眉调了热水，草草洗了洗，就上床去了。

第三十四章

1

荒唐恶劣的翰宝斋送货事件，是熊旋在分部社科联听到的。她在社科联会议室跟北京的专家交谈，贾小艳就从门口探头叫她。一看贾小艳的神色，她就知道有了意外。贾小艳在走廊里，把事情原原本本告诉给她，她听了非常生气。事件背后肯定有人策划，真是软刀子捅人。不查，平白受场羞辱；去查，张扬出去，也不好听。熊旋马上让贾小艳转告宁樵，此时最好的态度是息事宁人。自从她来到无诡，发生这种无聊的事不是一次两次了。白虎传言、匿名电话、白虎 Flash……熊旋不在意。如果熊旋在意，就很有可能让那些躲在暗处的人正中下怀。熊旋不以为意，那些人想乐也乐不起来。熊旋尽快调整情绪，又走回会议室。

说来也巧了，社科联的李主席，已与华生公司有约，在华生公司安排有午饭前半个小时的座谈，午间的招待费自然由华生公司出。社科联经费紧张，这也是没有办法的办法。

一行人驱车到了那里，但见华生公司，处处张灯结彩，一片喜庆气象。不久，任志韬也去了。

那赖仁平素有结识名人的喜好，况且公司发展也确实需要专家出谋划策，又见各方面大领导驾到，真是喜不自禁，哪里还听得进去什么话，眼睛直愣愣看着，依贾小艳说法，整个一个瞻仰领袖的感觉。

豪华午宴上，也没见到杜红雨。熊旎对华生公司内情知道得少，并没留意。贾小艳可能留意到了，但没有说。她忽然说出的一句话，就提醒了熊旎。

赖仁平热情劝酒，跟任志韬你唱我和，配合默契。贾小艳就悄悄对熊旎说：

“这里是任总的老巢。”

熊旎心里咯噔一下，就有主意了。

赖仁平来跟熊旎敬酒，熊旎声音响亮地说：

“我对华生公司非常感兴趣，希望今天还能找个时间单独跟赖总谈一谈。”

赖仁平怔一怔，才反应过来，忙说：

“求之不得，求之不得。”

“既然赖总抽得出时间，我想就定在晚上八点半。地点嘛……”

赖仁平回头看大家，其实是看任志韬。

“老赖，就找个比较幽静的地方。你熟，还能选不出来？”

“那就去蓝海吧。”赖仁平说。

“就这么定了。”熊旎说，“吃完饭我就不陪贵客了，还有一些事。”

北京来的人，就一个劲儿地说：“熊总忙去，熊总忙去。”

在回分部的车上，贾小艳不住地回头看熊旎。因司机老包在前面，熊旎也不好说她什么，就转脸不理她。到了她的办公室，贾小艳就朝她竖手指头。

“这是直捣黄龙府。”贾小艳说。

“又自作聪明了。”熊旎呵斥她。

“让他们霸住黄河机械公司不放吧。”贾小艳说，“未必就是他们说了算的。捣了他们老巢，有他们慌的呢。”

“小艳，我看你本来就没弄明白自己的职责。”熊旎神情严厉，“你在管你不该管的事。我告诉你，这非常危险。下不为例。如果以后再出现这种情况，我会提出把你换掉。”

贾小艳没退下来，反走上来，说道：

“您来了快十天了，我看您也没大动作，这无诡分部的盖子却好像捂得越来越严了。要说急，我也是真急。不为您，也为我自己。跟了您这些天，早有些人看我不顺眼。我敢说，要是您走了，在无诡分部，我会连立足之地都找不到。所以，为着我自己，我也日夜急盼着无诡市的工作出现新的局面。假如熊总真的要赶我，我也有个要求。毕竟给您当过几天的随从，您就开恩，给我弄个什么官儿当当。也别说是处级、副处级，哪怕是某个较为管用的部门的科级干部，我也知足了。对我贫民女子贾小艳，将来也有安身立命的本钱了。说句不知天高地厚的话，有了那么个级别，我贾小艳将来在生活中怎么样，就不用太怕了。”

熊旎不由得动容：

“小艳，你怎么这样说？”

贾小艳低垂着眼帘，淡淡一笑。

“我为自己的将来想过多次了，顶多也就这个样儿。有人成全我或许会好一点儿，没人成全，我就是个贱人。这是宇宙星的现实。”

熊旎听了，心里也惨惨的。“你要我怎么说你？”熊旎只是轻声儿说。

贾小艳抬起头来。“我接受熊总批评。”她静静地说，“熊总，我出去了。”

到了晚上，熊旎如约去了蓝海宾馆。赖仁平早在那儿迎候了。他们走到

五楼的所谓总统套房,熊旋第一句就说:

“这太奢侈了。快退掉,随便要个房间就好。”

赖仁平说:“这个地方我也常来的。熊总不要过意不去,不过是临时开的。这里的武金鹏经理也是我的好朋友,不怕他宰我。”说着他把熊旋引到座位上。

服务员进来把该摆上的饮品一一摆上。

赖仁平从自己小时候谈起,讲到自己怎样白手起家,一步步地把公司办到现在的规模。

“我觉得自己的公司也没什么特殊性,”赖仁平说,“可能所有的民营公司都是开头难,一旦引起政府部门注意,得到政府部门的全力支持,就好办了。在无诡,有分部的扶植。所以,近些年来,公司规模成倍增长,几乎没遇到任何阻力,效益也越来越可观。政府还给了我很多荣誉,有‘S省著名民营企业家’‘S省政协委员’‘无诡荣誉市民’等等,还有很多协会邀我参加,摄影家协会、书法家协会、曲艺家协会。要说我爱摆弄照相机,是真的。书法、写作,我不在行。但有邀请我就乐意参加。他们不过是要我出点儿份子钱罢了,我哪里放在心上?”说完,就哈哈笑了。

“赖总果真豪爽。”熊旋说。

“我过去不豪爽的,”赖仁平说,“就为一两角钱,我还打破过一位同学的头。只是我现在有钱了,就豪爽了。”又笑。

“赖总不是本地人?”熊旋又问。

“我是苏北人。”赖仁平说,“听说这里建市,就赶来了,来了之后一个人不认识。”

“我看你跟分部的很多领导都是好朋友吧。”熊旋说。

赖仁平没能即刻接上话。他眨巴了一下眼皮。

“等公司有点影响了,就渐渐跟他们认识了。”赖仁平说,“当然了,有常来常往的，也有不常来常往的。大家都是朋友了嘛，什么话都好说的，也没什么生疏之分。”

熊旋心想，别看这人长得粗糙，心里倒有不少道道儿。

“熊总如果不嫌弃华生公司庙门小，希望您也来多走走。”赖仁平没容熊旋讲话，就又说。

“没来无诡就听说了，贵公司是无诡市的明星民营企业。”熊旋说，“今天到贵公司一看，果然名不虚传。”

“以后还得请求熊总多多给予支持。”赖仁平说，忽然像想起什么来，“哎，对了。我已经叫了几个演员，正在楼下等着。他们排练了几首根据苏词谱写的歌曲，我听过了，唱得不错的，不比走红的歌星差。”

“你知道我喜欢苏词?”

赖仁平笑而不答，却转头看贾小艳。

“你看我做什么?”贾小艳一愣，马上不客气地嚷一句。

赖仁平哈哈笑了。“贾秘书太可爱了。”赖仁平说，“熊总，我这么说，不算冒犯吧。”没等熊旋说话，又转向贾小艳，连说，“对不起，对不起。”

熊旋站了起来。“我们要回去了。”熊旋说，“你们的情况我已经了解了。”

“演员在底下等着呢。”赖仁平见她真的要走，忙说。

“我不会去听的。”熊旋不容置疑地说。

赖仁平见状，也只好站起来。“我有计划呢，熊总。”赖仁平笑着说，“我想利用罗兰歌舞团的力量，在清风湖的水面上组织一次演出，所演的都是苏词，就搞成过去唱‘堂会’的形式，又新鲜又有趣。”

“你可以去问问宁副总裁。”熊旋说。

赖仁平又感无话可说了。贾小艳却突然问道：

“赖总，怎么没看见你夫人?”

熊旎也忽然想到了这个。她从贾小艳的口里,得知他夫人是无诡市有名的交际花。今天的两个场合,对他来说,不可谓不重要,他夫人不出现,真是怪事。

赖仁平支吾了半天,才说:

"她的身体这几天不大好。谢谢贾秘书惦记。"

贾小艳心里像报了一箭之仇似的得意,也没再跟他过不去。

路上,贾小艳没提这回事,熊旎又提了。

"小艳,你说赖仁平的夫人没来,看没看见他当时的反应?"熊旎问她。

贾小艳一想,猛地意识到了什么。"他在说谎!"她断定,"他为什么不让那女人出现呢?"

"可能是不大方便吧。"熊旎说。

"这有什么不方便的?"贾小艳说,"我们都是女的,有她在,更方便了。"

"也许她的身体真的不大好。"熊旎说,"老夫少妻,人家爱惜老婆,也是常情。"

分部青年公寓到了,贾小艳还想跟熊旎继续讨论,熊旎却让她下了车。

2

现在,熊旎再想想朱明友的话,怎么也睡不着。在宽大的床上,辗转反侧了好大一会儿,神情紧张地、小心翼翼地在手机上按下一串号码。

"喂。"她声音颤抖。

"是你……"

"嘘——还没睡?"她紧张极了。

"想你呗。"里面传来的声音很轻。

"你一个人?"

“嗯。”

“我说过的,你可以看看电视,如果你需要,你也可以去找别的……”

“你不在意?”

“只要我去的时候,你能保证在家里。我看得开……如果要你总待在家里,对你是不合适的。”

“可是,我倒有一个要求,你能不能多来一次?上个星期你没来。或者,你多打来一次电话?”

“对不起。在适当的时候,你也可以打给我。”

“不,我怕你不方便。”

“我有什么不方便?”

“想跟你谈一件事。”

“什么事?”

“我想结婚。”

她身上猛一哆嗦,但她说:

“好啊,祝贺你。你有什么需要,我会……”

“我要跟你结婚。”

她愣了。

“我考虑过了。我们只需要去登记一下,不向社会公布。当然,这首先得要你未婚。我想你还是独身吧。等你退了休,我们就天天住在一起。我会永远对你好,而且还要要求你对我好。”

她气喘起来,半天才轻轻说了一句:

“你太幼稚了。”

“要结婚就是幼稚吗?我认为这样对你也太不公平了,你有权利……”

“这就很好。”她竭力让自己镇定下来。

“这不是你想说的。”

“我是这样想。”

“……”

“我很满足。”

“你看不上我。”

“我没有……你很好,你很可爱。”

“我学历低,修养差,我没工作。我只是一个……”

“别说了,好不好?”她鼻子发塞,“你会让我觉得自己……”

“我只是一个……一个一事无成的人,而且将来也不会有多大出息。这样的人还有很多。”

“你跟他们不同。”

“睡吧。晚安。”

手机挂断了。

熊旎低头吻了上去,好大一会儿才慢慢把嘴拿开。她看着手机,好像不认识它是什么东西。她随手一丢。手机从床上,掉落在地。她睁大眼,直直地看着墙壁。

……客厅里电话铃响。柳眉接了电话,没叫她。柳眉压低声音,在煲电话粥。

熊旎从床上下来,捡起地毯上的手机,关了。

第三十五章

1

分部大楼门口，任志韬、朱十两各自下车后结伴走来，正与从另一个方向走来的宁樵遇到了一起。很多人都看到了，他们的目光竟然是陌生的。他们没有打招呼，三个人几乎站成了一条直线，并排向门口走去。分部大楼的大门足够宽，宁樵稍一迟疑，就落在了后面。但是，每个人都感到了一种紧张气氛挟雷裹电而来。宁樵的脚步慢了，看上去很不情愿再往里走。有人从他背后急匆匆地越过他，他认出那是分部电视台的龙台长。

宁樵来到办公室，翰宝斋送来的货还摆在地上。昨天，他几乎被气疯了。还有比这再恶劣的手段吗？他确信，没有。面对这一堆东西，他脑子里只有一个问题，这叫个什么事儿？

——这叫个什么事儿？没人能回答他。他只能发火。他的犟脾气上来了，小屈要让人把东西搬出去，他不肯。他要小屈负责追查。幸亏贾小艳打来了电话,转告了熊旎的意思,他就眼睁睁看着那堆东西发愣。熊旎下午赶回分部,原想着去他办公室一趟,就改变了主意。她认为不好的事情一旦发生,就要尽量使它形成定局,自己去那里,无疑是重新搅动了一次。她只是给宁樵打了个电话。翰宝斋送错了货,就叫人退回去。

如果像贾小艳所说,自己是在遛鱼,熊旎想,现在是要收一收线了。熊旎约见赖仁平,就是一个信号。

熊旎才往办公室一坐,任志韬就过来了。

“听赖总说了,昨晚跟熊总谈得不错啊。”任志韬说。

熊旎含而不露。“往届分部扶植起这么好的企业,功不可没。”熊旎说,“我看,还是很有发展前景的。”

“不得了。”任志韬摇头赞叹,“不得了。一年两三千万的利税,对无诡这样的小市来说,可是一笔不小的数目。”

“似乎听谁提起过,前两年华生公司有并购黄河公司的意向,后来怎么没能实施呢?”熊旎问。

“当时也是万事俱备,只欠东风。”任志韬兴致显然上来了,“黄河公司有一千五百名的工人,还有为数众多的退休职工,华生公司考虑负担过大,希望分流一部分,但在决策上,与分部方面有分歧。结果,黄河公司这几年不思进取,总等天上掉馅饼,才造成目前的状况。”

“你把这件事在下午的总裁办公会上具体谈一谈,还有二伯坎子的赔付,也应该加紧落实。”

“我一并说吧。”任志韬说。

熊旎的手机响了,她看了任志韬一眼,任志韬就告辞了。熊旎向他点点头。

2

通了电话，熊旎就把贾小艳叫来，如此这般地吩咐了她几句。她出去了。然后，又是一番的听取汇报，或打电话询问。九点整，熊旎带贾小艳离开，她亲自驾车，直奔地处郊外荒原上的无诡机场。这机场兴建后闲置了十几年，市委市府才下大决心、花大本钱利用起来，隔日开一趟往返北京、无诡的航班，往往每趟航班只乘坐七八个人，但对重要的乘客、重要的事情，就方便多了。熊旎初到这里，但见四处荒草离离，倍感苍凉。北京来的客人，站在飞机前，正等着她。见她专门前来，客人都显得很感动。社科联那位李主席，也觉得脸上有光。

嘱托切切，祝福殷殷。客人登机。飞机起飞。

那位李主席意欲跟熊旎、贾小艳同行，贾小艳却让他走，他就猜测熊旎可能要留下来看看机场。其实，等他走了，熊旎也没停。她和贾小艳穿过茫茫荒原，有意绕了几条道，才来到无诡分部医院。

3

朱明友看见她的车子，就从医院门口的小商店里走出来。

“就在里面康复楼。”朱明友上了车，对熊旎说，“赖仁平让医院安排了人员守护，给她用了别人的名字，还不许任何人来探望。”

熊旎把车子开进去，停在康复楼下。贾小艳拨通了赖仁平的手机，交给熊旎。

“我在无诡分部医院等你，请你马上来一下。”熊旎说。

不过五分钟，赖仁平的车子到了。他一见熊旎、贾小艳、朱明友站在一起，脸上就很不是颜色。他慌里慌张地走上前，叫声“熊总”。

熊旎一摆头，命令他：“走吧。”

康复楼是座别致的小楼。赖仁平在前，径直上了三楼。院方安排的人员见他来了，忙闪开了一条道。来到病房门前，赖仁平推开门，让熊旎他们进去。

杜红雨头上缠着绷带，鼻孔里插着氧气管，一见人来，猛地坐起，又因剧痛，马上躺了下去。

“红雨！”朱明友抢前一步，扑到病床边，很痛心地叫道。

杜红雨眼睛微闭，漠然地看着他。

“我是小朱。”朱明友说，“我是多媚来的朱明友，你不认识我啦？红雨，你不认识我啦？”

小伙子眼里的泪水，扑扑簌簌直掉。他的身子动来动去，看上去又要把杜红雨抱住，又要拉杜红雨的手，但又怕弄疼了她。这样的情景，让贾小艳都看得走了神儿。

“是谁在害你？你说出来。”朱明友又说，“他们为什么要害你？我一定找他们算账！”忽然才想起来旁边还有别人，就擦着眼泪说，“这位是熊总。”

谁也没想到，杜红雨一听，马上像换了个人儿，眼里打了个闪电似的，腾地坐起来，就要向熊旎扑过去。朱明友赶忙抱住了她。她紧紧地握住了熊旎的手。

“你是熊总？”

熊旎点点头。

“熊总，您一定要帮我！”杜红雨迫不及待地激动地说，“您一定要帮我！他是无辜的，他绝对是无辜的。”

“慢慢说。”

“我相信，他是受欺辱的。我了解他，他不是那样的人。他是让别人，让那么一帮人给带成这个样子的。他绝对是一个世上少有的好小伙子。不管怎么说,他的心地还是好的。他就像一朵花儿一样,但他是个男孩子。他像一朵花儿一样,他太娇嫩了。他家里无权无势,他们就来欺辱他。你没见过他,尽管他受了这么大磨难,他还像一朵花儿一样娇艳。他比过去,更让人爱了。”

突然,她狠狠推了朱明友一把:

“走开!”

疼痛袭来,她忍住了,继续紧紧盯着熊旎。

“我请你见他一面,”她说,“哪个女人见了他,都会打心眼儿里爱上他。他不该被生下来,最少他不该生在这里。熊大姐,如果你是我,你也一定会去救他。你不会忍心看着他凋落在那种地方。如果我是你,我在你的位置上,我有你的权力,我的小柯东就不会受苦了。我绝不会让那些卑鄙的男人碰他一指头。可是,可是,我什么也没有。我只是一个遭人轻视的戏子,一个下贱的婊子,没完没了,让人取乐……”

她哽噎难言,突然,哭声仿佛山洪暴发,她身子一歪,就软软地倒在了熊旎怀里。

贾小艳擦着眼睛,转身走出病房。朱明友悄悄坐在角落,脸上木木的。赖仁平低头站着,什么也不看,好像不在这个房间里。

熊旎眼圈红红的,抚慰她:“安静,安静。”扶她躺下。

贾小艳又悄悄进来了。

杜红雨的神情飘忽。

“我要把什么都说出来,”杜红雨虚着眼,慢慢开口道,“我被人利用了。小朱是不明白的。我希望他爹爹能帮我。朱总也答应帮我,通过他,我见过两次苏柯东。但是朱总再也没有实质性的行动。转头找别人,更不可能了。……无诡市没他(在场的人都能意会到杜红雨指谁)不认识的,他们是穿一条裤子的。朱总也是新来的，倒还好些。我就想，我该那样做了，该我献身的时候了。我看得出来，朱总心里是喜欢我的。我不信他能扛得住！哼，他可真是个正人君子。一直到前几天，他还从没对我动手动脚。我就开始琢磨了，他不会是想玩场‘精神游戏’吧。——我是戏子，我脸皮厚，我什么都敢说。我忽然明白过来，他在套我的话儿。我对无诡过去的事情知道得多，我对任总他们知道得多。我是华生公司的二当家，自己的底细自己明白。他就是想要这个。他不甘心当个副总，他还要当常务副总，将来再当老总。我会成为他手中的一张底牌。可我杜红雨也不是吃素的。双管齐下，不怕你不乱阵脚。这就到了那一天，在花旗，朱总第一次把手伸进了我这里。他手那么一捏，我就知道了，这玩意儿也不是个新手。后来，好事儿被他儿子搅黄了。第二天，我一上午就接到八九次他给我打来的电话。我就知道他受不住了。哼！到时候有的说呢。没想到那天晚上，他们，任总、朱总、赖仁平等等，都聚到了一起。我的第一个念头，就是，完了。朱十两不会再有出格的举动了。你们想象不到我心里的绝望，老赖那天晚上看都没看我一眼，他当然不会看出来。先是在圣地亚玩的吧。很晚了，他们还不算完，又要去别的地方。我要回家睡觉，他们都不放我。老赖眼睁睁看着自己的老婆，夹在那些不怀好意的男人中间，打情骂俏，他还跟着乐。我拼命喝酒，拼命大笑。他们说我疯了，说我喝醉了。可只有我自己知道，心里冰凉，全身上下，感觉不到一点儿热乎气儿。我心心念念，只想着我的小柯东。我的小柯东，在受苦，在受欺辱……”

她的泪水，又缓缓地、无声地流下来。

她侧一下头，目光蒙眬地看着熊旎。

“熊大姐，”她说，“天无绝人之路，我想到了你。我这么迟才想到你。你是女人，你一定非常理解女人心底的痛楚。你一定会帮助我的。帮帮我，救救柯东！他不该待在那种地方，他该回到排练场上来。救救他，救救他。他已经不仅是我的爱人。你救救他，我给你跳舞，我只给你一个人跳舞。给你一个人跳。只要你愿看，我给你跳个不停。”

熊旎的眼睛，也被泪水蒙住了。

“来，小朱。”杜红雨突然要挣扎着起来，她向朱明友叫着，“来，小朱。扶我起来，我这就给熊大姐跳。”

熊旎伸手把她摁住。

“你放心，天地自有公道。”熊旎说。

“以后的事不用说了，”杜红雨又接着说，“第二天早上，我开车出去，来到东风街口，有人拦车。我也没多想什么，就停下了。那人低下头，我以为他想跟我说话。我一开车门，他就挤进来。随后不知从哪里又来了两个人，将我拉出去，硬给塞到车后备厢里，用黑布蒙上我的眼。他们把我拉到哪里，我就不知道了。等他们揭开黑布，我发现来到了一家宾馆，两个戴墨镜的年轻人看守着我。当时我吓坏了，想到他们绑架我的目的不过两条，一是向赖仁平敲诈钱财，二是……但他们什么也没做，对我也算客气。”

杜红雨陡然打住了话，看着赖仁平。他已经靠着朱明友在沙发上坐下了。

“你们为什么不杀了我？”杜红雨问。

赖仁平尴尬地笑笑。“红雨你说哪儿去了？”他躲着杜红雨的目光，说道，“一天没见你我也急……怎么会杀你呢？”

“你们不想让我说话，但我还是说出来了。”杜红雨说，“老赖，你实话告诉我，这是谁的主意？是任志韬的，还是你的？你就那么听任志韬的？”

赖仁平已经放弃抵赖。“大家是这么商量的，也是防备你惹出事来，”他慢慢说，“本想送你出国，或者让人陪你去别的地方散散心，但你一门心思在那个……在那个舞蹈演员身上，才想出这么个主意，不过是避几天。我也是不忍心的，但事情到这一步，也是不得已。心想，过几天放你出来，我不会问你什么事，也就过去了。以前你出去，有时也不告诉我。要不是你自己作践自己，撞破了头，这事也很容易打发。”

“考虑得有多周全。”杜红雨冷笑道。

“不得已而为之。”赖仁平说。

“我受了伤，看守我的人慌了，可你们一个多小时才把我送到这里来。”杜红雨说，“你送到无诡外面的医院，不更好吗？”

“这些事就不要说了吧。”赖仁平讪讪道。

“我想听，”杜红雨说，“熊大姐也在这里，我想她也想听。”

“哎呀，这个很简单嘛。”赖仁平说，“出了人命，就不好了，就不好玩儿了。”

“你征求了任总的意见？”

“任总也不希望出人命。”赖仁平如实说，“出了人命就不是一般的事件了。所以，把你送到哪里，都已经不重要。”

“我这是捡了一条命！”杜红雨喟然长叹道，“也是天注定我的小柯东有人相助。”

病房里静了一会儿，熊旎就对赖仁平说：

“你给任志韬副总裁打个电话，就说我在这里。另外告诉他，下午总裁办公会挪到宇宙星宾馆去开。”

赖仁平把电话打了。

“任总说要来。十分钟就到。”

“他愿意来就来，”熊旎说，“我们就要走了。”

她站起身，在杜红雨手上握了握。

护士进来了，要给杜红雨换药。那护士神态沉静，动作从容，熊旎不禁对她看了一眼。熊旎不知道，她就是为夫正名求公道的迟俐红，重回来上班没两天。

“谢谢大夫的治疗。”熊旋说。

迟俐红微微一笑，向她闪了下那双深邃得仿佛含怨的大眼睛，没说话。

“好好养息。”熊旋对杜红雨说，又转向赖仁平，“红雨怎么样，就有劳你了。”

“不敢怠慢。”赖仁平一哈腰。

熊旋和贾小艳向外走，忽听有人呻吟了一声。回头一看，朱明友软塌塌地坐着，神色又孤单又凄凉。他求助似的，望着熊旋。

“我怎么办？”他声音很低地问道。

大家一时不知怎么回答他。

“你回去吧。”杜红雨轻声说道，“也谢谢小朱了。”

“让我陪陪你。”朱明友却说。

赖仁平的目光，不易觉察地在两人身上扫一下，笑道：“那好吧。”随大家出去了。

熊旋刚把车子开出医院大门，就见任志韬的专车从前面开过来。许是任志韬见熊旋心切，在车里不停催促司机小刘，竟然没能发现熊旋的车子。在贾小艳看来，那辆车子开进去的样子，傻头傻脑的，颇好笑。

4

……熊旋重新坐在了自己的办公室里，就像从来没有离开过一样。

两个小时前，熊旋的突然消失，在分部大楼引起的震动，渐渐平息下来。不少人装着无意似的，走到贾小艳的办公室，想从贾小艳嘴里套取风声。

“熊总去机场了？”

贾小艳说：“没有啊。”

“贾秘书就是嘴严，社科联李主席回来说熊总去机场送行了。”

“你说去就去了呗，这有什么好保密的？”

但分部的人不这么认为。原本安排在分部会议室的总裁办公会，突然又挪到了宇宙星宾馆。总裁办公会也不是没开过，看起来挪挪地方是件小事，但隐含了更复杂的意味。挪一挪又不是小事，挪就是动作。说到底，挪一下，是熊旎的动作。要说不会牵动人们的神经，那是不可能的。任志韬吩咐小屈要挪，小屈赶忙下通知，派人监督布置会场。

敏感的人们，不能不想到，这是熊旎上任的第十天。分部会议室，空间也太狭小了，伸不开腿脚，摆不开战场。

果然，风声一出，报社、电台如临大敌，纷纷向小屈咨询采访报道事宜。

5

小屈慎之又慎，认为此事唯有熊旎能够决定，遂又来向熊旎请示。熊旎只说了一句话：

“会议结束后，让他们来吧。”

小屈电话通知了新闻部门，才要清静一会儿，又想起什么事来。他去了宁樵办公室。他见到的情景跟昨天上午一模一样，好像时间在宁樵办公室里凝固了。一摞宣纸，与桌面平齐。宣纸上面，放着十几本字帖。墨汁有三四桶。大小毛笔，数不出有多少根，像捆柴火一样捆着。最粗大的一根，看上去比拖把小不了、细不了多少。乍一看，宁樵的办公室成了文具铺子。

“宁总，”小屈小心地说，“我让人把这些东西弄出去吧。”

宁樵慢慢抬头看了看他，没吱声。

“如果宁总同意，我想继续追查。”

“算了。”宁樵淡淡说，“他们不是暗示我搞搞书法嘛。我搞就是了。我还得谢谢他们为我花费。这得花不少钱吧。”

“佩服宁总看得开。”小屈说。

“我不看开又能怎样?”宁樵说,“我也让人弄一些子破纸给别人送去?小屈,告诉你,我还没有如此卑劣!”

宁樵伸手抽出一本字帖,翻了翻,突然就扔飞了。字帖擦着小屈的耳朵,掉在门口的地上。

“限你十分钟之内,给我清除干净。”宁樵说,“原封不动送归翰宝斋!”

宁樵走出去了。

第三十六章

1

任志韬只见到了赖仁平。得知熊旎已走,他也没提出去病房看杜红雨。两人猫腰钻进赖仁平的车里,赖仁平前前后后地说了一遍,任志韬哑然无语。任志韬不说话,赖仁平心里就有说不出的担心。任志韬看了出来,强作镇静道:“不怕,谁也不见得比谁干净多少。”

赖仁平到底心里不踏实,外面就有了坐卧不安的样子。

任志韬又说:“不光在无诡,在整个S省,在全国,我敢说绝大多数的有钱人都是像你这样走过来的。你去继续做自己的事,越到某种关头,越要沉得住气。我想是没大妨碍的。这个熊总,我看出来了,可不是一般的女人,有些母仪天下的味道呢。我相信她处理问题不会太简单,太古板。女人啊,要么没本事,有本事就大得很。对了,你太太伤得不轻吧。我也不去看她,省得惹得她激动。这些天里,对她好些。明白我的话了吗?在这段时间里,我们保持电话联系就是了。我也不好再多去你那里。”

赖仁平点头以示知意，任志韬随后也就下去了。

2

话说得轻松，真的回到现实，任志韬却轻松不起来。在宇宙星从政了半辈子，他从未怀疑过自己的指导思想会出现偏差，可是，现在，他有些怀疑了。过去，他总是有意识地激化一些矛盾，在矛盾冲突中得利。确实，这些年来，他失手的时候少，占上风的时候多。他从没小看过熊旎啊。她的背后，还有一个在官场身经百战的老爹爹，他有那个胆量？他感到自己还是非常配合熊旎的工作的，起码表面上，他从没有推诿，或表示一点对抗。

实际效果却是，他把自己无形中摆在了熊旎的对立面。他没有跟其他同志搞好团结，也给人一种搞小团体的错觉。怪就怪自己跟熊旎的交流不多、不深。如果熊旎是个男人，或许好些。他敢说，不出两天，自己就能跟他打成一片。还有那个丫头，也不是那么驯顺的。当初组织研究，最好给熊旎配备一个女秘书，他也不是没细致考虑过。在无诡，他培养起来的亲信虽多，但女亲信几乎没有。也是大意了，最后确定时，他表示了同意。现在看来，如果换成了李童耀，事情就好办得多。通过李童耀，他会获得更多有用的信息。熊旎家的小保姆，是他亲自挑的。可那孩子来自偏远乡村，自己也不好把话给她挑明，搞不好让她露了馅，更难收场。

任志韬千不该万不该，在没摸清底细的情况下，试图出出风头。他想孤立别人，其实是孤立了自己。他想摁住盖子，却不料欲盖弥彰。细思细想，也怨不得自己，往届分部的问题，尚未了结，他不放心，分部很多人都不放心。科研所的那个丌淼焱，一篇文章，一石击起千层浪。马桶盖子本来就盖得不严，又突然杵来一根搅屎棍。幸亏他行动快，若迟一些，暗中的对手，哪会放过对他下手的机会？为解决二伯坎子的问题，他下了很大气力，就是为了把这件事解决好，掩人耳目，遮盖更多的问题。黄河机械公司进口那批洋垃圾，是他支持的。自己得到了好处。黄河机械公司日薄西山，才出此下策。他也暗暗盼望黄河公司完蛋，一了百了。不料，百足之虫，死而不僵。它奄奄一息，竟然拖到现在，又把洋垃圾给翻腾出来。这些人啊，想钱想疯了，把些垃圾当宝贝卖，还真有人买！

任志韬混到目前这个地步，不容易啊。他不想坐以待毙。但事情越来越复杂，竟又扯上了华生公司。

老天爷，你让任志韬如何是好！

3

任志韬感到了大厦将倾的危险。他没心思去上班。总裁办公会的发言，他还得斟酌。他径直回到家里，叮嘱小刘十一点去接任洋洋放学，小刘就走了。家里只他一个人。他走来走去地看。这个家多好啊，让他多么称心。但很有可能，呼啦一声，一股狂风就卷了去。他的孩子还小，他的老婆还很年轻，还很漂亮。他出了事，他们怎么办啊！

任志韬不想倒罢，一想，不禁悲从中来，站都站不住，瘫在了地上。过了很大一会儿，他也没力气爬起来。他总不能一直躺在地上啊，万一张怡琴早回来，看见他这个样子，会怎么想？

他奋力向沙发爬去，手脚并用，拖着身子，终于爬到沙发跟前，力气也像用尽了。他背靠沙发，歇了一歇，才挪到沙发上。他喘息着，尽快让自己安静下来。

接着，他拨通了宇宙星苑二十六号的电话。

“熊总在家吗？”他问。

小保姆柳眉,一下子就听出了他的声音,忙说:

“任伯伯,是你呀!”

“熊总还没回来?”

柳眉说:“没有。”马上就压低声音,神秘兮兮起来,“昨天半夜里,熊总还在打手机,嘟嘟囔囔的,又像哭,又像笑。”

“当好你的保姆、做好你的家务就是了。”任志韬厉声呵斥,“怎么有这些话说!”

“是。”柳眉答应。

任志韬语气温和一些:“我也没什么事情。熊总来,请你告诉她,我打过电话。”

“我告诉你熊总的手机号码。”

“不用了,我知道。你按我刚才讲的说吧。”

4

任志韬停了停,又拨通了朱十两的电话。

“朱总,在啊。”

“在。你回家了? 中午不出来了?”

“不出去了。下午还要开会,够累的。”

朱十两哧的一声,笑了。

“宁樵总算逮着人了,”朱十两说,“冲着小屈又吼又叫。”

“这也是很无聊的事。”

“任总你这是怎么了? 不会出了什么事儿吧?”

“怎么会出事儿呢? 不过打电话问问你。一上午没见了。”

“我要不要去看看你?”

“不用了,下午就见了。再见吧。”

5

任志韬又拨了宁樵的电话。

“喂。”宁樵的声音。他总是这种声音,端端正正,不偏不倚。

任志韬却觉无话可说。他把电话挂断了,接着又后悔,这很像骚扰宁樵。分部那些领导大人,十个有八个看宁樵不顺眼。他要没有个老岳父是省部的领导,别说是副总裁,就冲他那不通融的脾气,干上个副处长都难。看上去领导道貌岸然,但领导也是人嘛。背后,有些领导没少捉弄骚扰宁樵,让人下个假通知啊,打个匿名电话啊。这种事任志韬也干过。当时只觉得好玩,倒没更多的恶意。现在,他给宁樵打电话,正好又出了翰宝斋事件,宁樵不疑神疑鬼才怪。说不定又把他气得暴跳如雷了。

任志韬一阵阵后悔,犹豫了几次,也没确定再给宁樵打电话释疑。

6

儿子任洋洋放学回来了,随手把书包往地上一丢,就奔向冰箱去了。

“儿子哎。”任志韬眼神柔柔地叫。

任洋洋喝着饮料走过来。

任志韬给他捡了书包,放在茶几上。

“中午有作业没有?”任志韬问。

“没有。”

“没有作业还把书包背回来,怪沉的。”

“我愿意。”任洋洋说着,从茶几上提起书包,去自己的卧室了。

任志韬本想叫住他的，却没叫。他忽然想到自己站起来了。不想倒罢，一想，这腿又一软，又瘫在了地上。他想，幸亏儿子已进了卧室，不然儿子看见，会吓坏的。

他没有马上让自己再爬到沙发上。他望着儿子卧室的门，蓦地想起儿子刚上小学时唱的一首童谣。因为印象深刻，他到现在都还记得。

一年级的小偷，
二年级的贼，
三年级的美妞儿没人陪，
四年级的帅哥儿一大堆，
五年级的情书满天飞……

儿子可不正上五年级。儿子每天把书包背来背去，莫不是……任志韬的眼里，不由得湿润了。儿子长得真快啊。过去，他下班回家，总要让儿子骑上一阵。"俯首甘为孺子牛"，说得一点儿不错。可是，不知从什么时候起，他再也没让儿子骑过，儿子也再也没有要求过骑他。儿子上了五年级，就开始有了小大人的模样。儿子也开始练习写情书了。

任志韬又浑然不知地站起来。他要走到儿子卧室门前，偷看他在里面干什么。

门开了。任志韬一惊，扑通坐在了沙发上。

"你怎么了？"张怡琴进门问道。她手里提着从饭店买来的食物。张怡琴开玩笑："人家都说当了领导，工资基本不动，老婆基本不用，你倒好。"

吃饭时，张怡琴没看出来，任志韬是和着眼泪，把食物咽下去的。张怡琴多漂亮，"赖大家的"没法比。儿子多讨人喜欢，皮肤像他妈妈，又白又嫩。

7

一时饭罢,张怡琴催任志韬午睡。任志韬不睡,因为任洋洋从来就不午睡。任洋洋看动画片打发时间。任志韬陪着看。任洋洋开怀大笑,他也跟着笑。任洋洋发觉了,看他一眼,他就不笑了。遇到真正可笑的地方,他也绷住嘴,不笑,但心里在笑。哈哈哈哈……任洋洋突然关了电视,去卧室了。他自个儿躺在沙发上,迷迷糊糊,睡着了。

……他梦见自己当了很大的官儿,戴着很高的帽子,打扮得奇形怪状。没人告诉他,这是当官儿的打扮,他却认为自己当了官儿,当了大人、大官儿。他高兴得活蹦乱跳。高帽子跳掉了,他弯腰找,怎么也找不到。他不放弃,却在地上捡了一本书,放眼前一看,上写《权力指南》,熊老著。他忙翻开了,第一页是条鱼,第二页是个金光闪闪的鱼钩,第三页也是鱼,反正以后不是鱼钩,就是鱼。他急了,怎么看不到一个字呢?这叫哪门子书!再一翻,看到了一个金钩,钓着了一尾大红鲤鱼。鱼嘴一张一合,好像很痛。金钩一扯,硬是从书里把大鲤鱼给钩了出来。大鲤鱼水淋淋地跳到他的怀里。他醒了过来,低头发现怀里抱着一只靠枕。靠枕被空调里的冷气吹得凉飕飕的。

儿子任洋洋背好书包,正准备出门。

“洋洋,稍等,爹爹去送你。”任志韬说。

张怡琴从楼上走下来。“你脸色不对。”张怡琴说。

“我想送他。”任志韬说。

张怡琴转头对任洋洋说:

“去吧,洋洋。让你爹爹歇歇。”

她把儿子送出房门,对车里的小刘招了招手,就转了回来。她偎在任志韬身上。“是不是出什么事了?”她问。

“平白无故的,怎么会出事?”他遮掩。

“那你怎么魂不守舍的?”她仰脸看着他。

“也许,透支得厉害。”

“说得好听,你什么时候‘透支’过了?”张怡琴娇嗔道,把他的手抓过来,按在自己乳房上。

任志韬不由得闭上眼睛,受不了那种美妙的刺激似的。他又猛地把眼张开。“怡琴。”他轻声叫。

“嗯?”

他捧着张怡琴的脸。“以后,有时间了,到熊总家里去走走。”他说。

“我不去。”张怡琴说,“我不是那样的势利眼。”

“熊总是个好女人。”任志韬说。

“看上她了? 我不在意。也许她是个处女呢。”

“我跟你说正经的。”任志韬庄重地说。

“你们男人,有什么正经的? 告诉你啊,我们单位不少人说她还是个处女。”

“以小人之心,度君子之腹,说的就是你们这种人!”任志韬生气了。

“好好好,”张怡琴乖巧地说,“我听你的。只要为你好,我什么都能做。我做的还少吗?”

任志韬顺手把她搂在怀里。

第三十七章

1

……小刘送任洋洋回来了。任志韬接着就去了宇宙星宾馆。他来早了些，一进宾馆大门，就发现了异样。紫藤花榭下面，和几株松树之间，或蹲或立地聚着一些人。从一号楼前经过的时候，他就影影绰绰看到了茶色玻璃门后的龙台长。龙台长给他招手，他也没理他。龙台长想搞熊旎的新闻，想疯了，这次又亲自出马。近几天，龙台长还多次找他出主意想办法。任志韬理解嘛。任志韬想帮忙，不是也亲自带他去过北大洼？因有熊旎有言在先，任志韬也没招儿可使。十日到了，新闻单位即使显得迫切了些，熊旎可也没话说了吧。况且，任志韬暂时也管不得这个了。开完总裁办公会，他就交差了。他就准备什么也不管了。

二号楼会议室里，还没有人来。任志韬找个座位，静静坐下来。等了一会儿，李童耀也来了，招呼任志韬一声，就坐在了他的背后。

“童耀。”他转身叫,却不知说什么,只一笑。

李童耀向前探着身子,在等待他指示。

“你不要管我了,坐着吧。”他说。

参加会议的人员陆续到场,大家该点头的点头,该招呼的招呼。任志韬走到宁樵身旁,小声说:

“宁总,请出来一趟。”

会场的气氛猛一紧张。宁樵想一想,沉着地站起来,跟他出去了。他们一前一后来到旁边的一个小房间里。

“宁樵老兄,上午我给你打过电话。”任志韬说,“可我又挂掉了。”

宁樵不知道他的意图,就审慎地沉默着。

“我觉得没什么可说。”任志韬说,“过去有得罪你的地方,我现在非常过意不去。”

他垂着头。

“我对不起很多人。”他喃喃自语,“晚了。我再没有弥补的机会了。”

宁樵也觉出了不对头,随后放松了刚才的警惕。

“我不明白任总的意思。”他说。

“你是对的。”任志韬又抬起头,看着他,加重语气说,“很难想象谌总裁继续任职下去会怎么样。我说句真心话,过去你想做的,就去做吧。当好你的编外‘纪检书记’。”

“任总,有一点必须说明,这不仅是我想做什么,而且是规则要我做什么。”宁樵说。

“时间到了,我们进去。”任志韬轻声细语地止住他,“别让熊总等我们。”

2

总裁办公会在宁静中进行。会场外面,就不同了。龙台长他们,紧张等待着。虽然今天的采访小屈允许,小屈对他们的要求也不过是“见机行事”。总裁办公会进行了三个多小时,每分每秒,都在一点一点地啃噬着龙台长等人的心。龙台长在空调房间里待不住,就在宇宙星宾馆院子里走来走去。那些半遮半掩在松树后面的记者,也跟他一样,神经绷得紧紧的,生怕到时候一有疏忽,惹出事来。龙台长终于接到了小屈的电话。他迅速通知了大家。

熊旎宣布了散会,刚要起身来,小屈上前伏身悄悄道:

“门口让电视台报社记者堵住了,他们领导也都来了,要做熊总专访。请熊总走这边吧。”

“你让我躲他们?”熊旎说,“他们来得正好。”

小屈暗暗放下心来。这一次,他盘算对了。

熊旎大步流星地走出会议室。二号楼大厅站满了记者。龙台长迎上前来。熊旎红光满面。她对这次会议非常满意,该批评的批评了,该警告的警告了,该鼓励的鼓励了。任志韬等人的表现也还好。重要的是,自己上任以来,分部最完整的一套工作方案出笼。现在,也就是她十天前走进无诡市区的时间。她对无诡的方方面面已了如指掌,自然也就到了她宣布解禁的时候了。她面对伸来的话筒说:“大家可以把这当成一次小型的记者招待会。欢迎你们就所关心的问题提问。”她的声音嘹亮,富有磁性。她的心情不错。虽然在会上她还发现了诸多这样那样的问题,但她从来就不怕问题。忽然,她心里一动。自己很像作秀。别人会不会也把近十天的举动,当作一次政治作秀呢?——当就当吧,小女子不在乎。……她只是没有更多的机会。如果有机会,她肯定可以成为政治明星。成为政治明星,又能怎样?只要不惹人厌烦,也就是了。觉察到人们的厌烦,及时收场。估计自己在那种位置上,还能够做到知进识退。

熊旎神色从容,又要开口。

“不好了!”门外一阵骚乱。

很多的人,潮水似的拥进宇宙星宾馆。熊旎往外一看,黑压压的一片。分部的工作人员都慌了,就见小屈冲在了前面。李童耀、贾小艳都跑出去了。

“怎么回事?”熊旎问。

“他们是黄河机械公司的上访工人。”旁边有人回答。

熊旎伸手拨开话筒,向外走。记者们呼隆隆,赶忙跟在她后面。但她把记者们挡住了。很多人都看见,她稍稍走得离人远一点,用手机接了一个电话。再次让人看到的面容,就与刚才截然不同了。她好像非常虚弱,甚至站在那里摇晃了起来。

“熊总,”贾小艳急急地跑来说,“他们怎么知道分部在宾馆开办公会?一定有人捣乱。有人唯恐天下不乱!”

“这个还是小事。”熊旎说。她强挣着似的,向激动的人群走去。

一帮警察已经赶到,跟上访工人经过一番激烈的推拒,上访工人就在警戒线外坐定了。他们齐声呼喊着:

“见总裁,要吃饭!见总裁,要吃饭!”

熊旎的目光,忽然落在了任志韬身上。任志韬自知有愧,低头就要躲开,熊旎却向他招手了。他很不情愿地走来。

“这件事情由你来处理。”熊旎说。

任志韬表情复杂地看着熊旎。

“我认为由你来处理会更合适。”熊旎肯定地说。

任志韬嗫嚅着。“熊总在给我机会?”他说,亮晶晶的泪花,在眼里扑簌一闪。

熊旎不动声色：

“你最了解黄河机械公司，你会处理好的。”

熊旎就要走开。

“熊总。”任志韬又叫。

熊旎转回身。

任志韬垂着目光：“上午我给你家里打过电话。”

熊旎说：“我知道了。”

任志韬又抬起眼睛。“我可不可以问你一句，”任志韬恳切地说，“可不可以安排我去见一次熊爹爹？”

熊旎迟疑了一下，点了点头。熊旎没有，很多人都没有看见过任志韬这么蔫儿过。熊旎快步走开。

贾小艳追上来。“我怀疑……”贾小艳在她身边小声说。

“不要告诉任何人，我要单独离开。”熊旎说，“我要回家一趟。我回家。”

熊旎走到车前，打开车门。她听到了另一种声音，不是群众的声音，是两个男人激烈的争吵。她不过是用目光扫了一下，就钻进车里。她从车里看到宁樵跟朱十两站在一起，在一株墨绿的松树下面，不知为什么争吵起来。她顾不得他们了。她发动了车子。

“我怀疑……”贾小艳甚至没听清熊旎的意思。

车子开动了。

3

贾小艳站在那里，孤零零的。她慢慢地环视着四周。她的目光，落在一个男人的背上。那男人的后背，有了知觉似的，猛地颤动了一下。

小屈转过脸来。那的确是一副谦卑的面容。

贾小艳死盯了他一眼。

他却好像漠然无知。他把头转过去。

人群涌动一下,他就不见了。

唯贾小艳,还站在那里,一粒微尘似的,站一小块儿空地上,孤零零地环视四周,仿佛环视整个世界。

第三十八章

1

他凄惨的声音响着。她几次就要走神了。

黄昏,夕阳给城市投下一抹动人的光辉。

……她很快驰离了无诡市区。

那一天,在这样的时辰,她从别处来到无诡市,街上就有人传言,一只白虎从天而降。……她不信邪。她沉静地坚持了十天。可是现在,没到周末,她就又走了。肯定会有人猜她去看熊爹爹了,熊爹爹支给她的招数儿,她已使完,她等不到周末,就又急急忙忙地去了。而她却是……她要回自己的家。

从那天晚上,她跟小海通话后,她有一种强烈的感觉,燕子山下,就是自己的家。

那里有个小男人。那是她的男人。她其实发生了一次不便公开的恋情,因为在她心里,她已经把风流俊秀的小海当作自己的男人了。确实是小海在电话里点拨了她。在这一天里，她想过了多次，他们会成为终生不渝的伴侣。现在，她反复地听到她男人凄惨的求救声。

“救我……救我……”

她的心，一抽一抽地痛，是真正的疼痛。

但疼痛中又有甜蜜。过去，她举目四望，似乎人人都有自己的爱人。人人能爱自己所爱的人，唯自己没有。

人人在爱自己的爱人，自己的孩子。而她没有爱人，也没有孩子。她只好去爱更多的人，包括爹爹。

在无诡，她很喜欢贾小艳，倒不是同病相怜。贾小艳身上，散发着一种清新的自由的气息。

面对宁樵，她不否认，自己莫名其妙地心动得厉害。

在这短短十天里，宁樵并没有什么大作为。可她并不是因为一个人的大作为才喜欢一个人。她喜欢他的独立，不苟同于世。她看得出来，他也是一个脆弱的人。他已有了从此抽身而退的念头。他肯定并不理解自己，为什么还要在这风云险恶的是非之地，不停地、执着地做着突突豕奔。她很想告诉他，一切，都是，为了，爱……

对没有爱人的人来说，这种爱，又是多么珍贵。等她转回，她一定要向宁樵袒露自己的真实想法。

也许，他正在为一个像她这样的女人，在无诡所作的努力而感到可笑呢。说出自己爱的信仰，她并不羞于启齿。

现在，女人正走在营救爱人的路上。她一遍遍地听着那声音：

“救我，救我……”

两小时后，女人赶到燕子山下的仁合园。

2

打开房门，女人惊呆了。房内一片狼藉，花架被推倒，电视机被摔碎，沙发四脚朝天，显然经历了一场洗劫。

从卧室里，传出小海微弱的呻吟和呼唤声。

女人赶忙走进去，只见小海全身赤裸、双腿像扭麻花一样地被几条粗大的锁链锁在了床上。更让女人触目惊心的是，床上，地下，放满了猫食。

小海已被折腾得精疲力竭，见女人进来，却忽然为自己的赤裸感到羞惭。他又扭动身体，无奈两个脚腕上的铁链限制了他的活动。他的两手，也被反铐在了一起，就使得他只能像现在一样侧卧着。

女人醒过神，快步走过去。他显然很不想让女人看到自己的脸。

“这是怎么回事?”女人心疼地问。

这一问，就让他不禁像个孩子似的抽泣起来。

女人马上要给他解开锁链，这才发现很不容易。三根锁链，都一样粗大沉重。脚上的两根，分别从大床两侧，锁在了暖气管和房门把手上，手上的那根，则锁在床头上。只要他一挣动，房门就被扯得啪嗒啪嗒响。如果他想舒服一些，就只有仰面朝天躺着。女人含着眼泪，摆弄了半天，也没把他解下来，倒是把那些猫食给弄得床上地下到处都是。摆放这些猫食的用意，非常明显。它们都处在小海被锁链所限制的活动范围之内。

没有办法，女人就要给小区物业管理处打电话。电话不通，线路已被拔掉。小海看出了她的意图，就说：

“别打。”

女人马上就明白，他没有向别人求救，是怕别人看到他的狼狈相。

“阳台上有把锤子。”小海指点她。

她跑去拿了来，三两下就将门把手砸掉了。

一条腿自由了，小海就协助她砸断了脚上的另一条锁链。小海马上就请女人给自己穿上裤子。

他坐在床上，垂下头又想哭。

“叫他们来吧。”他说。

女人这才插上电话线，把物业的人叫了来。他们帮忙把小海身上的锁链除掉，就建议报警。

“算了。”小海轻声说。

物业的人一走，小海就扑到女人怀里，又抽搭起来。

怀抱自己差点儿爱上的男人，听着他一阵阵抑制不住的委屈的哭声，女人陡生一种无助的感觉。此时此刻，她只是一个普普通通的女人。她束手无策，什么也不能为他做。她满怀一个普通女人的恐惧，甚至不敢问他事情的经过。

等小海平静下来，才给她讲了缘由。

一个他曾结交的女人，打听到他的住处，突然带着人找上门来，不由分说，围住他一阵暴打。

女人听了出来，在他挨打的时候，自己正坐在另一个女人的病床边。……那些人打够了，就把他锁在床上，并摆上特意带来的猫食污辱他。他们拔掉了电话线。如果不是他的手机遗落在床下，他很有可能在今后几天里以猫食为生了。手机响了。手机救了他。……他想方设法，把手机从床底下够出来，弄到身边，拨通了女人的手机。那时候，一股热泪涌出他的眼眶。他几乎什么也说不出来。

“救我，救我……”他只能一声声呼救。

女人无限怜惜地用手抚慰着他。

半夜里，他沉沉睡去。女人睡不着。

女人悄悄收拾了一下房间，然后走下楼去。

在楼下，女人对着楼房那扇唯一的灯光朦胧的窗口，看了好大一会儿。女人隐隐感到，自己将不会再到这里来了。女人也仿佛不觉得有太多的遗憾，因为，不管她与那男人的恋情多么没有现实感，但她确实拥有过。

开车出了仁合园，一恍惚，就是在郊外了。

3

女人发现车子正行驶在去看爹爹的漫长大道上。她似乎比任何时候都渴望见到爹爹。她那么软弱，有时甚至看不清夜幕下的路面，但她相信，自己很快就会变得强大起来。爹爹仿佛一座山，在那片苍凉的旷野上，岿然不动。她从爹爹那里得到力量。

爹爹住在孑然遗世的城堡里，而那也是她的城堡。

蓦地，女人油然感到，自己又是跟爹爹在一起了。爹爹就在她的身边。她全身放松地伏在爹爹胸前。爹爹像大山一样，支撑着她。爹爹的胸膛，温暖宽厚。

曙色初露。道路两旁的景物，从薄纱般的晨雾中，透露出来。田野以田野为伴，山石以山石为伴，草木以草木为伴，虫兽以虫兽为伴。一切的一切，都是自己的威严和权力。它们相依相偎，遥遥地观望着车里的女人。而此时的女人，并不觉得孤单。她跟爹爹在一起。——她跟很多人在一起。她还在跟他们交谈。

女人的声音，男人的声音，孩子的声音，老人的声音。

她听到他们的交谈。他们，贾小艳，丌淼焱夫妇，赖仁平夫妇，王佳良，朱十两父子，小屈，李童耀，小海，神仙沟二伯坎子的农妇，那个智障的无人理会的小孩子……

“你为什么要帮我?”

这是宁樵的声音。

4

宁樵像是误闯进了她的办公室。她相信,宁樵走到自己跟前来,是他没地方可去。……不,她不允许他那样做了。她马上吩咐小屈,让人把那些笔墨纸张送到自己家里,送到宇宙星苑二十六号。——既然有人白送,为什么不要? 白给东西不要,傻子。谁愿说三道四,谁就说去。她看出来,宁樵感动了。

“我们是朋友嘛。”她说。

宁樵的情绪,渐渐安定多了。他忽然叹息一声。

“你不可能每个人都帮。”他说,“你不过是帮我一个人。”

“帮你一个人就是帮很多人。”

她不假思索地说道。

5

那时候,她感到自己俨然跟宁樵成了知己。家庭、地位、来历等等,都不需要考虑。他们会永远相伴。

……跟很多人,永远相伴。

以生命的威严和权利,生活,奋斗。

太阳升起,大地如怒。

新的一天,已经来临。

女人去看爹爹。不是周末,女人也要去。女人心里,那么柔和。……像蝴蝶，像露水中的光，远处的山影，也像业已逝去的昨日。

我爱，我受苦。

女人想。

……女人喃喃自语。

是的，我坦承。

耳中烟云，隐隐响起的却是半阕《眼儿媚》：

而今往事难重省，
归梦绕秦楼。
相思只在：
丁香枝上，
豆蔻梢头。